~*~*~*~*~ ⊱✥⊰ ~*~*~*~*~

Alte und neue

Geister

~*~*~*~*~ ⊱✥⊰ ~*~*~*~*~

BoD™
BOOKS on DEMAND

Ava Fox

Alte und neue Geister

Roman

Bibliografische Information der Deutschen
Nationalbibliothek:
Die Deutsche Nationalbibliothek verzeichnet diese Publika-
tion in der Deutschen Nationalbibliografie; detaillierte bibliografische Daten sind im Internet über http://dnb.dnb.de
abrufbar.

Illustration: oaurea
Coverdesign: Ava Fox
Herstellung und Verlag:
BoD – Books on Demand, Norderstedt

ISBN: 978-3-7347-9047-8

Der, der berauschten Blutes trägt das Mal der vergangenen
Zeiten,
einhergehen Edelsteine, das Geld, die Schwärze.
Symbole für Habgier, Macht und Qual,
nicht mehr weit scheint die Schlacht um den siegreichen Pokal.

Die Tore zu öffnen und den Alten zu richten,
seinen Auftrag vermögend zu erfüllen.
Doch er sieht auch das Gute im Schlechten,
oder scheint es sich gar ganz andersherum zu verhüllen?

Der Fluch der Tat wird ihn nicht töten,
doch brechen, ganz gewiss.
Die Tage gehen und Nächte kommen,
der Wandel in seiner Seele vollzieht sich jedoch nur in kleinen
Schritten.

Geblendet von falscher Gier und Macht
wird er selbst Opfer von all der vermeintlichen Pracht.
Fast zu spät erkennt er Wahrheit und Lüge,
die Reinheit des Blutes, des Schicksals Bürde.

Das Rehkitz, er wird es nicht nur leiden sehen
und doch lässt er sie einfach im Stillen wieder gehen.
Der Jüngling mit dem dunklen Mal,
seine Zukunft vielleicht für immer vertan.
Grauer Sturm braust auf in seinen zwei Seelenspiegeln,
die Ruhe findet er nicht und setzt sein Herz hinter Riegeln.

Doch kommt dann die dunkle Stunde
findet er sich wieder im Verschlage,
sieht sich vereint im Bunde
und seine Augen wieder so klar wie das Meer an ruhigen Tagen.

Die Sonne, sie wird eine Wonne sein.
Der Abend jedoch begleitet von Trauer und Pein.
Die Klagen werden zum Himmel steigen
und Frohsinn für lange Zeit ein Fremdwort bleiben.

Die Ketten werden sich um seine Hände und Füße legen.
Die eigene Seele, der Kerker sein Zuhause für lange Zeit.
Nicht als Niederlage sondern als Segen
versucht er die Taten gegen sich zu sehen.

Die Wunden verheilen, jedoch nicht die Narben.
Die Tränen werden schmerzen
und jetzt sind auch nicht helfend die Gaben
von Macht, Gold und Edelstein.

Wenn dann der Sturm vorüberzieht,
die Wolken sich lichten,
der Held sich niederkniet
und die Jubelnden von großen Taten berichten,
ist es Zeit für zwei Seelen
die einander misstrauen,
sich nicht länger zu quälen
und sich ihres Glückes zu berauben.

Die Einsicht wird kommen,
mit ihr auch die Pein.
Die Liebe wird wachsen
und ist nicht nur Schein.

Das Braune trifft auf eisiges Blau.
Sie wird ihn nicht richten,
denn sich selbst zu vergeben, wird sein einer seiner obersten
Pflichten.

Die Verwandtschaft der Seelen ist von den Göttern gegeben.
Sie zu entehren, heißt die höchster aller Strafen zu erleben.

(Ava Fox, 2014)

☆ Ein pinker Regenschirm und ein Versprechen ☆

Scheißwetter!

Manchmal dachte sich der große Blonde, es wäre wirklich besser irgendwo auf den Karibik-Inseln zu wohnen, als hier im verregneten London. Vielleicht sollte er sich endlich eine Finca, irgendwo in einem sonnigeren Land, kaufen und von dort seine Geschäfte aus leiten. Schnell klappte er den schwarzen Regenschirm auf, als er aus dem Auto stieg, seinem Chauffeur Andrew mitteilte er solle warten, es würde nicht allzu lange dauern und ohne den Kopf zu heben, mit großen Schritten in Richtung Privatbank eilte. Über eine kleine Pfütze hüpfte und sich an wartenden Massen von Menschen vorbeischob, die sich an einer Busstation die Füße in den Bauch standen. Nur keinen Millimeter von ihrem Platz wichen. Sollte sie doch der Teufel holen.

»Guten Tag. Kann ich Ihnen behilflich sein?«, säuselte sofort süßlich eine weibliche Stimme, als er endlich im Gebäude war und seinen Regenschirm einklappte, mürrisch auf seine nassen Schuhe und Hosenbund sah. Als er jedoch aufsah lichtete sich sein Gesicht sogleich: groß, schlank, blonde lange Haare, noch längere Beine in einem kurzen Rock, große blaue Augen - so was sah er doch gerne.

»Ich habe mit Mr. Hadder einen Termin«, sprach er freundlich lächelnd. Die Blondine erwiderte es sehr viel strahlender. »Wen darf ich denn ankündigen?«, fragte sie weich, mit einer feinen tiefen Nuance und verankerte ihre Augen mit seinen. »Samuel Barnes.«

Sie nickte lächelnd und nahm ihm seinen Mantel und tropfenden Schirm ab, bat ihn ihr zu folgen, führte ihn zu seinem Banker, mit kokett glitzernden Augen.

»Guten Tag, Mr. Barnes«, begrüßte Mr. Hadder seinen treuen Kunden. »Lucy«, wandte er sich an die große Blondine, »würdest du uns bitte Tee bringen?«

An der Treue würde es wohl alleine nicht liegen, dass er so nett empfangen wurde, dachte sich Samuel höhnisch. Wohl eher an den Pfundnoten, die auf seinem privatem und dem Konto seines Vaters lagen. Freundlich reichte Samuel Mr. Hadder die Hand und putzte sie sich verstohlen am Sakko wieder ab, als der ältere Herr wegsah. Nervös schien der Gute ja zu sein. Zumindest schloss das Samuel aus der Schweißbildung auf Händen und Stirn des Bankers.

»Ich komme wegen dem Kredit, den ihre Bank uns versprochen hat«, eröffnete Samuel sofort das Gesprächsthema. Setzte sich, nach Aufforderung, in den großen schweren Ledersessel, vor den dunklen Holzschreibtisch.

»Ja, Mr. Barnes. Wie besprochen habe ich hier die Unterlagen.« Mr. Hadder blätterte in einem Berg von Papieren hin und her. Stieß an seine grüne Tischlampe und konnte sie gerade noch auffangen, bevor jene Bekanntschaft mit dem Fußboden gemacht hätte. Samuel zog skeptisch eine Augenbraue in die Höhe. War sich nicht sicher, ob der gute alte Mr. Hadder auch noch wirklich so auf Zack war wie früher. Doch seine Aufmerksamkeit wurde bald von etwas anderem angezogen. Die junge blonde Dame von eben betrat wieder, mit einem silbernen Tablett, den Raum. Mr. Hadder sah nur kurz auf, als sie das Tablett auf den kleinen Beistellwagen abstellte. »Oh danke, Lucy«, sprach er geistesabwesend. Doch Lucy hörte ihm nicht zu. Sah während sie die Porzellantassen und die Teekanne abstellte, über ihre Schulter verschmitzt zu Samuel. Dessen Blick glitt langsam über ihre Rückenansicht und landete auf ihrem straffen Hintern, als sie in die Hocke ging und eine verirrte Serviette vom Boden aufsammelte. Samuel zwinkerte ihr spitzbübisch zu, was sie kurz in die Unterlippe beißen ließ. Aber lang genug, damit es Samuels Innerstes mit Genugtuung überschwemmte. Frauen aus dem Tritt zu bringen war durchaus ein schöner Sport - amüsant und extrem egofördernd.

Der gute alte Mr. Hadder blätterte immer noch und Samuel war sich ziemlich sicher, dass der alte Herr wohl selbst dann nichts mitbekommen hätte, wenn er die schöne Lucy vor ihm, auf dem Schreibtisch, nehmen würde. Samuel nickte mit seinem Kopf kurz in Richtung Tür. Sie nickte bestätigend und schloss die Tür wieder. Solche Mädchen gefielen ihm durchaus.

»Bis Sie ihre Unterlagen alle zusammengefunden haben, werde ich schnell verschwinden«, erklärte Samuel und hörte Mr. Hadders Erwiderung gar nicht mehr. Kurz sah sich Samuel im Flur um. Alles lag ruhig dar, nur eine Tür war einen Spaltweit geöffnet. Kaum die Toilettentür geöffnet, wurde Samuel auch schon nach innen gezogen. Flinke Finger verschlossen schnell den Riegel, während er schon ihre Lippen auf seinen spürte, denen er sich jedoch sofort entzog. Drückte Lucy gleichzeitig gegen die Ablagefläche des goldenen Waschbeckens. Sie öffnete sofort seinen Gürtel. Der Hosenschlitz folgte. Versuchte seinen Mund einzufangen, aber er wich ihr geschickt immer wieder aus. Drehte sie mit einem Schwung um. Sie verstand. Nur kurz sah er in ihre verschleierten Augen. Fuhr über ihr Rückgrat und streifte sich ein Kondom über. »Sei leise«, knurrte er gegen ihr Ohr. Samuel beobachtete genau ihr erregtes Gesicht im Spiegel, vor sich. Ihre angespannten Schenkel spürend, als untrügliches Zeichen für ihren nahenden Orgasmus. Denn darin glichen sich alle Frauen. Und sie war eben wie alle. Zog ihn mit sich in den Strudel und rau aufkeuchend drückte er noch einmal ihre Hüften. Stützte sich neben ihr am Beckenrand ab, bevor er sich dann jedoch schnell zurückzog, schmiss das Kondom weg. Würdigte sie keines Blickes, als er sich die Hände wusch und Papier aus dem Spender zog. Mit großen Schritten die Toilette verließ. Sie war wirklich wie alle.

Als Samuel die Tür zum Büro von Mr. Hadder wieder öffnete, wurde ihm das Bild präsentiert, welches er erwartet hatte. Ein blätternder alter Mann, hinter großen Stapeln von Papier. Aber die kleine Nummer gerade eben, ließ Samuel entspannter an die ganze Sache rangehen. Setzte sich wieder vor den großen Schreibtisch und räusperte sich vernehmlich. Mr. Hadder sah auf, lächelte ihn strahlend an und sammelte noch ein paar Papiere zusammen. Präsentierte ihm mit Stolz geschwellter Brust die Akten. Samuel nickte kurz und fing an alles durchzusehen. Registrierte wie Lucy wieder das Zimmer betrat, ihnen Tee servierte. Sah auch kurz aus dem Augenwinkel, dass sie Blickkontakt suchte. Sie war wie alle, auch wenn sie das vielleicht nicht wollte. Sie war nett gewesen, aber mehr schon nicht. Wie unzählige andere vor ihr.

»Die Zahlen stimmen mich etwas fröhlicher, als ihr letztes Angebot. Mit diesem Prozentsatz können wir durchaus leben«, lächelte Samuel kühl. Eigentlich war er nicht in der Position zu verhandeln. Die Firma hatte kaum noch einen Standpunkt, den sie als Argument vorbringen konnte und doch tanzte die Bank noch nach der Pfeife von ›Barnes and son‹. Geld regiert eben die Welt und die Aussicht auf gute Aktienerträge noch viel mehr. Sorgfältig schob er die Unterlagen in seine Aktentasche. War schon wieder voll im Alltagsgeschehen und den dazugehörigen Geschäften zurückgekehrt. Kein Prickeln mehr. Keine Endorphine. Kein Adrenalin mehr. Nahm ruhig seine Teetasse von Lucy entgegen. Registrierte, wie sie versuchte seine Finger zu berühren, doch er entkam ihr schnell. Die nächsten fünf Minuten bestanden aus blödsinnigem Smalltalk. Er zollte Mr. Hadder noch die freundliche Aufmerksamkeit sich nach seinen Kindern und Enkeln zu erkundigen. Schließlich war er ja höflich erzogen worden. »Ich muss leider schon los«, sprach Samuel irgendwann, sah auf die Uhr. Verabschiedete sich freundlich von Mr. Hadder und nahm von Lucy seinen Mantel entgegen. Zwinkerte ihr kurz über die Schulter zu, was sie schief grinsen ließ und verschwand nach draußen. Doch selbst die schnelle Nummer von gerade eben, konnte dieses beschissene Wetter nicht angenehmer machen, dachte er sich mürrisch, nachdem ein Regentropfen ihm unangenehm ins Auge gefallen war, als er sich den dunklen wolkenverhangenen Himmel besah. Wieder quetschte er sich an den vielen Menschen an der Busstation vorbei. Trat in eine Pfütze, weil er von einer Frau angerempelt wurde. »Scheiße nochmal«, schimpfte er bissig und schüttelte sein Bein, als würde der Stoff und die Socke dadurch trockener werden können. Dann jedoch blieb für eine Sekunde sein Herz stehen und er verharrte in seiner Position. Registrierte das Murren und Schimpfen der anderen Passanten nicht, als diese sich an ihm vorbeizwängen mussten, um aus und in den nächsten Bus zu gelangen. Diese Lockenmähne - es ließ ihn sich sofort umsehen. Die Frau die sich gerade eng an ihm vorbeigeschoben hatte. Er konnte nicht ihr Gesicht erkennen, aber es war doch *sie* gewesen, oder nicht? Lang streckte er seinen Hals, um besser über und zwischen die Regenschirme sehen zu können. Hatte sie keinen dabei gehabt? »Doch«, schoss es ihm in den Kopf - einen pinken. Aber ein pinker Regenschirm würde hier unter all dem Schwarz, Braun und Grau der Menschen sofort auffallen müssen. Leider fiel im Moment nichts auf. Der Chauffeurswagen hielt vor ihm und Samuel stieg ein, nicht ohne sich noch einmal umgesehen zu haben. Sah sich auch weiter, besseren Wissens um, während das Auto in Richtung Flughafen abfuhr. Seine große goldene Uhr zeigte zwei Uhr an - sehr schön. Er war noch völlig in der Zeitplanung. Doch es minderte nicht im Entferntesten diese so plötzlich aufgetretene Unruhe in ihm. Aufgewühlt lehnte sich Samuel in die lederne Rückbank zurück. Fuhr sich durchs nasse Haar und ließ den Moment, von gerade eben, noch einmal Review passieren, während die Kälte vom nassen Stoff langsam das Bein nach oben kroch. Braune Lockenmähne - das war doch alles was er gesehen hatte. Verdammt. »Weil es ja in London nicht genug Frauen mit braunen Locken gibt«, höhnte er halblaut. Aber sein Gehirn musste ihm etwas vorgegaukelt haben. Denn sie wohnte nicht mehr in London, wusste er. Bilder brachen über den jungen Mann herein, die er so lange hinter Schloss und Riegel hatte halten können.

»*Du wirst mich eh vergessen*«, hörte er ihre weiche Stimme an seinem Ohr, als wäre es erst gestern gewesen. Hörte sich selbst auflachen: »*Sicher, genauso wie du mich.*«

Himmel und Hölle, noch weniger richtig hätte er gar nicht liegen können. Es brauchte nur einen kleinen Zünder, wie gerade eben und er dachte sofort wieder an sie. Nach dieser langen Zeit immer noch. Immer wieder. Nach dreizehn Jahren. Wegen einer einzigen Nacht. Wegen einem endlos scheinenden Kuss.

»*Das wird sich nicht wiederholen*«, sprach sie atemlos und sah ihm fest in die Augen, während sie ihm Knopf für Knopf das Hemd öffnete.

Ein »Danke« kam gerade noch über Samuels Lippen, als er sich von seinem Chauffeur verabschiedete und seinen Reisetrolley entgegennahm, seine Laptop-Tasche darauf packte. Er sah das Mädchen von damals jetzt überall. Ob er wollte oder nicht. Die Augen der Frau vom Bodenpersonal – dieselben wie *ihre* tiefen braunen Augen. »Einen guten Flug wünscht Panamerican Airlines«, lächelte sie. Er nickte nur höflich. Die Locken der Stewardess, die ihm kokett zulächelte, als sie ihm sein Wasser reichte und auf der Serviette ihre Telefonnummer – dieselben wie *ihre* braune Lockenmähne. Er zerknüllte die Serviette einfach, ließ sie aber trotzdem in seiner Sakkotasche verschwinden und lockerte seine Krawatte. Stopfte sich die Kopfhörer des Radios ins Ohr, legte seinen Stuhl zurück und sah aus dem Fenster. Überblickte die Wolkendecke unter ihnen, die Weite des Blaus vor ihnen und suchte lange nach dem passenden Sender. Klassik gerade zu anstrengend. Pop gerade zu laut. Jazz ... na gut, warum nicht. Schloss die Augen.

»*Du hast mir ganz bestimmt nichts zu sagen, Barnes*«, giftete sie. Ihre Hände zu Fäusten geballt. Das ließ ihn unwillkürlich zusammenzucken. »*Ich sag dir ja auch nichts, sondern befehle es dir*«, knurrte er zurück und ließ sie allein auf dem Schulhof zurück.

Gestresst, weil sie immer noch in seinem Kopf umherschwirrte, wo sie eigentlich gar nichts zu suchen hatte, fuhr Samuel sich durch die Haare und nahm einen Schluck von seinem Wasser. Faltete die zerknüllte Serviette wieder auf. Blond war immer gut und augenscheinlich wohnte sie in London - perfekt. Halb im Dämmerschlaf stellte er den Sender um und versuchte durch lautes Trommeln und harten Bass seine Gedanken auf eine andere Fährte zu locken - vergebene Lebensmühe.

»Rose, was willst du hier?«, fragte Samuel skeptisch, als er um die Ecke gehastet kam und schlitternd vor ihr stehen blieb.

»Dich«, sagte sie schlicht und stieß sich von der Wand ab. Ihre Augen kalt, musterte sie ihn eingehend von oben bis unten und Samuel musste hart schlucken. Wenn Mädchen so etwas zu Jungs sagten, sollten sie doch eigentlich positiv erregt sein. Isabelle Rose war wohl gerade alles andere als positiv gestimmt. Ihre Unterlippe war ein wenig aufgeplatzt und ihre Haare durcheinander. Vereinzelt sah er sogar kleine Astreste darin stecken. In seinem Mundwinkel stahl sich ein amüsiertes Grinsen. »Hat dich beim Müllaufsammeln, auf dem Schulhof, ein Wolf angegriffen?« Doch so schnell konnte er gar nicht reagieren, als er auch schon hart gegen die Wand gepresst wurde und jetzt nicht nur mehr in ihren Augen Ärger lag. Der Druck ihrer Hände, auf seinem Brustkorb, legte gut Zeugnis davon ab, wie erzürnt sie wirklich war.

»Sag mal spinnst du?«, presste er atemlos hervor und stieß sie von sich. Trat einen Schritt von ihr weg und zog sich sein Hemd wieder gerade. Sah über seine Schulter, aber der Flur des Elite-Colleges war leer, alle waren bereits in ihren Klassenzimmern.

»Du Mistkerl hast mich da alleine gelassen. Ganz alleine«, zischelte sie.

»Seth war doch auch noch da«, versuchte er die Situation herunterzuspielen. Wild stieß sie Luft aus. Er schritt an ihr vorbei, auf seine Klassentür zu. »Du solltest vorher noch aufs Klo, bevor du wieder in den Unterricht gehst. Hast da ein paar Reste von was weiß ich im Haar«, lächelte er spöttisch über die Schulter, »Du hast dich wohl eher amüsiert, als gearbeitet, mhm?«

»Du solltest weniger Drogen nehmen und dafür mehr im Unterricht erscheinen, sonst wirst du wohl noch öfters zu solchen Müllaktionen abberufen werden. Du bist ein Feigling. Hast Angst bekommen, als du deine Clique von Weitem gesehen hast. Sie könnten dich ja auslachen«, höhnte sie in seinen Rücken und lächelte triumphierend, als sich seine Schultern merklich versteiften.

»Bezeichne mich nie wieder als feige«, gab er knurrend zurück. Doch noch bevor er zur Tür treten konnte, spürte er Isabelles Körper an seinem Rücken.

»Was sonst, Barnes?«, fragte sie wispernd gegen sein Ohr. Er hielt unweigerlich die Luft an und sah über die Schulter zu ihr. »Was soll das werden?«

Sie roch erdig. Sie roch nach Gras und Blumen. Sie roch nach Mädchen. »Bring ich dich aus der Fassung?«, stellte sie leise

die Gegenfrage und in ihren Augen lag der Schalk. Sie spiel-
te. »Vielleicht«, gab er genauso leise zurück und sah wie sie
leicht die Kontrolle verlor. Kurz zog sie die Augenbrauen
zusammen und in ihren Augen konnte er das Misstrauen
lesen.
»Er wollte mich«, hauchte sie. Ihre Augen kugelrund und ein
scheuer Blick von unten zu ihm rauf. Schob sich zwischen
Wand und Samuel. »Aber ich hab mich gewehrt. Seine Eier
werden ihm morgen noch wehtun«, sah auf seine Lippen.
Sein Herz fing schneller zum Schlagen an, als er ihren Kör-
per so dicht an seinem spürte. Bevor er es selbst realisierte,
beugte er sich zu ihr nach unten. Stützte sich mit den Hän-
den rechts und links von ihrem Kopf ab. »Du hast gewonnen«,
flüsterte er gegen ihre Lippen. Sah sich verdutzt um, als sie
sich drehte und plötzlich wieder hinter ihm stand.
»Natürlich, wie immer.« Ihre Stimme randvoll mit Belustigung.
Zähneknirschend und wütend, weil sie ihn gerade so vorge-
führt hatte, ballte er die Hände und wenn Blicke töten könn-
ten, läge sie jetzt vor ihm auf dem Boden - mucksmäuschen-
still.
»Du bist ein verlogenes Miststück«, bekam er gerade noch
zwischen seinen Zähnen hindurch. Kaum mehr als ein unde-
finierbares Zischeln.
»Aber angemacht hat es dich schon«, lachte sie auf. Dass sie
das bemerkt hatte, war ihm zuwider und ihm war generell
zuwider, dass Begehren und Rose in einem Gedanken zu-
sammen in seinem Gehirn vorkamen. Ein Schritt und er
stand groß vor ihr. Sah richtig ihr Gehirn rattern, als sie
überlegte, was er nun wohl vorhatte. Wie sein nächster Zug
aussehen würde. »Dich etwa nicht?«, grinste er diabolisch
zurück und wollte sich schon wieder umdrehen, nur um im
nächsten Moment ihre Hand in seinem Nacken zu spüren,
die seinen Kopf zu sich nach unten zog, um ihre weichen
Lippen auf seine zu drücken. Sie schmeckte nach Mädchen -
intensiv und betörend. Zu überrascht etwas anderes zu tun
als mitzumachen, legte er eine Hand auf ihre Hüfte. Hörte sie
verhalten in den Kuss wimmern. Mit letzter Macht löste er
sich rabiat von ihr, was sie leicht nach hinten taumeln ließ.
Ohne ein Wort und eines weiteren Blickes verschwand er im
Klassenzimmer.

Das Lächeln der blonden Stewardess half nicht viel, gegen
die Erinnerungen anzukämpfen, als er ein Teenager war.
Gerade fünfzehn und mitten in der Pubertät. Sie war erst
dreizehn gewesen und schon so kokett, dass Samuel sich
einfach zu seinem ersten richtigen Kuss hinreißen ließ. Die
Schockphase war schnell überwinden, vor allem als er be-

merkte, dass Isabelle Rose ihn wirklich nur verarscht hatte und nie etwas Ernstes hinter dem Kuss gestanden hatte. Danach ging es schnell bergab mit ihm und der Verschleiß an Mädchen begann. Doch vier Jahre später konnte er ihr nicht mehr widerstehen.

Samuel stieg genervt aus dem Flugzeug. Nicht erholt, da er kein bisschen Schlaf bekommen hatte und die Götter auch nicht gnädig waren, ihn von seinen Erinnerungen zu befreien. An Entspannung war gar nicht zu denken. War jedoch noch mehr angenervt, als er nicht gleich ein Taxi bekam, das ihn zu seinem Hotel bringen würde.

Wieder sah er überall nur *sie*. Die Lippen der Frau an der Rezeption des Hotels - dieselben wie *ihre*. »Mr. Barnes?« Die hohe Stimme der Rezeptionistin riss ihn aus seinen Träumereien. Sie lächelte ihn freundlich nichtssagend an. Wie wohl jeden Gast. »Suite Oriental wartet nur auf seinen Gast. Lassen Sie doch Ihr Gepäck hier, wir bringen es Ihnen später«, sie übergab ihm seine Zimmerkarte, »Viel Vergnügen in New York City. Der Stadt, die niemals schläft.« Er nickte nur und folgte der Beschilderung.

»Das ist doch eigentlich verboten, was wir hier tun. Unsere Familien sind Erzfeinde.«

»Nein, wenn so was verboten ist, dann geh ich freiwillig in den Knast.« Sie lachte glockenhell auf und zog ihn in einen langen tiefen Kuss.

Ein Rundblick durch die Zimmer der Suite. So gut und so gleich wie fast überall auf der Welt. Ein großes Bett, großes Bad. Nichts Besonderes mehr. Viel Schlaf würde er wohl auch nicht bekommen. Da war er sich sicher. Das Meeting würde hoffentlich nicht stinklangweilig werden. Aber wohl gleichzeitig hoch anstrengend, weil jeder seinen Kopf durchsetzen wollte. Sein Vater hatte ihn alleine hergeschickt. Normalerweise war das nicht unbedingt sein Aufgabengebiet, aber der alte Barnes gab in letzter Zeit immer mehr Verantwortung an ihn ab.

Die Madison Company war zurzeit das Unternehmen schlechthin, wenn es darum ging, marode und alte Firmen aufzukaufen, in sie zu investieren und dann von ihrem Gewinn zu profitieren. So ließ sich eine Menge Geld verdienen und die Madison Company vermittelte diese maroden Firmen auch weiter. Für eine Menge Geld und hoffentlich dieses Mal für nicht ganz so viel Geld auch an ›Barnes and son‹. Samuel hatte mit der Madison Company persönlich noch nichts zu tun gehabt, aber der Ruf über den Großen Teich nach Großbritannien hatte auch ihn und seinen Vater neugierig gemacht und die Holifild Company, eine kleine insolvente Firma, die Flugzeugteile herstellte und teilweise auch an deren Endfertigung beteiligt war, hörte sich vielversprechend für die Zukunft an. Also wurden Kontakte geknüpft, erste Angebote entgegengenommen und Samuel eingeflogen, um zu verhandeln. Morgen würde es wohl zuerst um die kleinen Geschäftchen gehen, danach um die Holifild Company selbst. Mister Maxwell Mason war sein Ansprechpartner. Unweigerlich fragte sich Samuel jedes Mal vor Verhandlungen wie der Mensch hinter dem Telefon und dem Namen wohl sein würde. Sehr verbissen, amüsant, sympathisch? Na ja, morgen würde er es ja sehen. Masons Stimme, während den Telefongesprächen, war jedoch immer recht angenehm gewesen.

Samuels Blick glitt aus dem Fenster und die Aussicht war einfach nur umwerfend. Er übersah fast ganz Manhattan. Es war Nacht und die Stadt glitzerte vor sich hin. Presste seine Stirn gegen die kalte Scheibe und sah hinüber zum erleuchteten Empire State Building.

»Wenn ich mit dreißig noch nicht verheiratet bin und du schon wieder geschieden, dann heiraten wir. Als würden wir ein Mahnmal gegen Hass und Intoleranz darstellen«, scherzte sie.

»Du wirst einmal Christian heiraten. So wie es dein Daddy gern möchte«, sprach er belustigt.

»Nein, glaube ich nicht«, entgegnete sie sehr ernst und biss ihm ins Ohrläppchen.

Sie würde in vier Tagen dreißig werden, wusste er und sah lieber noch einmal in sein Handy. Ja, er hatte schon richtig gelegen. Am Samstag würde sie dreißig werden. Seinen dreißigsten Geburtstag, vor zwei Jahren, hatte er kaum gefeiert. Schwer setzte er sich auf die weiche Bettkante und zog die Schuhe aus. Legte sich, mit den Händen hinter dem Kopf verschränkt, auf das Bett. Schloss die Augen. Sofort roch er sie wieder. Sofort sah er ihr erhitztes Gesicht. Sofort hörte er ihr Wimmern.

»Warum wollen wir uns? Warum gerade wir beide?«, wisperte sie gegen seine Lippen, als sie sich ihm mehr entgegenbog.

»Das ist doch scheißegal. Es fühlt sich auf jeden Fall verdammt gut an«, keuchte er atemlos.

Ruckartig richtete sich Samuel wieder auf und ging ins Bad. Stützte sich schwer am breiten Waschbeckenrand ab. Sah sich lange nur sein Spiegelbild an: schmales Gesicht, blassblaue Augen, helle Haut, noch hellere Haare. Eingefallene Wangen. Müde, rot unterlaufene Augen. Als er sich seines Hemdes entledigte, fiel sein Blick automatisch auf die Armbeugen. Einstiche als Brandmale und ewige stille

Zeugen für jenes, was er getan hatte. Die hellen Striche waren ebenfalls stumme Zeugen für eine Zeit, in der er am liebsten alles an und in seinem Körper herausgerissen hätte, was ihn zu dem hatte werden lassen, was er wurde und jetzt war. *Sie* hatte es damals nicht berührt. Es gar nicht beachtet. Es einfach übergangen. Ob sie sich heute auch noch erinnerte, dass sie sich ihm versprochen hatte? Damals war es ihm wirklich egal gewesen. Weil ihm so viel egal geworden war und der Druckabbau in jener Nacht, ein wenig seine Nerven beruhigte. Es war die Nacht gewesen, in der *sie* ihren Vater verlor und seine Eltern eine Menge Geld dazugewannen - mit seiner Hilfe. Ein Krieg, der unterschwellig schon immer gebrodelt hatte, war zu seinem traurigen Ende gekommen. An dessen Ende Chloé und ihre Mutter standen - siegreich und strahlend. Danach hatte er Isabelle Rose nicht mehr oft gesehen. Drei Ereignisse jedoch hingen ihm noch heute nach: im Zeugenstand des Gerichtes, wirkte sie regelrecht zermürbt. Und dann heimlich beobachtend, beim Auszug aus ihrer Villa, die nur ein paar hundert Meter weiter von seiner eigenen Elternvilla lag. Ihm wurde heute noch schlecht, wenn er an seine eigene Feigheit von damals dachte. Sie hatte ihn nur einmal kurz angesehen, auf dem Schulgang. Ihn unter Tränen gebeten, er möge dafür sorgen, dass alles aufhören sollte. Er hatte nichts getan. Weggesehen. Sie hatte ihn danach keines Blickes mehr gewürdigt. Verhielt sich auf den Gängen des Colleges so wie immer, als wäre nie etwas geschehen. Als hätte es jene Nacht nie gegeben. Genau so, wie sie es sich gegenseitig versprochen hatten. Und dann war sie irgendwann ganz weg. Keine Lockenmähne mehr auf den Schulgängen, kein Gezeter mehr mit Chloé, seiner Verlobten.

Hörte nur dumpf, wie der Page seinen Koffer ins Zimmer brachte. Schnell zog er sich weiter aus und drehte die Dusche auf. Prustete hart auf, als die kalten Wasserstrahlen seine warme Haut trafen. Zuerst willkommen. Kleinen Nadelstichen gleich, die seine Gedanken für kurze Zeit ablenkten. Zu kurz stellte er jedoch fest, als er auf wärmer drehte. *»Nimm mich mit auf dein Zimmer«*, hörte er sie leise, als würde sie es gerade jetzt in sein Ohr flüstern. Seine Stirn presste er fest gegen die kalten Fliesen. Bemühte sich um eine kontrollierte Atmung. Doch die Bilder ihres nackten Körpers brachen über ihn herein. Ihre verschleierten Augen. Ihre Hände auf seiner Haut.

«Du schmeckst gut«, sie legte sich wieder auf seine Brust und lächelte ihn, aus diesen schönen großen, braunen Augen

verschmitzt an, als er mit dem Daumen über ihre Lippen fuhr, sie küsste und sich selbst, auf ihren weichen, warmen Lippen schmecken konnte.

Das erregende Gefühl war sofort wieder da. Es war so einfach sich vorzustellen, dass sie es war. Ihre Hand. Ihr warmer Mund. Hart biss er sich auf die Unterlippe, als er kam. Verdammt, was hatte sie nur aus ihm gemacht?

Schlaf fand er auch danach nicht. Sah immer wieder auf die Uhr. Nur langsam verstrichen die Stunden. Immer wieder schritt er unruhig im Zimmer hin und her. Lies sich wieder schwer auf die weiche Matratze fallen und schloss die Augen.

»Nicht, Samuel«, keuchte sie erschrocken auf und entzog sich ihm.

»Komm schon, es wird dir gefallen«, lachte er und kroch weiter zu ihr auf das Bett. Küsste sie, bis sie sich wieder mehr entspannte und die sichtlichen Zweifel aus ihren Augen gelöscht waren. »Es wird schön werden«, versprach er sanft und drückte sie sachte, aber bestimmend, wieder in die Kissen. Fuhr mit seinem Mund über ihre weiche Haut. Setzte Schmetterlingsküsse auf ihre kleinen Brüste, umspielte ihre Brustwarzen mit seiner Zunge und spürte wie sie sich vollends ergab. Sich nur kurz wieder anspannte, als er seinen Mund auf ihre Scham legte und aufkeuchte, als sie seine Zunge an ihrer intimsten Stelle spürte. Sich fest in seinen Haaren verkrallte und ihr Becken ihm entgegenschob. Ihre abgehackte Atmung war wie Melodie in seinen Ohren, die in seinem ganzen Körper vibrierte. »Hab ich es nicht gesagt?«, frotzelte er spitzbübisch lächelnd, als er sich wieder auf sie legte. Sie sah nur verlegen, rosa anlaufend, zur Seite.

Und genau dieser schüchterne Blick war es, den er wie in einem Spiegel sah, als er jetzt aufstand und zu der Fensterfront hinüberging. Die Stadt die niemals schläft. Ha, aber ihm könnte sie doch wenigstens ein bisschen Schlaf bringen. Ihm wenigstens etwas Ruhe gönnen. Mittlerweile war der Blonde sogar schon so weit, dass er das dicke Telefonbuch von Manhattan aus dem Nachtkästchen gezerrt hatte. Sich auf den Boden gesetzt und nach ihrem Namen gesucht hatte. Er wusste, sie lebte hier. War nach dem ganzen Fiasko in die USA, nach New York City, ausgewandert. Immer wenn damals der Name von Chloé und ihrer Familie fiel, wurde auch ihrer erwähnt. Kein Wunder, sie waren Cousinen und Samuel konnte bis heute nicht begreifen, wie zwei Familien, die der gleichen Blutlinie entstammten, sich so abgrundtief hassen konnten. Alles hatte wohl begonnen, als Isabelles Vater das Familienimperium erbte und nicht

Chloés Mutter, die Ältere von beiden. Chloés Vater war dem alten Rose Senior nicht standesgemäß genug für seine älteste Tochter, doch die Tochter setzte sich durch und wurde enterbt. Ab da wurde der Gram, um die entzogene Liebe des Vaters, allmählich zu Wut und irgendwann zu Hass. Hass auf Isabelles Vater, auf die ganze Familie, die in ihrer Villa saßen und Poolpartys gaben. Sie waren wer in der High Society Londons, nur weil sie einen alten Namen und Geld besaßen. Chloés Familie hatte nichts mehr, außer die gegenseitige Liebe.

Wirre Gedanken rasten durch Samuels Kopf. Denn wenn Isabelle schon verheiratet war, dann könnte er sie möglicherweise nicht finden. Und zwei Seiten in seinem Inneren fochten auch sogleich einen Kampf aus. Vielleicht sollte er sie nicht finden. Und warum wollte er es überhaupt? In seinem Wahn blätterte er hastig durch die dünnen Seiten. Fuhr die vielen ›Rose‹ mit den Augen und Finger hinab. Vielleicht wohnte sie in einem ganz anderen Stadtteil als Manhattan, überlegte er noch, während er weiter die Namen durchging. Und dann blieb sein Finger, ungefähr in der Mitte der Seite plötzlich hängen. Die einzige Rose, deren Vorname mit I. J. abgekürzt war. Sein Herz begann wilder zu pochen. So einen Zufall konnte es kaum geben. Sein Blick glitt hinüber zu der Telefonnummer. Zur Hausadresse. Eine Augenbraue schoss in die Höhe. Oha, die Kleine musste es ja weit gebracht haben. Selbst ihm, als New York City Unkundiger war klar, welchen Ruf dieses Viertel besaß und das war ganz bestimmt nicht der schlechteste. Ohne groß zu überlegen, fischte er sein Handy vom Nachtkästchen und wählte einfach drauflos. Sein Blick schweifte zur Uhr - 03:15. Viel zu spät. Da konnte er niemanden mehr stören. Bevor er jedoch die Verbindung kappte, hörte er noch eine verschlafene männliche Stimme »Hallo?« sagen. Angefressen und überrascht schmiss er sich auf das Bett. Warum war er überrascht? Über sich selbst, warum sein Puls jetzt schneller ging. Über die Stimme, am Ende der anderen Leitung. Sie war damals schon ein schönes Mädchen gewesen. Natürlich hatte sie einen Freund. Es konnte aber auch der Freund einer ganz anderen Isabelle Jessica Rose gewesen sein. Aber es könnte auch gar nichts mit ihr zu tun haben, sondern ein Mann verbarg sich hinter I. J. Rose. Ein Ignazio Jason Rose. Ein Isidor Joseph Rose.

Warum würde ihn jedoch der Fakt so stören, wenn es ihr Mann wäre? Weil er alleine war. Er streckte seine linke Hand hoch in die Luft. Sah auf den Ringfinger, der schon seit einem Jahr keinen Ring mehr zierte. Traurig fuhr er über die nackte Stelle. Nein, es hatte nicht geklappt. Obwohl sie so viel daran gesetzt hatten. So gekämpft hatten. Aber Chloé und er waren einfach zu unterschiedlich. Zumindest hatten sie sich sehr unterschiedlich entwickelt, seit sie erwachsen geworden waren.

»Gib mir meine Unterwäsche zurück«, lachte Isabelle frei heraus und hechtete an seinem Arm hoch. Doch er war größer, streckte sich mehr und sah ihr belustigt zu, wie sie sich abmühte.

»Nur wenn du mir einen Kuss gibst«, erpresste er sie. Sie gab ihm einen Kuss. Ließ das Laken von ihrem Körper gleiten. Umschlang ihn mit ihren Armen und presste sich fest an ihn.

»Wenn du mich gerade jetzt fragen würdest, würde ich gegen die Verlobung mit Chloé rebellieren«, wisperte er gegen ihr Ohr.

»Würdest du nicht«, gab sie lächelnd wissend zurück und seine Finger verkeilten sich in ihrer dicken Lockenmähne.

Genervt stöhnte Samuel auf. Selbst jetzt, wenn er an Chloé und seine gescheiterte Ehe dachte, kam *sie* ihn in den Sinn. Die Verlobung mit Chloé bestand seitdem sie kleine Kinder waren. Samuels Familie stieg schnell auf, galt aber immer als ›neureich‹. Zu auffällig im Lebensstil und Gehabe, im Gegensatz zum alten Adel der Stadt. Doch das Geld zieht Menschen wie das Licht die Motten an und Chloés Vater wollte Geld. Am besten die Firma von Samuels Vater, der weigerte sich jedoch, selbst als er kurz vor der Pleite stand, zu verkaufen. Sein sich selbst aufgebautes Unternehmen sollte nicht vor seinen Augen zerschlagen werden. Barnes behielt die Firma, doch Samuel war sich sicher, dass er dafür einen hohen Preis zahlen musste. Chloés Vater hatte ihn mit irgendetwas in der Hand, das viele Jahre zurückreichte und Samuel wollte es ehrlich gesagt gar nicht so genau wissen, in welche Machenschaften sein Vater verwickelt war. Die Verlobung mit Chloé war eine Bedingung und somit war Samuel, ob er wollte oder nicht, doch Teil dieser Seilschaften, die ihn nur wenige Jahre später selbst vor den Richter bringen sollten.

Angewidert von sich selbst, presste er ein Kissen auf das Gesicht, nur um von der Dunkelheit eingehüllt, wieder neue Erinnerungen von seinem verräterischen Gehirn präsentiert zu bekommen. Die Minibar gab auch nichts Besonderes her. Ein paar Erdnüsse, Bier. Keine Ablenkung und nichts was er sonderlich mochte.

»Erzähl mir, was du alles nicht magst und was schon«, forderte sie ihn auf, während sie sich aufrechter hinsetzte. Band das Laken wieder um ihren Körper. Ihre schweren

Locken standen ihr in alle Richtungen. Sie wühlte darin herum und sah in aufmerksam an. Lächelnd verschränkte er die Hände hinter seinem Kopf. »Ich mag Fisch, aber keinen Honig«, begann er.

»Was?«, fragte sie lachend nach. »Jeder mag doch Honig.«

»Ich bin nicht jeder«, entkam es ihm ernst.

»Stimmt«, lächelte sie und beugte sich wieder über ihn. Küsste ihn lange und intensiv. »Ich mag zum Beispiel den Geschmack von Tomaten nicht«, plapperte sie los, als sie sich von ihm löste und ihre Augen einen neuen Glanz annahmen. »Aber ich mag diesen Geschmack«, hauchte sie rauchig und wanderte mit dem Mund über seinen Bauch, weiter hinab.

Samuel fiel in einen seichten Schlaf. Öffnete immer wieder die Augen und sah auf sein Handy. Eigentlich sollte er doch von dem Jetlag total gerädert sein. Sie war in jener Nacht bei ihm gewesen. Als ihr Vater starb. In den Armen seiner Frau, auf dem feuchten Rasen des Barnes-Anwesens und Isabelle war bei Samuel. Hatte womöglich gelacht, als ihr Vater seinen letzten Atemzug getan hatte.

»Es wird nie jemand etwas erfahren«, flüsterte er ihr ins Ohr und fuhr ihre geschwungene Hüfte entlang. Sie nickte. »Das hier hat nie stattgefunden. Aber egal was passiert ... vergiss mich nicht«, sprach sie genauso leise und sah ihm fest in die Augen. Ohne Schutzschild, ohne Schalk. Rein und offen. Er versprach es ihr stumm und küsste sie auf die Schläfe.

Dieses stumme Versprechen hatte er bis heute gehalten. Warum nur gerade *sie*? Warum ging ihm nur, von all den Mädchen und Frauen, gerade *sie* so unter die Haut? Dass er sie nicht vergessen konnte. Sie immer noch roch und schmeckte. Ihm war durchaus klar, dass es nichts mit Verliebtheit zu tun hatte. Mittlerweile litt er jedoch an einer regelrechten Obsession und so lange hatte er alles hinter Schloss und Riegel halten können. Es war der Kick gewesen, sie zu besitzen. Es war die Erregung gewesen, vor dem was kommen mochte. Es war einfach *sie* gewesen.

»Schön siehst du aus«, lächelte Samuel von der obersten Treppe, des dunklen Eingangsbereiches der Villa seiner Eltern hinab. Isabelle sah zu ihm auf und Samuel war es, als würde sie in einer Wolke gehüllt, Aphrodite gleich, zu ihm aufsteigen können. Vor nicht einmal einer Stunde hatte sein Vater, im großen Salon bekannt gegeben, wann Chloé und Samuel heiraten würden. Jetzt stand er hier und nicht im Salon neben Chloé, um noch mehr Glückwünsche entgegenzunehmen. Langsam schritt er die Treppen zu Isabelle nach unten. Wissend um jede Bewegung, um jedes Muskelspiel unter seinem Hemd, das sie genau beobachtete. Seit vier

Jahren hatte er ihr für diesen Kuss auf dem Schulflur ge-
grollt. Weil es ihn nicht losließ. Dieses Prickeln, welches ihn
überfallen hatte - ohne Vorwarnung. Und Samuel stand auf
den Kick. Er wollte es wieder haben. Drogen und Alkohol
gaben ihm nicht das, was er nur eine Sekunde lang an ihren
Lippen erlebt hatte. Auf der letzten Treppe blieb er vor ihr
stehen und zollte ihrer Zartheit Respekt. Sie würde einmal
eine sehr schöne Frau werden. Lehnte sich, mit verkreuzten
Armen vor der Brust an die vertäfelte Wand. »Ich hätte nicht
gedacht, dass ihr kommen würdet«, sprach er. Ihre schweren
Locken bewegten sich leicht, als sie sich halb von ihm weg-
drehte.

»Es geht doch nur um den Schein, oder? Also vertragen wir
uns alle und spielen heile Welt.« Ihre Lippen umspielte ein
unechtes Lächeln. Elegant streckte sie ihm ihre Hand entge-
gen und Samuel ergriff sie einfach. Zog ihre schmale Gestalt
zu sich, auf die Stufe.

»Nimm mich mit auf dein Zimmer«, hauchte sie leise gegen
sein Ohr. Er liebte Chloé und sie war ein schönes Verspre-
chen auf eine angenehme Zukunft und doch brachte er Isa-
belle nach oben, in sein Zimmer. Ohne Hetze und Hast. Sie
hatte gefordert und bekommen. So wie sie es eben gewohnt
war.

Ja, alles war nur ein Spiel, in dieser Welt. Doch dieses Spiel
sollte ihr Vater, in jener Nacht, verlieren.

Von sich selbst zutiefst angenervt, schaltete Samuel den
Fernseher an. Zappte umher, blieb an einer Dokumentation
über Ameisen hängen. Döste nach einiger Zeit leicht ein.
Schreckte jedoch wieder auf, als die grelle Werbepause
einsetzte. Zappte weiter, blieb an einer Sitcom hängen.
Seichte Unterhaltung - sehr gut. Doch auch das brachte
ihm nicht den gewünschten Schlaf. Und das nächste Programm schon gleich zweimal nicht. Gestöhne erfüllte, mit
einem Mal, die Stille in dem dunklen Zimmer. Leicht legte
er den Kopf schief, zog eine Augenbraue in die Höhe. Er
hatte ja auch schon auf viele Arten Sex gehabt, aber so …
na ja, sehr bequem sah das nicht aus, vor allem nicht für
die Frau.

»Das tut verdammt gut, mach weiter«, hörte er sich selbst,
mit erregt belegter Stimme, wie von weiter Ferne. Schnell
schaltete er den Fernseher aus. »Fuck, Isabelle Rose«,
schrie er verzweifelt in die Dunkelheit und pfefferte die
Fernbedienung von sich. Das Plastik zerschellte lautstark
in kleine Einzelteile. Aber es hatte ihm etwas Luft ver-
schafft. Als würden die Erinnerungen in Stücke zerschlagen

jetzt vor ihm liegen, um dann jedoch wie in Zeitlupe wieder ineinanderzufließen und sich zu einem Ganzen bilden.

Um ruhige Atmung bemüht, fuhr er sich über das Gesicht. Der Schlaf musste doch irgendwann von selber kommen. Bemühte sich um Dunkelheit, in seinem Gehirn. Irgendwann übermannte ihn dann doch der Schlaf, nur um am nächsten Morgen wie gerädert aufzustehen. Wie schon so viele Nächte zuvor.

~*~*~*~*~  ~*~*~*~*~

☆ Geschäftssinn schließt Menschlichkeit nicht unbedingt aus ☆

Die Verhandlung war, wie Samuel befürchtet hatte. Ein Gerangel und Gezerre um Dollar, um Einkaufspreise, um Rabatte, um Skonti. Und dabei waren sie noch nicht einmal zu ihrem eigentlichen Hauptdeal, dem Verkauf der Holifild Company, gekommen. Im Moment bezweifelte Samuel jedoch stark, dass es einen Deal geben würde. Dieser Mr. Maxwell Mason war ein extrem zäher Verhandlungspartner. Samuel war froh über diese jetzige kurze Unterbrechung. Die frische Luft tat gut, auch wenn es nur die des Büroflurs war. Zu viele Menschen in einem Raum. Seine empfindliche Nase ertrug halt auch nur ein gewisses Maß an Gerüchen und menschlichen Ausdünstungen. Außerdem war heute ein sehr warmer Tag. Es war Anfang August. Die Fenster konnten auf ihrer Etage des Hochhauses natürlich nicht mehr geöffnet werden, aber wenigstens die Klimaanlage etwas aufdrehen würde vielleicht helfen. Ein kurzer Blick auf seine goldene Armbanduhr verriet dem Blonden, dass erst zehn Uhr durch war. Beinahe wäre er heute zu spät gekommen, da diese Stadt zwar anscheinend ein Moloch an gelben und schwarzen Taxis war, aber niemand ihn mitnehmen wollte oder konnte. Dann nahm ihn jemand mit und das Ende vom Lied war, dass er die letzten drei Blocks hierher zu Fuß gehetzt war, weil der Stau sich wohl nicht mehr aufzulösen gedachte. Der nächste Schock als er von Mr. Mason freundlich empfangen wurde: Mr. Flatter, der Berater seines Vater stand neben Mason. Grinste diabolisch vor sich hin und Samuel war sofort auf hundertachtzig. War das wirklich ernst gemeint von seinem Vater? Vertraute er seinem Sohn so wenig? Mr. Flatter war ein enger Vertrauter seines Vaters. Ein Arschkriecher der alten Sorte und Barnes Senior mehr als ergeben. Bei ihm musste Samuel immer auf der Hut sein. Dass sein Anwaltsteam um Mr. Terry hier war, war ja selbstverständlich. Die hielten sich jedoch immer schön im Hintergrund. Traten eigentlich erst auf den Bildschirm, wenn Samuel oder sein Vater einen Deal ausgehandelt hatten oder zu rechtlichen Beratungszwecken, um dann die restlichen Formalien zu erledigen. Dass sie hierher nicht gemeinsam angereist waren, lag wohl eher daran, dass Samuel es bevorzugte in anderen Hotels unterzukommen. Generell wollte er seine

Ruhe von diesen Aasgeiern. Reinreden in die Geschäfte wollte sich Samuel nicht lassen, außerdem war ihm durchaus bewusst, dass sein Vater die beiden Männer mehr zur Überwachung von seinem Sohnemann, als zur Unterstützung, mit in die Verhandlungen eingebracht hatte. Ohne seines Wissens und das wurmte den Blonden ungemein. Deswegen ignorierte Samuel auch soweit es ging Mr. Flatter und versuchte sich voll und ganz auf seine Arbeit zu konzentrieren. Wie auch gedacht, hielten sich alle im Hintergrund. Sie arbeiteten zwar für ›Barnes and son‹, hatten aber augenscheinlich doch genug Respekt Samuel gegenüber. Vielleicht lag es auch eher daran, dass sie sonst ihren Arbeitsplatz verlieren könnten.

Genervt holte Samuel sich einen dieser schlecht schmeckenden Automatenkaffees und spuckte im nächsten Moment den Schluck wieder aus. Wie ihn die schwarzhaarige Frau neben ihm angeekelt ansah und dann eiligen Schrittes davoneilte, nahm er gar nicht mehr wahr. Vornübergebeugt wischte er sich Kaffee aus dem Mundwinkel. Zog die Stirn kraus und sah auf die marmorne Eingangshalle der Madison Company hinab. Gaukelte ihm sein Gehirn schon wieder etwas vor? Kurz kniff er die Augen zusammen. Sah jedoch nur das zugleich schönste und schrecklichste Bild vor sich, als er die Augen wieder öffnete. Er hatte sich diesen Augenblick lange und oft vorgestellt. In allen möglichen Variationen: schlimme, schöne, heitere, erotische, humorvolle. Doch das hier jetzt kam nie darin vor. *Sie* nach so langer Zeit zu sehen und dann an den Lippen eines anderen. An den Lippen seines Verhandlungspartners. Strich ihm auch noch liebevoll über die Wange, als sie sich sanft von ihm löste - selig lächelnd.

Eigentlich hatte er immer mit einem pochenden Herzen gerechnet. Mit Schweißausbruch und einem rasenden Puls. Aber alles blieb aus. Schnell putzte er sich den Mund ab und warf den Kaffeebecher in den Mülleimer. Sein Gehirn begann augenblicklich zu rattern. Was machte sie hier? Ihre hohen Pumps klapperten auf den Marmorplatten, wurden etwas gedämpft als sie die, mit Teppich ausgelegten, Treppen nach oben stieg. Ihm immer näher kam.

»Mr. Barnes, lassen Sie die Finger von diesem Automaten. Der Kaffee schmeckt nicht wirklich. Ich muss Lindsey noch sagen, dass sie neuen für uns aufsetzen soll«, ertönte vollmundig und tief die Stimme des gut aussehenden Mr. Mason. Große sportliche Figur, sehr breitschultrig, braune Augen, schwarze Haare. Samuel sah Mr. Mason gerade in einem ganz anderen Licht, als noch Minuten zuvor. Viel attraktiver, viel protziger, viel unsympathischer. Doch eigentlich hatte er nur Augen für *sie*. Isabelle Rose war zur Frau geworden. Kaum erinnerte noch etwas an das Mädchen von damals und doch hätte er sie wohl überall wiedererkannt. Elegant in einen Hosenanzug gekleidet - grau meliert, blaue Satinbluse. Die Locken ordentlich und frei über ihre Schultern und Rücken. Jedoch erheblich kürzer als früher. Das gefiel ihm nicht, stellte Samuel sogleich fest. Sie kam auf ihn zu, mit einem Lächeln, welches nicht ihre Augen erreichte. Es lag kein Wiedererkennen darin. Nur aufgesetzte Freundlichkeit, die sie wohl jedem entgegenbrachte.

Maxwell Mason lächelte freundlich, erinnerte kaum an die kühle Fassade des Geschäftsmannes von gerade eben noch. Erst recht nicht, als er Isabelle offen anlachte. Es war nicht nur auf seinen Lippen, es erreichte auch seine Augen. »Darf ich Ihnen Miss Rose vorstellen, Mr. Barnes?« Maxwell stellte sich dicht neben Isabelle. Diese streckte Samuel ihre schmale Hand, zur Begrüßung, entgegen. Samuel ergriff sie sofort und verbeugte sich leicht.

»Schön Sie kennenzulernen, Mr. Barnes«, sprach sie freundlich. Noch immer kein Anzeichen eines Erkennens. Dann würde er wohl mitspielen. Grüßte auch sie höflich und entzog seine Hand wieder ihrer. Ihr Londoner Akzent war kaum noch zu hören. Jetzt stand sie leibhaftig vor ihm. So weiblich wie er sie sich nie vorgestellt hatte. So elegant, wie er sie noch nie gesehen hatte. Der Albtraum und Traum seiner schlaflosen Nächte. Zumindest gestern Nacht. Wenn er daran dachte, was er gestern alles gedacht und was er auch noch getrieben hatte. Peinlich berührt sah er kurz zur Seite. Nur um dann den Blick zu heben und direkt in ihre funkelnden braunen Augen zu sehen. Lag darin Schalk? Oder lag in ihren Augen Schalk, weil er es so sehen wollte? Doch Maxwell Mason unterbrach seine Gedanken und auch den Blickkontakt zu Isabelle, als sich diese abwandte, weil er zu sprechen begann. »Heute ist es wieder sehr heiß«, wandte sich wieder Samuel zu. Heiße Verhandlungen standen noch aus, dachte sich der Blonde zerknirscht und Mason war ein guter Geschäftsmann. Es würde hart werden. Aber was machte Isabelle hier, verdammt nochmal?

»War die Anreise sehr schlimm? Ich meine, ich hasse Jetlags. Sie müssen ja noch ganz groggy sein«, plapperte Isabelle vor sich hin. Als würde sie irgendjemanden, freundlich aber eigentlich desinteressiert, nach seinem Wohlbefinden fragen. Aus Höflichkeit eben.

»Na ja, was unternimmt man nicht alles für das liebe Geld« erwiderte Samuel gelassen lächelnd und Maxwell lachte frei über diesen Witz. So auch Isabelle. »Da haben Sie vollkommen recht. Zeit ist Geld, vor allem in unserer Branche. Also sollten wir gleich loslegen«, sie nickte noch einmal den verdutzt dreinblickenden Samuel zu und ging an ihm vorbei. Automatisch fing er ihren Duft auf. Ein schweres, nach Rosen duftendes Parfüm. Wie er einschätzte ein sehr teures. Aus dem Augenwinkel sah er Maxwell Mason schief grinsen, als dieser auf ihren runden Hintern starrte. Nach ein paar Schritten drehte sie sich noch einmal um. »Meine Herren, wollen wir nicht zu den Verhandlungen gehen?«, fragte sie lächelnd. »Max?« Ihr Lächeln wurde tiefer, stellte Samuel fest. Schön, sie hing vorhin an seinen Lippen und jetzt benutzte sie seinen Kosenamen. Das konnte nur eins bedeuten. Aber ihn schockierte eigentlich etwas ganz anderes. Samuels verdutzter Blick glitt zu Maxwell Mason. Der nickte nur und bat Samuel mit der Hand den Vortritt an. Verhandlungen? Aber warum wollte Isabelle zu den Verhandlungen? Auf diese Fragen bekam Samuel schnell eine Antwort. Nämlich in dem Moment, als er sich in seinen Stuhl setzte und Isabelle an das Kopfende des Tisches trat. Sein Herz rutschte in den Keller, als er langsam meinte zu begreifen und begann eins und eins zusammenzuzählen. Mason setzte sich nicht, wie zuvor, an das Kopfende des Tisches, sondern einen Platz daneben. Hielt seinen vorherigen Platz jetzt für Isabelle frei. Warum zum Teufel war ihm nie ihr Name untergekommen? Fassungslos fing Samuel hektisch, in seinen Unterlagen, zum Blättern an. Aber nichts. Unter dem Emblem der Madison Company stand kein anderer Name.

»Warum ist Miss Rose hier?«, fragte ein junger Mann, nicht unweit von Samuel leise, seinen nächsten Sitznachbarn. Samuel sah, dass jener mit den Schultern zuckte. »Vielleicht will die Chefin uns beobachten, bei der Arbeit? Live«, grinste er. Der junge Mann grinste zurück. »Nehmen Sie sich in Acht, Mr. Barnes. Sie ist ne Wucht, wirklich«, brach es aus dem jungen Kerl heraus und zwinkerte Samuel vertraulich zu. Ach, war sie? Und das konnte der kleine Knirps beurteilen? Doch Samuels gehässige Gedanken wurden sogleich abgelenkt - von ihr. Natürlich konnte der Knirps das beurteilen. Das konnte wohl jeder Mann in diesem Raum beurteilen.

Zunächst begrüßte sie noch freundlich, aber sehr oberflächlich Samuels Berater und Anwälte, bevor sie sich den restlichen Männern zuwandte. »Guten Tag, meine Herren.

Tut mir sehr leid, dass Sie schon ohne mich anfangen mussten. Aber ich stand im Stau«, sprach sie mit einem Lächeln in der Stimme. Allgemeines Gelächter. Ja, das kannte man. In New York im Stau zu stehen gehörte zum Alltag. Das hatte Samuel heute Morgen selbst erfahren dürfen. Sie setzte sich und schlug elegant ein schlankes Bein über das andere. Öffnete ihren Laptop. Samuel sah sich wieder kurz um, obwohl er wusste, wer alles anwesend war. An dieser Verhandlung nahmen ausschließlich nur Männer teil. Ein Notar, zwei Anwälte, Aufseher, wirtschaftliche Berater, Branchenkenner. Brav gerecht aufgeteilt für seine Firma und die Madison Company. Doch er wollte deren Reaktion, hinsichtlich des Erscheinens von Isabelle, sehen. Alle Augen waren auf sie gerichtet. Sie bildete irgendwie eine unwirkliche Insel. Und dem stillen Respekt nach zu urteilen, den die Herrschaften der Dame gegenüber zollten, war sich Samuel jetzt ganz sicher was sie hier repräsentierte: die Madison Company. Seine weitere Verhandlungspartnerin. Ihm schwante irgendwie plötzlich Böses. Ein Blick in die Richtung seines Anwalts ließ erahnen, dass dieser genauso überrascht zu sein schien, wie er selbst. Sein Berater jedoch blieb ganz cool. Am liebsten hätte Samuel Isabelle zur Seite genommen und kurz mit ihr gesprochen. Er wollte schon ansetzen, als ihm jemand zuvorkam.

»Über das Hauptgeschäft haben wir noch nicht gesprochen«, begann Mason. Auch ihn würdigte Isabelle keines Blickes. Nickte nur abwesend.

»Ich habe nicht mehr alles so im Kopf. Vielleicht kann mich ja jemand auf den neuesten Stand bringen?«, fragte sie in die Runde und sah sich ernst von einem Gesicht zum anderen um, sah dann wieder auf ihren Laptop und tippte etwas hinein, bevor sie sich zurücklehnte, jedoch weiter unverwandt auf den Bildschirm sah. Abwesend wirkend spielte Isabelle mit einem Kugelschreiber, in ihrer Hand und klickte sich durch Programme. Samuel spürte sofort die Unruhe die entstand, im Raum. Sah mehrere Männer aufstehen und zu ihr gehen.

»Vielleicht unser Gast selbst, Mr. Barnes? Schließlich verhandeln wir ja mit ihm«, sprach sie auf einmal, sah jedoch nicht von ihrem PC auf. Klickte wieder. Die Männerschar blieb sofort stehen und alle wandten ihren Kopf in die Richtung des Blonden. Samuel sah Unglaube, wie auch unverhohlenen gebrochenen männlichen Stolz, der ihn aufzuspießen drohte. Klasse, eine Henne unter lauter Hähnen, die alle bereit waren zu kämpfen. Das war nicht gut. Gar nicht gut. Kurz räusperte er sich. Nahm die Akte in die

Hand, die eigentlich auch ihr vorlag, für die sie sich aber augenscheinlich nicht interessierte. Na dann, auf in die Schlacht.

»Unsere Firma ist bereit zweidrittel der Aktien der Holifild Company zu übernehmen, dafür erwarten wir lediglich ein Mitspracherecht für weitere Aktienverkäufe«, sprach er geschäftsmännisch seriös und schluckte anschließend einen riesengroßen Klos hinunter. Sie hatte vorhin keinerlei Anstalten gemacht, ihn erkannt zu haben. Sie musste ihm ja nicht um den Hals fallen, oder so etwas. Aber wenigstens ein oder zwei Sätze. Nein, so hatte er sich sein Wiedersehen mit Isabelle Rose wirklich nicht vorgestellt. Er wusste zwar nicht genau, wie es hätte ablaufen sollen oder ob es überhaupt hätte stattfinden sollen. Aber so war das auch keine Alternative.

Isabelle lachte glockenhell auf und lehnte sich in ihren Stuhl zurück, stützte ihre Ellbogen an den Lehnen ab und spielte mit dem Kugelschreiber. Drehte ihn zwischen ihren langen schlanken Fingern hin und her. »Ganz im Ernst, Mr. Barnes. Was wollen Sie wirklich?« Sah ihn herausfordernd an. Ihr Lächeln war leicht spöttisch angehaucht. Ihre Augen verankerten sich mit seinen. Okay, jetzt begann sein Puls leicht zu galoppieren.

»Wir erwarten nicht viel von dieser Firma und da Sie jene anscheinend gar so zerstückeln wollen«, fing er an, doch er wurde von ihr unterbrochen: »Wir wollen sie nicht zerstückeln.«

Ein höhnisches Lächeln entkam ihm. »Nein, nur den größten Gewinn daraus ziehen. Möglichst hoch an möglichst viele Interessenten zu verkaufen.« Sie zuckte nur kurz mit den Schultern. Ja, jeder wollte nur den größten Profit daraus ziehen. Kapitalismus pur eben. »Würden Sie etwa nicht?«, kam es daher auch prompt von ihr zurück. Unterdrücktes Gelächter hörte Samuel neben sich. Natürlich würde er. Aber etwas anderes wäre ihm noch lieber. Alles zu bekommen - auf einmal.

»Wenn Sie uns das richtige Angebot machen, dann verkaufen wir auch im ganzen Stück. Dafür sind Sie doch auch hergekommen, oder? Sie würden nicht so weit fliegen, wenn die Firma so wenig Ihren Erwartungen entsprechen würde«, stellte sie kühl klar. Maxwell wollte etwas zu ihr sagen und legte eine Hand auf ihren Arm. Doch sie beachtete ihn nicht, sah weiterhin unverwandt Samuel an.

Super, das war das eigentliche Ziel von Samuel und seinem Vater gewesen. Sehr gut. »Wenn der Preis stimmt«, ergänzte sie unnötigerweise. Sie war sehr tough geworden. Redegewandt war sie ja schon immer. In dem Fall sehr hochnäsig. Aber sie musste auch eiskalt sein, sonst hätte sie es, in dieser Männerdomäne nie so weit gebracht. Sie ging mit Sicherheit auch über Leichen. Da gab sich Samuel keiner Illusion hin. Das taten sie alle: Ihr Vater, sein Vater, Chloés Vater. Er wollte jedoch nicht so eine Leiche sein. Straffte seine Schultern. Ihr Lächeln wurde breiter. Musterte sein Gesicht und legte den Kopf leicht schief. Entließ ihn nicht aus ihrem Blick.

»Mr. Bates. Wie sehen denn die Zahlen für dieses Unternehmen konkret aus?«, sprach sie zu jemandem, sah dabei jedoch immer noch Samuel an. Nahm ihren Kugelschreiber zwischen die Lippen. Das ließ Samuel hart schlucken. Ihr Lächeln verzog sich zu einem Grinsen. Nur aus dem Augenwinkel konnte Samuel sehen wie der angesprochene Herr begann hektisch in seinen Unterlagen zu blättern. »Was ist Mr. Bates? Wieder einmal alles verlegt?«, sprach Isabelle süßlich, doch niemanden entging ihr strenger Unterton. Ihr erster Warnschuss, war Samuel sofort klar. Dafür kannte er diese Art zu sprechen einfach zu gut. Sein Vater sprach früher auch so mit ihm. Auch heute noch manchmal. Er selbst sprach so oft genug mit seiner armen Sekretärin. Sein Blick glitt zu dem armen Tropf. Geknickt wirkend und älter als er wohl war. Auf Mr. Bates` Stirn hatte sich bereits ein leichter Schweißfilm gebildet. Man konnte ihm direkt die Erleichterung in seiner Haltung ansehen, als er wohl die gewünschten Unterlagen gefunden hatte. »Die Company ist an Herstellung und Endmontage von zurzeit circa fünfzig Hangarflugzeugen und Kleinmaschinen pro Jahr beteiligt und ...«, begann er stotternd, doch Isabelle unterbrach ihn. Stand auf.

»Was heißt circa? Ich will konkretere Zahlen hören.« Ihr Ton jetzt schon eine feine Nuance schärfer. Ihr zweiter Schuss. Samuel bekam langsam Mitleid mit Mr. Bates. Seine Augen jedoch folgten jeder ihrer weichen Bewegungen. Sie mochte zwar toughe Geschäftsfrau sein, aber sie war auch durch und durch Frau - weiblich und sinnlich. Ihre Augen überschattete mit einem Mal etwas, als sie aus dem Fenster sah. Jedoch war es nicht klar definierbar. Traurigkeit, Sehnsucht? Sein Blick glitt weiter ihre Figur entlang. Sie war top und ihr Arsch ... also, der war ...

»Konkret für jeden Monat?«, fragte Mr. Bates schüchtern nach und Samuel kniff mitleidig kurz die Augen zusammen. Das hätte er nicht fragen sollen. Süßlich lächelnd drehte sich Isabelle um. Schöne unechte Maske die sie aufgesetzt hatte, fand Samuel. Sie hatte extrem viel gelernt, die letzten Jahre. Wirkte hart und unnahbar. Wissend, dass alle Blicke auf ihr ruhten. Dass jeder Schritt wegweisend war, den sie ging. Den sie aufzeigte. Den sie verwirklichte.

Mit federleichten Schritten ging sie zu ihrem Angestellten hinüber und beugte sich von hinten über ihn. Samuel sah, wie Mr. Bates` Atmung schneller wurde. Seine Hand sich um die Unterlagen verkrampfte. Als wollte er sie nicht loslassen, weil damit sein Schicksal besiegelt war. Sie griff jedoch über seine Schulter und entzog ihm unbarmherzig die Unterlagen.

»Unsere Personalkosten werden sich circa minimieren«, fing sie lächelnd zum Sprechen an. Samuel hörte wie vereinzelt jemand hart Luft holte. »Oho«, entkam es dem jungen Mann neben Samuel sehr leise. Sie schritt zu ihrem Platz und besah sich die Unterlagen, schmiss sie dann unachtsam vor sich auf den Tisch und drehte sich wieder Mr. Bates zu. Kein Lächeln mehr auf ihren Lippen. Eiskalt ihre Augen. »Das heißt: konkret diesen Monat.« Peng. Letzter Schuss. Getroffen. Samuel wagte keinen Blick mehr zu Mr. Bates. Wie er sich vorhin schon gedacht hatte: sie agierte eiskalt. Und das hieß für die nächsten Verhandlungstage: sich warm anziehen. Nein, so war ein Wiedersehen mit ihr wirklich nicht geplant gewesen.

Elegant setzte sie sich in ihren Stuhl und rollte zum Tisch, während Mr. Bates, unter Gemurmel von anderen, aufstand und seine Aktentasche gegen seine Brust drückte. Einige wollten ihn aufhalten, andere sahen betreten auf ihre Finger oder in die Luft. Isabelle sah ihm nicht nach. Ihre Aussage war klar und deutlich gewesen und jeder hatte es verstanden. Hier tanzte man nur nach einer Pfeife und das im richtigen Ton oder man flog aus dem Chor. Nach und nach trat wieder Stille ein, während Isabelle die Blätter durchging. Mal hie und da die Stirn krauste.

»Miss Rose?« Alle drehten sich zur Tür, als die Stille unterbrochen wurde. Eine ältere Dame, mit weißen fein zurechtgelegten Haaren und Nickelbrille stand im Türrahmen und sah Isabelle erwartungsvoll an. Doch diese hob nicht einmal ihren Kopf. »Nicht jetzt, Lindsey. Hatte ich mich nicht konkret genug ausgedrückt?«

Lindsey nickte nur. Verstehend, nicht beleidigt. Wollte gerade die Tür schließen. »Ach, Lindsey, noch etwas. Haben wir nichts mehr zu trinken? Unsere Gäste aus England müssen doch einen schrecklichen Eindruck von uns haben, wenn wir sie so vernachlässigen«, alles gesprochen, ohne einmal aufzusehen. Lindsey nickte wieder und verschwand.

Isabelle blätterte wieder eine Seite um. »Wie ist das Wetter zur Zeit in London, Mr. Barnes?«, sprach sie so gelassen, als würde sie nicht gerade etwas über Millionenaufträge lesen, sondern einfachen Smalltalk betreiben.

»Ähm ... Regen, zumindest als ich losgeflogen bin«, antwortete er genauso gelassen. Erinnerte sich daran, wie er gemeint hatte, sie an der Bushaltestelle gesehen zu haben, unter einem pinken Regenschirm. Isabelle nickte geistesabwesend und sah dann plötzlich auf. Blickte sich in der Runde um. »Wer war für die Überwachung der eingegangenen Aufträge für die Holifild Company, in den letzten zwei Monaten, zuständig?«

Samuel entging nicht, wie einige Männer erleichtert ausschnauften. Sie waren augenscheinlich nicht dafür zuständig gewesen.

»Das war ich, Miss Rose«, sprach ein kleiner untersetzter Mann, mit Glatze. Isabelles Lächeln wurde breiter - ehrlicher. Den mochte sie anscheinend, dachte sich Samuel. »Schön, Mr. Eton. Was können Sie mir dazu sagen?«, verschränkte ihre Finger auf dem Tisch miteinander und beugte sich weiter vor. Ihre Bluse war nicht weit aufgeknöpft, doch Samuel entging nicht die Blicke der Männer. Ihm entging auch ein anderes Detail nicht - ihr Medaillon. Es war silbern, er schätzte aus Titan. Rundherum mit Rubinen besetzt. Sehr edel, aber nicht protzig. Wer sich darin wohl befand? Sein Blick glitt weiter zu ihren Fingern - keine Ringe. Sie nannte sich noch immer ›Miss‹. War demnach nicht verheiratet. Es schien als hörte Isabelle Mr. Eton aufmerksam zu und lehnte sich wieder zurück in ihren Stuhl. Samuel folgte ihm nicht aufmerksam. Er beobachtete ihr Gesicht. Stellte Parallelen zu früher her. Ihre Wimpern zum Beispiel, sie waren immer noch so lang und geschwungen. Sie war immer noch kaum geschminkt. Meistens stellt man eine Person, die man von früher kannte auf einen Schemel voll Glanz und Gloria, den diese Person in Wirklichkeit nicht erreichen kann. Bei Isabelle war das etwas anderes. Sie erreichte dieses Bild und überragte es bei Weitem. Versunken in ihren Anblick, lehnte sich Samuel in seinen Sessel und tippte sich, mit dem Finger, an den Mund.

Langsam fuhr sie über seine Lippen, mit ihren. »Wir sollten nicht darüber nachdenken was wir hier tun«, sprach sie leise.

»Keine Konsequenzen«, entgegnete er und sie nickte lächelnd, bevor sie mit ihrer Zungenspitze um Einlass bat. Ihre Hand

sich leicht auf seine Brust legte und Kreise auf seiner warmen Haut malte.

Samuel wurde jäh aus seiner Tagträumerei gerissen und erschrak, als sie plötzlich ihren Blick mit seinem verankerte, ohne den Kopf zu drehen. Genauso schnell jedoch wieder wegsah. Gedankenlesen konnte sie nicht, sonst wäre er am Arsch. Hatte sie ihn immer noch nicht erkannt?

»Vielleicht kann uns Mr. Barnes erörtern, warum Sein Unternehmen unbedingt diese kleine Company haben möchte?«, sprach Isabelle ruhig und drehte sich mit ihrem Stuhl zu Samuel. Wartete auf eine Reaktion von ihm. Die musste er ihr liefern und zwar möglichst gelassen wirkend. Und er musste gute Argumente liefern, sonst würde die Firma an jemand anderen gehen und das würde seinem Vater nicht schmecken.

»Unser Unternehmen möchte mit Menschen zusammenarbeiten, welche Wert auf qualitative Produktion legen ...«, doch sie unterbrach ihn: »Menschen?«, fragte sie, mit einer fein gezupften heraufgezogenen Augenbraue, skeptisch nach.

»Ja, Menschen. Die arbeiten in einem Betrieb normalerweise«, entkam es Samuel schon leicht angefressen, weil sie ihn unterbrochen hatte. Samuel hörte neben sich den jungen Mann erschrocken aufstöhnen. Was? Durfte er der Chefin nicht Kontra bieten? Er würde jedenfalls nicht kuschen, diese Rolle könnten die anderen übernehmen.

»Sicher, aber dass gerade Sie an die dort arbeitenden Menschen denken«, entgegnete sie. Der Hohn triefte nur so aus den Worten. Vollendete den Satz nicht, ließ ihn jedoch vielsagend ausklingen. Sie wedelte mit ihrer Hand, forderte ihn auf weiterzureden.

»Da kommt doch glatt die Frage auf, warum die eigentlichen Betreiber des Unternehmens nicht anwesend sind«, entkam es Samuel genauso höhnisch. »Das ist doch eigentlich üblich, bei solchen Verhandlungen.« Ausschließlich alle Augenpaare in dem Raum ruhten nun auf ihm. »Mr. Barnes, nicht«, flüsterte sein Anwalt, Mr. Terry, ihm zu. Doch Samuel sah nur auf Isabelle. Freute sich insgeheim, dass sie versteifte und er sie offensichtlich provozieren konnte. Jetzt fing das Spiel erst wirklich an. Sie stand auf und zog ihren Blazer gerade, wo es eigentlich nichts geradezuziehen gab. Schritt zu ihm rüber, ohne ihn anzusehen. Samuels Blick huschte zu Maxwell Mason. Jener beobachtete Isabelle ganz genau. Legte die Stirn in Falten, als sie sich neben Samuels Stuhl stellte und sich zu ihm vorbeugte. Sein Berater zog eine Augenbraue in die Höhe und

Samuel war klar, dass er alles brühwarm seinem Vater erzählen würde. Wieder fing Samuel ihren Duft auf und wieder spürte er wie sein Blut schneller durch die Venen geschossen wurde. Wie seine Schweißproduktion auf Hochtouren lief. Masons verwirrten Blick versuchte er einfach zu ignorieren. Genauso wie die der anderen Anwesenden. Mit einer Hand stützte sie sich neben ihm am Tisch ab. Berührte leicht seinen kleinen Finger, mit ihrem Daumen. Sehr leicht, aber Samuel nahm die Stelle wahr, als läge ihre ganze Hand auf seiner.

»Weil Ihr lieber Herr Vater darauf bestand, diese Menschengruppe auszuklammern«, sprach sie so leise gegen sein Ohr, dass es kein Anderer verstehen konnte, »Sie einfach zu ignorieren und es wohl noch immer nicht für angebracht hält, mit Menschen ...«, sie hielt kurz inne. Samuels Kopf schoss sofort zu ihr. Sie sah ihn eiskalt an. Genau so, wie vor wenigen Minuten Mr. Bates und nur zu gut konnte sich Samuel jetzt in den armen Mann hineinversetzen. Sie war ihm so nah, dass er sich nicht einmal groß hätte vorbeugen müssen, um ihre Lippen zu beführen. »Niedrigerer Gehaltsschichten zu verkehren«, schloss sie hart.

Eins war ihm jetzt schlagartig klar: Sie wusste ganz genau, mit wem sie es zu tun hatte. Jetzt galoppierte sein Puls nicht mehr - er raste. So nah, wie sie stand, musste sie seinen extrem schnellen Herzschlag unweigerlich hören. Ohne ihn weiter anzusehen, stieß sie sich vom Tisch ab und ging zu ihrem Stuhl zurück. Blieb dahinter stehen und sah in die Runde. Samuel versuchte das gerade Erlebte noch zu verarbeiten, da fing sie schon erneut zum Reden an. »Nur ein erlesener Kreis, der kaum etwas zu Stande bringt«, sprach sie mehr zu sich selbst und griff sich ins Haar. Ihr Blick huschte zu Mr. Flatter und blieb dann auf Samuel hängen. Sah die vereinzelten verwirrten Blicke ringsherum und versuchte weiterhin standhaft sie nicht wahrzunehmen. Woher sollten die Männer auch wissen, dass Isabelle gerade auf die Clique rund um seinen Vater anspielte, die ihre Familie zerstört hatte. Samuel hatte es durchaus verstanden und die Endorphin- und Adrenalinausschüttung in seinem Gehirn arbeitete gerade auf Hochtouren. Dass Isabelle ihn jedoch so außer Tritt bringen konnte war nicht gut. Das war nicht passend. Das war absoluter Müll.

»Qualität ist aber oft wichtiger als Quantität«, entgegnete er gepresst zwischen den Lippen. Die Qualität stimmte nicht, aber alles so von ihr an den Kopf gepfeffert zu bekommen, konnte er doch auch nicht einfach so über sich ergehen lassen, oder? Sein Blick huschte zu seinem Berater. So wie er angefressen dreinsah, gefiel ihm die Wendung hier gar nicht.

Wieder zog Isabelle eine Augenbraue in die Höhe. »Sie wissen aber schon, dass diese Company kaum Wert auf Qualität bei den Schrauben legt?«, fragte sie süßlich nach.

Samuel war noch zu sehr gefangen, von ihrer offenen Konfrontation. Sie hatte zugegeben, ihn zu kennen. Nur ihm gegenüber, aber sie hatte. Doch es ging hier gerade um andere Dinge und ihre Frage auf seinen Konter ließ erahnen, dass auch Isabelle wieder im geschäftlichen Bereich angekommen war. Doch die Frage verstand Samuel jetzt nicht wirklich. Sie musste seine Verwirrung wahrgenommen haben, denn sie sprach erklärend weiter: »Wie auf Seite fünfundzwanzig nachzulesen ist.« Lautes Blättern trat mit einem Schlag ein und auch Samuel blätterte zu genannter Seite, in seinen Unterlagen, um. Isabelle sprach einfach weiter und setzte sich auf ihren Stuhl: »Das Unternehmen steckte in Forschung und Entwicklung die letzten drei Jahre mehr als zehn Millionen Dollar. Für die Schrauben legten sie jedoch gerade einmal eine Million auf den Tisch«, sie stand wieder auf und ging hin und her, »Ich weiß ehrlich gesagt nicht, wie viele Schrauben so ein Flugzeug fast, aber bei fünfzig gebauten pro Jahr ...«, stellte sich wieder ans Fenster, »na ja, ich möchte nicht unbedingt in einem dieser Flieger sitzen«, schloss sie süffisant grinsend. Erntete von den Herren zahlreiche Lacher.

Samuel folgte einer Zahlenkolonne, mit dem Finger. Sie hatte recht. Das stand es, schwarz auf weiß. Mist, sie war gut. Was ihm jedoch nicht passte: Sie hatte ihn nicht nur auflaufen lassen, sondern vor versammelter Mannschaft bloßgestellt. Angefressen mahlte er mit den Backenknochen. Da trug er selbst Schuld. Er hatte die Unterlagen ja auch schon seit einer Woche vorliegen. So konnte sie jedoch nicht mit ihm umspringen. Nicht Isabelle Rose und langsam erwachte ihn ihm die alte Verhaltensweise ihr gegenüber - wie damals. Nur zu gut erinnerte er sich, warum ihre bloße Anwesenheit ihn in Raserei versetzten konnte. Dieser überhebliche Blick, dieses selbstsichere Auftreten, welches ihrer ganzen Familie eigen war. Nur weil sie von Adel waren und seine Familie nicht. Nicht gut genug für sie. Er nie gut genug gewesen wäre für Rose Senior. Nie dessen Segen für seine einzige heilige Tochter und ihn bekommen hätte.

Doch sein Kontra konnte er nicht mehr ausführen. Die Tür öffnete sich und Lindsey brachte, mit einer jungen, blonden

Frau Getränke und Gebäck herein. »Hier ist alles. Tut uns leid, Miss Rose. Wir hatten noch alles für die nächste Verhandlung vorzubereiten.« Isabelle lächelte nur milde, über die Schulter.

Samuel sah unverwandt Isabelle an. »Wenn ich Sie so sprechen höre, Miss Rose«, ihren Namen besonders betonend, »muss ich mir unweigerlich die Frage stellen, ob Sie überhaupt verkaufen wollen. Eigentlich redet man doch seine Ware nicht schlecht.« Sie sah auch ihn lächelnd über die Schulter an und sein Herz blieb für eine Sekunde stehen. Nur um extrem schnell wieder zum Pochen anzufangen. Sie sah wieder genauso aus, wie damals, in jener Nacht. Als sie in seinem Bett saß und ihn verschmitzt über die Schulter angelächelt hatte. Mit nichts an, außer einem dünnen Laken um ihren schlanken Körper gewickelt, einer wilden Lockenmähne und große braune Augen als Schmuck.

»Vielleicht will ich die Verhandlungen aber auch nur hinauszögern, Mr. Barnes«, entgegnete sie ihm. Auch seinen Namen besonders betonend. Drehte sich vollends um und setzte sich wieder. Sah ihn immer noch lächelnd an und ihr Grinsen wurde breiter, als die junge blonde Assistentin von Lindsey sich über Samuels Schulter beugte und ihm ein wunderschönes Lächeln schenkte, als sie vor ihn eine Flasche Wasser und Orangensaft stellte. Er lächelte freundlich zurück, konnte sich jedoch einen Blick auf ihren Hintern nicht verkneifen, als sie den Raum wieder verließ.

»Zufrieden oder soll es etwas Heißeres sein?«

Das riss ihn wieder in die Gegenwart und sein Blick huschte sofort zu Isabelle. Die biss in ihren Kugelschreiber und legte wieder ein Bein über das andere. »Können Sie tanzen, Mr. Barnes?«, fragte sie freundlich weiter. Samuel hörte vereinzelte Aufschnaufer, unter den Männern. Isabelle wusste eigentlich, dass er tanzen konnte. Die zahlreichen Bälle auf dem Anwesen seiner Eltern hatte auch sie besucht.

»Ja, warum?«, fragte er leicht angefressen nach und schenkte sich Wasser ein. Sie knabberte noch immer auf ihrem Kugelschreiber und lenkte damit nicht nur seine Aufmerksamkeit wieder einmal auf ihren Mund. Abrupt ließ sie von dem Plastikding ab, warf den Kugelschreiber auf den Tisch und besah sich ihre fein manikürten roten Fingernägel. »Schön. Sie bleiben ja noch länger in der Stadt, nicht wahr?« Samuel nickte nur, obwohl sie es nicht sehen konnte und nahm einen Schluck. »Übermorgen ist ein Empfand, beim Gouverneur von New York City. Ich würde mich freuen, wenn Sie mich dorthin begleiten.« Mit einem

Mal sah sie ihn an und verankerte ihren Blick mit seinem. Tief und tiefer zog sie ihn mit ihren Augen. Reagierte auch nicht, als Maxwell ihr etwas zuflüsterte. Stille trat ein und Samuel wagte keinen Blick in die Runde. Hatte Angst, allein durch Blicke könnte er von der Männerschar wieder erdolcht werden. Er tat es dann doch, nur um bestätigt gleich wieder zu ihr zu blicken. Vor allem Maxwell Mason sah wie ein Fisch auf dem Trockenen aus.

»Es wäre mir eine Ehre«, entgegnete Samuel schnell und nicht recht wissend, warum er das jetzt getan hatte. Das war eindeutig keine gute Idee. Zur Bestätigung nickte sie und stand auf. »Für heute ist wohl alles besprochen, meine Herren. Ich wünsch noch einen schönen Nachmittag und Abend«, sprach sie ruhig und ging zur Tür. Sie hatte den Schlusspunkt gesetzt. Alle anderen gehorchten. Sofort waren drei Männer zur Stelle und traten sich gegenseitig auf die Füße, nur um ihr die Tür aufzuhalten. Am Schluss war es Maxwell Mason der ihr die Tür aufhielt und mit der Hand auf ihrem Rücken sie nach draußen begleitete. Samuel blieb wie versteinert sitzen. Atmete erst einmal kräftig ein und aus. War zu verdutzt über diesen Tag, über das Wiedersehen, über Isabelle, über ihre Verabredung.

»Wow. Sie gehen mit Miss Rose aus«, hörte Samuel die nasale Stimme neben sich, von dem sehr schlanken jungen Mann. Sein entrückter Blick ließ erahnen, dass er wohl auf seine Chefin stand, die jedoch mindestens zehn Gehaltsklassen und so manch andere Klasse über ihm stand. Samuel packte seine Sachen und musste schmunzeln. Was würde der Knirps wohl dazu sagen, wenn er ihm erzählen würde, dass er sie sogar schon einmal im Bett hatte?

»Mr. Flatter«, sprach Samuel sofort seinen Berater an, als dieser sich anschickte das Zimmer zu verlassen. Dass er angesprochen wurde, passte dem älteren Herrn augenscheinlich gar nicht, aber Samuel ging darauf nicht näher ein. »Die Babysitterrolle können Sie sich sparen«, knurrte Samuel ihm leise entgegen. »Fliegen Sie zurück zu meinem Vater und sagen Sie ihm, dass ich alles unter Kontrolle habe.«

»So sieht das aber nicht unbedingt aus«, gab Mr. Flatter süffisant grinsend zurück. Ließ bei Samuel jedoch die Backenknochen mahlen. »So wird es aber sein«, sprach Samuel hart und ging an ihm vorbei, aus dem Zimmer. Eilte den Flur entlang, zu den Aufzügen. Weil er dachte, vielleicht noch Isabelle zu treffen. Traf jedoch auf dem Flur Mr. Terry, der ihn freundlich lächelnd am Ärmel festhielt und dabei sah Samuel Isabelle gerade mit Maxwell Mason in den Lift einsteigen. Scheiße, aber auch!

»Wie wäre es, wenn wir heute Abend etwas zusammen trinken?«, fragte Mr. Terry freundlich. Samuel stimmte ein. Hoffte insgeheim auf einen angenehmeren Abend als gestern und wenn es nur durch die Anwesenheit eines vertrauten Gesichtes war, was ihn womöglich ein wenig ablenken konnte. Alkohol erfüllte diese Rolle bestimmt auch gut, dachte sich Samuel zähneknirschend als sein Blick auf die goldenen, sich gerade schließenden Aufzugtüren fiel und er noch einmal einen Blick auf Isabelle erhaschen konnte, die ihre Finger mit denen von Mason verschränkte und über irgendetwas lachte. Zum Lachen war ihm gerade gar nicht zu Mute. Ob sie womöglich über ihn lachten? Hastig drehte er noch einmal um und eilte zum Empfang. Wurde zu Isabelles Sekretärin vorgelassen, traf jedoch auf Lindseys Gehilfin. Ein zäher Verhandlungskampf entbrannte, in der aber schlussendlich Samuel die Oberhand behielt und obsiegte. Stolz, mit Isabelles Privatnummer auf einem kleinen weißen Zettelchen, schritt er aus dem Gebäude. »Aber nur im äußersten Notfall«, hatte die süße Gehilfin von Isabelles Sekretärin noch beschwörend gewarnt und Samuel hatte lächelnd genickt.

Mit seinem Anwalt Mr. Terry und dessen kleinen Anhang saß Samuel dann tatsächlich noch ein wenig in einer Bar, bevor der graumelierte Mann und die anderen wieder in ihr Hotel fuhren. Ein bisschen über die Arbeit bei Samuels Vater gesprochen. Ein paar Taktiken für morgen ausgelegt. Samuel erfuhr, dass auch der Anwalt nicht mit Isabelle Rose gerechnet hatte. Er kannte sie nicht einmal. Ihr Name war ihm kein Begriff. Und Samuel erfuhr auch, dass Mr. Flatter wohl wirklich abgereist war. Doch auch hier war Samuel genug Realist um zu sehen, dass Mr. Flatter nicht abgereist war, weil Samuel ihn darum gebeten hatte, sondern weil Mr. Flatter wohl mit Barnes Senior gesprochen hatte und der Vater seinen Sohn nicht unnötig erzürnen wollte. Mit voller Absicht rief Samuel nicht bei seinem Vater an. Er konnte das hier alleine durchziehen. Er war zweiunddreißig Jahre alt, verdammt. Das wäre doch gelacht, wenn er nicht selbst etwas auf die Reihe bringen würde. Beim nächsten Schluck Wodka verzog er angewidert das Gesicht. Nachdem Mr. Terry verschwunden war, hatte Samuel den Barkeeper gebeten, ihm ein Telefon zu reichen. Doch wieder aufgelegt, als sich Isabelle am anderen Ende gemeldet hatte. Zunächst geschockt. Es war eindeutig ihre Stimme gewesen. Es war ihre Nummer.

Der Anfang der Nacht verlief nicht besser, als der gestrige. Zu viele Fragen schwirrten in seinem Kopf umher. Zu wenige Antworten konnte er sich selber geben. Das Hin- und Hergewälze setzte wieder ein. Versuchte alte Erinnerung und neue, die sie ihm heute geliefert hatte, aus seinem Kopf zu verbannen.

»Warum hast du dich darauf eingelassen?«, fragte sie leise, als sie sich wieder anzog.

»Ganz ehrlich?«, er zuckte mit den Schultern, »Keine Ahnung. Vielleicht der Kick, dich zu haben. Weil ich sehen wollte, ob die Realität mit der Vorstellung übereinstimmt«, entgegnete er und küsste sie in den Nacken.

»Vorstellung?«, lachte sie hell auf.

Und jetzt hatte er wieder genug Vorlagen bekommen, um neue Vorstellungen aufbauen zu können. Immer noch aufgewühlt, aber von den Anstrengungen des Tages und dem mangelnden Schlaf von gestern erschöpft, gewann irgendwann sein Körper. Jedoch nicht für lange. Um innerliche, wie auch äußerliche Ruhe bemüht, legte sich Samuel auf den Rücken. Verschränkte die Hände hinter dem Kopf. Sie hatte ihn erkannt. Sie wusste wer er war. Ihre Äußerungen ließen auf nichts anderes schließen. Er schaltete das Nachttischlämpchen ein.

»Wenn du dir schon was spritzen musst, dann vielleicht nicht immer auf dem Klo der Mädchen.«

Samuel sah, mit glasigen Augen, zu Isabelle auf, die gerade aus einer Kabine kam und sich die Hände wusch. Ihr Blick, durch den Spiegel, verriet nichts als blanke Ablehnung, als sie sich eine Haarsträhne richtete. Für das was er war, für das was er tat. Im selben Moment sprang die Tür auf und Chloé trat ein. »Samuel, ich …«, doch sie hielt inne, als sie Isabelle erblickte. Sofort legte sich Hass über ihre Augen und Samuel war jetzt schon genervt davon, was gleich passieren würde. Doch nichts geschah, weil Isabelle die Klügere war und nachgab. Einfach ging. Irgendwie wäre Samuel jedoch lieber gewesen, sie wäre geblieben.

»Ich brauch was von dir«, sprach Chloé sofort, als sie alleine waren.

»Sicher doch, Kleines. Nur nicht gleich, okay?«, Samuel zog sich am Waschbecken nach oben. Angewidert musterte Chloé ihn. »Ich brauche Troagnin.« Verwirrt richtete sich Samuel seine Schuluniform und spritzte sich kaltes Wasser ins Gesicht. Durch den Spiegel sah er Chloé durchdringend an. Süßlich lächelnd schmiegte sie sich an seinen Rücken und fuhr langsam seine Seiten auf und ab. Küsste seinen Nacken. »Ich weiß, du kommst an so was ran.«

»Ich weiß noch nicht einmal was das ist«, verbesserte Samuel *sie sofort und drehte sich zu ihr um. »Eine neue Droge. Soll super kommen«, wisperte Chloé und gab ihm einen Kuss. Einen zu langen Kuss und Samuel nickte nur.*

Wenn er damals gewusst hätte, was er heute wusste, dann wäre er nie so weit gegangen. Hätte Isabelle angefleht, sie möge bleiben. Er war die Ehe aus falscher Überzeugung heraus eingegangen. Gedacht zu wissen, für welche Ideale es sich zu kämpfen lohnen würde. Gedacht, auf der Siegerseite, auf der richtigen Seite zu stehen. Sah nur den Ruhm, der so weit entfernt lag und den er dann nie erreichen konnte. Wenn es um viel Geld ging, standen eben moralische Vorstellungen oft hintan. Das andere Lager war nur Abschaum. Allen voran die Familie Rose. Die sich über jeden erhaben fühlte und jeden wie Dreck behandeln konnte. Doch Isabelle war irgendwie immer anders gewesen. Sie half anderen Jugendlichen in der Schule. Gab sich weltoffen und schränkte doch den Kontakt mit der Welt, soweit es ging, ein. Damit hatte sie unweigerlich aber auch Samuel und seine Familie ausgeschlossen und verspottet und das gefiel ihm überhaupt nicht. Samuel litt unter Panikattacken, wenn er auf zu viele Menschen traf, er litt unter Schweißausbrüchen in der Nacht und unter Schlafmangel. Und irgendwie steckte seine Familie dann irgendwann zu tief im Wirrwarr von Intrigen und Heucheleien, um sich selber noch da rauszuholen. Er allein, als Jugendlicher, konnte es schon gleich zweimal nicht schaffen. Irgendwann hatte er auch angefangen alle anderen nur noch mehr zu hassen. Er war erfüllt von diesem Gefühl, das ihn selbst ergriff. Ihn irgendwann seiner eigenen Empfindungen beraubte und dann … dann war *sie* gekommen und hatte ihm in dieser Nacht wieder so viel mehr gegeben.

Es war nicht fassbar, aber das heute war fassbar. Es hatte heute alles in Isabelles Blick gelegen. Sie verachtete ihn für seine Handlungen, für sein gewähltes Leben. Und dass, so war sich Samuel auch ziemlich sicher, würde er noch öfters zu spüren bekommen. Er drehte sich auf den Bauch und vergrub sein Gesicht im großen Kissen. Stöhnte gequält hinein. Sie war in seinem Elternhaus gewesen und er hatte sie ihm Stich gelassen. Hatte seine Gefühle, die nicht mehr als Hass und quälende Angst waren, auf sie projiziert. Weil sie einfach da war. Weil sie in dieser einen Nacht da war und ihn so aus dem Konzept gebracht hatte. Er hatte ihr dafür gegrollt. Hatte sogar Genugtuung dabei empfunden, als sie die harte Realität traf.

Vielleicht sollten Isabelle und er einiges klären, bevor sie in die nächsten Verhandlungstage einstiegen. Vielleicht wäre das eine gute Gelegenheit, einer Person zu zeigen, dass er sich geändert hatte. Er hatte schon so viel Buße geleistet und doch schien es nie genug zu sein. Sein Blick glitt zum Wecker. Es war gerade einmal halb zehn. Sie wäre bestimmt noch auf. Durch den Jetlag bedingt, war er jedoch schon so fertig, dass er schlafen wollte. Eigentlich nur schlafen wollte. Doch der Jetlag vernebelte wohl auch seine Sinne, denn seine Finger glitten, ohne hinzusehen, zum Telefonhörer. Wählte Isabelles Nummer. Kannte sie bereits auswendig, so lange hatte er das Zettelchen vorhin in der Bar angestarrt. »Hallo?«, fragte eine weibliche Stimme dumpf und Samuel legte wieder auf. Verdammt. Er war ein feiger Hund. Er konnte sich ihr nicht stellen und doch musste er. Und das auch schon morgen. In genau elf Stunden und dreißig Minuten. Fahrig rieb er sich über die müden Augen und schlug wieder seine Unterlagen auf. Nichts deutete auf Isabelle hin. Nicht einmal wurde ihr Name erwähnt. Angefressen pfefferte er die Unterlagen wieder auf den Schreibtisch. Er war des Überlegens müde. Erinnerte sich an Meditationsübungen aus Thailand und legte sich möglichst gelassen auf das Bett. Er brauchte den Schlaf und irgendwann waren auch die Götter so freundlich und entließen sein ständig arbeitendes Gehirn in den Feierabend.

~*~*~*~*~  ~*~*~*~*~

☆ Amerikanische Dollar oder Britische Pfund? ☆

Zu Samuels eigenem Erstaunen wachte er relativ erholt auf. Jedoch viel zu spät. Er hatte verschlafen. Seinen Wecker einfach überhört. Scheiße.

Flink schwang er seine langen Beine aus dem Bett. Kurze kalte Dusche musste reichen. Putzte sich die Zähne, während er die Unterlagen in seine Aktentasche packte. Merkte selbst mit Unbehagen, wie seine Finger zitterten, als er die kleinen Knöpfe an seinem Hemd schloss und gleichzeitig versuchte sich trocken zu rasieren. Voller Vorfreude und Erwartung, aber auch Beklemmung, weil er *ihr* gleich wieder gegenüberstehen würde, stieg er in den Aufzug. Eine explosive Mischung und es bewirkte, dass sein Magen rebellierte, sein Kopf unangenehm pochte und seine Hände immer schwitziger wurden. Hastig tippte er in seinem Handy und ging Emails von Kunden von seiner Firma durch. Die Klingelfunktion war eingestellt. Aber in seinem Handy war kein Wecker gestellt gewesen. Fuhr, mit schon erheblich weniger Vorfreude durch den New Yorker Morgenverkehr, in einem Taxi. Die Stadt kollabierte regelrecht und wie es aussah auch regelmäßig. Nein, es war wirklich nicht seine Stadt. Zu viel Glas, zu viel Beton, alles zu hoch und viel zu voll. London platzte zwar auch aus allen Nähten, aber die Hauptstadt Englands hatte sich doch noch einen eigenen Charme erhalten. Das was er bis jetzt von New York City gesehen hatte, zugegeben das war noch nicht viel gewesen, sagte ihm indes nicht zu. Gehupe riss Samuel aus seinen Überlegungen. »Verdammt, Mädchen. Geh ein bisschen schneller«, knurrte der Taxifahrer und Samuels Augen folgten einer Brünetten, in schickem Kostüm und hohen Schühchen, wie sie wackelnd über die Straße stöckelte. Störte sich anscheinend gar nicht daran, dass für sie eigentlich rot war. Ihr Anblick zog den Blonden jedoch auch unweigerlich wieder in Richtung Isabelle. Vielleicht könnte er gleich noch einmal mit ihr sprechen - unter vier Augen. Sie hatten so einiges zu klären. Drückte seinen Hinterkopf hart gegen den rauen Stoff der Rückbank des Taxis. Seine Erinnerungen an sie begannen, wie sie gestern aufgehört hatten. Die Euphorie war verflogen, als er aus dem Taxi stieg und Samuel fragte sich mittlerweile, warum er je eine verspürt hatte. Niedergeschlagen betrat der Blonde, im Hauptgebäude der Madison Company, den Aufzug.

»Und? Stimmen die Vorstellungen überein?«, hörte Samuel Isabelle fragen, als er den Aufzug verließ und zum Verhandlungszimmer eilte. Die Tür fast schon aufriss. *»Nein, viel besser«, hauchte er leise und zog sie zum letzten Mal in einen Kuss, bevor sie das Zimmer verließ* und ihm nach dieser Nacht nie wieder offen in die Augen gesehen hatte. Selbst nicht, als sie ihn unter Tränen angefleht hatte, er möge die Wahrheit über Chloé und ihrem Wunsch nach Troagnin beichten. Eine Droge, die einen Herzinfarkt vortäuschen konnte. Sie hatte ihn nicht mehr angesehen, als sie vor ihm auf dem Verhörstuhl, im großen Gerichtssaal, gesessen hatte. Bis gestern jedenfalls nicht. Und wie sie ihn angesehen hatte.

Seine Augen suchten sofort den Raum nach ihr ab und fanden sie auch. Sie trug heute eine elegante Kombination aus engem Rock, mit hoher Taille und einer weißen Bluse. Dem Wetter geschuldet eine kurze. Ihre schweren Haare waren zu einem losen Dutt gebunden und einzelne Strähnen lagen auf ihrer Schulter. Sprach lächelnd mit ihrer Sekretärin, die nickend davoneilte und Samuel kurz zulächelte, als sie neben ihm aus der Tür trat. Im gleichen Moment drehte sich Isabelle zu ihm um. Ihre Augen verrieten nichts. Wirkten verschlossen und hart. Aber ihm war es trotzdem als musterte sie seinen Körper sehr eindringlich. So stark, dass es Samuel unangenehm wurde. Eigentlich waren ihm Blicke von Frauen nie unangenehm. Ertappt wirkend sah sie schnell weg, als sich ihre Blicke kreuzten. Strich sich eine verirrte Locke hinters Ohr und stellte sich hinter ihren Stuhl. Ihre Augen huschten zu Maxwell, der jedoch zu Samuel sah. Auch dieser Blick war Samuel mehr als unangenehm. Vor allem weil er diesen Blick nicht genau einordnen konnte. Kurz räusperte sich Isabelle, bevor sie ihre Stimme erhob und den Gesprächen zwischen den Männern Einhalt gebot. »Meine lieben Herren. Mr. Flatter wird nicht weiter an den Verhandlungen teilnehmen. Und da wir ja gestern unseren lieben Mr. Bates verabschieden mussten, hoffe ich natürlich heute, dass er nur als Exempel angesehen wird und nicht als Vorbild.« Eine klare Ansage von ihr, alle sollten sich heute mehr anstrengen. Einige Blicke huschten zu dem leeren Stuhl. Doch Samuel war sich sicher, dass alle in dem Raum Mr. Bates morgen schon vergessen hatten.

Auf dem Tisch standen heute bereits Tee, Kaffee, allerlei Kaltgetränke und Snacks jeglicher Art. Samuels Magen machte sich sofort bemerkbar. Vielleicht sollte er es abends mit Essen versuchen und nicht nur Alkohol, dachte er sich mürrisch.

»Bedienen Sie sich nur, Mr. Barnes. Nicht dass Sie uns noch vom Fleisch fallen«, lächelte sie süffisant und ließ ihren Blick wieder über seine Gestalt wandern. Dieses Mal offen und in ihren Augen lag ein Glanz, den Samuel lieber nicht gesehen hätte. Es brachte ihn etwas zu sehr aus dem Tritt und dabei hatte er sich für heute so viel vorgenommen. Ihre provokante Art jedoch gefiel ihm durchaus. Er stand auf toughe Frauen, aber nicht auf das was sie gerade angedeutet hatte.

»Bevor wir loslegen, sollten wir vielleicht ...«, fing Samuel an, doch Isabelle drehte sich einfach zu Maxwell Mason um. »Super, danke für das Gespräch, Isabelle«, höhnte Samuel in Gedanken. Unter vier Augen reden wollte sie augenscheinlich auch nicht.

»Sie steht auf Sie« flüsterte der junge Kerl von gestern, in Samuels Richtung. Samuel verdrehte die Augen, doch sein Blick huschte zu Isabelle, welche sich mit Mr. Terry unterhielt und dem älteren Herrn leicht ihre Hand auf seinen Ärmel legte, als sie auflachte. Den armen Kerl, ohne dass er etwas dagegen unternehmen konnte, einfach einlullte. Ihn immer mehr für sich gewann und vereinnahmte und das missfiel Samuel. Ihre Absicht dahinter war zu eindeutig und der Depp von Anwalt durchschaute die Unternehmerfrau wohl nicht. Wie eben bei vielen Männern, wenn sie Schönes sahen. Bevorzugt schöne Frauen und Isabelle war durchaus eine. Sie verstand es zu flirten. Dass sie das gestern, am Anfang ihrer Verhandlungen, auch mit ihm getan hatte, war ihm durchaus nicht entgangen. Weil sie ihn erkannt hatte? Oder sie sich vielleicht nur einen besseren Zugang zu ihm erhoffte, für die Verhandlungen? Beide Möglichkeiten hatten ihre Schattenseiten. Schlagartig erinnerte er sich jedoch auch an ihren kalten Blick und ihren Hohn. Gespielt hatte sie da keineswegs. Und das gefiel ihm nicht.

Mit weichen Bewegungen ging sie wieder zu ihrem Stuhl und legte ihre feinen Hände auf die Rückenlehne. Sah Samuel offen an. »So Mr. Barnes. Sie wollen die ganze Company, nicht wahr?« Samuel nickte nur. »Dann werden wir heute konkreter. Wie sieht Ihr Eröffnungsangebot aus?« Samuel verschluckte sich leicht an seinem heißen Kaffee. Sein Magen fing sofort wieder zu rumoren an. Mit dieser Frage hatte er nicht gerechnet. Also nicht so schnell. Überrumpelt wie er war, entkam ihm auch das Angebot, ohne große Vorrede: »Zehn Millionen.«

»Amerikanische Dollar oder Britische Pfund?«, hackte sie sofort schnell nach. »Dollar«, antwortete er ruhig. Das ließ sie hell auflachen. Er wusste jedoch nicht, weil es ein lächerlich niedriges Angebot war oder es in ihren Augen zu übertrieben war. Geschäftsmann wie er jedoch war, schätzte er auf erstere Möglichkeit.

Sie besah sich ihre Nägel und setzte sich dann in den Stuhl. Legte wieder ein Bein über das andere. Ihr Rock rutschte gefährlich weit nach oben. Tippte mit den Fingerspitzen auf den Holztisch. »Gut, ich spiele mit. Wir wollen fünfundzwanzig Millionen«, sie lächelte süßlich und Samuel wusste sofort was jetzt kommen musste, »Pfund«, setzte sie noch einen drauf.

Das ließ jetzt ihn auflachen und so einige im Raum die Luft einziehen. »Da werden wir aber nie zusammen spielen können. Unsere Vorstellungen scheinen ja arg auseinanderzugehen.«

»Nein, das glaube ich nicht«, entgegnete sie mit gekrauster Nase und sah ihm auf den Mund, bevor sie ihre Augen wieder mit seinen verband. Biss sich kurz in die Unterlippe und drehte sich mit ihrem Stuhl zu Mason.

»Max, was denkst du?«, fragte sie gelassen den Herrn. Der lächelte sie nur an und sah dann zu Samuel. Ohne Lächeln schüttelte er den Kopf.

»Wie lautet Ihr nächstes Angebot, Mr. Barnes?«, kam es kühl von Mason. Samuel sah Isabelle schief lächeln und sie drehte sich in ihrem Stuhl zu ihm um. Verschränkte die Arme vor der Brust und hob diese damit unweigerlich an.

»Zwölf«, sprach er gefasst. Als würde er über Orangenpreise auf dem Wochenmarkt feilschen und nicht um Millionen für ein Unternehmen, dass Flugzeugteile herstellte. Isabelles Lächeln wurde breiter. »Spielen Sie gerne Roulette?«, fragte sie dann ganz unvermittelt. Samuel sah verwirrt drein. Zog fragend eine Augenbraue hoch. »Auf dem Empfang des Gouverneurs ist immer reichlich Gelegenheit zu spielen«, erklärte sie ruhig. Wedelte mit der Hand in der Luft. »Ich kenn mich leider nur leidlich damit aus. Setze nur auf Rot oder Schwarz. Das letzte Mal habe ich zwar richtig gelegen, aber Zahlen überfordern mich einfach.« Ihr plissierter Ton war geschickt eingesetzt, dass musste auch Samuel anerkennen. Und ihre Worte hatten wieder eindeutig eine Zweifärbung, die nur für ihn bestimmt zu sein schien.

Isabelle wandte sich wieder Maxwell zu. »Und?« Jener schüttelte wieder den Kopf. Samuel hatte geahnt, dass es nicht einfach werden würde. Aber die Lage, dass es jetzt auch noch Isabelle war, mit der er es zu tun hatte, erschwerte das Ganze noch um einiges.

»Achtzehn«, kam es von Samuel, doch Isabelle lächelte nur weiter vor sich hin und schnaufte tief aus. »Ich denke wir brauchen eine kurze Pause«, war ihr Kommentar dazu und ging aus dem Raum. Maxwell sah ihr genauso verdutzt hinterher, wie alle anderen Herren auch. Samuel traf auf Maxwells Blick und der sprach Bände. Oh ja, sie waren näher miteinander bekannt, als nur gelegentliche Bettgefährten. Samuel konnte durchaus den Blick eines Konkurrenten deuten, der ihn in die Schranken zu weisen versuchte. Konkurrenten? »Sie hat dir gestern ja wohl deutlich gezeigt, was sie von dir hält«, höhnte Samuel in Gedanken. Aber trotzdem flirtete sie heute wieder offen mit ihm. »Weil sie dich locken will, um dich dann nur härter fallen zu lassen«, flüsterte ihm der kleine Teufel in seinem Kopf zu.

Als die Brünette wieder kam, war ihre Frisur geordneter. Elegant setzte sie sich wieder auf den Stuhl. »Also, Mr. Barnes. Es ist so«, fing sie an und sah Samuel offen in die Augen, »ganz ehrlich gesprochen, sehe ich keine Chance zusammenzukommen. Wir können es zwar versuchen, aber es wird aller Wahrscheinlichkeit nach nicht klappen.« Samuel legte die Worte unweigerlich anders aus.

»Wie viel wären Sie denn bereit maximal nach unten zu gehen?«, stellte Samuel die naheliegende Frage. Sie zog eine Augenbraue in die Höhe. »Wir wollen Minimum dreißig Millionen Dollar.« Mason flüsterte ihr sofort etwas ins Ohr, doch sie rutschte weiter von ihm ab. Samuel war verwirrt. Jetzt sprach sie wieder von Dollar. Sie war extrem schnell mit ihrer Forderung nach unten gegangen. Vielleicht war sie doch nicht so die toughe Geschäftsfrau, wie er anfangs noch vermutet hatte.

»Wenn wir über Dollar sprechen, dann liegen wir ja gar nicht so arg weit auseinander«, entkam es ihm sogleich, als er den Umrechnungskurs im Kopf durchging. Die Firma war den Preis locker wert und er hätte noch ein bisschen Spielraum nach oben, wenn es darauf ankommen sollte. Geschäftemachen auf dieser Ebene war teilweise wie das Feilschen am Basar. Gib ein kleines Angebot ab, der Gegenüber fordert sehr viel und irgendwann trifft man sich, bei einem Preis, der für beide Seiten gerecht erscheint.

»Stimmt, aber dafür möchte ich noch etwas«, entgegnete Isabelle ihm ernst. Sie lächelte nicht. Wirkte geschäftsmäßig gefasst. So ganz anders wie gestern und die letzten Minuten. Da war er gespannt, was Isabelle Rose noch anderes von ihm wollte. Unbewusst setzte er sich aufrechter hin.

»Ich will dreißig Prozent Aktienanteil am ›Barnes and son‹-Konzern«, sprach sie mit fester Stimme und wie es schien mit unumstößlichen Willen. Die Männer ringsherum keuchten schwer auf. Samuel merkte selbst, wie ihm die Gesichtszüge entglitten und auch Maxwell Mason sah sie fassungslos und stirnrunzelnd an. Samuel entnahm diesem Blick, dass das mit ihm wohl keineswegs abgesprochen war. Er schüttelte den Kopf und sah sie unverwandt an. »Das geht nicht. Wir haben eine zwanzig Prozent-Klausel. Kein Eigner darf mehr in einer Hand haben.« Sie ließ kurz die Zunge über ihre Unterlippen gleiten. Verschränkte die Arme vor der Brust und lehnte sich in ihren Stuhl zurück. Was trieb sie hier für ein Spiel?, überlegte Samuel fieberhaft. Seine Stirn wurde schon wieder feucht und sein Herz pochte hart.

»Dann ändern Sie das«, sprach sie gelassen. Samuel verstand nicht, warum sie so etwas forderte. Er lachte trocken auf und lehnte sich weiter über den Tisch. »Ist das jetzt Ihr Ernst?«, sah ihr fest fragend in die Augen. Sie zuckte nur mit den Schultern und zog eine Augenbraue in die Höhe. »Sie führen doch augenscheinlich selbst ein großes Unternehmen, kennen die Spielregeln des Marktes also genauso, wie wohl auch die Regeln in Sachen Verträge. Wie Vorstände arbeiten und so weiter«, Samuel sah sie herausfordernd an, doch ihre Mimik veränderte sich keineswegs. »Mr. Barnes«, ermahnte ihn sein Anwalt, neben ihm leise, aber Samuel war keine Puppe, keine Marionette, wie vielleicht die anderen hier alle. Er sah durchaus, wie Isabelles Augen langsam kälter wurden, wie sie mit den Backenknochen mahlte. Sehr schön, er hatte sie mal etwas aus ihrer aufgesetzten Fassade gelockt.

»Fünfundzwanzig«, forderte sie dann fest. Samuel schüttelte nur den Kopf und lehnte sich locker in den Stuhl zurück. Diese Schlacht würde er gewinnen.

»Verträge können geändert werden. Genauso wie Unternehmensphilosophien. Wie jeder vom Menschen gefasste Vorsatz und Meinung. Es muss nur der Preis stimmen«, kam es kalt von ihr. Samuel nickte kurz, aber er hatte den Hieb in seine Vergangenheit durchaus verstanden. Spielte mit seinem Füllfederhalter auf dem Tisch, nur um sich mit irgendetwas zu beschäftigen. Sich zu beruhigen. Aber es gelang nicht. Ihm schoss schneller Blut durch die Venen, als er registrierte wie ihre Augen auf seiner Hand hängenblieben. Wie sie kurz die Augenbrauen zusammenzog, als würde sie sich über etwas wundern. Aber es war sehr schnell wieder vorbei.

»Ja, da haben Sie durchaus recht«, fing Samuel möglichst gelassen an. Immer noch sicher zu gewinnen. »Aber das, was Sie fordern geht nicht, Miss Rose. Dazu müsste erst einmal der ganze Vorstand zusammentreten. Und selbst dann müsste es wohl triftigere Gründe geben für eine Unternehmensvertragsänderung als eine simple Verhandlung wie diese hier.«

»Keine Verhandlung ist simpel«, entkam es ihr trocken. Samuel lachte amüsiert auf. Spielte weiter mit seinem Füllfederhalter. »Nein, die hier anscheinend wirklich nicht«, entgegnete er höhnisch.

Sie zog wieder kalt eine Augenbraue in die Höhe. »Sie können mich morgen um acht abholen. Meine Adresse scheinen Sie ja zu kennen. Oder haben Sie die von Lindseys Assistentin nicht erfahren?«, fragte sie gespielt neugierig. Schockiert sah er sie an. Sie lächelte nur süßlich falsch zurück. Und warum sie das tat, war auch klar. Sie wollte ihn offensichtlich aus dem Konzept bringen. Aber das würde sie nicht schaffen. Sein Vorsatz kam jedoch arg ins Wanken, als sie ihren Zeigefinger zwischen die Zähne nahm. Sie atmete auch schneller. Ihre Bluse spannte sich immer wieder und Samuel sah angefressen zur Seite. Dass er das überhaupt bemerkte, war nicht gut. Samuel hörte verhaltenes Räuspern und Gehuste im Raum. Aber niemand stellte sich zwischen sie beide, selbst Maxwell Mason nicht. Dieser lehnte sich nur in seinen Stuhl zurück und drückte sich den Nasenrücken. Wirkte auf Samuel nicht mehr jugendlich frisch, sondern seinem fortgeschrittenen Alter entsprechend.

»Also, Mr. Barnes. Ich mache Ihnen ein weiteres Angebot«, sie drehte sich etwas hin und her, mit ihrem Sitz. Bewegte dabei nur leicht ihren Fuß. »Achtundzwanzig Millionen Dollar und fünfundzwanzig Prozent der Anteile.«

Samuel schüttelte wieder den Kopf. Langsam frustrierte ihn das alles hier und langsam ging es ihm gewaltig auf die Nerven. »Ich kann über Aktienanteile allein nicht entscheiden«

Sie zog sofort eine Augenbraue in die Höhe. »Ich dachte Sie wären der Juniorchef?« Samuel presste seine Lippen zusammen. Ja, eben: nur der Juniorchef. Er hatte nur gewisse Vollmachten. »Wie ich vorhin schon sagte, das hängt nicht allein ...«, fing er an, doch sie fiel ihm ins Wort: »Der Chef kann alleine entscheiden. Zumindest ist das doch bei Ihnen so geregelt, oder etwa nicht?«, fragte sie nach. Durchdrang ihn regelrecht mit ihrem Blick. Irritiert sah er sie an. Sie kannte sich ja gut mit seiner Firma aus. Dann wusste sie aber auch hundertprozentig, dass er als Junior-chef kaum Befugnisse hatte. Zumindest nicht solch schwerwiegenden. Sondern nur sein Vater, der eigentliche Chef. Sie begann diabolisch zu grinsen, als sie Samuels Unmut wahrnahm. »Dieses Miststück«, dachte sich Samuel angefressen. Sie wusste es ganz genau. Hatte ihn gerade schon wieder vorgeführt.

»Isabelle, ich möchte kurz mit dir sprechen«, schaltete sich jetzt auch Maxwell ein, »unter vier Augen«, bat er leiser weiter. Sie sah immer noch Samuel an, ließ ihren Blick immer noch grinsend über seine Gestalt gleiten. Nickte dann jedoch und ging mit Maxwell aus dem Raum. Dicht an Samuel vorbei, so dass er ihr schweres Rosenparfüm nur zu deutlich wahrnahm. Sie war heftig. Sie war gut. Die Verhandlungen gingen gerade in die richtig heiße Phase. Und *sie* war heiß. Verdammt. Das machte ihn an, wie sie sich ihm entgegenstellte. Das hier war eine Extremsituation und sein Körper reagierte extrem. Nicht gut. Gar nicht gut.

»Das geht nicht, Mr. Barnes. Ihr Vater würde dem nie zu-stimmen«, raunte Mr. Terry, sein Anwalt ihm entgegen. Samuel nickte nur. War angefressen. Natürlich wusste er das. Verstohlen wischte er sich mit einem Papiertaschen-tuch über die nasse Stirn. Wie seine Achselhöhlen aussa-hen, wollte er gar nicht erst wissen.

Als sie zurückkamen, stellte sich Isabelle neben den Platz des jungen Kerls. Abwartend, mit der Hand in der Hüfte. Samuel verstand was sie wollte, der Kleine anscheinend nicht. Samuel deutete ihm kurz mit den Augen an, er solle aufstehen. Hastig und wohl auch peinlich berührt, weil er rosa anlief, folgte dieser der Aufforderung. Isabelle sah nichtssagend lächelnd zu Samuel. Berührte mit ihrem Bein leicht seines, als sie sich setzte. Sie saß sehr aufrecht. Sehr konzentriert. Sehr angespannt. Ihre Finger tippten auf dem Holz des Tisches. »Fünfundzwanzig Prozent und achtund-zwanzig Millionen Dollar. Unser letztes Wort.« Samuels fragender Blick glitt zu Mason. Der sah extrem genervt aus und drückte sich jetzt auch wieder den Nasenrücken. Isabelle hatte sich also nicht verbiegen lassen. Hätte ihn jetzt auch gewundert, wenn es anders gekommen wäre.

»Ich muss erst mit dem Vorstand sprechen und auch mit meinem Vater«, sprach Samuel geschlagen. Er wusste, dass die Company das Geld locker wert war. Da würde er wohl auch grünes Licht für bekommen. Mehr Magengrummeln bereitete ihn der Aktienanteil. Sie nickte und stand wieder auf. »Dann machen Sie das«, kam es im besten Befehlston von ihr. »Dann hätten wir den heutigen Verhandlungstag auch rumgebracht«, lächelte sie in die Runde. »Meine Herren«, verabschiedete sie sich, packte ihre Unterlagen zusammen und ging mit gekonntem Hüftschwung zur Tür. Hatte wieder den Tag abgeschlossen - unvermittelt und schnell. Gemurmel setzte zwischen den Männern ein und als Samuel dachte, niemand würde ihm groß Beachtung schenken, erhob er sich etwas. »Isabelle«, entkam es Samuel leise, bevor er selbst registrierte, dass er sie beim Vornamen genannt hatte. Sie blieb kurz im Türrahmen stehen, doch lange genug, dass Samuel sicher sein konnte, dass sie ihn gehört hatte. Maxwell sprach leise zu ihr. Sie schüttelte vehement den Kopf und Maxwell schnaufte laut aus. Ein Ruck ging durch Isabelle. Ohne sich umzusehen, ohne Maxwell weiter zu beachten, verließ sie das Zimmer. Geschlagen ließ sich Samuel wieder in den Sessel fallen, den Kopf auf den Tisch knallen und schnaufte laut aus. Sah den fragenden Blick Maxwells auf seinen Rücken nicht mehr.

»Tja, sie ist ein Vollweib, nicht?«, kam es von der gegenüberliegenden Seite. Samuel sah auf und sah in zwei grüne Augen. Der Anzug saß recht schlecht. Verdiente man bei Isabelle so wenig? »Wir haben gerade echt alle den Atem angehalten. Das war extrem mutig von Ihnen.« Samuel verdrehte kurz die Augen. Was war daran mutig, sich jemanden gegenüberzustellen? Das war sein Job. Das tat er im Prinzip jeden Tag. Aber ihr so gegenüberzustehen, damit hatte er nie gerechnet und es war auch nicht alltäglich.

»Was ist wirklich mutig?«, überlegte Samuel, als er wenige Minuten später in der Hitze, vor dem Madison Hochhaus, auf ein Taxi wartete. Mutig zu sein war etwas anderes, als sich bei solchen Geschäftsverhandlungen seinem Gegenüber zu stellen. Mutig wäre er gewesen, wenn er sich damals gegen seinen Vater gestellt hätte. Mutig wäre gewesen, wenn er Chloés Mutter öffentlich angeklagt hätte. Der alte Mann, mit grauem Bart und Smoking schob sich in Samuels Gedanken. Wie Mr. Rose auf der Barre lag, in den Krankenwagen geschoben wurde, der ihn in das nächste Krankenhaus bringen sollte. Wie Isabelle, in einem grünen, wehenden Kleid und zerzausten Locken daneben stand, ihre weinende Mutter im Arm. Er wusste selbst, dass er kein Mörder war. Und trotzdem hatte Samuel Chloé das Pulver gegeben, welches Mr. Rose umgebracht hatten. Hatte es Chloé zugeschoben, nur um ihr zu gefallen. Und es hatte ihn zu diesem damaligen Zeitpunkt nichts, aber auch schon gar nichts ausgemacht, dass Mr. Rose starb. Und dass Samuels Familie damit etwas zu tun haben könnte, begriff Samuel erst, als alles schon zu spät war. Als er seine Eltern nichtsahnend vor dem hohen Gericht in Schutz nahm. Sicher, seine Eltern waren nicht aktiv beteiligt gewesen, hoffte er noch immer, auch an keinem Komplott, aber passiv profitierten sie von dem Unheil. Kälte kroch über Samuels Körper, als endlich ein Taxi anhielt und er einstieg. Wut, über sein Schicksal hatte damals von ihm Besitz ergriffen und die ließ sich wunderbar auf Chloé und alle anderen projizieren. Doch wie wäre alles gekommen, wenn er früher begriffen hätte und Chloé nicht so viel Glauben geschenkt hätte? Sie durchschaut hätte. Samuel gab sich keiner Illusion hin, dass Chloés Familie auch über seine Leiche gegangen wäre, um Dinge zu erreichen, die für sie nützlich und lohnenswert erschienen. Auf anderen Weg wurde man nicht so mächtig. Innerlich absolut ausgelaugt, legte er sich zurück in die modrig riechende Rückbank des Taxis und folgte, wie hypnotisiert, dem baumelnden Jesusanhänger am Rückspiegel. Der indisch-stämmige Taxifahrer grinste ihn freundlich durch den Rückspiegel an, merkte jedoch schnell, dass sein Gast kaum in bester Stimmung für einen Smalltalk war.

Wieder im Hotelzimmer angekommen, schlief Samuel erst einmal ein paar Stunden. Nach einer kalten Dusch, warf er sich auf die Couch und griff automatisch nach der Fernbedienung. Eine gute Fee hatte für eine neue gesorgt und die Einzelteile der alten weggeräumt. Die Zimmerrechnung würde wohl für die neue Fernbedienung ein paar Dollar mehr aufweisen. Konnte ihm egal sein. Bezahlte ja eh die Firma.

Schaltete den Fernseher ein. Zappte durch die Programme. Welche Kinder sahen um diese Uhrzeit noch Cartoons? Dann jedoch fiel sein Blick auf die Uhr. Es war erst fünf Uhr am Abend. Seine Augen schweiften weiter zum Telefon. Zweimal hatte er heute versucht mit Isabelle zu sprechen. Zweimal hatte sie ihn eiskalt abblitzen lassen. Aber sie hatte ihn gebeten mit zum Gouverneurs-Empfang zu gehen. »Mädchen, was spielst du für ein Spiel?« grummelte Samuel vor sich hin.

Vielleicht war dieser Zufall, dass er gerade mit der Madison Company Verhandlungen zu führen hatte, ein Fingerzeig des Schicksals, ihr wieder zu begegnen. »Nur um was daraus zu machen?«, fragte sich Samuel unweigerlich. Er war aufgewühlt, wenn er sie nur ansah. Sein Herz galoppierte regelrecht, wenn sie lächelte. Das war nicht gut und so zu fühlen war irgendwie unheimlich. Die Vergangenheit hatte seine Gedanken vernebelt. Wegen einer Nacht. Wegen ein paar gewechselten Sätzen und einer Stimmung geschuldet, die Samuel so nie wieder mit einer Frau erlebt hatte. Vielleicht wollte er aber auch nur mit ihr reden um zu zeigen, dass er sich verändert hatte. Abbitte leisten für Fehltritte. Denn sonst würde er mit sich selbst nie im Reinen sein können, prophezeite ihm einst Thanawat, sein Hinayana-Meister in Thailand. Und mittlerweile glaubte ihm Samuel das durchaus. Religiös war Samuel noch nie gewesen. Aber in Thailand hatte er, vor zwei Jahren, während eines Gewitters Zuflucht in einem Buddha-Tempel gefunden. Er war alleine in dieses südostasiatische Königreich gereist. Chloé ertrug er nicht mehr. Ihre bloße Anwesenheit war zu viel für ihn. Jede Anwesenheit, egal von wem, war ihm zu viel geworden.

Mit großen Augen drehte sich Samuel einmal um sich selbst und zuckte leicht zusammen, als der nächste Donner das kleine Heiligtum erschütterte. »Sie sehen müde aus«, sprach ihn ein freundlicher Thai auf Englisch an, als Samuel fasziniert die bunten Malereinen an Wänden und Decke bestaunte. Sein Blick legte sich auf den Thai. Es war ein Mönch in Rot und Orange gekleidet. Barfuß, der Kopf geschoren, die Augen funkelnd. Samuels Herz ging mit einem Mal auf und gleichzeitig legte sich eine Schwere über sein Haupt, das der Blonde nicht beschreiben hätte können.

»Ich habe schlecht geschlafen«, gab Samuel etwas zu unwirsch zurück, da er jetzt ganz bestimmt kein Gespräch mit einem Mönch anfangen wollte. Die Ersatzdroge Methadon wurde wirklich überschätzt. Es machte müde und ganz bestimmt nicht high.

»Sicher, davon sind Sie bestimmt auch müde«, gab der Mönch lächelnd zurück. Verbeugte sich und ging. Tage später kehrte Samuel an diesen seltsam faszinierenden Ort zurück. Zog sich die Schuhe aus und setzte sich vor die goldene Buddha-Statue. Fühlte, wie die Ruhe sich über ihn breitete. So hatte er schon lange nicht mehr gefühlt. Sein Vater hielt ihn auf Trab mit dem Unternehmen. Seine Mutter nervte ihn mit dem Entzug. Chloé und ihr Kinderwunsch. Hier jedoch war er allein. Nur ein paar Gläubige, die hie und da Räucherstäbchen anzündeten und still ihre Gebete vollzogen. Keiner interessierte sich für ihn.

»Sich selbst zu vergeben ist wohl das schwierigste Unterfangen von allen. Es vollzieht sich nur in kleinen Schritten.«

Samuel ruckte herum und sah wieder in die gütigen dunklen Augen des Mönchs, der ihn schon vor Tagen einmal angesprochen hatte. »Und es wird ein harter Weg, den du zu gehen hast. Es ist ein lebenslanger Prozess.« Samuel nickte nur. War angefüllt von dem Erstaunen, dass der Mönch ihn so schnell durchschaut hatte. Er war nicht nur müde, durch mangelnden Schlaf. Sein Geist war müde vom Leben. Seit jenem Zeitpunkt kam Samuel regelmäßig hierher. Thanawat, der Mönch mit den gütigen, unergründlichen, braunen Augen lehrte ihn. Keine Schriften und salbungsvollen Gesänge, sondern sprach mit ihm. Schritt durch die Gärten, die angefüllt waren mit so vielen Pflanzen, deren Form und Farben Samuel nicht kannte.

Entspannter legte sich Samuel in das Sofa zurück und schloss die Augen. Verschränkte die Hände auf der Brust und atmete regelmäßig ein und aus. Er meinte die schweren Gerüche wieder in der Nase zu haben. Den Geruch, kurz bevor es regnete. Die Süße von exotischen Früchten, auf der Zunge.

Der Mönch war geduldig mit ihm. Ließ stetig seine Gebetskugeln durch die Finger wandern. Schwieg mit Samuel, wenn es angebracht war. Nahm ihn symbolisch bei der Hand und zeigte Samuel eine neue Richtung seines möglichen zukünftigen Weges auf. Thanawat fragte nicht, warum Samuel immer wieder kam. Er fragte nicht, wer er war und Samuel war sich sicher, dass es der junge Mönch trotzdem spüren konnte. Er fragte nicht, was Samuel genau belastete und half ihm trotzdem. Gab ihm alles und wollte nichts dafür zurück. So etwas kannte Samuel nicht und es faszinierte ihn immer wieder aufs Neue. Samuel verstand schnell und er verstand auch, dass er nur durch völlige Hingabe an die Sache Erlösung von seiner Vergangenheit finden konnte. Thanawat lehrte ihn die Vier Edlen Wahrheiten des Buddhismus. Alles Leben ist Leiden und nur durch das Verlöschen der alten Geister könnten die Menschen von ihrem Leiden befreit werden. Dieses Leiden entsteht nur durch Gier, Hass und Verblendung. Drei Attribute, die Samuel erst in den ganzen Schlamassel gezogen hatten. Die Fehde hatte zwar nicht er angefangen, aber doch gerne mitgemischt.

Buddhas Lehren, so begriff Samuel, sind für jeden, der sich ihnen öffnet zugänglich. Es gibt keine Schranken. Diese Grundlagen in sich zu verinnerlichen, dafür brauchte Samuel eine gewisse Zeit. Altes kam immer wieder auf. Albträume verfolgten ihn regelmäßig, auf seiner Pritsche in der kleinen Zelle des Klosters. Sie spielten zu verschiedenen Zeiten und Orten. Jedem dem er Leid zugefügt hatte, erschien Samuel. Jeder der für sein Leid zuständig war, erschien Samuel. Es gab auf jeder Seite Geister, die es auszutreiben galt und Samuel verstand auch, dass er bei sich selbst anfangen musste. Das Leiden würde jedoch nur erlöschen, wenn die Ursachen erlöschen. Aber wie kann man Leiden wirklich abstellen? Doch Samuel begriff auch etwas anderes: Ein Leben in völliger Isolation und Askese, dafür war er nicht geschaffen. Schönheit sah Samuel gerne. Egal ob bei Frauen oder bei Gegenständen und er umgab sich gerne damit. Thailand hatte ihm geholfen. Die Ruhe hatte geholfen. Kehrte in eine neue Welt zurück, die eigentlich kaum mehr die alte war. So gut wie nichts mehr passte in Samuels neues Lebensbild und der Graben zwischen Vergangenheit und Chloé auf der einen Seite und Freiheit auf der anderen wurde immer größer. Samuel war an einen Punkt angekommen, an dem es kein Zurück mehr gab und er wollte auch nicht mehr zurück. Er hatte eingesehen, was er getan hatte. Er hatte seine Gesinnung geändert. Rechtes Streben, Bewusstsein, Handeln und Reden waren Teilstücke auf diesem Weg und würden schon noch schwer genug sein, sie jeden Tag aufs Neue zu verwirklichen. Vor allem die rechte Sammlung, das in sich Versenken fiel Samuel noch so arg schwer. Denn er hatte jedes Mal aufs Neue Angst vor dem was er sehen könnte, wenn er nur die Augen schloss. Wenn ihn die Dunkelheit einhüllte und die alten Geister nicht mehr von innerlichen Schranken gebändigt werden könnten. Die Befreiung von allem würde ihm nie zuteil werden, dafür war Samuel Realist genug, um das einzusehen. Aber er würde immer Abbitte leisten und war bereit für ein neues Leben. War das denn nicht genug? War es nicht Zeit, endlich nach vorne zu blicken?

Ruppig fuhr er sich über die Augen. Sein Magen machte sich bemerkbar. Niedergeschlagen stand Samuel auf. Wollte gerade nachsehen, was er sich aufs Zimmer bestellen könnte, als es an der Tür klopfte. Schaltete den Fernseher aus, warf die Fernbedienung auf das Bett. Die würden doch wohl nicht Gedanken lesen können, hier in diesem Hotel? Über seine eigene Dummheit lachend, öffnete er die Tür und sein Lachen erstarb sofort.

»Woher weißt du, wo ich abgestiegen bin?«, brach es überrascht aus Samuel heraus.

~*~*~*~*~  ~*~*~*~*~

☆ Altes hinter sich lassen
– einfach so? ☆

Isabelle trat, ohne vorher gebeten worden zu sein, an ihm vorbei in die Suite. Zog eine schwere Parfümwolke von Rosenduft hinter sich her.

»So wie du, hat wohl noch kein Mann versucht ...«, sie ließ ihre fliederfarbene Stola von den nackten Schultern gleiten und warf sie unachtsam auf eine kleine goldene Kommode, so dass ihre Perlmuttarmreifen klimperten. »Nein, ich verbessere mich. So hat sich noch nie ein Mann gegen mich gestellt«, entgegnete sie, ohne auf seine Frage einzugehen. Drehte sich zu ihm um und musterte ihn lange nur. Ihr forschender Blick, der über seinen Körper wanderte, glitt in einen weichen über. »Du hast dich verändert«, stellte sie dann leise fest und ihr Blick hatte nichts mehr von der toughen Geschäftsfrau, wie noch Stunden zuvor, unter all den Männern, gemein. Kein überhebliches Lächeln, keine Kühle, keine Distanziertheit.

Samuel schloss die Tür und trat auf sie zu. »Du auch«, sprach er genauso leise und sah auf ihre Lippen. Weil sie ihn wie magisch anzogen. Dunkel, voll und verführerisch. Nein, er konnte sich ihr nicht entziehen. Nicht ihrer starken körperlichen Präsenz, nicht ihrem starken Charakter. Ihrem perfekten Körper. Ihrer Schönheit an sich. Und er stand nun einmal auf schöne Dinge. Wie sich das anhörte, wusste Samuel, aber es war ihm egal. Doch eins rief er sich sofort wieder ins Gedächtnis: Schönheit gepaart mit Intelligenz bei einer Frau, führte für die Männer immer ins Verderben.

Sie lächelte scheu. Wich seinem Blick jedoch nicht aus. »Lindsey wird sich eine neue Assistentin suchen müssen«, sprach sie weich. Samuel hörte jedoch auch die Fragen aus ihrer Aussage heraus: »Warum hast du mich angerufen? Warum hast du nicht mit mir gesprochen, sondern wieder aufgelegt?« Sie wollte Antworten.

»Ich dachte ...«, fing er an und Unwohlsein überkam ihn. Peinlich berührt, hätte seinen jetzigen Gemütszustand wohl am besten beschrieben. Er konnte ihr eigentlich keine Antwort darauf geben, warum er versucht hatte sie zu erreichen. Warum er überhaupt, nur weil er in New York City war, nach ihrem Namen im Telefonbuch gesucht hatte.

»Wollen wir essen gehen?«, unterbrach sie die angespannte Stille zwischen ihnen.

»Wie alte Freunde, obwohl wir immer genau das Gegenteil davon waren?«, fragte er lächelnd und legte den Kopf schief. Isabelles Schultern zuckten. »Na ja, vielleicht nicht wie alte Freunde. Aber wie zivilisierte erwachsene Menschen«, erwiderte sie genauso schief lächelnd und strich sich eine lose Locke hinters Ohr. Samuels Augen folgten ihren Fingern, die leicht über ihren Hals fuhren und kurz über ihr Medaillon strichen. Sie hatte ihre Haare wieder zu einem losen Dutt zusammengebunden. Fummelte nervös wirkend an ihrer kleinen Perlenhandtasche. Sie trug ein Sommerkleid in violett. Hohe Schuhe. Sehr modisch, sehr elegant. Sie wusste, was ihrem Typ stand. Und Samuel wusste, dass er das an Frauen durchaus schätzte.

»Wir können uns auch was hierher bestellen«, entkam es ihm schneller, als er wollte, »und über alte Zeiten quatschen«. Isabelles Herz hüpfte kurz, aber sie blieb äußerlich gefasst. Schüttelte nur milde lächelnd den Kopf. Nahm wieder ihre Stola und öffnete die Tür. »Ich kenne ein sehr gutes Fisch-Lokal. Du magst doch Fisch immer noch, oder?«

Das ließ Samuel stocken. Sie wirkte so komplett verändert. Ihre Weichheit lag jetzt auch in ihrer Stimme und nicht mehr nur in ihren Bewegungen. Als hätte sie eine Rolle abgelegt. Oder war das jetzt die Rolle, die sie spielte? Der Abend könnte durchaus spannend werden. Er nickte nur. Holte Geldbörse und Sakko. Schritt hinter ihr aus dem Raum und drehte sich in dem Moment um, als sie noch einmal einen Schritt zurück tat. Zum Schutz vor dem Aufprall legte sie eine Hand schützend vor sich und die lag jetzt auf Samuels Brust. Zog jene jedoch sehr schnell wieder weg, als hätte sie sich verbrannt. »Ich wollte nur … also, könnte ich schnell noch einmal in dein Badezimmer?«, fragte sie schüchtern. Wieder nickte er nur und ließ sie zurück in die Suite.

Isabelle stützte sich sofort, nachdem sie die Badezimmertür hinter sich geschlossen hatte, am Waschbeckenrand ab und atmete zweimal tief ein und aus. Fuhr kurz über Parfüm und Aftershave. Roch daran. Er benutzte wohl noch immer dieselben. Zumindest kam es ihr so vor. Doch es war so lange her und die Nacht hatte auch so viele Spuren in ihr hinterlassen, die vielleicht in ihren Erinnerungen zu verschwommen waren.

»Was benutzt du für ein Parfüm?«, fragte Samuel atemlos unter Küssen, als er begann ihr die Träger von den Schultern zu schieben.

»Keines«, sprach sie genauso atemlos und kickte ihre Schuhe von den Füßen.

Sie war dabei gewesen, wie Samuel und Chloé freudestrahlend einträchtig nebeneinander im großen Salon der Barnes-Villa standen. Wie sich Chloé an Samuel schmiegte und Samuels Vater voller Stolz seinem Sohn auf die Schulter klopfte. Den Abend, als offiziellen Verlobungstag ausrief und die Gäste lachend und mit Glückwünschen auf den Lippen, ihre Gläser zum Wohl des zukünftigen Brautpaares hoben. Und dann war das passiert, was sie sich heute noch nicht richtig erklären konnte. Das Feuer war wohl größer gewesen, als der Eifer alles zu unterdrücken. Es war einfach über sie gekommen. Sie war zu ihm mit aufs Zimmer, als unten alle freudig die Vermählung feierten. Musste es in dem Moment einfach tun. Ihr ganzes Sein hatte danach geschrien. Es war die letzte wirkliche Chance gewesen. Sie hatte den Moment ergriffen. Und er hatte ihre Hand erfasst. Samuel war darauf eingestiegen. Für einen weiteren Moment schloss sie die Augen. *»Du wirst mich eh vergessen«*, hörte sie sich selbst mit weicher Stimme flüstern. Hörte Samuel belustigt auflachen und sah seine schelmisch funkelnden Augen vor sich. *»Sicher, genauso wie du mich.«*

»Das ist wohl gründlich in die Hose gegangen«, höhnte sie leise. Sich daran erinnernd, dass Samuel auf sie wartete, besah sie sich noch einmal im Spiegel. Strich ihren Lipgloss nach und versuchte, trotz ihrer zittrigen Hände, so gelassen wie möglich zu wirken. Auch als sie im Aufzug nebeneinander standen. Beide nicht recht wissend was sie sagen sollten.

»Du hast mich also doch erkannt?«, stellte er dann irgendwann eine Frage, als sie in Isabelles Chauffeursauto saßen. »Die Dame fährt nicht Taxi, warum auch«, dachte sich Samuel amüsiert. Isabelle nickte nur und rutschte etwas unruhig auf ihrem Sitz hin und her. Hatte das Gefühl, als würde sie auf einem Ameisenhaufen sitzen. Natürlich hatte sie ihn wiedererkannt. Wusste er würde kommen. Hätte ihn aber wohl auch unter hundert Menschen sofort wiedererkannt. Auch wenn er sich sehr verändert hatte. Es erinnerte kaum noch etwas an den Jugendlichen von damals, der er einmal war. Die Figur noch etwas zu schlaksig, die Haut zu hell. Doch die Augen, die waren noch immer die gleichen lilablassblauen, wie sie sie kannte. Nur nicht mehr überschattet vom Dunst der letzten Spritze an Drogen.

»Warum hast du so getan, als würdest du mich nicht kennen?«, fragte Samuel weiter, erntete jedoch keine Antwort. Ein Schmunzeln umspielte ihre Lippen, als sie sich an seinen gestrigen konfusen Blick erinnerte, als sie ihm von Maxwell vorgestellt wurde. Unglaube hatte darin gelegen. Genauso wie Verwirrtheit. Er hatte sie sofort wiedererkannt, da war sie sich ganz sicher. Das niedliche daran war jedoch, dass er nervös schien. Ein weiteres Schmunzeln entkam ihr und Samuel konnte nicht anders, als auf ihre Lippen zu sehen, doch Isabelle sah wie sein Körper, trotz vorgetäuschter äußerer Gelassenheit, wie eine Sehne angespannt war. »Du bist mir doch nicht böse, oder?«, fragte Isabelle unvermittelt und Samuel zog die Augenbrauen fragend zusammen, bis er meinte zu begreifen.

»Du hast nicht gespielt«, stellte er ernst klar und Isabelle konnte einfach nur stumm zustimmen. Nein, sie wollte ihn herausfordern und ihn demütigen. Da hatte sie nicht gespielt. Die Bestätigung von ihr zu bekommen, ließ in Samuel innerlich etwas zusammenziehen. Eigentlich war er ihr nicht böse. Aber es war trotzdem irgendwie unangenehm. Räuspernd setzte er sich aufrechter hin.

Isabelle stellte etwas fest, was sie innerlich zum Wanken bringen konnte: Die Härte, wie früher, schien aus seinen Augen verschwunden zu sein, wenn er sie ansah. Und auch jetzt lag in seinen Augen, die über ihre nackten Beine hoch zu ihren verschränkten Fingern im Schoß, über ihr Dekolleté, zu ihrem Gesicht glitten, etwas ganz anderes. »Gefällt dir was du siehst?«, fragte sie spöttisch und lächelte ihn von der Seite an. Er fuhr sich durch die Haare und sah aus dem Fenster. Fühlte sich ertappt. Hörte ihr leises Lachen und fühlte wie der Unmut in ihm stieg.

»Ich schäme mich ein wenig«, sprach sie dann. Samuels Kopf ruckte sofort zu ihr. Sie zuckte mit den Schultern und sah auf ihre Finger. »Ich war ehrlich gesagt im Vorteil. Konnte mich darauf vorbereiten, wen ich treffen würde. Dich hat es da eiskalt erwischt, nicht?« Samuel war irritiert. Doch weiter konnte er nicht nachfragen, weil sie anscheinend an ihrem Ziel angekommen waren.

Isabelle wurde sehr freundlich empfanden, als würde sie hier nicht zum ersten Mal speisen. Wurde mit ihm an einen Tisch an der Fensterfront geführt. Samuel sah über die Skyline von Manhattan. »Gefällt es dir?«, fragte sie wieder in diesem belustigen Tonfall. Samuel hielt ihr den Stuhl, als sie sich setzte und platzierte sich selbst gegenüber von ihr. Die Lokalität war nicht groß und um diese Uhrzeit noch nicht allzu gut besucht. Maximal fünfzehn Tische. Sehr viele Gläser auf dem Tisch und noch mehr Besteck. Sie stand also nicht nur bei ihrer Kleidung auf Extravaganz. Das gefiel ihm durchaus.

»Das hätte dir Christian nie bieten können«, entkam es ihm schneller, als ihm selbst lieb war. Wieder zuckte sie mit den Schultern. »Musste er ja auch nie. Ich kann es mir selber bieten.«

»Du bist sehr selbstbewusst geworden«, stellte er fest, als ihnen die Menu-Karten gereicht wurden. Isabelle lächelte den attraktiven Ober kokett zu. Oh ja, sie flirtete wirklich gern. Und der junge Herr, Samuel schätzte ihn auf Anfang zwanzig, stieg gerne darauf ein. Erhoffte sich wohl ein nettes Sümmchen Trinkgeld oder auch etwas anderes.

»Das musst du auch sein, sonst gehst du in diesem Haifischbecken unter, vor allem als Frau. Die Spielregeln sind dir ja gewiss vertraut.« Sie schlug die Karte auf. Schlug sie dann jedoch wieder zu. »Bestell du«, lächelte sie ihn an. Zwar emanzipiert, aber doch noch vom alten Schlag. Auch das gefiel Samuel. Ein kleines Wechselspielchen. Er tat wie sie verlangte und registrierte wieder diesen Blick den Isabelle und der junge Ober austauschten.

»Bist du das erste Mal hier in New York City?«, wandte sie sich dann fragend an Samuel, als der Ober nicht mehr zu sehen war. Begann mit einem seichten Smalltalk-Thema. Samuel nickte. »Ja, ich war schon viel an der Ostküste unterwegs. Warum auch immer, aber hierher habe ich es noch nie geschafft. Aber wir haben einige Klienten mit Sitz im New York State«, schloss er erklärend.

»Und wie gefällt sie dir, die Stadt die angeblich niemals schläft?«, lächelte sie.

»Stimmt, schlafen lässt sie einen kaum«, entkam es Samuel. Isabelle sah ihn fragend an. Auf seine nächtlichen Eskapaden in Bezug auf sie, wollte er ganz bestimmt jetzt nicht näher eingehen. Samuel riss sich etwas von einer Brotscheibe ab. »Findest du mich wirklich zu dünn?« Schob sich das Stück in den Mund und wechselte somit schnell das Thema. Isabelle legte ihren Kopf leicht schief. Dann erst fiel ihr ein, was er meinen könnte. Sie lachte frei heraus. Dieser eingebildete Fatzke. Er hatte sich wohl nicht wirklich verändert. »Du stehst auf Stämmigere, oder? So Maxwell Mason mäßig oder wie dieser Jungspund hier«, sprach Samuel weiter, als er heruntergeschluckt hatte und lehnte sich weiter in seinen Stuhl zurück.

Nein, auf den Typ Mann, den er gerade beschrieben hatte, stand sie nicht unbedingt. Sie hatte eigentlich keinen Typ. Sie fand jedoch Samuel sah heute Abend gut aus. So sollte sie nicht denken, ermahnte sie sich sogleich selbst. Es war vorbei. Es hatte ja nie etwas angefangen. Und doch konnte sie nie vergessen. Diesen Kuss nie vergessen. Ihr Blick fiel automatisch auf seine Lippen.

»Küss mich so, wie du geliebt werden willst«, wisperte er ihr, mit vor Erregung überlagerter Stimme, ins Ohr und ihr Herz machte einen Sprung. Gab Samuel das was er forderte, ohne Wenn und Aber und erntete so viel mehr.

Sie hatte gewusst, dass sie auf ihn treffen würde. Tagelang war ihr schlecht gewesen. Den Kopf zermartert und als sie dann vor ihm stand, auf dem Flur der Madison Company, war alle Anspannung nur noch unerträglicher. Ihr Herz hatte sie kaum noch unter Kontrolle bekommen und Atmen fiel unheimlich schwer. Bei den Verhandlungen hatte sie versucht sich nie die Blöße zu geben. Was teilweise wirklich kläglich misslang. Sie musste eine Fassade aufsetzen, schon allein um ihren Angestellten die Richtung aufzuzeigen. Etwas anderes wollten sie auch gar nicht sehen. Doch ab und an hatten sich ihre Augen getroffen und einmal meinte sie, er könnte sie allein durch seinen Blick in den Abgrund ziehen. Danach hatte sie versucht mit ihm mitzuhalten. Zu spielen und ihn weiter aus der Reserve zu locken. Aber es war kaum möglich gewesen. Alte Wut war in ihr aufgekommen, als Samuel sie zu sehr provoziert hatte und wollte ihn ein für alle Mal in seine Schranken verweisen. Doch alles war auf sie selber zurückgefallen, als sie sich so dicht neben ihn gestellt hatte. Ihre Lippen so nah an seiner warmen Haut. Da noch die Kontrolle zu bewahren, ihren Zorn zu zügeln war ihr immens schwer gefallen, aber irgendwie hatte sie es überstanden. Musste die Gespräche jedoch auf ein Minimum reduzieren, sonst wären manche Situationen vielleicht wirklich eskaliert. Bauchweh und Kopfschmerzen hatten sie die letzte Nacht gequält. Bis vor ein paar Minuten. Jetzt dagegen war sie ganz ruhig. Samuel schien nicht feindselig gestimmt zu sein. Ganz im Gegenteil und irgendwie überraschte das Isabelle. Es war noch kein böses Wort zwischen ihnen gefallen. Vielleicht änderte die Zeit wirklich vieles. Auch Menschen. Aber einfach so alles Alte hinter sich lassen? Das Schicksal spielte oft merkwürdige Karten und ging seinen eigenen Weg. Isabelle hatte schon vor langer Zeit aufgehört, sich darüber Gedanken zu machen. Es kam ja doch so, wie es eben kam. Oft hatte sie sich ein Treffen zwischen ihnen beiden ausgemalt und irgendwie waren alle Szenarien schlimm gewesen. Er war erwachsen geworden. Die Kinnpartie ausgeprägt, die Haare kurz, ordentlich zurechtgelegt. Um die Augen leichte

Lachfältchen. Nicht mehr weiß im Gesicht, sondern eine leichte Bräune, die seine Augenfarbe und seine hellen Haare nur noch mehr hervorhoben. Wie in seinen Schuljahren legte er augenscheinlich sehr viel Wert auf seine Aufmachung. Der Anzug war mit Sicherheit ein Einzelstück und die Lederschuhe bestimmt nicht überall als Massenware zu bekommen. Nein, sie stand eindeutig auf einen ganz anderen Typ Mann, als Maxwell oder dieser viel zu junge Kellner, wurde Isabelle wieder einmal bewusst. Sie zuckte jedoch nur nichtssagend mit den Schultern und legte sich die Serviette zurecht, als der Salat als Vorspeise serviert wurde.

»Ruderst du noch?«, nahm sie den Faden ihres Smalltalks wieder auf. Stocherte kurz in ihrem Salat herum.

»Du magst Tomaten immer noch nicht?«, lachte Samuel auf und langte über den Tisch, mit der Gabel. Sie schob ihm ihren Teller näher hin, damit er sich die Tomaten von ihrem Tellerrand fischen konnte.

»Du magst bestimmt immer noch keinen Honig. Also warum sollte ich dann meine Gewohnheiten so komplett umgestellt haben?«, fragte sie feixend nach. Das ließ ihn noch einmal auflachen, hielt jedoch inne, als er ihren Blick auffing. Mit einem Schlag war Samuel eines klar: Sie erinnerte sich auch gerade an ihre einzige gemeinsame Nacht. Diese Details hatten sie nur da ausgetauscht, weil sie ja ansonsten eh nie miteinander gesprochen hatten. Außer man betrachtete miteinander streiten und gegenseitiges anfauchen, wie auch Beleidigungen an den Kopf werfen als Kommunikation. Na ja, irgendwo schon. Zumindest manches Pärchen hielt es dafür.

»Ich bin ziemlich eingespannt in der Firma. Gehe joggen, wenn es die Zeit erlaubt. Rudern kaum noch«, antwortete er ihr. Sie nickte nur, ihr entging jedoch der niedergeschlagene Unterton in seiner Stimme nicht.

»Tja, der Chef hat eben immer am meisten zu tun. Das sehen jedoch die wenigsten Menschen.« Darauf konnte Samuel jetzt nur zustimmend nicken. Nein, viele sahen nur das Geld und den Ruhm, aber was für Arbeit wirklich dahinter steckte, das blieb den meisten Menschen verborgen.

»Das mit Mr. Bates war ganz schön …«, er versuchte die richtigen Worte zu finden. Schenkte Isabelle Wein nach.

»Gemein?«, vollendete sie fragend den Satz. »Ich kann keine Angestellten gebrauchen, die nicht präzise und schnell genug arbeiten können. In unserer Branche zählt jeder Tag und jeden Tag können wir Millionen verlieren oder verdienen. Eine Mannschaft ist nur so gut wie der Schwächste und ich will wirklich nicht an Mr. Bates gemessen werden«, sie nahm einen Schluck und sah Samuel offen an, »Außerdem war es nicht das erste Mal das er so ... unkonzentriert arbeitete.« Er bewunderte ihre Art zu denken. Sehr tough, sehr realistisch. So wie er. Andere jedoch würden es als unmenschlich bezeichnen, als kaltherzig.

»Er hat vielleicht Familie«, Samuel lächelte sie hochmütig an. Mal sehen, wieviel Menschlichkeit die Geschäftsfrau Isabelle Rose noch in sich hatte.

»Die hat jeder irgendwo«, gab sie gelassen zurück und sah kurz aus dem Fenster. Okay, so viel zum Thema Mitleid und Empathie.

»Wo bleibt da nur das Mitgefühl?«, lächelte er überheblich gespielt.

»Bist du immer noch so eine hinterhältige Schlange?«, konterte sie gelassen. Das gefiel ihm. Er verstand auch: Menschen verändern sich. Einstellungen und Verhaltensweisen wandeln sich. Er zuckte jedoch nur, mit einem schiefen Grinsen die Schultern.

Der Fisch wurde serviert. Nicht ohne ein Augenzwinkern vom Ober. Das fand Samuel ganz schön dreist, immerhin saß sie hier ja nicht alleine, sondern mit einem Mann. Aber das schien Isabelle ja auch nicht zu stören. Samuel nahm an, es war einfach ihre Art. Sie arbeitete schon zu lange fast nur unter Männern, da musste sie bestimmte Methoden entwickelt haben.

Auch dieser Gang war sehr gut. Der Wein noch besser. Die Stimmung lockerte sich immer mehr. Wer sie einmal füreinander waren, schien in den Hintergrund zu treten. Zu viele Jahre lagen zwischen Jugend und jetzt. Zu viele schreckliche Erlebnisse. Es war wohl Zeit einfach weiterzugehen, dachte sich Samuel und ihm gefiel der Gedanke durchaus. Nur blieb der bittere Beigeschmack, als ihm ihr verächtlicher Blick und ihr gehässiger Ton in den Sinn kam, den sie gestern ihm gegenüber an den Tag gelegt hatte. Davon war jetzt nichts mehr zu spüren und Samuel war zu müde, sich darüber weiter Gedanken zu machen.

»Was hast du gemacht, nachdem das mit meinem Dad passiert ist?«, fragte sie irgendwann. Lehnte sich nach hinten und spielte mit dem Stiel ihres Weinglases.

»Ich bin in Untersuchungshaft gekommen«, sprach er leise und nahm einen Schluck von seinem Weißwein. Sie hatte es zwar gewusst, aber allein das Wort ›Untersuchungshaft‹ weckte Bilder in ihr, die sie sich gar nicht ausmalen wollte. Er saß fast einen Monat in Untersuchungshaft, bevor er von Anschuldigungen gegenüber dem Mordkomplott an ihrem Vater freigesprochen wurde. Wie es ihm wohl in der Zeit ergangen war? Aber sie traute sich nicht weiter nachzufragen. Nickte daher nur. »Danach?«, fragte sie leiser weiter. Und sie meinte nach seinem Freispruch. Nach dem Freispruch seiner ganzen Familie. Nach dem Freispruch von Chloé und ihrer Mutter. Es war zu bitter, darüber nachzudenken. Der Mord an ihrem Vater wurde nicht gesühnt, obwohl jeder wusste, dass es ein Mord war, wurden alle Verdächtigen und Angeklagten freigesprochen.

Er holte tief Luft. Auf einen Seelen-Striptease hatte er jetzt wirklich keine Lust. Vor allem nicht vor ihr. Nicht mit ihr. »Ein Wirtschaftsstudium in Harvard aufgenommen. Danach meinem Vater geholfen die Firma aufzubauen. Zuerst haben wir in Immobilien gemacht, danach sind wir auf immer größere Firmen umgestiegen. Jetzt kaufen wir sie, von Unternehmen wie deines auf und investieren in sie, bis sie wieder gut auf dem Markt integriert sind und unsere Kosten doppelt und dreifach wieder hereinholen. Die Aktien immer weiter steigen, von denen wir die Mehrheit in der Hand halten«, erklärte er. »Und du? Wie bist du zu wohl einer der mächtigsten Unternehmerfrauen in den USA geworden?«

Sie sah auf ihr Glas und spielte weiter mit dem Stiel. Schien ihn gar nicht zugehört zu haben. *»Wo waren Sie zwischen halb elf und halb zwölf nachts?«, fragte der Staatsanwalt Isabelle. Mit steifer Miene und starren Blick auf ihre Finger, sagte sie: »Im Garten der Barnes. Ich brauchte frische Luft.« Sie hatte noch nie eine Obrigkeit angelogen, noch nicht einmal ihren Vater und jetzt hier, wo es um die Klärung des Mordes an ihrem Vater ging, belog sie die Anwaltschaft, weil sie sich nur Wochen zuvor nicht unter Kontrolle hatte und mit dem Verlobten der Frau geschlafen hatte, die für den Mord an ihrem Vater verantwortlich war.*

»Du hast Chloé in Schutz genommen und deine Aussage nie revidiert.« Eine Feststellung, keine Frage.

»Weil es nichts zu revidieren gibt, Isabelle«, sprach er weich. Doch der bittere Beigeschmack blieb auf seinen Lippen hängen.

Traurig sah sie die rote Flüssigkeit in ihrem Weinglas an. »Du hast sie geheiratet, aber du trägst keinen Ring«, stellte sie fest und sah auf seine Hand. Die Scheidung war für die Medien nicht mehr von großem Interesse gewesen, da sie nicht in einem Rosenkrieg geendet hatte. Er ballte die Hand kurz zur Faust. »Wir haben uns vor einem Jahr scheiden lassen. Die Heirat war ... Es war zu früh, zu unüberlegt getroffen.« Wieder entging Isabelle sein niedergeschlagener Unterton nicht.

Sie zog eine Augenbraue in die Höhe. »Zu unüberlegt? Ihr kanntet euch davor seit mehr als zehn Jahren.« Da hatte sie jetzt durchaus recht. Aber die nächsten zehn Jahre ihrer Ehe waren wohl die Entscheidenderen gewesen, in ihrer Entwicklung und die ließ ihn und Chloé in verschiedene Richtungen gehen. Außerdem hatte er kaum eine andere Möglichkeit, als den vorgefertigten Vertrag zu unterschreiben. »Aber es gab ja eh kaum ein anderes Thema, als die Heirat mit dir, als wir noch Kinder waren«, sprach Isabelle nuschelnd gegen ihr Weinglas. Überrascht sah Samuel auf. Aber über Chloé wollte Samuel jetzt nicht unbedingt sprechen. Und er konnte sich nicht vorstellen, dass Isabelle das wollte. Isabelle sah durchaus, wie er abwesend aus dem Fenster sah und für ein paar Sekunden wohl in seiner eigenen Welt versunken war.

»Habt ihr Kinder?«, fragte Isabelle weiter. Ihr Herz begann unangenehm zu pochen.

»Nein. Ich bin nicht wirklich der Familienmensch«, erwiderte er kopfschüttelnd. Sie entließ die angestaute Luft, so unauffällig wie möglich. Seine Aussage ließ jedoch auch viel Spekulationsfreiraum.

»Warum nicht?«, rutschte es ihr jedoch sehr schnell heraus. Er lachte auf und nahm einen weiteren Schluck von seinem Wein.

»Wird das jetzt eine einseitige Fragestunde?«

Sie sah ihn offen an und zuckte mit den Schultern. »Du kannst mir auch Fragen stellen. Nur ist mein Leben kaum so glamourös wie deins verlaufen. Also auch nicht halb so spannend.« Das glaubte er ihr nicht. Jedes Leben war auf seine Art und Weise interessant und oftmals sehr spannend. In seinem Mundwinkel stahl sich ein verschmitztes Lächeln. »Warum bist du nicht verheiratet?«

Die junge Frau zuckte mit den Schultern und sah kurz aus dem Fenster. »Ich stand einmal kurz davor. Dann habe ich jedoch kalte Füße bekommen.« Das passte nicht unbedingt zu Isabelle Rose, fand Samuel. Wenn sie sich etwas vornahm, dann zog sie es auch durch.

»Warum?«, fragte er neugierig nach und lehnte sich auf den Tisch zu ihr vor.

»Alte Geister kamen wieder auf«, sprach sie leise und räusperte sich. Das war für Samuel zu mysteriös. Seine Gedanken gingen sofort in eine Richtung.

»Du meinst, du hast es nicht verkraftet, dass es nicht mit Christian geklappt hat?« Es war sehr provokant und offen gefragt. Vielleicht war es mittlerweile auch einfach nur der schwere Wein, der ihre Stimmung und ihre Zungen so lockerte. Runzeln breiteten sich auf ihrer Stirn aus.

»Warum ging eigentlich immer jeder davon aus, dass Christian und ich etwas miteinander gehabt hätten, beziehungsweise wir uns verloben, oder so etwas?«

»War das nicht so? Hätte das dein Daddy nicht gerne gesehen?«

Sie sah auf den Rest ihres Fisches. »Vielleicht.«

Er würde wohl noch ein Stückchen weiter gehen müssen, um noch mehr aus ihr herauszuholen. »Wem gehörte denn dann dein Herz?«

Sie setzte sich aufrechter hin und sah ihm fest in die Augen. »Wem gehörte denn deins?«, stellte sie die Gegenfrage, anstatt ihm zu antworten. Legte ihren Kopf leicht schief. »Immer nur Chloé?« Das war irgendwo ein wunder Punkt bei ihm und Isabelle wusste, dass sie ihn getroffen hatte. Noch bevor sie die Betretenheit in seinem Blick wahrnahm. Samuel war keineswegs ein Kind von Traurigkeit gewesen, während seiner Schulzeit. Sie fragte sich nur, wie es sich jetzt wohl verhielt. »Sex und Liebe müssen nicht unbedingt immer Hand in Hand gehen. Sie hat davon gewusst.«

Isabelle nickte kurz. Nein, das musste nicht immer Hand in Hand gehen. Das beste Beispiel waren ja sie beide. »Auch von uns?«, fragte sie nach. Er schüttelte nur den Kopf. Sehr schön, wenigstens hatte er sich an ihre damalige Vereinbarung gehalten. Sie ja schließlich auch. Niemand würde je von ihnen beiden erfahren. Bei dem Gedanken wurde ihr Herz jedoch ein paar Gramm schwerer.

»Wollen wir dann gehen?«, fragte sie aufgesetzt lächelnd und winkte den Ober zu sich ran. Der kam auch sofort, mit einem breiten Lächeln. Samuel ließ es sich nicht nehmen zu zahlen, obwohl sie das nicht wollte. Und Samuel ließ es sich auch nicht nehmen, das vom Ober wohl schon freudig erwartete Trinkgeld ausfallen zu lassen. Gentleman, wie er sein konnte, zog Samuel den Stuhl von ihr, als sie aufstand. Ohne groß hinzusehen, legte sie die Hand auf die Stuhllehne, zog sie jedoch sofort wieder weg, als sie auf Samuels Hand traf.

Sie riefen kein Taxi, sondern gingen die paar Schritte runter zum Hudson River. Schlenderten ein paar Meter am Ufer entlang. Es war eine laue Sommernacht und Samuel schloss kurz genüsslich die Augen, als ihm leichter Wind um die Nase wehte. Der Wind trieb süßlichen Duft von den umliegenden Büschen zu ihnen herüber. Ein verliebtes Pärchen schlenderte Hand in Hand an ihnen vorbei. Er liebte solche Abende und in einer netten Begleitung noch viel mehr.

»Hast du das auch während deiner Ehe gemacht?«, fragte Isabelle irgendwann unvermittelt. Samuel vergrub seine Hände in den Hosentaschen, das ließ Isabelle schmunzeln. So wie früher. Die gleichen Gesten. Die gleichen Augen.

»Was meinst du konkret? Ob ich fremdgegangen bin?« Sie nickte nur und zog ihre Stola fester um sich. »Ja«, sprach er leise. Das hatte sie sich schon gedacht. Was jedoch die ganze Sache nicht angenehmer machte. Sie stellte sich an die Abgrenzung zum Fluss. Samuel tat es ihr gleich. Die leichte Brise brachte seine Haare etwas durcheinander und kurz zuckte ihre Hand, ihm eine Strähne aus der Stirn zu streichen. Stattdessen verkrampfte sie die Finger noch fester um die Eisenrehling.

»Schläfst du mit Maxwell Mason?«, fragte er irgendwann und sah sie fest an. »Ja.« Er nickte nur und sah wieder auf den Fluss. »Lebt ihr zusammen?« Die Fragen sprudelten einfach aus ihm heraus. Dachte vorher gar nicht darüber nach, welchen Eindruck er damit bei Isabelle hinterlassen könnte. Aus dem Augenwinkel sah er nur, wie sie den Kopf schüttelte.

»Das mit den vielen Prozenten, darüber sollten wir reden«, fing Samuel an. Sie schnaufte laut aus und stieß sich von der Rehling ab.

»Morgen ist wieder Arbeit angesagt. Heute nicht mehr«, sprach sie heiter und hüpfte die letzte Stufe, der schmalen Treppen, nach unten. Es passte so gar nicht zu ihrem ansonsten damenhaften Benehmen und vielleicht machte aber gerade das den Reiz an ihr aus. In diesem Moment. Für ihn. Sie ging ein paar Schritte voraus.

»Du meintest, du hättest gewusst mit wem ihr in Verhandlungen einsteigen würdet. Ich war schon sehr ... na ja überrascht. Warum trägt die Firma nicht deinen Namen?«, stellte Samuel die Frage, die ihm schon den ganzen letzten Tag und Nacht auf den Nägeln brannte.

»Weil es nicht meine ist«, gab sie ihm die Antwort. »Also schon. Rechtlich gesehen«, redete sie erklärend weiter und wedelte mit der Hand in der Luft, »aber ich habe den Namen ›Madison‹ beibehalten, da er einen gewissen Ruf hat und ich normalerweise nicht offen an Verhandlungen beteiligt bin. Das ist eigentlich alles Maxwells Aufgabenbereich. Ich halte mich lieber im Hintergrund auf. Ich mag den Medienrummel nicht«, schloss sie schnell.

Das verwirrte Samuel. »Warum bist du dann bei dieser Verhandlung...«, doch weiter kam er nicht. »Weil ich dich live wiedersehen wollte«, antwortete sie auf seine unvollständige Frage, warum sie dann bei diesen Verhandlungen dabei war. Sie schlenderten langsam weiter nebeneinander am Ufer entlang.

»Bist du deswegen kurz nach den Verhandlungen ausgewandert, weil du den Medienrummel nicht wolltest?«

Ihre braunen Augen sahen ihn von der Seite an. »Unter anderem, ja«, sprach sie sehr leise. Samuel wollte gerade fragen, was dieses andere war. Aber sie blieben vor einem großen Springbrunnen stehen und Isabelle wurde von einem Mann angesprochen, der in Begleitung einer attraktiven Schwarzhaarigen war. Sie begrüßten sich freundlich. Alle wurden sich kurz gegenseitig vorgestellt. Wechselten ein paar Sätze. Auf Italienisch, wie Samuel feststellte. Er war zwar dem Spanischen mächtig, konnte demnach immer wieder ein paar Brocken des Gesprächs verstehen, aber seine Gedanken schweiften unweigerlich mehr und mehr ab. Auch sein Blick. Blieb an der Italienerin hängen, die ihn freundlich anlächelte. Auch Isabelle sah es aus dem Augenwinkel. Bekam den letzten Satz von Segnor Matalla, ein ehemaliger Kunde der Madison Company, gar nicht mit. Lächelte nur nichtssagend freundlich und war froh, als sie sich verabschiedeten. Ging, ohne groß auf Samuel zu achten, rüber zum großen Brunnen. Betrachtete die Steinfiguren, obwohl sie sie schon alle kannte.

»Du flirtest sehr gern«, stellte sie unnötigerweise fest, als er zu ihr aufgeschlossen hatte. Verlegen kratzte er sich am Hinterkopf. Es war ihm irgendwie unangenehm, dass sie es bemerkt hatte. »Aber du doch auch«, konterte er daher schelmisch grinsend.

»Ihr Männer seid damit leichter zu erweichen. Und ich bekomme, was ich will«, stellte sie, sehr selbstbewusst wirkend, fest. Das glaubte er ihr allerdings aufs Wort. »Bei dir jedoch schein ich mir die Zähne auszubeißen«, ergänzte sie lächelnd. Er trat einen Schritt auf sie zu. Roch wieder ihr schweres Parfüm, das ihn allmählich einzulullen drohte. Beugte sich zu ihr herunter. »Nicht unbedingt, du musst nur noch einen Zahn zulegen«, raunte er gegen ihr Ohr. Sie machte erschrocken einen Satz nach hinten und drehte sich wieder Richtung Brunnen. Versuchte ihren Augen einen Fixpunkt zu geben, auf den sie sich konzentrieren konnte. Das tiefe Timbre seiner Stimme und die Wärme seines Atems an ihrem Hals, hatten sie zu sehr überrascht. Zu sehr aus der Fassung gebracht. Doch er ließ sich nicht davon beeindrucken. Hatte genau gesehen, wie sie reagiert hatte, kurz bevor sie erschrak. Wieder ging er einen« Schritt auf sie zu, wieder beugte er sich zu ihr herunter. Sie blieb stehen, wo sie war. Sah ihn jedoch nicht an.

»Wenn du mit Maxwell schläfst, warum willst du dann, dass ich dich zum Empfang des Gouverneurs begleite?«, fragte er leise gegen ihr Ohr. Sie drehte sich vollends zu ihm um. Selbst mit diesen hohen Schuhen war sie noch kleiner als er, doch durch seine gebückte Haltung trafen sich kurz ihre Nasen. Sie zuckte zurück, sah ihm jedoch fest in die Augen. »Weil ich weiß, dass du gut tanzen kannst und wie hast du vorhin so schön gesagt?«, sie lächelte spöttisch, »Liebe und Sex müssen nicht immer Hand in Hand gehen.« Samuel durchzuckte sofort ein Pulsieren. Stille trat zwischen sie beide. Angefüllt von Spannung und die knisterte gewaltig. Samuel sah auf ihre vollen Lippen. War sich jedoch nicht sicher, ob das gerade eben eine Einladung für ihn war, oder ob sie den letzten Satz doch noch auf Maxwell Mason bezogen hatte.

»Oh, ich weiß was«, quiekte Isabelle plötzlich undamenhaft und packte Samuel am Arm, hackte sich bei ihm unter. »Komm mit«, forderte sie ihn auf. »Wenn du noch nie in New York warst, musst du das auf jeden Fall gesehen haben.« Sie ging schnell und ihre Schuhe klapperten laut, auf dem Asphalt. Samuel wusste nicht wohin sie ging, kannte sich hier nicht aus. Folgte ihr einfach. Auch, als sie in die U-Bahn stiegen und er seine Bedenken, wegen ihres Chauffeurs äußerte. Der würde schon Bescheid wissen, gab sie lapidar Antwort. Verstohlen sah er sich um und traf auf den Blick eines jungen Mannes, der Isabelle wohlwollend musterte. Sie sah ihn kokett an und krauste ihre Nase. Wieder schien es ihr egal zu sein, dass Samuel nur einen Schritt neben ihr stand. Samuel trat näher an Isabelles Rücken und legte einen Arm um ihre Taille. Sie lächelte ihn über die Schulter an. Nicht mehr kokett, sondern schon sehr verführerisch. Drückte sich etwas fester gegen seinen Bauch. »Willst du dein Revier markieren?« Ihre Stimme belustigt, aber mit einer rauchigen Unternote. Sein leicht schockierter Gesichtsausdruck ließ sie lächeln, doch er ließ sie sofort los. Samuel wusste nicht, was er erwartet hatte, als sie die Subway-Station hinaufkamen, aber das bestimmt nicht. Sofort umschloss sie ein Gewusel von Menschen, Stimmen, Gerüche und Farben, die ihn zunächst leicht überforderten.

»Hier komme ich gerne her. Chinatown ist eine eigene Welt für sich«, sie zog Samuel wieder am Ärmel, »Hier sieh mal«, sie blieb vor einem kleinen Restaurant stehen. Samuel sah schockiert von der Auslage zu ihr.

»Also, wenn ich den Fisch so sehe, weiß ich nicht, ob ich zukünftig noch Fisch mag«, entkam es ihm entsetzt. Sie lachte glockenhell auf, so ganz anders wie im Büro - ehrlich und offen. Schob sich an ihm vorbei und verschwand in dem Laden. Kam wenig später mit einer großen braunen Papiertüte zurück und packte, mitten auf der Straße, den Inhalt aus. Was sie da zwischen den Fingern hatte, schien über und über paniert zu sein. Sie biss herzhaft hinein und Samuel sah sie aus großen Augen an. »Was?«, nuschelte sie mit halbvollem Mund und musste aufpassen sich nicht zu verschlucken, wegen seinem geschockten Gesicht. »Ist wie Fish und Chips in England. Nur eben ohne Chips.« Sie stand wohl doch nicht nur auf Extravaganz, fiel Samuel bei diesem Anblick ein. Sie hielt ihm lächelnd kauend die Tüte entgegen. Er sah nur angewidert hinein. »Komm schon«, forderte sie ihn auf. Ihr zuliebe langte er auch zu. Als er jedoch hineinbiss, war er wohlwollend überrascht. Es schmeckte sogar nach Fisch. Und das nicht einmal schlecht. Folgte ihr durch das Getümmel und bekam die Papiertüte, samt paniertem fettigem Fisch, von ihr in die Hände gedrückt. »Pass auf deine Geldbörse auf«, rief sie noch über die Schulter, bevor sie in ein kleines, von außen unscheinbares Geschäft trat. Als Samuel nach ihr eintrat, umgab ihn sofort der unverwechselbare süßliche Geruch von Marihuana. Irritiert sah er sich nach Isabelle um. Doch der Laden schien leer zu sein. Viel KlimBim hing von der Decke. Indianische Traumfänger. Bunte, kitschige, chinesische und edle Lampions. Edelsteine in allen möglichen Formen und Farben lagen in den Regalen. Große Amethystdrusen standen auf dem Boden und Duftkerzen überlagerten die eh schon schwere Luft.

»Vielen Dank«, hörte er Isabelle dann jedoch und sie kam um eine Bücherecke auf ihn zu. Wieder eine Tüte in der Hand. Als sie sein verwirrtes Gesicht wahrnahm erklärte sie sich ihm. »Ein Geschenk.« Packte alles in ihr Täschchen. Er war froh, wieder an der frischen Luft zu sein und entsorgte den restlichen Fisch, bei der nächsten Mülltonne. Sie schlenderten an Gauklern vorbei und eine große bunte Schlange, mit Löwenkopf und schuppigem Rücken, aus Pappmaché wurde durch die Menge getragen. Trommeln setzten ein und von irgendwoher trug die Luft auch Klänge von Schellen zu ihnen herüber.

»Es ist das Liebesfest«, hörte er Isabelle neben sich, als er fasziniert auf das Schauspiel vor sich sah. »Die Sage vom Kuhhirten und einer Weberin. Der Kuhhirte führte, von seiner Schwägerin verraten, ein hartes Leben. Eine Fee verliebte sich in ihn und für ihn gab sie alles auf. Heiratete ihn und wurde Weberin. Sie bekamen einen Sohn und eine Tochter, waren glücklich. Doch der Himmelskaiser grollte ihr und ließ die Fee wieder in den Himmel zurückbringen«, erzählte sie verträumt. Sah, wie eine Rinderfigur durch die Menschen stürmte. »Der Kuhhirte wollte seine Frau auf einem Rind folgen, sie befreien. Doch die Himmelskaiserin, welche die Fee entführt hatte, zog mit einer goldenen Haarnadel einen Himmelsfluss und die beiden Liebenden waren getrennt.« An Samuel und Isabelle flogen dunkle Vögel, aus künstlichen Federn und schimmernden Perlen, vorbei. »Die Elstern sahen beide, die sich mit Tränen in den Augen gegenüberstanden, aber nicht zueinander kommen konnten. Die Vögel bildeten eine Brücke, über den Fluss. Die Himmelskaiserin war so gerührt, dass sie den beiden Liebenden immer einmal im Jahr erlaubte sich auf dieser Brücke zu treffen«, Isabelle sah in den Himmel, »Ich bin ja froh, dass es nicht regnet. Denn der Regen symbolisiert das Leid der beiden, und würde zum Anlass besser passen. Aber trocken ist es doch schöner.«

Der Himmel hatte sich bereits dunkel gefärbt und Fackeln wurden herumgereicht. New York City gefiel ihm mit einem Schlag viel besser. Samuel sah noch immer fasziniert auf das Schauspiel. Isabelle dagegen sah nur ihn an. Hörte die Schellen nur leise neben sich. Die Trommel dagegen dumpf und stark in ihrem Körper vibrieren. Sollte sie ihm sagen, dass die beiden Liebenden Sterne darstellten, die durch die Milchstraße getrennt waren und nur einmal, in einer einzigen Nacht, aufeinandertrafen? Sie zwang sich selbst wieder auf die Show Acht zugeben. Trat jedoch näher an ihn heran und ließ wie zufällig ihre Finger zu seinen gleiten. Berührte sie leicht. So standen sie einfach eine Zeit lang beisammen. Isabelle wurde von hinten angestupst und im nächsten Moment hatte sie eine große Blüte im Haar. Sie lachte frei heraus, als ihr die kleine alte chinesische Frau einen Kuss auf die Wange setzte und Samuel einen Beutel in die Hand drückte.

»Was ist das?«, fragte sie neugierig und Samuel fischte den Ballen heraus. Rieb daran und ließ Isabelle an seinen Fingern riechen.

»Das ist eine Muskatnuss«, lachte sie auf. »Sie meint wohl wir sind ein Liebespaar.« Es war ein altes Aphrodisiakum.

»Soll ich sie mir gleich einwerfen?«, scherzte er und Isabelle gab ihm einen Klaps auf den Arm. Ihr Lachen glitt über in ein sanftes Lächeln, während das Fest um sie herum wie in Zeitlupe und dumpf weiterging. Als sie fühlte, wie ihre

Wangen wärmer wurden, sah sie verlegen zur Seite und richtete sich die Blume im Haar. Sah dem Schauspiel wieder zu. Spürte jedoch Samuels kleinen Finger, der sich mit ihrem verkeilte, während er das Säckchen in seine Hosentasche verschwinden ließ.

»So eine unendliche Liebe ist ...«, doch weiter kam Isabelle nicht, weil sie wieder von hinten angerempelt und gegen Samuel gedrückt wurde. Instinktiv legte er seine Hände auf ihre Hüften. Sie bemerkte selbst, wie sie wieder in den Bann dieser lilablassblauen Augen gezogen wurde. Wie damals, wie jedes Mal, wenn sie einen Bericht oder ein Foto über ihn im Fernsehen oder in der Zeitung sah. Samuel richtete ihre Blume und beugte sich zu ihr herunter. Ein greller Aufschrei ließ Isabelle zusammenzucken und erschrocken umdrehen. Doch es war nur ein Maskenspieler gewesen. Peinlich berührt wagte sie nicht, sich wieder Samuel zuzuwenden. Die Hitze, die ihre Wangen rötlich färbten, spürte sie immer deutlicher. Und die Hitze beschränkte sich mittlerweile nicht mehr nur auf ihre Wangen. Irgendwann setzten sie sich dann doch in Bewegung. Sahen noch hie und da in Auslagen von kleinen Geschäften. Doch keiner sprach mehr ein Wort. Samuel wurde von einem kleinen chinesischen Jungen angesprochen. Doch er verstand ihn nicht. Kniete sich zu ihm und doch kommunizierten die beiden miteinander, stellte Isabelle fest. Wieder sah Isabelle nicht das eigentliche Geschehen, sondern achtete nur auf Samuel. Dieser lachte frei heraus, als der Junge ihn an den Haaren zog. Durch das helle blond seiner Haare fuhr und im Laden seine Mutter rief. Die kam und mit ihr wohl auch noch die Großmutter. Fasziniert sahen sie auf Samuel. Weder Isabelle noch Samuel verstanden was sie sagten, aber es war trotzdem eindeutig, über was sie redeten. Sein heller Hauttyp, die intensiven Augen, fast weißes Haar. Es musste Menschen, die einheitsschwarze Haare und braune Augen hatten, einfach faszinieren. Isabelle musste schmunzeln, wie er es lächelnd ertrug, dass eine Frau ihm eine Strähne abschnitt und sie bewundernd ins Licht einer Lampe hielt. Merkte jedoch, dass es langsam an der Zeit war zu gehen. Vor allem, als jetzt noch mehr Menschen kamen. Isabelle fühlte und sah auch, dass Samuel der ganze Trubel unangenehm war, deswegen nahm sie ihn bei der Hand. Verabschiedete sich lächelnd und ging mit ihm weiter. Die Gassen wurden schmäler, der Lärmpegel leiser. Sie hielten sich noch immer bei der Hand und Samuel schien es augenscheinlich nicht unangenehm zu sein.

»Oh, sieh mal«, entkam es ihr freudig und zeigte auf ein riesengroßes Aquarium in einem Schaufenster. In ihm tummelten sich allerhand bekannte und unbekannte Fische. Sie setzte sich in die Hocke und zog damit unweigerlich Samuel mit nach unten. »Was ist das, den kenn ich gar nicht?« Sie tippte gegen die Scheibe. Der schimmernde Fisch schwamm sofort erschrocken davon.

»Das ist ein türkisblauer Tüpfelbuntbarsch«, erklärte Samuel. Redete über Paarbildung, beide Elternteile würden das Gelege bewachen, und die Herkunft aus Surinam. Viel mehr bekam Isabelle jedoch nicht mit. Es war irgendwie schon extrem peinlich. Sie fühlte wie ein Teenager. Aber das Begehren war das einer Frau. Das Kribbeln von ihrer Hand breitete sich über ihren Arm, ihren Bauch, zu ihrem Schoß aus. Sammelte sich dort unangenehm. Ihr Blick glitt zu seinen Lippen. Sie beugte sich weiter zu Samuel vor, zog jedoch ihren Kopf wieder weg, als die Türklingel des Ladens sie aus ihrer Trance riss. Der Ladenbesitzer schien nicht so freundlich zu sein, wie die weiblichen zuvor. Wieder verstanden sie kein Wort, aber wieder waren Ausdruck des Gesichts und Gestik des Ladeninhabers eindeutig. Samuel versuchte auf den Mann einzureden, sie hätten ja nichts gemacht, nur einen Blick auf die Fische geworfen. Aber der Mann ließ sich nicht beirren. Schnell zog Isabelle Samuel mit sich und lachte frei heraus, als der alte Chinese ihnen noch irgendetwas nachbrüllte. Sie beschleunigte ihre Schritte noch mehr. Bis zur nächsten Ecke. Isabelle zog Samuel schnell in die Dunkelheit und presste ihre Lippen auf seine. Der Blonde war so überrascht, dass er zunächst nichts tat. Erst als er ihren weichen warmen Körper an sich gedrückt fühlte, nahm er sie in die Arme. Stieg auf den Kuss ein. Das kleine, leise weibliche Wimmern ließ in Samuel dann endgültig die Barrieren zusammenbrechen. Er drehte sich mit ihr und presste sie hart gegen die Steinwand. Fuhr über ihren Körper, durch ihre weichen Haare. Schmeckte den frittierten Fisch. Sie selbst. Roch ihr schweres Parfüm. Sie selbst.

»Nimm mich jetzt«, keuchte sie atemlos und Samuel dachte sofort an seine Erinnerungen. Sie hatte das Gleiche gesagt. Sie hatte gefordert und hatte es bekommen. Wie jetzt auch. Sie brachte ihn von null auf hundert und das in beängstigend kurzer Zeit. Versuchte unter ihren Kuss- und Beißattacken Herr seiner Sinne zu werden. Aber es klappte nur kläglich. Es war ein Hinterhof, dunkel und vermüllt. Aber sie war hier und forderte. Nahm ihre kurzen Atemzüge in seinem Mund auf. Hörte das Klimpern ihrer Armreife, als er sich spielerisch an ihrem Hals verbiss und spürte ihre Hände mehr in seinem Nacken verkeilen. Ihm war, unter seinem eigenen Stöhnen klar, dass sie jederzeit irgendjemand hier antreffen und dass sie womöglich noch viel mehr Menschen hören könnten. Aber es war ihm auch egal. Er hatte gerade das wieder, was ihn seit zwei vollen Tagen quälte. Es riss ihn einfach mit.

»Damit habe ich ehrlich gesagt, heute nicht gerechnet«, kam es, mit schwer belegter Stimme von ihm, als er sie absetzte. Fuhr mit dem Mund kurz über ihre weichen, duftenden Locken. Schief grinsend strich er noch einmal über ihre weiche Haut, am Oberschenkel.

»Nein?«, fragte sie frech grinsend nach und schob ihre Kleidung wieder korrekt hin. Hob ihre Stola und das Perlentäschchen vom Boden auf, die in der Hitze des Gefechts dort gelandet waren und schüttelte den Staub ab. Die Stola würde sie wohl in die Reinigung bringen lassen, wie auch das Kleid. Richtete die Blüte in ihrem Haar. »Die Erinnerungen kamen sofort wieder auf, als ich dich im Foyer der Firma wiedergesehen habe«, nuschelte Isabelle, während sie versuchte ihre Haare ordentlicher zu einem Dutt zusammenzufassen. Ihre Worte ließen Samuel aufsehen, als er seinen Gürtel schloss.

»Ich war mir nicht sicher, ob du mich ... na ja nach deinen Aussagen gestern ...«, stotterte Samuel unbeholfen und schrie innerlich auf, weil er sich wie ein Teenager verhielt, der nicht mit seinem Schwarm sprechen konnte. Das war deprimierend. Sie war heute zu ihm in die Suite gekommen. Hatte ihn gebeten, mit ihr essen zu gehen. Hatte mit ihm über alte Zeiten gesprochen. Das hätte sie alles nicht tun müssen. Sie hätte ihm morgen in der Company wieder gegenüberstehen können und übermorgen wäre er schon wieder in London. Aber das alles hatte sie getan und irgendwie verwirrte es Samuel. Denn es war nicht logisch und Isabelle hatte schon am College den Ruf weg, eine sehr korrekte Schülerin zu sein. Konfus richtete Samuel sein Hemd und Sakko wieder gerade. »Es wäre naheliegender gewesen, wenn du das Vergessen gesucht hättest«, sprach er gedämpft und fuhr sich durch die Haare.

Isabelle hielt für einen Atemzug die Luft an. »Nein, wäre es nicht«, dachte sie niedergeschlagen. Sie presste sich an seine Brust und seine Arme umfingen sie sofort. Wischten die aufkommende Kälte, in ihren Gliedern, wieder weg. Den Gedanken an Max, an Bedauern. Küsste ihn lang und tief. »Wie könnte ich je vergessen?«, sprach sie so leise gegen seine Lippen, dass er es kaum hörte. Hand in Hand gingen sie den Weg zurück und kamen wieder an dem Schauspiel vorbei. Nahmen davon kaum Notiz, schlenderten weiter zur Subway. Samuel zog sie näher zu sich ran. Doch Isabelle wandte sich aus seinem Arm. Lächelte geheimnisvoll. Drehte sich um die Haltestange in der Mitte des Wagons und kam vor Samuel zum Stehen. Sah ihm auf die Lippen und er gab ihr was sie stumm forderte. Nicht beißend, einfach langsam und intensiv.

»Kommst du noch mit zu mir?«, fragte er leise, aber hoffend, gegen ihre Lippen und spürte schon wieder die neuerliche Erregung in sich aufkommen.

»Nein«, hauchte sie lächelnd. Stirnrunzelnd sah er sie an. Wie konnte ein einzelnes Wort so hart sein?

»Ich habe morgen schwerste Verhandlungen vor mir und da will ich ausgeschlafen sein«, frotzelte sie und steckte Samuel eine Fahrkarte in die Innentasche seines Sakkos. Tätschelte kurz auf seine Brust und ging zur Zugtür. Öffnete sie beim nächsten Halt und sah ihn schelmisch grinsend über die Schulter an, als er ihr folgen wollte. »Ich muss hier umsteigen. Du musst noch zwei Stationen fahren«, lächelte sie amüsiert und drehte sich nicht noch einmal um, als sie davonschritt. Samuel lächelte vor sich hin, als er ihr mit den Augen folgte, bis sich der Zug wieder in Bewegung setzte. Schlafen? Mal sehen.

~*~*~*~*~  ~*~*~*~*~

☆ Ungeküsst ☆

»Schlaf war wirklich keine schlechte Idee gewesen«, dachte sich Samuel sogleich, als er seine Augen öffnete und die verkrampften Glieder erst einmal streckte. Obwohl er doch gestern Nacht einige Zeit gebraucht hatte, um innerlich zur nötigen Ruhe zu kommen, fühlte er sich gerade als könnte er Bäume ausreißen. Gedanken an Isabelle hatten ihn noch länger wachgehalten. Ihr leidenschaftliches Gebaren. Die intensiven Minuten. Das schelmische Grinsen, das sie ihm am Ende geschenkt hatte. Der gestrige Abend mit *ihr* hatte gut getan. Es war ein schöner Abend, mit einem krönenden Abschluss gewesen. Der Kick hatte in der Schnelle gelegen. Sie hatten sich beide einfach ihrer Lust hingegeben und wieder war es im Prinzip Isabelle die den ersten Schritt getan hatte. Doch dieses Mal musste sie ihm wieder gegenübertreten und konnte ihn nicht ignorieren. Ihm nicht ausweichen. Dass sie das vielleicht lieber tun würde, löste in Samuel ein unangenehmes Kribbeln in der Magengegend aus. Ein Blick auf das Handy jedoch ließ ihn aufkeuchen und erschrocken aus dem Bett hüpfen. Das Scheißding hatte heute schon wieder nicht angeschlagen. Vielleicht lag es wohl aber auch eher daran, dass er gestern andere Dinge im Kopf hatte, als den Wecker zu stellen. Hektisch lief fast das gleiche Programm wie gestern in der Früh ab. Sein Blick fiel nebenbei auf das Säckchen mit der Muskatnuss, das er gestern noch recht unachtsam auf den Schreibtisch geworfen hatte und ihm jetzt ein Schmunzeln aufs Gesicht zauberte. Es war ein schöner Abend gewesen. Er war jedoch auch gespannt, wie sie sich heute verhalten würde. Die Antwort bekam er auch sogleich, als er den Verhandlungsraum betrat.

»Mr. Barnes. Schön, dass Sie uns auch noch beehren«, ertönte sofort Isabelles kalte, oberflächliche Stimme. Kurz sah sich Samuel um. Viele neugierige Augenpaare waren auf ihn gerichtet. Alle hatten augenscheinlich nur auf ihn gewartet und es sah so aus, als wäre Isabelle wieder vollkommen die toughe Geschäftsfrau. Nichts erinnerte mehr an die junge Frau von gestern Abend, die fettigen frittierten Fisch, aus einer Papiertüte aß und ihn um die nächste Ecke gezogen hatte, um wilden Sex mit ihm zu haben. Sie hatte wieder die perfekte Maske aufgesetzt. Ihr Verhalten konnte Samuel jetzt auch durchaus nachvollziehen. Aber wenn nicht das hier ihre Maske war, sondern gestern Abend?

»Wir wollen die Verhandlungen heute zu einem Ende bringen«, unterbrach Maxwell unwissend seine Gedanken. Isabelle nickte und stellte sich ans Fenster. Überblickte das Ufer des Flusses und New Jersey. Versuchte ihr wild pochendes Herz zu beruhigen. Doch es gelang nicht. Sie hatte Samuel gestern regelrecht überfallen und er war sofort darauf eingestiegen. Ohne Wenn und Aber. Nicht gefragt. Ihr das gegeben was sie wollte. Sie hatte die Nacht kaum geschlafen. »Es war ein Fehler gewesen«, sagte ihr Verstand. »Er wird bald wieder weg sein und alles wird wieder gut«, beteuerte sie in Gedanken und ahnte doch irgendwie, dass gar nichts gut war und nicht gut werden würde. Nicht konnte. Nicht mehr.

Max hatte sie überraschenderweise heute Morgen zum Frühstück abgeholt. Obwohl sie nie frühstückte, das wusste er ganz genau. Er ahnte nichts von gestern Nacht und sie würde einen Teufel tun und ihm irgendetwas sagen. Aber natürlich war ihm nicht entgangen, dass da mehr zwischen Samuel und ihr passierte, als es gewöhnlich zwischen zwei Verhandlungspartnern der Fall war. Es war für ihn schon komisch genug gewesen, dass sie vormittags in der Firma auftauchte, um an Verhandlungen teilzunehmen. Kaum jemand wusste, wer sich wirklich hinter der Madison Company verbarg und so sollte es auch bleiben. Dass Samuel sie gestern auch noch bei ihrem Vornamen angesprochen hatte, hatte kaum etwas zur Entschärfung der Situation zwischen Max und ihr beigetragen. Dass Max jedoch ihre Unruhe aufgefallen war und auch ihr Unmut, zeigte Isabelle nur auf, wie wenig selbstbeherrscht sie wirklich gewesen war. Nur mit Mühe und etlichen Ausreden konnte sie Max davon überzeugen, dass nichts Ungewöhnliches geschehen war und doch hatte sie danach immense Schuldgefühle. Ihre Erklärung, Samuel Barnes wäre ein wichtiger Kunde und die Holifild Company brächte viel Geld ein, also müsse man auch dem Käufer etwas Honig um den Mund schmieren, stimmte Max zwar zu, aber Isabelle war sich nicht wirklich sicher, ob Maxwell ihren Köder auch geschluckt hatte. Er mochte nicht, wenn sie mit fremden Männern flirtete. Denn auch das hatte sie getan.

Samuel nickte Maxwell Mason zu und setzte sich. Sah zu Isabelle, die sich ihre Haare nach hinten strich und weiter aus den hohen Fenstern sah. Zitterten ihren Finger? Sie trug wieder einen Rock. Eng anliegend. Schwarz. Rote Bluse. Großes Medaillon um den Hals. »Schön wie immer, aber angespannt wie eine Sehne«, dachte sich Samuel zerknirscht und konnte es ihr kaum verübeln. Bereute sie schon?

Mit einer schwungvollen Bewegung drehte sie sich zu allen Anwesenden um. »Meine Herren, ich habe beschlossen nicht von meinem Standpunkt abzuweichen. Auch wenn ich weiß, dass ich mir damit nicht nur einen Feind unter Ihnen machen werde. Aber das ist mir, gelinde gesagt, egal«, lächelte in die Runde. Sah lange in jedes einzelne Gesicht, nur nicht in Samuels. Dem Blonden wurde unwohler. Wenn sie nicht von ihrem Standpunkt abwich, dann gab es wohl kaum eine Lösung für ihre Verhandlungen.

»Ich konnte noch nicht mit dem Vorstand sprechen, Miss Rose«, sprach Samuel möglichst gelassen wirkend.

»Ach nein?«, fragte sie überrascht. »Wir haben gestern sehr früh aufgehört und der Zeitunterschied ist doch eigentlich ganz gut. Sie hätten gestern am frühen Abend doch noch mit ihrem Vorstand sprechen können«, säuselte sie, mit einem süßen Lächeln auf den Lippen weiter. Für Samuel jedoch eindeutig zu spöttisch. Dieses Biest versuchte ihn doch tatsächlich wieder vorzuführen. Mit dieser Reaktion hätte er, von ihrer Seite, jetzt nicht wirklich gerechnet.

»Mich hatten andere Ereignisse auf Trab gehalten«, konterte er lächelnd. Für Isabelle jedoch viel zu intensiv. Sowohl seine Worte, als auch seine Augen. Sie strich sich wieder eine Strähne hinters Ohr und sah kurz zu Maxwell. Ihr wurde auf einmal sehr übel. Fest presste sie eine Hand auf ihren Bauch. Vielleicht hätte sie das Frühstück heute Morgen im Café doch nicht ignorieren und nicht nur den Kaffee trinken sollen. Da war aber auch dieses Kribbeln, wenn sie Samuel nur ansah und im Moment hätte Isabelle nicht sagen können, welches Gefühl schwerer wog. Im Gesicht des Finanzexperten deutete nichts darauf hin, dass er etwas ahnte. Ganz im Gegenteil, Mason lächelte sie lieb an und das löste in Isabelle nur noch mehr Schuldgefühle aus. Er wusste nicht, dass sie gestern Abend nicht zu Hause gewesen war und ahnte auch nicht, wer Samuel wirklich war. Sie spielte ein falsches Spiel mit ihm und das war eigentlich nicht ihre Art.

Samuel folgte ihrem Blick und sah auch den Schatten über ihre Augen huschen. Was erwartete Isabelle jetzt von ihm? Sie hatte doch nicht womöglich nur mit ihm Sex gehabt, dass er einfach so über diesen Millionenauftrag entschied, ohne vorherige Absprache mit anderen? Kopflos handelte? Dieser Gedanke gefiel ihm überhaupt nicht und automatisch ballte er eine Hand zur Faust. Nur eine Frau hatte ihn so weit gebracht kopflos zu handeln und Isabelle Rose würde nicht die Nächste sein, die es schaffen könnte. Nicht gerade *sie*. War sie wirklich so ein berechnendes Biest geworden? Aber für ihre Ziele hatte sie schon immer alles gegeben und die zwei Seiten der Isabelle Rose ließen sich mit Sicherheit nicht immer trennen. Ihm wurde flauer im Magen. Die Euphorie, die bis vor wenigen Sekunden noch angehalten hatte, verschwand immer mehr.

Die junge Frau verkreuzte die Hände im Rücken und drehte sich zur Gänze zu Samuel um. »Ich hoffe es waren angenehme Ereignisse, Mr. Barnes«, sprach sie ruhig und tief. Allerdings, waren sie durchaus gewesen und er sah ihn ihren Augen, dass sie wohl auch daran dachte. Genauso schnell drehte sie auch wieder ab. »Also. Dann gebe ich Ihnen jetzt Zeit mit Ihrem Vorstand zu sprechen.« Wandte sich an Max und flüsterte ihm etwas zu.

»Sie geben mir die Zeit. Wie gnädig«, lachte Samuel amüsiert auf und verstummte sofort, als ihr kalter Blick zu ihm schoss. Nein, jetzt erinnerte wirklich nichts mehr an ihr an gestern. Sie wandte sich an die anderen anwesenden Männer, ohne auf seinen Witz einzugehen. Überging das Gemurmel und unterdrückte Erstaunen.

»Meine Herren, ich denke wir legen jetzt eine Pause ein, damit Mr. Barnes seiner Pflicht als Juniorchef nachkommen kann. Wir wollen ja nicht, dass er Ärger bekommt. Und ich will nicht noch eine Woche hier schwitzen bis Sie, Mr. Barnes, eine Genehmigung bekommen.« Das unterdrückte Gehuste und Gekicher der Männer, entging Samuel durchaus nicht und es machte ihn wütend. Angefressen sah er den Herren beim Verlassen des Raumes hinterher. Sich bloßstellen zulassen, das gefiel keinem und einem Samuel Barnes schon gleich zweimal nicht. Alle verließen den Raum, nur eine Person blieb: Isabelle.

»Ich kann das nicht machen. Sie werden mir auch nicht die Erlaubnis dazu geben. Das weißt du ganz genau«, presste Samuel sofort ärgerlich hervor, als der Letzte die Tür hinter sich geschlossen hatte und stand laut ausschnaufend auf. Sie beachtete ihn nicht weiter. Gab ihm keine Antwort. Drückte den Knopf der Gegensprechanlage an ihrem Telefon. »Lindsey, wir möchten die nächste Viertelstunde nicht gestört werden. Von niemandem.« Wartete gar nicht auf eine Erwiderung und ging zur Tür. Ließ laut scheppernd das Rollo nach unten fallen. Genauso verfuhr sie bei den Fenstern, die zum Flur hin ausgerichtet waren. Lange stand sie dann nur stumm am Fenster und beobachtete ihn. Samuel war nicht fähig die Stille zu unterbrechen. Sah sie hart schlucken und fragte sich unweigerlich, was in ihrem schönen Köpfchen gerade vorgehen mochte.

»Ich bin nicht blöd. Dein Vater wird dir nicht die Erlaubnis geben. Es hängt nicht an den anderen Mitgliedern. Aber ich will die fünfundzwanzig Prozent«, sprach die Brünette leise, aber hart. Doch Samuel schüttelte niedergeschlagen den Kopf. »Warum, Isabelle?«, fragte er genauso leise.

Als sie sich breitbeinig vor ihm auf den Tisch setzte, wusste er nicht was tun. Verführerisch lächelnd zog sie ihn an der Krawatte zu sich herunter. Küsste ihn hart. Sie verwirrte ihn zu sehr. Zuerst kalt und abweisend, dann warm und leidenschaftlich. Und diese Seite gefiel ihm so viel besser.

»Warum willst du das unbedingt?«, fragte er schwer, während er ihre Oberschenkel, mit den Händen nach oben glitt, unter ihren Rock. Seine Finger den Strumpfbändern nachfuhren. Sie biss ihm spielerisch in den Hals. Das hatte sie gestern auch schon getan und er stand drauf.

»Ja, warum willst du das? Warum willst du ihn?«, fragte sich die junge Frau selbst, als sie seinen Duft in sich aufnahm und fand keine plausible Antwort. Also gab sie ihm die ehrlichste Antwort, die sie kannte: »Weil ich die Nacht über an nichts anderes denken konnte«, entgegnete sie rau an seinem Ohr und fummelte, im nächsten Moment, auch schon an seinem Gürtel. Irgendetwas führte sie ihm Schilde. Sie hatte bestimmt noch nie etwas getan, ohne einen Grund. Und er wollte diesen verdammten Grund jetzt von ihr hören. Legte seine Hände auf ihre. Verdutzt schossen ihre großen braunen Augen zu ihm hoch.

»Ich meinte, warum du so viele Prozente willst? Außerdem ist Mason da draußen«, presste er bestimmend zwischen den Lippen hervor. Seine Backenknochen mahlten. Das hier verlangte gerade immens viel Kraft von ihm ab und im Moment wollte er auch nur wissen, was sie im Schilde führte.

»Samuel, du Idiot«, schrie sie innerlich. Er hatte sie wieder auf den Boden der Tatsachen zurückgebracht. Abrupt ließ sie von ihm ab und schob sich an ihm vorbei. Eigentlich sollte sie Samuel dankbar sein.

»Ich kann dir das nicht geben«, sprach er gefasster weiter. Rückte seine Krawatte wieder gerade. Sie ließ sich elegant in ihren Stuhl sinken und drehte sich einmal. Versuchte ruhig zu atmen, damit ihr Herz einen rhythmischeren Schlag ansetzte. Sie führte sich hier wie ein nymphomanischer Teenager auf.

»Warum nicht?«, fragte sie dann.

»Weil es diese Klausel gibt. Das weißt du doch«, sprach er jetzt schon ungehaltener.

Sie sah auf ihre Fingernägel. »Ich meinte etwas anderes«, blickte ihn neugierig an und legte ihren Kopf schief. Ihre Augen wurden zu intensiv.

»Ich will es ja auch, aber nicht hier, im Büro«, sprach Samuel sanfter weiter und machte einen Schritt auf sie zu. Kam jedoch leicht ins Stutzen, als Isabelle etwas mit dem Bürostuhl nach hinten fuhr und die nächste Frage stellte. »Auch das meinte ich nicht. Warum hat das mit Chloé nicht geklappt?«

Mit offenem Mund sah er sie an. Schüttelte nur verständnislos den Kopf. Das war ein zu abrupter Themenwechsel. Er kam sich überrumpelt vor. Konnte kaum folgen. »Ihr seid euch doch so ähnlich und warum hast du keine Kinder?«, fragte sie ruhig weiter, obwohl ihr das Herz bis zum Hals hüpfte. Ihre Brust von den harten Schlägen bereits wehtat. Das mit dem langsameren Rhythmus hatte nicht geklappt. Sie war gerade auf eine zu persönliche Schiene gerutscht, sah es an der Haltung Samuels, die immer versteifter wurde. Vielleicht war sie zu weit gegangen, aber die Fragen lagen schwer in ihrem Magen. Und bevor er wieder abreiste wollte sie es wissen. Womöglich könnte sich ja doch alles ändern, wenn sie sich nur überwinden könnte. Doch der Blonde riss sie mal wieder aus ihren Überlegungen.

»Isabelle, was soll das?« Samuels Stimme war beherrscht, aber die junge Frau wollte die Niedergeschlagenheit daraus hören, auch wenn sie vielleicht gar nicht mitschwang.

»Möchtest du welche? Ich meine, gestern mit dem kleinen Jungen bist du super klargekommen.« Sie fuhr sich durch die Haare und strich kurz mit ihren schlanken Fingern über das Medaillon, was auch seinen Blick unweigerlich darauf lenkte. Samuel fand nur schwer seine Sprache wieder. Eigentlich wusste er auch nicht so recht, was er ihr antworten sollte. Im Übrigen wollte er auch gar nicht mit Isabelle darüber reden, warum seine Ehe in die Brüche gegangen war und noch weniger sein Herz bei ihr ausschütten. Bei Trennungen spielen so viele Faktoren eine Rolle, die man selbst kaum versteht. Plötzlich ist genau das schlecht am Partner, was noch vor Jahren liebenswert erschien. Plötzlich ist alles umgekehrt. Wie sollte man das einer dritten Person erklären können?

»Es ging einfach nicht mehr … also das mit Chloé und wegen den Kindern. Na ja, ehrlich gesagt ist es etwas anderes einen Jungen auf der Straße zu treffen und freundlich zu sein oder ein eigenes Kind zu haben, für das man sein Leben lang verantwortlich ist. Erziehung, Bildung, Liebe«, zählte er auf und setzte sich gegenüber von ihr, auf die Tischkante. »Jahrelang einem Kind das zu geben«, scheu lächelnd schüttelte Samuel den Kopf, »das wäre nicht meins. Dafür lebe ich wohl auch einfach zu gerne«, von der Seite sah er zu ihr hinüber. Davor hatte er auch ehrlich gesagt zu viel Angst. Es war eine zu große Aufgabe, für ihn. Die Brünette wirkte nachdenklich. Sah auf ihre verschränkten Finger, in ihrem Schoß. »Mit Frauen«, murmelte sie leise vor sich hin. Es waren nicht wirklich Erklärungen, aber Isabelle wusste auch nicht, was sie erwartet hatte. Was sie überhaupt von Samuel erwarten konnte. Er würde morgen wieder weg sein, erinnerte sie sich selbst und klammerte sich an diesen Gedanken.

»Du solltest deinen Vater anrufen«, sprach Isabelle dann schnell und erhob sich. Wollte gehen, doch Samuel fing ihr Handgelenk ein und zog sie zwischen seine Beine. Ihren Blick konnte er schlecht definieren. Auf jeden Fall Unwohlsein. Warum? Weil sie gestern Sex hatten? Das hoffte er nicht. Weil sie ihren Freund betrogen hatte? Das hoffte er allerdings schon. Obwohl es ihm egal sein sollte. Er war bald wieder weg. Das hier war ein nettes Intermezzo und sollte auch dabei belassen werden. So wie mit all den anderen Frauen.

»Was ist los?«, fragte er leise und besorgt. Legte seine Hand auf ihre Wange. Sie wich seinem Blick aus. Diesen einfühlsamen Samuel kannte sie nicht und es wäre vielleicht besser ihn nicht zu kennen. Es brachte sie eindeutig noch mehr aus dem Tritt, als der flirtende, um keine Antwort verlegene und etwas zu hochnäsige Samuel Barnes. Das Problem war nur, dass die kindliche Vorstellung, die sich über all die Jahre in ihr aufgebaut hatte, so von Samuel nicht erfüllt wurde. Das verwirrte nicht nur, das machte Angst.

»Nichts«, antwortete sie genauso leise und machte sich von ihm los. »Du musst eine Null vorwählen«, rief sie noch über ihre Schulter, bevor sie das Zimmer verließ. Angefressen, weil er wusste, dass etwas nicht mit ihr stimmte, sie aber nicht gewillt war darüber zu reden und genervt, weil sie immer noch wollte, dass er bei seinem Vater anrief, ließen ihn wild durch seine blonden Haare fahren. »Fuck«, entkam es ihm laut. Schwer stand er auf und ging zu den hohen Fenstern. Es war der direkte Blick auf den Hudson. Dort wo sie gestern, nach dem Abendessen, entlanggeschlendert waren. Mit weitem Blick auf das offene Meer. Der direkte

Blick auf die Freiheitsstatue, wo schon abertausende Aus-
wanderer und Flüchtlinge angekommen waren und hier ihr
Glück versucht hatten. Oft mit nichts mehr als einem kleinen Koffer voll armseliger Habseligkeiten und einem großen
Ranzen voll Glaube und Hoffnung. Doch was suchte
Isabelle dort immer, wenn sie hier stand und gedankenverloren in die Ferne sah?

Chloé war wie er gewesen: reich, verblendet, eingebildet. Ihr
Schicksal schweißte sie als junge Menschen, fast noch
Kinder, zusammen. Riss sie aber ironischerweise, mit der
Zeit, nach und nach auseinander. Denn begriffen schien
Chloé indes nicht wirklich zu haben und die Spannungen
und Streits die immer wieder mit Samuel, bezüglich Reue
und Schwachsinn über Status und Prestige aufkamen, hielt
ihre Beziehung irgendwann nicht mehr stand. Ab einem
Punkt verstand Samuel seine Ehefrau einfach nicht mehr
und hatte irgendwann auch nicht mehr die Kraft und den
Willen dazu, sie verstehen zu können.

*»Nur weil du bei diesem Guru in Thailand warst, musst du
mir jetzt nicht beibringen, was es heißt zu leben. Reue zu
zeigen. Sie haben mich in dieses Drecksloch von Gefängnis
geworfen, obwohl ich nie etwas getan habe. Nur mein Ge-
burtsrecht eingefordert habe. Ich muss keinem Menschen
gegenüber Reue zeigen und keinem um Vergebung bitten«*,
hörte er Chloés hohe Stimme jetzt, wie ein Echo in seinem
Ohr. Doch musste sie schon. Ob stumm oder mit Worten.
Das hatte sie ganz und gar nicht begriffen. *»Du brauchst
nicht so zu tun, als hättest du nie auch so gedacht, wie wir
alle. Das kann man nicht einfach abstellen.«* Er hatte es
nicht abgestellt. Die Gedanken waren jedoch irgendwann,
im Laufe der Zeit verloren gegangen und den Verlust be-
dauerte Samuel ganz bestimmt nicht. Aber Geld und Arbeit
füllten irgendwann nicht mehr aus. Die Nähe zu Chloé
wurde nur noch drückend und nicht befreiend und bele-
bend wahrgenommen. Vielleicht jedoch hätte er damals in
England bleiben sollen und nicht nach Thailand flüchten.
Vielleicht würde seine Ehe dann noch intakt sein und der
Graben zwischen ihm und Chloé hätte sich nicht soweit
aufgetan. Vielleicht aber auch nicht. Es war mühselig darüber zu spekulieren. Schwermütig schritt er zum Telefon.
Schon bevor er gewählt hatte, wusste er eigentlich was
dabei rauskam. Zuerst eine ellenlange Standpauke, was
ihm einfiel sich die Mühe zu machen, hinsichtlich eines
solchen Angebots überhaupt weiter zu verhandeln und er
wurde nicht wegen den Aktienanteilen enttäuscht. Zwanzig
Prozent, das würde gehen. Aber nicht mehr.

»Hast du gewusst, dass es Isabelle Rose ist, die hinter der Madison Company steht?«, wagte Samuel irgendwann vorsichtig den ersten Vorstich, bei seinem Vater.

»Das weiß doch jeder«, kam es lapidar und wie selbstverständlich von seinem Vater zurück. Das verblüffte Samuel. Er, Samuel, hatte es nicht gewusst. Er besah sich aber auch nicht jedes Handelsregister und deren eingetragenen Vorstände und Besitzer, im Vorfeld jeder Verhandlung. Diese Zeit hätte er sich dieses Mal jedoch vielleicht nehmen sollen.

»Du hättest es mir sagen können«, sprach Samuel schon ungehaltener und fuhr sich fahrig durch die Haare.

»Warum denn?«, fragte Barnes Senior überrascht und Samuel konnte es nicht fassen. Wenn es um die Vergangenheit ging, hielt sein Vater nie mit Schmähungen und Verunglimpfungen gegenüber der Familie Rose lange hinter dem Berg. Im Gegenteil, er suhlte sich geradezu darin, der eigentliche Sieger zu sein. Hier ging es jetzt um Isabelle Rose und jetzt antwortete sein Vater, als würden sie über einen x-beliebigen Menschen reden.

»Warum? Weil ich nichts davon wusste. Weil sie …«, doch weiter kam Samuel nicht.

»Hör zu, Samuel. Ich habe dafür jetzt keinen Nerv und für dieses Biest schon gleich zweimal nicht. Ich gebe dir nur eins noch mit auf den Weg, wenn du versucht sein solltest, dich von ihr einlullen zu lassen. Niemand spricht darüber, aber eigentlich weiß es jeder, in der Branche. Das Mädchen hat den alten Madison regelrecht ausgenommen. Ihn wohl im Bett so kirre gemacht, das er ihr alles überschrieben hat und sein Tod war auch nicht unbedingt frei von allen Spekulationen«, knurrte sein Vater, die letzten Worte. Samuel hielt die Luft an. Er wusste, dass sein Vater sehr engstirnig war, aber was er da alles Isabelle offen und unterschwellig vorwarf, war schon ein großes Stück. Er lehnte sich in Isabelles Stuhl zurück. Glaubte den schweren Duft ihres Parfüms wahrnehmen zu können.

»Sie ist jetzt … anders«, sprach Samuel leiser weiter. Doch sein Vater hatte ihn gehört und lachte trocken auf.

»Du musst noch viel lernen, Sohnemann. Niemand verändert sich einfach so. Sei auf der Hut«, sprach Barnes Senior gelassen. »Sei Realist. Es ist offensichtlich was sie vorhat. Das Mädchen will uns ganz sicher wegen früher ruinieren. Damit habe ich schon gerechnet. Wir brauchen aber die Firma, Junge. Unbedingt. Denn die Matthews wurden von einem anderen aufgekauft, der jetzt den großen Reibach mit ihnen macht. Also bekommt Rose auch die Prozente, aber keinen einzigen mehr. Das ist besser, als ganz ohne der Holifild Company dazustehen. Die anderen Aktionäre haben wir immer auf unserer Seite, dafür sorge ich schon. Also wird das Mädchen nie wirklich Einfluss haben können. Und nun sieh zu, dass du den Deal an Land ziehst oder wir essen ab nächster Woche auf Papptellern.«

»Auf der Hut sein muss ich wohl auch vor anderen oder warum hast du Mr. Flatter in die Verhandlungen mit eingeschleust? Du hättest wenigstens so fair sein können und es mir sagen«, knurrte Samuel ungehalten. Das Nächste was er hörte, war nur ein lauter Aufschnaufer von seinem Vater und dann das Tuten der unterbrochenen Leitung. »Dir auch noch eine angenehme Zeit, Vater«, höhnte Samuel knurrend in den Hörer, bevor er ihn auf die Vorrichtung drückte. Geld regiert die Welt. Seinem Vater war es egal, von wem er Profit schlagen konnte. Das war selbst früher schon so gewesen. Und wie er die anderen Anteilnehmer immer auf seiner Seite wusste, wollte Samuel eigentlich gar nicht so genau wissen. Sein Vater würde wohl immer wieder seine Seele an denjenigen verkaufen, bei dem er glaubte auf der Gewinnerseite stehen zu können. Würde sich immer wieder wie ein Fähnchen im Wind drehen. Das war ein Charakterzug an seinem Vater, dem Samuel nichts abgewinnen konnte. Nicht mehr. Gedankenverloren stellte Samuel sich wieder an die Fensterfront. Er glaubte kein Wort von dem was sein Vater sprach. Das tat er schon lange nicht mehr. Und doch blieb Unwohlsein, über das gerade Gehörte und ein nagender bitterer Beigeschmack zurück. Hatte Isabelle ihn nur erweichen wollen? Sich doch, auf diese Weise, einen anderen Zugang zu ihm erhofft? Oder dachte er wirklich zu hinterhältig von Isabelle Rose? Nach einigen weiteren Minuten hörte er hinter sich die Tür aufgehen und Gerede setzte ein. Isabelle betrat als Letzte den Raum. Stellte sich dicht hinter Samuel. »Und?«, fragte sie leise. Er drehte sich zu ihr um. Sah ihr fest in die großen braunen Augen. »Das war doch eigentlich schon von vornherein klar, oder?«, entgegnete er ihr. Ihr Blick huschte über sein Gesicht und verschränkte die Arme vor der Brust.

»Aber wenn man es nicht versucht, bereut man es vielleicht irgendwann«, sprach sie so leise, dass es niemand außer ihm hören konnte. Seine Stirn legte sich ihn tiefe Falten. Sie sprach jetzt nicht mehr vom Deal, oder? Isabelle nahm seine Verwirrung durchaus wahr, drehte sich deswegen schnell zu den anderen herum.

»Mr. Barnes` Unterfangen war, trotz zahlreicher Versuche, nicht von Glück gekrönt.« Sie stellte sich an den Tisch und schob ihre Unterlagen zusammen. Sah weder nach links, noch nach rechts, schon gar nicht zu Samuel.

»Ich werde die zwanzig Prozent akzeptieren, möchte dafür aber eine Million Pfund mehr«, sprach sie fest. Maxwell sah von ihr zu Samuel. Runzelte tief die Stirn. Sein Blick war Samuel unangenehm. Weil er so durchbohrend war und für Samuel, wie er sich einbildete, zu wissend.

»Das lässt sich einrichten«, sprach Samuel und sie lächelte ihn endlich über die Schulter an. Es war jedoch viel zu distanziert.

»Schön. Damit hätten wir ja alles geklärt. Unsere Anwälte werden in Kontakt treten und alles weitere für Verträge und so weiter aufsetzen«, nickte Mr. Terry kurz zu, drehte sich dann zu Samuel um und blieb kurz vor ihm stehen. Reichte ihm die Hand. »Danke für diesen Deal. Die Verhandlungen waren sehr intensiv und ich hoffe, in Zukunft, auf weitere spannende Geschäfte mit Ihrem Unternehmen.« Die Worte waren draußen, noch bevor Isabelle sie hätte anders formulieren können. Samuel drückte ihre Hand und fuhr mit dem Daumen über ihren Handrücken. Ihr Lächeln wurde breiter - intensiver und ehrlicher. Er lag also nicht falsch. Sie hatte es genau so gemeint, wie er vermutet hatte. Die Männer standen auf und klatschten. Irgendjemand reichte ihnen Champagner, zum Anstoßen. Isabelle ließ schief grinsend ihr Glas gegen das des Blonden klirren und nahm einen Schluck, ohne ihren Blickkontakt zu brechen. Samuel stieß auch mit Mason an. Lächelte ihm freundlich zu, dass jedoch halb einfror, als dieser einen Arm um Isabelles Taille legte und sie es auch zuließ. Ihn sogar noch süß anlächelte. Sich selbst zur Räson bringend, ließ er sich in ein Gespräch mit seinem Anwalt ziehen. Das mit ihnen beiden war zwar intensiv gewesen, aber vielleicht sollte es auch dabei bleiben. Sie lebten auf zwei verschiedenen Kontinenten, erinnerte er sich selbst und zum ersten Mal verfluchte er Isabelle dafür, dass sie ausgewandert war. Aber realistisch betrachtet hielt sie jetzt ein Fünftel der Aktienanteile des Unternehmens seines Vaters in den Händen. Das hieß, sie würden in Zukunft auf kurz oder lang wieder aufeinandertreffen müssen. Dann jedoch löste Isabelle sich von Maxwell, als sie zu einem anderen Mann schritt. Dicht an Samuel vorbei ging und seine Finger mit ihren streifte. Sein Pulsschlag schnellte sofort in die Höhe. Doch, gab er sich selbst gegenüber zu, er wollte noch mehr Spannendes und Intensives mit ihr erleben. Samuel wurde auch wieder in ein Gespräch verwickelt, jedoch trafen immer wieder kurz braune auf blaue Augen. Irgendwann war alles geklärt. Der Raum lichtete sich.

»Ich hoffe Sie sind heute Abend pünktlich, Mr. Barnes«, seinen Namen besonders betonend, lächelte Isabelle schief, »Ich mag weder zu Frühkommer, noch welche die zu lange auf sich warten lassen«, lächelte sie süßlich weiter und ging. Maxwell räusperte sich laut und ging hinter ihr aus dem Raum.

Eigentlich sollte Samuel den restlichen Tag nutzen, um sich einen eleganten Smoking zu besorgen. So etwas fand sich in seiner Reisegarderobe nicht, da er mit so einem Anlass nicht gerechnet hatte. Doch stattdessen legte er sich, in seinem Hotelzimmer, mit einem Bier, aufs Bett. Ratterte wieder durch zahlreiche Fernsehprogramme und blieb verdutzt an einem Kanal hängen. War der eigentlich die ganze Zeit freigeschalten? Wieder beobachtete er die Pärchen, ihr Abmühen und wieder stellte er sich, während er einen Schluck nahm, die Frage, was für Menschen das eigentlich waren, die Pornos drehten. Wahrscheinlich so wie jeder andere, beantwortete er sich die Frage selbst. Gingen auch zum Einkaufen, schliefen auch in einem Bett, mussten auch auf die Toilette. Na ja gut, vielleicht etwas exhibitionistischer veranlagt als andere und womöglich ....

»Nettes Nachmittagsprogramm.«

Samuel schoss in die Höhe, sprang vom Bett und sein Herz drohte ihm aus der Brust zu hüpfen. Hustete und röchelte, weil der nächste Schluck Bier nicht in seiner Speiseröhre, sondern vor Schreck in seiner Luftröhre gelandet war und der Rest der klebrigen Flüssigkeit auf dem Bett, welche begierig von der Überwurfdecke aufgesaugt wurde. Mit Tränen in den Augen sah er zu dem Überraschungsgast und räusperte sich noch einmal. Isabelle lehnte elegant, mit verschränkten Armen vor der Brust, im Türrahmen. Sah ihn belustigt, mit einer heraufgezogenen Augenbraue an. Kurz auf den Bildschirm und dann wieder zu ihm. Samuel stand noch immer, wie angewurzelt vor dem Bett und wischte sich den letzten Rest klebriger Flüssigkeit vom Mund. Sah sie an, als wäre sie eine Fata Morgana. Sie deutete mit dem Daumen über ihre Schulter, in Richtung Ausgang, bevor sie sich leicht vom Türrahmen abstieß. »Ich habe geklopft. Aber du ...«, sie sah noch einmal lächelnd auf den Fernseher. Legte den Kopf schief. Stille trat ein, nur das Gekeuche aus dem Fernseher war zu hören. Wog schwer in der Luft zwischen den beiden. Samuel sah zwischen dem Fernseher und ihr hin und her. Isabelle schien jedoch gerade von dem ›Nachmittagsprogramm‹ regelrecht gefesselt zu sein.

»Wie kommst du hierein?«, fand er dann doch irgendwann seine Sprache wieder. Ihr Lächeln verwandelte sich in ein Grinsen und sie sah, mit funkelnden Augen, zu ihm. »Okay, ich glaube ich kann es mir denken«, sprach Samuel Augen rollend. »Beziehungen sind das A und O, nicht wahr?« Sie lächelte nur und zuckte kurz mit den Schultern. Sich keiner Schuld bewusst, unten im Foyer eine Code-Karte, für sein Zimmer, nachmachen zu lassen.

»Der kleine Blonde war äußerst zuvorkommend«, erklärte sie sich dann doch ein wenig. Samuel konnte sich vorstellen, wen sie meinte. Bei dem hatte sie bestimmt sehr leichtes Spiel gehabt. Da war er sich sicher. »Du solltest in Zukunft in einer anderen Hotelkette absteigen, die sicherer ist«, ging am Bett vorbei und auf die Fensterfront zu. »Nett«, sprach sie und drehte sich zu ihm um. Sie trug noch dieselbe Kleidung, wie vorhin im Büro. Lehnte sich mit den Schulterblättern an der Scheibe an und verschränkte wieder die Arme vor der Brust. Sah wieder auf den Bildschirm. Samuel saugte regelrecht jede ihrer Bewegungen mit seinen Augen auf. Ließ seinen Blick offen über ihre Gestalt wandern. Das sah sie, das spürte sie und es erregte sie. Er war zu einem schönen Mann geworden und sie wollte diesen Mann einfach haben.

»Ich mag das«, sprach sie dann irgendwann. Samuel runzelte die Stirn. Konnte nicht einordnen, was sie jetzt damit meinte. Wie selten bei ihr. Sie sprach wohl gern in Rätseln.

»Du hast mich abgewiesen, weil deine Gedanken beim Deal waren«, erläuterte sie.

»Ich hab dich nicht abgewiesen«, konterte er sogleich. Sah im Augenwinkel, wie gerade die zwei Frauen …

»Du hast mich, trotz gestern Nacht, abgewiesen. Eiskalt«, erwiderte Isabelle gelassen wirkend und winkte ihn mit ihrem Zeigefinger zu sich ran. Nach kurzem Zögern und die Fernbedienung auf das Bett geworfen, folgte er ihrer Aufforderung. Stellte sich dicht vor sie. Ein Ruck an seinem Gürtel ließ ihn etwas taumeln und am Fenster abstützen. Mit weichen Bewegungen öffnete sie langsam die Schnalle und den ersten Knopf seiner Hose. »Jetzt auch?«, hauchte sie tief und sah ihn schelmisch grinsend an. Registrierte mit Wohlwollen, wie er mit den Backenknochen mahlte. Der Glanz ihrer Augen und ein äußerst erotisches weibliches Stöhnen vom Fernseher, ließen in Samuel nur einen Gedanken zu: Das Gleiche wollte er aus Isabelles Mund hören.

»Dich hier oben zu nehmen, über den Dächern New Yorks. Am Fenster«, er berührte leicht ihre Lippen, mit seinen, »Ich muss sagen, die Vorstellung hat schon was«, grinste sie frech an und drehte sie schnell um. Zu überrascht um zu reagieren, entkam ihr ein kleines Aufkeuchen. Verdutzt sah sie ihn über die Schulter an. Erntete nur ein erneutes Grinsen, als er unter ihren Rock fuhr. Die Kälte des Glases unter ihren Händen, kroch hoch in ihre Arme. Ihr Blick huschte kurz über die Skyline von New York City. Wusste die Gläser würden nichts preisgeben von dem was sie hier gerade im Begriff waren zu tun, aber es erregte trotzdem ungemein zu wissen, jemand könnte ihnen dabei zusehen.

»Und was ist mit Mason?«, wisperte er fragend gegen ihr Ohr und biss in das Läppchen. Über die Schulter sahen ihn ihre Augen ernst an und in ihrer Stimme lag unerbittliche Ehrlichkeit und eine Forderung, der er nicht widersprechen konnte. »Wenn du das hier wirklich willst, dann erwähnst du, egal was die nächsten vierundzwanzig Stunden passiert, seinen Namen nicht mehr. Verstanden?« Er hatte begriffen. In gut vierundzwanzig Stunden war er wieder weg. Sie wieder bei Maxwell Mason und er wieder in England. Es war eine kurze intensive Zeit, wie sie es heute im Büro gesagt hatte. Nur das erste Mal seit einer langen Zeit ahnte Samuel, dass das hier nicht die schnelle Nummer werden würde und Isabelle danach vergessen, wie unzählige Frauen vor ihr. Das hatte die letzten dreizehn Jahre nicht geklappt, warum also dann jetzt?

Fester schmiegte sie sich gegen Samuels Brust. Musste hart schlucken, bei dem Gedanken, dass er sie abweisen könnte. Doch er tat es nicht. Malte kleine Kreise auf ihre Oberschenkel und schob den Rock über ihre Hüften. »Du hast einen perfekten Arsch«, raunte er tief gegen ihr Ohr und presste sich gegen sie. Sein warmer Atem verursachte bei ihr unweigerlich eine Gänsehaut. Wieder war es erschreckend, wie leicht, mit nur ein paar Berührungen und Worten, er sie so weit brachte, dass sie ihre moralischen Grundsätze über Bord warf und das mit ausgebreiteten Armen und freudiger Erwartung. »Ich jogge viel«, gab sie ihm eine unnötige Erklärung. Seine Hände fuhren über ihre Pobacken, vor zu ihren Innenschenkeln und forderten sie stumm auf, sich etwas mehr zu öffnen. »Außerdem mache ich viel Pilates«, erklärte sie weiter. Seine Finger wanderten weiter und strichen kurz über ihre bedeckte Scham.

»Hast du überhaupt einen Smoking für heute Abend?«, brachte sie hervor, bevor sie schwer Luft ausließ, als er seinen harten Schritt gegen ihren Po drückte und seine

Hände auf ihre eigenen legte. Ihre Finger hart gegen das Glas drückte.

»Nein«, hauchte er und küsste sie auf die Halsbeuge. Rieb sein Becken gegen ihres. Nahm ihr unterdrücktes Stöhnen in sich auf. Ließ es durch seine Nervenbahnen ziehen, wie Kaugummi. Die Hitze des Tages hatte die Wirkung ihres Parfüms, auf ihrer Haut verstärkt. Stirnrunzelnd sah sie über die Schulter. »Wann willst du dir dann einen kaufen? Es ist nicht mehr lang bis ...«, doch er unterbrauch sie: »Allen Ernstes, Miss Rose. Wollen Sie, dass ich Sie jetzt nehme oder wollen Sie mit mir einen Anzug einkaufen gehen?«, höhnte er. Er konnte es nicht fassen. Sie waren gerade im Begriff es miteinander zu treiben und sie dachte an einen beschissenen Fetzen Stoff. Lasziv langsam fuhr er mit seinen Fingerspitzen über ihre weiche Haut an den Hüften und verankerte dann seine Finger unter den dünnen Bändern des Slips. Er ging nicht schnell vor, zog langsam den Slip nach unten. Wollte es ein wenig mehr hinauszögern, als gestern. Nicht die schnelle Nummer daraus werden lassen. Aber genau das taten sie eigentlich. Er würde sie von hinten nehmen. Nur schnell den Rock nach oben geschoben. So wie gestern. Verdammt. Er wollte sie eigentlich ganz. Nackt unter sich, im Bett.

»Du musst doch noch einen Anzug kaufen gehen, oder?«, sie sah ihn wieder mit hoch gezogener Augenbraue, über die Schulter, an. »Die Läden schließen bald. Also mach ein wenig hinne«, knurrte sie schon fast und Samuel musste innerlich über ihre Ungeduld lachen. Sah, wie die Scheibe, von ihrem heißen Atem, beschlug. Fester drückte er sie gegen sich, als sie versuchte, sich aus seinen Armen zu winden, um sich umzudrehen. War schon im Begriff seine Hose herunterzuziehen. »Ich hoffe du verhütest«, sprach er laut aus, was ihm gerade in den Sinn kam. Doch Isabelle schob ihn dieses Mal sehr viel bestimmender von sich. Ein sehr seichtes Lächeln umspielte ihre Lippen, als sie ihren Slip wieder nach oben zog. »Hättest du mich das nicht schon gestern fragen sollen?« Drehte sich grinsend zu ihm um. Überdeckte ihre eigene Unsicherheit damit. Für seinen Geschmack etwas zu überheblich, sah sie ihm fest in die Augen.

»Deswegen bin ich hergekommen«, sprach sie leise. Samuel entgleisten die Gesichtszüge.

»Was, um mir zu zeigen, wer hier den Ton angibt? Du hättest bekommen was du wolltest und jetzt haust du wieder ab.«

Nichtssagend zuckte Isabelle mit den Schultern. Was hätte sie denn gerade eben schon großartiges bekommen? »Vielleicht will ich nicht nur einfach die schnelle Nummer sein«, hallten ihre vorbereiteten Worte durch ihren Kopf. Doch sie drangen nicht nach außen. Stattdessen schrieb sie ihre Adresse auf einen Block. Angefressen schloss Samuel den Gürtel und sein Blick fiel auf ihre Lippen. Ungeküsst von ihm. Scheiße. Es wäre wirklich nur die schnelle Nummer gewesen.

Um Ordentlichkeit bemüht strich sie ihren Rock glatt und ging zur Suite-Tür. »Nichts Marineblaues, bitte.« Gerade eben hätte er ihr leicht einen ekelhaften Fluch an ihren schönen weiblichen Körper zaubern wollen.

»Vielleicht wartest du heute Abend auch vergebens«, knurrte er zurück. Kurz lachte sie noch auf und einen Moment später hörte er auch schon die Suite-Tür ins Schloss fallen. Angefressen, über ihre so selbstischere Art, hechtete der Blonde auf das Bett und sah auf die Mattscheibe. Es ekelte ihn an und er schaltete endlich den Fernseher aus. »Scheiße«, rief er laut aus, als er die Nässe auch schon überall auf seinem Rücken spürte. »Marineblau steht mir überhaupt nicht« giftete er in die Stille des Raums und schwang sich vom Bett. Fischte entnervt die von Bier getränkte Fernbedienung vom Bett. Toll, eine weitere Rechnung auf Kosten der Firma.

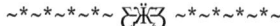

~*~*~*~*~ ~*~*~*~*~

☆ Zwei Männer, ein Thema und eine blonde Frau ☆

Isabelle drückte den Knopf für den Lautsprecher ihres Telefons und stellt es auf die weiße Marmorplatte ihres Schminktisches.

»Du gehst wirklich lieber mit einem Fremden zum Empfang des Gouverneurs, als mit mir?«, fragte Maxwell nuschelnd am Telefon. Mit einem Fremden? Dass sie nicht lachte. Samuel war wohl eine der ältesten Bekannten die sie hatte. Obwohl, Bekannte war jetzt vielleicht doch zu viel des Guten. Begann die Grundierung für ihr Make-up aufzutragen. Eigentlich wollte sie vermeiden noch mit Max zu reden, bevor Samuel endlich wieder verschwunden war. »Er hat heute viel Geld bei uns gelassen, Max. Da kann man doch jemanden einmal mit zu einem dieser langweiligen Empfänge nehmen.« Der Empfang würde mit Samuel ganz bestimmt nicht langweilig werden, höhnte sie in Gedanken weiter.

»Erstens hat nicht er, sondern seine Firma Geld bei uns gelassen und zweitens bin ich dein Freund, mit dem du, wenn ich dich erinnern darf, nur dreimal auf solchen Empfängen aufgetaucht bist, weil sie dir angeblich zu langweilig sind und Mr. Barnes ist schlicht ein Geschäftspartner«, knurrte Mason und Isabelle dachte sich nur, dass Geschäftspartner wohl kaum die richtige Umschreibung dessen war, wie sie beide zueinander standen. Sie setzte ihren Make-up Schwamm ab und hörte Maxwells folgende Worte nur wie aus weiter Ferne. Ihr Blick glitt über ihren Hals, zu ihrem Dekolleté. Ihre feinen Finger folgten der Kontur ihres Körbchens. Samuel hatte sie kaum berührt. Es war schneller Sex gewesen. Nicht mehr und nicht weniger. So wollte er es heute Nachmittag auch. Das war eigentlich nicht ihre Art. Aber es schien, als würde ihr Kopf, in der Nähe des Blonden, einfach aussetzen. So leicht und doch traf es sie so schwer. Seine Art des körperlichen Kontaktes war es augenscheinlich schon und Isabelle fragte sich, seitdem sie Samuel heute Nachmittag verlassen hatte, wie er wohl in ruhigen Stunden wäre. Ob es wieder so wäre, wie damals, in jener Nacht. Über ihre eigenen Gedanken erstaunt, zupfte sie räuspernd ihren roten BH-Träger gerade und richtete die Nadel, in ihrem Haar.

»Du kommst doch auch, oder?«, fragte sie Maxwell, in dessen Rede hinein. Er verstummte zunächst. »Natürlich. Ich bin ja schließlich auch eingeladen.«

»Nimmst du niemanden mit?«, fragte Isabelle, wie nebenbei, weiter.

»Manchmal verstehe ich dich nicht, Isabelle. Du bist manchmal einfach eiskalt.« Isabelle sah schockiert vom Spiegel auf das Telefon. So hatte Maxwell noch nie mit ihr gesprochen. »Du brauchst doch nicht eifersüchtig zu sein«, wollte sie ihn beschwichtigen. »Lass mir diese kurze Zeit mit ihm«, schrie sie Max innerlich an. Wollte es laut rausbrüllen und biss sich stattdessen lieber auf die Zunge. Ihr Spiegelbild verriet wie ihre Hand zitterte, als sie versuchte den Eyeliner aufzutragen. »Wann bist du eigentlich dieses Miststück geworden?«, fragte sie sich selbst.

»Er gefällt dir, oder?«, fragte Mason in die Stille und Isabelle lies erschrocken den Eyeliner fallen, der laut scheppernd auf der Marmorplatte aufkam und zersprang. »Scheiße«, fluchte sie laut und versuchte das Missgeschick mit Papiertüchern aufzuwischen. »Das hatten wir doch schon heute Morgen, oder?«, zischelte sie ungehalten dem Hörer entgegen.

»Muss ich noch irgendetwas anderes wissen, Isabelle?«, fragte er forscher nach und Isabelle schluckte hart. Nicht mehr fähig zu sitzen, sprang sie vom Stuhl auf. »Es ist nicht zu übersehen«, sprach Max leiser weiter. Ihr Herz setzte kurz aus, umfasste fest ihr Medaillon und sie war nicht in der Lage einen Ton herauszubringen. Sah nur ihr eigenes schockiertes Gesicht widergespiegelt. Fassungslos schüttelte sie nur den Kopf. Konnte nichts abstreiten. Konnte nicht fassen, dass Maxwell auf genau die richtige Schlussfolgerung gekommen war. Und wenn er darauf gekommen war, dann konnte das auch jeder andere. Max konnte nie etwas geglaubt haben, von dem was Isabelle, die letzten Stunden versucht hatte, hinsichtlich Samuel, ihm aufzutischen. »Wir sehen uns heute Abend«, hörte sie Maxwell niedergeschlagen und das Tuten der unterbrochenen Leitung. Sie vergrub ihren Kopf in den Händen und weinte. So war das alles nicht geplant gewesen. Samuel brachte einfach alles in ihrem Leben durcheinander. Das war nicht fair. Mit zittrigen Fingern tupfte sie die Tränen weg, nahm wieder das Schminken auf. Die Augen huschten immer wieder zu ihrem große Medaillon. »Ich werde dich nicht verraten«, flüsterte sie leise und ging in ihr Ankleidezimmer.

Sie war wieder in der High-Class angekommen. Nichts anderes drückte dieses Wohnviertel aus. Nichts anderes dieses Haus. Mit leicht unsicherem Gemüt wollte Samuel schon schellen. Schnell fiel ihm noch ein, dass er Blumen hätte mitbringen können. Sah sich um. Ein kleiner Blumenladen, am anderen Ende der Straße war wohl noch geöffnet. Doch die Auswahl war groß und die Ladeninhaberin genervt, weil ein Kunde kurz vor Ladenschluss noch hereinschneite. Rote Narzissen - zu bescheiden. Rote Rosen - zu protzig. Große Sonnenblumen - perfekt. Beladen hastete er wieder zurück und drückte die Klingel. Drehte sich um und richtete noch einmal seine Fliege. Die Tür wurde in seinem Rücken geöffnet. »Bitte?«, fragte eine weibliche Stimme. Erschrocken drehte Samuel sich um. »Heilige Mutter Gottes«, brach es aus der älteren Frau heraus und Samuel nahm an, während die Alte eine Hand auf ihre Brust presste und laut aufkeuchte, dass sie Isabelles Haushälterin war. Ihre Atmung ging schnell und ihre Augen waren im Schock geweitet, aber Samuel konnte keinen Grund dafür ausmachen. Sah kurz an sich hinab. Keine Flecken. Etwas verwirrt lächelte er sie an.

»Ich bin hier um Miss Rose für den Empfang beim Gouverneur abzuholen«, erklärte er sich. Wurde zwar nach innen gebeten, aber die Haushälterin besah sich ihn immer wieder von oben bis unten. Abschätzend, nicht freundlich. Das war ihm unangenehm und Erleichterung machte sich in ihm breit, als sie ihn ins Wohnzimmer führte und dann auch alleine ließ, nicht ohne ein »Du grüne Neune« geflüstert zu haben. Als er sich umsah nickte er zufrieden. Wenn er sich vorgestellt hätte, wie Isabelle wohnen würde, dann wohl genau auf diese Art. Große bequeme Möbel. Alles Ton in Ton gehalten. Ein großer Kamin, der den sommerlichen Temperaturen geschuldet natürlich nicht an war. Viele Bücher, verteilt auf der Couch und dem kleinen Tisch. Er nahm eins auf.

Isabelle blieb wie gebannt im Türrahmen stehen. Sah Samuel in einen unwirklichen Schein von Rot und Orange getaucht. Hörte wie von Ferne Knistern von brennendem Holz, von einem anderen Kamin. Sah Chloé an seinem Arm, Glückwünsche empfangend. Ihre Finger verkrampften sich immer mehr um ihr Perlentäschchen. Sie sollte ihn hassen dafür und konnte es doch nicht. »Du kennst ihn nicht«, sprach jedoch ihr Verstand. Es ist Vergangenheit. Und doch war sie heute einfach zu ihm gefahren. Ihrer eigenen Lust ergebend. Ihrer Erregung. Hatte ihn gefordert und hätte ihn auch bekommen, wenn sie nicht in aller letzter

Sekunde einen Rückzieher gemacht hätte. Und trotzdem war er jetzt hier. »Lehn mich doch einfach ab«, bat sie ihn stumm, in Gedanken. »Fordere mich noch mehr«, schrie die Teufelsstimme dagegen immer lauter. Ihr Blick fiel auf das Buch, in seinen Händen. »Ist wirklich gut. Kann ich nur empfehlen.« Samuel sah auf und ihm wäre das Buch beinahe durch die Finger geglitten. Gehüllt in ein rotes Cocktailkleid, dass sich perfekt an ihre Figur anpasste. Eine Stola, aus feinstem Stoff umspielte ihre nackten Schultern. Die Korsage formte ein wunderschönes Dekolleté. Das Medaillon schmiegte sich zwischen die Kuhle ihrer Brüste. Seinen anerkennenden Blick nahm sie durchaus wahr und dass ließ sie innerlich aufatmen. Schließlich hatte sie lange genug für dieses Outfit gebraucht. Sein Blick glitt über ihre Haare, die sie zu einer kunstvollen Hochsteckfrisur aufgetürmt hatte. Es sah schön aus, aber ihm wären offene Haare lieber gewesen.

Samuel breitete die Arme aus. »Du siehst, nichts Marineblaues«, lächelte sie verschmitzt an. Sie lachte glockenhell auf. »Würde dir auch nicht stehen«, gab sie zurück. Verdutzt sah er sie an. Der gleiche Gedanke.

»Hier«, etwas verlegen reichte Samuel ihr die Sonnenblumen und Isabelles Herz krampfte. So eine Geste hätte sie von Samuel nicht erwartet und sie wusste auch nicht recht ob ihr das gefiel. Artig bedankte sie sich, holte Vase und frisches Wasser. »Gehen wir?«, fragte sie dann lächelnd und drehte sich um, nachdem die Blumen fein drapiert auf dem Couchtisch standen und das Zimmer mit schwerem Duft erfüllten. Schnell warf Samuel das Buch auf die Couch und folgte ihr. Rammte jedoch sein Schienbein gegen das Tischbein und knurrte auf. Hätte am liebsten das blöde Holzstück alles möglich geheißen. Doch er riss sich zusammen.

»Du brauchst dir nicht viele Gedanken machen. Der Gouverneur ist ein sehr netter Mann«, fing sie zum Sprechen an, als sie im Wagen saßen. Samuel rutschte näher zu ihr ran und als er den verschmitzten Gesichtsausdruck ihres Chauffeurs im Rückspiegel wahrnahm, legte er einen Arm um ihre Rückenlehne. Sie sah aus dem Fenster und lächelte vor sich hin. Er markierte mal wieder. Ihm war eigentlich egal, wie der Gouverneur war. Konnte wegen ihm auch ein rechter Stinkstiefel sein. Seine Finger glitten über ihren nackten Oberschenkel und sein Mund auf ihr Ohr. »Ich mach mir über ganz andere Dinge Gedanken«, raunte er und Isabelle musste sich arg zusammennehmen nicht aufzukeuchen. Erst recht, als er seine Zunge einsetzte und ihre feine Haut unterhalb des Ohrs berührte. Seine Hand glitt automatisch tiefer ihren Innenschenkel entlang, doch sie hielt ihn auf. Drehte ihren Kopf zu ihm. Ihre Nasen berührten sich, doch dieses Mal zuckte keiner von beiden zurück.

»Madison Square Garden, Madam.«

Erschrocken fuhr Isabelle auf. Der Fahrer hatte sie aus ihrer Träumerei gerissen - hart und unnachgiebig. Sie bedankte sich freundlich. Wartete bis Samuel ihr die Tür geöffnet hatte und ergriff seine Hand. Das Blitzlichtgewitter ließ sie blind Samuel in Richtung Gebäude folgen. Stutzte jedoch leicht, als im Augenwinkel ein untersetzter junger Mann über die Absperrung sprang und ihr eine Fotokamera vor die Nase hielt. Genau deswegen mochte sie solche Empfänge nicht. Anonymität, oder wenigstens Respekt vor dem Privatleben anderer, kannten die Reporter der Klatschblätter nicht.

»Es tut uns leid«, entschuldigte sich ein breitschultriger Security-Mann, nachdem er seinen kleineren Geschlechtsgenossen wieder hinter die Absperrung gedrängt hatte.

»Alles in Ordnung?«, fragte jetzt Samuel, als er sie sanft weiter schob. Nein, nichts war in Ordnung, als sie über ihre Schulter zu dem Reporter sah und sie würde dieses fiese Grinsen des Mannes so schnell nicht wieder vergessen. Samuel führte sie einfach weiter, in den Festsaal.

Solche Empfänge machten Samuel nicht mehr nervös. Er hatte sie schon fast alle getroffen: Filmstars, Rockmusiker, Politiker, hohe gekrönte Häupter. Sie waren wie alle anderen und manchmal sogar noch ausgelassener, wenn sie unter ihresgleichen waren. Was ihn jedoch nervös machte war Isabelle. Die immer wieder, wenn sie freundlich lächelnd jemanden begrüßte oder mit jemand sprach, seine Finger mit ihren, wie nebenbei berührte. Wie gestern in Chinatown und worin das letztendlich geendet hatte war Samuel nur noch allzu deutlich in Erinnerung. Glockenhell lachte die Brünette auf, als sie mit dem französischen Diplomaten schäkerte. Natürlich in fließendem Französisch. Samuel konnte kaum folgen, da sein Französisch eher umgangssprachlich schlecht war. Eifersüchtig wurde Samuel dann erst, als sie sich näher zu dem gut aussehenden Franzosen stellte und ihm vertraut eine Hand auf seinen Arm legte. Wieder lachte, über Dinge, die eigentlich gar nicht so lustig waren. Sie kümmerte sich sehr galant um Samuel. Stellte ihm wichtige Persönlichkeiten vor. Stellte seine Firma vor. Knüpfte für ihn Kontakte. Das entging Samuel durchaus nicht. Der Gouverneur war ein freundlicher Mann, doch sehr beschäftigt. Also hielt er sich auch nicht lange mit ihnen beiden auf. Als Isabelle und Samuel dann endlich für zwei Minuten alleine waren, nippte sie an ihrem Champagnerglas und sah ihn lächelnd an. »Gefällt es dir?«, fragte sie wie nebenbei und zog seine Fliege gerader. Er zuckte mit den Schultern. Bis jetzt nicht wirklich etwas Neues dabei gewesen, was er nicht von anderen Veranstaltungen kannte. Strich ihre eine verirrte Locke hinters Ohr. »Du gefällst mir«, entgegnete er stattdessen, mit einem durchdringenden Blick. Sie lächelte, für Samuel zu verunsichert, trat aber gleichzeitig näher zu ihm heran. Trotz ihrer hohen Absätze musste sie sich etwas strecken, um seinem Gesicht ebenbürtig zu erscheinen. »Das zwischen uns verwirrt mich«, sprach sie so schüchtern, dass Samuel hart schlucken musste.

»Ich fliege morgen wieder nach London, aber ich würde dich gerne wiedersehen«, brach es wie ein Schwall aus ihm heraus. Brach damit ihr stilles Abkommen und brach damit seine eigene Regel Frauen gegenüber nie bittend aufzutreten. Sah in ihr schmunzelndes Gesicht. Ihre Augen glänzten, ließ ihre Hand unter sein offenes Sakko wandern und legte sie schwer auf seine Hüfte. Dass sie das hier offen in Gesellschaft anderer tat, verwirrte Samuel jetzt mächtig. »Er hat sich augenscheinlich wirklich verändert«, redete sich Isabelle ein und verkrampfte ihre Finger in seinem Hemd, als ihr klar wurde, was das auch bedeuten könnte. Instinktiv schmiegte sie sich enger an ihn. Samuel wusste, was folgen würde und es ließ in ihm die Schmetterlinge losflattern.

»Isabelle, Darling«, flötete ein Mann, in seinem Rücken und Samuel brauchte sich eigentlich gar nicht umzudrehen, um zu wissen, wer es war. Isabelle löste sich schnell wieder von ihm. Zu schnell. Zu aufgeschreckt. Eigentlich wusste sie, dass Maxwell hier auch sein würde und doch hatte sie gerade in einer anderen Welt gelebt. Nahm es ihrem Freund, mit einem Mal, doch sehr krumm, sie so rabiat in die Realität wieder zurückzuholen. Max küsste Isabelle direkt auf den Mund. Der Blonde nickte nur missmutig, als Max ihn grüßte. Wie viele Anläufe würde er wohl noch brauchen, dass er es schaffen würde sie zu küssen?

»Was dagegen, wenn ich sie auf die Tanzfläche entführe?«, doch Max wartete gar nicht erst Samuels Antwort ab. Nahm Isabelle bei der Hand und drückte Samuel ihr Glas in die Hand. Es war offensichtlich, wie ihm das Auftauchen Samuels missfiel und es musste dem Liebhaber in Maxwell umso mehr wurmen, wenn sie mit einem anderen Mann zu solch einem Ereignis erschien. Es war eine ruhige jazzige

Nummer, von der Big Band gespielt. Perfekt, um sich aneinanderschmiegen zu können. Samuel entging ihr gegenseitiger tiefer Blick nicht und er fragte sich einmal mehr, wie tief diese Beziehung wirklich reichte. Wirklich nur Sex, wie Isabelle das gestern Abend angedeutet hatte?

»Es tut mir leid. Ich habe wirres Zeug geredet«, flüsterte Max gegen Isabelles Ohr und sie nickte nur. Erwiderte seinen festen Händedruck und zeigte ihm stumm, dass sie verstand, was ihn bedrückte. Max hasste Streit, genauso wie sie selbst. Aber sie konnte es auch nicht von ihm nehmen. Merkte selbst ihre eigene Reserviertheit ihm gegenüber und schämte sich unendlich dafür. Nicht er hatte sich eigentlich zu entschuldigen. Aber sie wollte diese eine Nacht noch mit Samuel, als Abschied. Stumm bat sie Max um Vergebung und küsste ihn sachte auf die Wange, als sie sich von ihm löste. Die Nummer war zu Ende, eine andere setzte ein und Isabelle wurde von einem anderen Herrn in Beschlag genommen. Samuel verzog sich zu der Bar. So hatte er einen wunderbaren Blick auf Isabelle, aber musste nicht viel mit anderen sprechen. Eine Blondine gesellte sich zu ihm und Samuel fiel sofort ihr Blick auf. Zu spät erkannte er jedoch, dass er sie anlächelte, was sie ermutigte und näher zu ihm kommen ließ.

»Alleine hier?«, fragte sie tief gehaucht. Ihre Augen interessiert und offen. Unhöflich wollte der Blonde auch nicht sein, also antwortete er ihr wahrheitsgemäß: »Nein.« Kurz und prägnant. Sie lachte auf und zog eine Augenbraue in die Höhe. »Ich auch nicht. Aber das muss ja kein Hinderungsgrund sein zu tanzen.« Samuel räusperte sich. Sein Blick glitt von ihrem schönen Gesicht ihren Körper nach unten. Sie war schon etwas älter, aber immer noch sehr attraktiv. »Tanzen?«, fragte er grinsend nach, was auch sie grinsen ließ und seine Hand ergriff. Sie fühlte sich gut unter seinen Fingern an und sie verstand es auch sich zu bewegen. Ein untrügliches Zeichen dafür, dass sie es auch verstand sich im Bett zu bewegen. Sein Blick huschte weiter über die anderen Tanzenden und blieb an Isabelle hängen. Sie tanzte nicht, stand mit einer Frau neben der Tanzfläche und unterhielt sich. Dann jedoch sah sie unvermittelt zu ihm, biss sich kurz auf die Unterlippe und sprach wieder mit der Frau. In Samuel hatte wieder dieser Blitz eingeschlagen und er löste sich freundlich von der Dame. Deren Unmut war nur zu offensichtlich, aber dafür hatte er kaum noch Augen. Er trat hinter Isabelle und legte eine Hand auf ihre Hüfte. Spürte augenblicklich wie sie sich versteifte. Sprach ein paar freundliche Worte mit Isabelles

Gesprächspartnerin und zog sie dann weg, auf die Tanzfläche. Die Nummer war genauso langsam wie zuvor. Doch sie hielt ihn, im Gegensatz zu Maxwell, auf Abstand. Sah ihm nicht in die Augen. Nicht ahnend, was in ihr vorging, zog er sie näher zu sich ran. Fuhr über ihren Rücken und jubelte innerlich auf, als sie ihre Wange leicht an seine legte.

»Sie ist die Frau vom Gouverneur«, sprach sie irgendwann. Samuel nahm an, sie meinte die Frau mit der sich Isabelle unterhalten hatte. Ihre nächsten Worte jedoch belehrten ihn eines Besseren. »Es ist ein offenes Geheimnis, dass sie auf schöne Männer steht.« Samuels Blick glitt über die Menge. Jene blonde Frau stand tatsächlich händchenhaltend neben dem Gouverneur. Als sich ihre Blicke trafen, zwinkerte sie ihm kokett zu. Es passte ihm nicht, dass Isabelle verstanden hatte, was die Frau wollte. Doch es gefiel ihm auch nicht, dass sie augenscheinlich nicht verstanden hatte, dass er die Frau nicht wollte. Die Nummer war zu Ende und Isabelle wollte sich von ihm lösen, doch er drückte sie noch enger an sich und begann sie wieder im Takt der Musik zu wiegen. »Ich hätte nicht mit ihr geschlafen«, flüsterte er leise gegen ihr Ohr und drückte ihre Hand fester.

»Warum nicht?«, fragte sie noch leiser. Sah ihn immer noch nicht an. Was sollte er jetzt darauf erwidern? Er versuchte es durch Gesten auszudrücken. Ließ seine Hand weiter ihren Rücken nach unten fahren und blieb provokant knapp über ihrem Po liegen. Vergrub seine Nase in ihrem Haar, das herrlich nach Rosen duftete. Ihn unweigerlich an heute Nachmittag erinnerte. Sein Griff um ihre Hand wurde fester. Sanft löste Isabelle sich von ihm und sah ihn scheu an. »Ich werde noch ein wenig meiner Pflicht nachgehen müssen und Smalltalk betreiben. Kann ich dich alleine lassen, ohne dass sie über dich herfällt?«, fragte Isabelle unsicher lächelnd. Er grinste nur zurück und nickte. Wurde jedoch sogleich von einer anderen Frau zum Tanzen aufgefordert. Isabelle schüttelte nur Augen verdrehend den Kopf. Samuel zog entschuldigend die Schultern kurz in die Höhe und drehte sich mit seiner neuen Bekanntschaft. Irgendwann war auch dieses Lied zu Ende und Samuel zog sich wieder an die Bar zurück.

Samuel drehte sich zu Maxwell um. Nahm einen Schluck von seinem Whiskey und nickte nur. »Strahlend schön wie eine Blume, mit spitzen Stacheln«, sprach Maxwell. Da hatte Mason wohl recht. Aber die Stacheln taten manchmal auch verdammt gut. Maxwell nickte auch und lehnte sich an den Tresen, bestellte sich auch einen Whiskey. Nippte kurz daran und ließ seinen Blick unverwandt auf Isabelle ruhen. Genauso wie Samuel.

»Ich habe sie, vor einem Monat, gebeten meine Frau zu werden«, hörte Samuel ihn irgendwann. Der Blonde hätte sich beinahe an seinem Whiskey verschluckt. Räusperte sich jedoch nur. Max sah Samuel an. Ernst und wie Samuel fand auch mit einer tiefen traurigen Note. »Sie hat abgelehnt.« Was sollte Samuel darauf jetzt groß erwidern? Sie hatte gestern Abend beim Dinner davon gesprochen. Isabelle meinte sie hätte kalte Füße bekommen, wegen alten Geistern.

»Rien n'est beau que le vrai«, raunte Maxwell und sah wieder zu Isabelle. »Verstehen Sie, was ich damit meine?«, fragte Max lächelnd und Samuel wurde es immer unangenehmer, in seiner Haut. Es war ein Gedanke von Nicolas Boileau, Maxwells liebsten Poeten und er fand es für diesen Moment recht passend, denn: Nichts ist so schön wie das Wahre.

»Schlaft ihr miteinander?« Diese direkte offene Frage ließ Samuel sich verschlucken. Damit hatte er auch schlichtweg nicht gerechnet.

»Frage wohl beantwortet«, kam es leise von Maxwell. Das Herz Samuels schlug schneller, als er sich räusperte. Na ja, miteinander schlafen wäre vielleicht zu viel gesagt. Sie hatten Sex gehabt, in einer dunklen Straßenecke. Dann jedoch fiel Samuel auch wieder ihre gemeinsame Nacht ein, seine offizielle Verlobungsnacht, die er eigentlich mit seiner zukünftigen Braut hätte verbringen sollen. Sie waren fast noch Kinder gewesen. Sie hatten sich einfach ihrer Leidenschaft hingegeben. Beide berauscht von des jeweils anderen Verlangen nach einem.

Beide Männer standen einfach nur so da. Sahen auf die Frau, die sie beide begehrten. Es war irgendwie eine skurrile Szenerie. Wenn Nebenbuhler oder Ehemänner im Spiel waren, hatte es Samuel bis jetzt immer gekonnt vermeiden können diesen auch zu begegnen. Isabelle hatte ihn in die gegenteilige Situation gebracht und das gefiel ihm gar nicht.

»Woher kennt ihr euch denn?«, fragte Max weiter. Samuel wäre froh gewesen, wenn er die Fragerei lassen würde. Aber einfach so zu gehen, wäre auch zu unhöflich gewesen. »Ich meine, ihr gingt von Anfang an zu vertraut miteinander um. Und ich kenne Isabelle mittlerweile zu gut um ...«, sprach Maxwell unverwandt weiter.

»Aus der Schule«, entgegnete Samuel schlicht und wich dem intensiven Blick der Frau des Gouverneurs aus.

»Aber da ist noch was anderes«, sprach Maxwell weiter. Das ließ Samuel die Stirn runzeln. Er hatte ihn wissentlich in die Enge getrieben und das ließ Samuel innerlich kochen. »Sie wollte nie wirklich erzählen, wo sie ihre Kindheit, ihre Jugend verbracht hat. Meinte nur einmal, dass sie wenig Freude daran hatte. Vielleicht wurde sie arg gemoppt. Kann ich mir zwar, bei ihr, nicht vorstellen, aber ...« Max nahm noch einen Schluck und sah Samuel neugierig an. Dem rutschte sein Herz arg in den Keller. Gemoppt? Doch, das hatte auch er durchaus getan. Hatte ihr das so arg zugesetzt? Schamgefühl stieg in ihm auf. Sie hatten beide nicht die leichteste Kindheit und Jugendzeit gehabt. Viele nicht. Und Isabelle war auch ganz bestimmt kein Kind von Traurigkeit gewesen. Zu Hause spielte sie gerne das brave Küken, mit der ordentlichen Schuluniform. Auf Partys hatte Samuel sie teilweise ganz anders erlebt.

»Es stellen sich ihr nicht viele Männer so tough in den Weg, wie du«, sprach Maxwell und glitt automatisch auf die vertrautere Ebene. »Das gefällt ihr.« Samuel wollte immer mehr, dass er einfach ging. Das hier passte ihm überhaupt nicht. Sah immer wieder zu Isabelle, die schäkernd mit einer Gruppe älterer Herren, in feinen Zwirn, zusammenstand und der einzigen Frau in ihrer Mitte gebannt lauschten.

»Sie bekommt eigentlich immer was sie will«, sprach Max ruhig weiter. Samuel sah Max aus dem Augenwinkel, wie er vor sich hinschmunzelte. »Dass erstaunlichere daran ist jedoch, dass sie dieses Mal als Erste nachgegeben hat. Das habe ich noch nie erlebt.« Isabelle war mit ihrer Forderung nach unten gegangen. Aber das hatte wohl nichts damit zu tun, dass sie mit Samuel verhandelte, überlegte der Blonde zerknirscht. Oder mit dem Fakt, dass sie miteinander Sex gehabt hatten. Es war wohl eher so, dass es auf anderem Weg kaum eine Chance für ein positives Ende ihrer Verhandlung gegeben hätte und Isabelle war zu sehr Geschäftsfrau, als das sie das nicht auch gesehen hätte. Samuel musterte Masons Gesicht, als dieser Isabelles Tun regelrecht in sich aufsog. Er kannte das Gesicht eines liebenden Menschen nur zu gut und er erkannte Masons Niedergeschlagenheit. Wie er traurig zu Isabelle sah, die gerade frei herauslachte und sich prächtig mit einem Inder zu unterhalten schien. Sie blickte auf und traf auf Samuels Blick. Ihr Lachen verwandelte sich in ein sanftes Lächeln. Samuel konnte den Blickkontakt nicht brechen. Wurde einfach in ihre braunen Augen gezogen, wie gestern auf dem Fest in Chinatown. Maxwell Mason klopfte leicht auf den Tresen und ging. Ohne ein weiteres Wort, ohne einen weiteren Blick.

Isabelle sah schüchtern zu Boden und verabschiedete sich dann von dem Inder. Wurde jedoch sogleich vom Gouverneur angesprochen. Nach etlichen weiteren Minuten entließ auch er sie aus dem Gespräch. Isabelle zog Samuel bei der Hand mit sich. Die kühle Luft, die ihn umfing, als sie auf die Terrasse schritten, ließ ihn laut ein- und ausatmen. Es tat gut. Keine Menschen, kaum Lärm. Nur dumpf hörte man die Stimmen und die Musik, durch die Scheiben. Der Ausblick war grandios und Isabelle stellte sich an den Rand. Samuel trat hinter sie und nahm sie in die Arme. Folgte ihrem Blick. Wieder in die Ferne. Und wieder fiel ihm die Sehnsucht auf, die ihr Gesicht auf einmal überschattete.

»Was suchst du da immer?«, fragte er leise, gegen ihr Ohr. Sie antwortete lange nicht.

»Heimat«, entgegnete sie dann schlicht. Drehte sich zu ihm um und legte ihre Hände auf seine Brust. »Dich«, hätte sie ihm am liebsten geantwortet, aber sie schluckte das Wort hinunter. Es war zu kitschig und irgendwie auch zu kindisch, so zu denken und doch war der Gedanke einfach so gekommen. Sein Herz setzte kurz aus, bei ihrem tiefen Blick, nur um dann mit doppelter Kraft weiterzuschlagen.

»Nimm mich mit zu dir«, bat sie leise. Er konnte ihre Lippen schon auf seinen spüren. Wieder standen sie kurz vorm Kuss und wieder wurden sie unterbrochen. Ihr Handy fing zu läuten an. Entschuldigend lächelte sie ihn an. »Tut mir leid«, trat ein paar Meter von ihm weg und nahm das Gespräch an. Samuel lehnte sich gegen die Brüstung und ließ seinen Blick über die Stadt gleiten. Der Wind trug nur hie und da Wortwetzen, wie »Zahn«, »Doktor«, »komme bald wieder« zu ihm rüber.

»Du willst doch nach Hause?«, fragte er und sah sie lächelnd von der Seite an. Ihr Blick glitt über sein Gesicht, zuckte kurz die Schultern. »Wollen nicht unbedingt, aber müssen.« Bevor die Chance wieder vertan war, nahm er ihr Gesicht in seine Hände und legte seine Lippen auf ihre. Sie lächelte wissend. Sprach die nächsten Worte, obwohl ihr Verstand dagegen rebellierte und sie ahnte, dass sie gleich einen der größten Fehler ihres Lebens begehen würde. »Komm mit zu mir«, bat sie leise und Samuel konnte nicht mehr denken. Nickte nur.

Er wollte sie küssen, als sie in den Lift stiegen. Doch mit ihnen trat noch ein älteres Ehepaar ein. Isabelle und Samuel lächelten freundlich, bekamen freundliche Grüße zurück. Samuel entließ nach und nach Luft und feuerte das Bord für die Etagenanzeige, über der Lifttür innerlich auf, schneller nach unten zu zählen. Verkrampfte die Finger in den Handläufen und keuchte kurz auf, als sich Isabelle fest gegen seine Brust, mit ihrem Rücken drückte. Kurz ihren Po gegen seinen Schritt kreisen ließ. Die ältere Frau sah lächelnd zu ihnen. Isabelle erwiderte das Lächeln. Samuel war dazu kaum noch im Stande. Drückte sich gequält den Nasenrücken. Hörte Isabelle amüsiert kichern, als sie noch einmal ihr Becken kreisen ließ und Samuel sein Gesicht in ihrem Nacken vergrub. Als er leicht in ihre Halsbeuge biss, schreckte sie etwas nach vorne. Das ließ ihn fies grinsen. Wenn sie spielen wollte, bitte. Das konnte er auch. Das Ehepaar drehte sich zu ihnen und Isabelle räusperte sich. »Waren sie auch bei dem Empfang?«, fing dann auch noch der ältere Herr zu fragen an. Samuel kniff kurz die Augen zusammen und sah auf die Etagenanzeige. Sie waren erst bei der Hälfte angekommen und jetzt hielt das Scheißding auch noch an. Isabelle erwiderte etwas, aber Samuel war nicht fähig zu folgen. Sah Leute einsteigen. Der Lift wurde voller. Isabelle wurde stärker gegen ihn gepresst. Hörte ihn genervt aufstöhnen. »Dieses Mal kann ich nichts dafür«, lächelte sie über die Schulter. Doch ihr fehlte im nächsten Augenblick die Luft, weil er seine Lippen schnell auf ihre legte. Aber sie erinnerte sich, dass hier auch noch andere Menschen anwesend waren. Womöglich jemand der sie erkannte. Löste sich daher schnell wieder von ihm, was ihn aufmurren ließ. Samuel hatte wohl noch nie das Ertönen der Türklingel so gern gehört wie jetzt. Sie waren im Foyer angekommen. Isabelle wollte nach den anderen aussteigen, doch er hielt sie an der Hand fest und zog sie zurück. Verwirrt sah sie ihn an. Die Türen schlossen sich wieder. »Was«, fing sie an, als Samuel auch schon im nächsten Moment den Haltknopf drückte. Mit einem Ruck hielt der Lift an. Isabelles Pulsschlag beschleunigte sich sofort. Erst recht, als sie gegen die Liftwand gedrückt wurde und hart seine Lippen auf ihren spürte. »Ich will nicht wieder die schnelle Nummer, im Stehen irgendwo«, keuchte sie atemlos gegen seine Lippen und schob ihn etwas von sich weg. Drückte ohne groß hinzusehen, auf den Knopf. Der Lift setzte sich wieder in Bewegung, die Türen sprangen wieder auf. Wichen lachend anderen Autos aus, als sie auf die Straße gingen und Samuel einfach die Autos aufhielt, damit Isabelle sicher ans andere Ufer der Straße gelangen konnte. Küsste sie wieder im Wagen. Küsste sie vor ihrer Haustür und sie brachte es nicht fertig aufzusperren. Kicherte wie ein junges Schuldmädchen, als er sich ihren Nacken hoch und runter küsste. Drückte sie im Eingangsbereich hart gegen die Wand und schob ein Bein zwischen ihre. Sie stöhnte auf und zog ihm hastig den Mantel von den Schultern und kickte ihre Schuhe in eine Ecke. Nahm ihn bei den Händen. Erklomm eine Stufe nach der anderen mit ihm, nach oben. So lang hatte sie die Holztreppe gar nicht in Erinnerung. Blieb auf jeder stehen und stolperte nur langsam weiter, während sie Samuels Hemd aus seiner Hose zog. Fahrig seine nackte Haut hoch und runter fuhr. Sein tiefes männliches Stöhnen in ihrem Mund aufnahm. Er hatte keinen Blick für die Einrichtung. Es war ihm schlichtweg egal. Er sah nur Isabelle. Presste sie gegen eine Tür. Suchend tastete ihre Hand nach dem Türknauf und fiel beinahe, mit Samuel in das Zimmer, doch er hielt sie mit seinen Armen umschlungen. Erst als sie ihn etwas von sich schob, sah er im Hintergrund einen Kamin und eine Couch. »Ich komme gleich wieder«, versprach sie mit einem schelmischen Augenzwinkern und war aus der Tür. Als sie wenig später wiederkam, sah sie Samuel auf der Couch sitzen. Die kleine Lampe neben ihm brannte. In den leeren Kamin schauend, wirkte er sehr abwesend. Leise schlich sie sich ran, beugte sich über die Couchlehne zu seinem Ohr. »An was denkst du gerade?«, hauchte sie fragend. Samuel erschrak und fuhr schnell zu ihr um.

»An dich. Was ich alles mit dir anstellen will«, antwortete er leise und zog sie zu sich auf den Schoß. Ihr Blick glitt über sein Gesicht, legte ihre Hände in seinen Nacken und küsste ihn langsam. Ihr die Stola von den Schultern ziehend, Schmetterlingsküsse verteilend. Kreisend rieb ihr Becken immer wieder gegen seines und damit machte sie ihn kirre. Löste fahrig die Bänder ihrer Korsage. Öffnete ihre Haare, die sogleich in schweren, aber kurzen Kaskaden auf die nackten Schultern und Rücken fielen. Samuel legte sich in die Couch zurück und betrachtete sie nur. Strich mit den Fingern sanft über ihre Brüste, fühlte ihr Erzittern und nahm vorsichtig eine Brustwarze in den Mund. Biss leicht hinein und Isabelle konnte nicht anders, als sich ihm mehr entgegenzubiegen. Bevor er mitbekam was sie tat, schob sie sich von seinem Schoß. Sein Blick jedoch verwandelte sich in ein Grinsen, als sie begann den Reisverschluss nach unten zu ziehen.

»Hast du je mal an mich gedacht?«, wollte sie fragen, als sie den Rock fallen ließ. Ihr Blick war so voller Verunsicherung und Scheu, dass es Samuels Herz zusammenziehen ließ.

All die Jahre waren vergangen. Und jetzt waren sie hier zusammen. Sie sah die aufkeimende Erregung in Samuels Augen, als sie mit ihren Fingern unter die Bänder ihres Slips fuhr. Sah wie er hart schluckte, als sie auf ihn zuging und wie er jede Bewegung von ihr neugierig verfolgte. Sie war jedoch froh, dass das diffuse Licht der kleinen Lampe ihre Konturen weicher zeichnete. »Pilates und Joggen, so-so«, entkam es ihm schief grinsend. Das Grinsen verging ihm jedoch schnell, als sie vor ihm kniete, seine Beine auseinander drückte. Hastig zog er sich das Hemd aus. Ihr Blick fiel auf seine Armbeuge. Umgeben von weißen Striemen. Sie sahen wie schlecht verheilte Ritze aus und Isabelle wollte nicht überlegen woher diese kommen könnten. Schnell versuchte sie sich selbst abzulenken, verankerte ihren Blick mit seinem. Er hatte ihre Unruhe jedoch durchaus wahrgenommen. Kannte auch den Grund und meinte kurz die Verachtung in ihren Augen aufflackern gesehen zu haben. Isabelle streckte ihm auffordernd die Hand entgegen. Sah ihn lächelnd an. Taumelnd fanden sie den Weg zum Bett und ließen sich darauf fallen. Frei lachte sie auf, als er sich sofort über sie schob. Bog sich ihm entgegen und legte ein Bein um seine Hüfte. Es war genau dieses berauschende Gefühl, dass sie gesucht hatte - all die Jahre. Und jetzt war ihr klar, dass sie es nur hier finden konnte - bei ihm. Seine Wärme, seinen festen Griff, sein Stöhnen. Genoss nur das Hier und Jetzt. Strich ihm sanft über den Rücken, als seine Atmung sich beruhigte. Küsste ihn, als Samuel sie fester an sich drückte und sie beide mit dem feinen Laken bedeckten. Sie sah in die diffuse Dunkelheit des Raumes, während er gedankenverloren mit den Fingern, über ihre Haare und Schläfe strich. Isabelle bettete ihren Kopf fester auf seine nackte Brust. Lauschte seiner regelmäßigen Atmung. Klammerte sich mehr an ihn.

»Happy Birthday«, kam es irgendwann leise von ihm. Er war sich ziemlich sicher, dass es schon nach Mitternacht war. Demnach ihr dreißigster Geburtstag. Sie zeigte keine Regung, obwohl sie zutiefst überrascht war, dass er davon wusste. Strich nur über seinen flachen Bauch. Erinnerte er sich daran, was für ein Versprechen sie ihm einst gegeben hatte? Ob er je auch daran gedacht hatte? Wie naiv waren sie damals nur gewesen, so etwas je ausgesprochen zu haben.

»Warum hast du Masons Antrag nicht angenommen?« Er spürte sofort, wie sie sich versteifte.

»Woher weißt du davon?«, kam es leise von ihr.

»Von ihm«, antwortete er schlicht. Stirnrunzelnd sah sie zu ihm auf. Sie wollte jetzt nicht an Maxwell erinnert werden. Sie betrog ihn gerade. Schon wieder. Damit würde sie sich morgen beschäftigen können, wenn Samuel wieder in England war. Um sich und ihn abzulenken, schob sie sich zu ihm hoch. »Ich habe dich vermisst«, sprach sie leise gegen seine Lippen und küsste ihn sachte.

»Meine Beleidigungen und mein unsensibles Verhalten?«, höhnte er traurig lächelnd. Sie schüttelte nur den Kopf. »Nein, das was du mir damals von dir gezeigt hast. In der Nacht.« Ihm stockte der Atem, nicht wegen ihrer Hand, die weiter nach unten rutschte, sondern wegen ihrem Gesichtsausdruck. Zu offen und intensiv. Sanft drückte er sie in die Kissen. Schattenspiele zeichneten sich auf ihrem Gesicht ab. Ihre Haare wie ein Fächer um ihren Kopf ausgebreitet. Wie ein Ertrinkender musterte Samuel Isabelle. Ehrfurchtsvoll, als würde er etwas Kostbares zerstören können, umfasste er ihre Wange. Strich ihren schlanken Hals entlang und verweilte kurz über der Halsschlagader. Nahm ihren schnellen Herzschlag in sich auf. Leicht schmunzelnd fuhr er ihr Schlüsselbein nach. Es gab kaum eine sinnlichere Stelle am Körper einer Frau und er musste sich arg bemühen seinen Fingern nicht seinen Mund folgen zu lassen. Es würde sie jedoch beide wieder viel zu schnell erhitzen, wo er sich doch gerade jetzt einfach Zeit nehmen wollte. Der Morgen würde eh viel zu schnell hereinbrechen und es gab keine Garantie auf ein nächstes Mal, mit ihr. Langsam, lasziv und aufreizend fuhr er die Konturen ihres Busens nach und verweilte eine kleine Ewigkeit auf ihrer Knospe. Hauchte darauf und der Kontrast zwischen Wärme und Kälte ließ Isabelle erzittern. Erregt rieb sie ihre Beine leicht aneinander und schob ihr Hüfte mehr in seine Richtung. Die Hand, wie zu einem Fächer ausgebreitet, ließ er über ihren Beckenknochen wandern und umkreise mit dem Finger ihren Bauchnabel. Schwer lag seine Hand auf ihrem Bauch und Isabelle konnte kaum noch atmen. Wollte die Hand auf einmal wegschieben, weil sie dachte in seinen Augen mehr als nur Erregung und Lust lesen zu können. Aber es war Irrsinn. Davon konnte er nichts wissen und doch konnte sich Isabelle gerade jetzt nicht zurückhalten daran zu denken.

Sanft strich Isabelle über sein Kinn. »Kannst du es dir nicht denken?«, fragte sie traurig. Samuel wusste mit einem Mal, warum sie sich nicht mit Maxwell verlobt hatte. Sie hatte es ihm beim Abendessen selbst gesagt.

»Alte Geister kamen wieder auf, mhm?«, fragte er deswegen schlicht, aber sein Herz fing unrhythmisch zum Schlagen an. Erst recht, als sie ihn lang und intensiv küsste. So viel damit versuchte auszudrücken. »Neue Geister«, hauchte sie eindringlich. Bat ihn stumm, ihr das zu geben, was sie all die Jahre vermisst hatte. Dieses Mal langsam. Intensiv. Haut an Haut.

»Das kann nicht sein«, überlegte er fieberhaft. Nicht wegen einer einzigen Nacht. Nicht aufgrund dessen, wer und was sie damals waren. Wie sie zueinander standen. Und doch schien es so.

»Samuel«, entkam es ihr atemlos und klammerte sich noch fester an ihn. Fühlte den harten Griff in seinem Rücken. Sein Puls begann zu rasen. Er hätte ihr gern ins Gesicht gesehen, aber sie vergrub es an seiner Halsbeuge. Das erste Mal, seit sie sich wiedergesehen hatten, nannte sie ihn beim Vornamen und es erfüllte ihn mit neuerlichem Adrenalin. Wie konnte nur die Erwähnung seines Namens ihn so in Hochstimmung versetzen?

Ihre Augen waren glasig, von ungeweinten Tränen angefüllt, als sie ihn wieder ansah. Sein Gesicht in ihre Hände nahm. »Ich hatte es anders geplant. Verzeih mir«, sprach sie, mit belegter Stimme. Samuel wusste nicht, warum sie jetzt um Verzeihung bat, aber er konnte nicht danach fragen, weil sie ihn in einen neuerlichen Kuss verstrickte.

~*~*~*~*~  ~*~*~*~*~

☆ Lächeln ähneln sich oftmals ☆

Er wusste zunächst nicht was es war, dass ihn schwer ein Auge öffnen ließ. Samuels Hand glitt sofort neben sich, doch die Matratzenseite war leer. Aus einem angrenzenden Zimmer vernahm er Wassergeplätscher. Es störte seine Gedanken, legte sich ein Kissen über den Kopf. Lies den gestrigen Abend und die darauffolgende Nacht Review passieren. Dämmerte wieder leicht ein und schrak hoch, als die Zimmertür aufgerissen wurde. »Nicht, James«, hörte Samuel die aufgewühlte Stimme der Haushälterin, noch bevor er sie sehen konnte. Jene hatte ihn gut gesehen. Mit geschockt geweiteten Augen sah sie zu ihm und schloss wieder hastig die Tür. Dafür wurde eine andere Tür geöffnet. Isabelle trat heraus, mit nichts an, als einem Handtuch und seine aufkommenden Gedanken wer James sein könnte verflogen wie im Nu. Mit einem bezaubernden Lächeln setzte sie sich auf die Bettkante. Er kuschelte sich eng an ihren Rücken und küsste federleicht ihren Nacken. Und dann wusste er es: Er hatte sich verliebt. Es war eine tiefe Erkenntnis. Ging nicht einher mit einem Stromschlag. Es war ein schlichtes Gefühl. Nicht in seinem Umfang und auch nicht in seinem Dasein. Sein Herz begann schneller zu schlagen. Dieses Gefühl existierte schon so lange und kam jetzt mit geballter Ladung wieder zurück. Das bereitete ihm große Angst, denn sie hatte auch damals nur mit ihm gespielt. Räuspernd richtete er sich auf und fuhr sich nervös durchs Haar. Sah Isabelles verwirrten Gesichtsausdruck nicht, als er sich seine Kleidung zusammensuchte und ins Bad verschwand. Ihr sank das Herz. Eigentlich dachte sie, wären sie heute Nacht einen Schritt weitergekommen, wo sie beide beim Abendessen schon angefangen hatten. Wohl nur blanke Illusion. Aber das hier war keine Illusion. Ihr Haus nicht. Jamie nicht. Den Tränen nahe und mit zittrigen Fingern zog Isabelle sich an. Als er mit feuchten Haaren und leicht verknittertem Smoking aus dem Bad kam, hätte sie sich am liebsten an seinen Hals geschmissen und ihn geküsst, doch sie hielt sich selbst im Zaum.
»Mein Flieger geht heute um drei«, erklärte er sich. Sie nickte nur. Beide sahen sich nicht an. Wie beschämte Teenager, nicht wie zwei Erwachsene. Was sie beide in der Nacht geteilt hatten, schien jetzt wie eine Wand zwischen ihnen zu stehen. Damals war alles so frei gewesen. Bis auch dann der große Knall kam und jetzt schien es nicht anders.

»Ich rufe ein Taxi«, sprach sie leise und verließ das Zimmer. Schwer setzte sich der Blonde auf die Bettkante. Sah über seine Schulter, sah auf die Couch. Er würde wohl wieder einen Rucksack voll Erinnerungen mitnehmen. Langsam schlich er mehr, als dass er ging, die Treppen nach unten. Sah sich ein wenig um und entdeckte Isabelle am Ende der Treppe. Ihre Finger klammerten sich regelrecht um das Holz, bis die Knöchel weiß hervortraten. Sie hoffte inständig, er möge sich nicht zu viel umsehen. Jeder Blick könnte fatale Folgen haben. Und dann war es auch schon geschehen. Sie sah es an seiner plötzlich versteiften Haltung. Gequält schloss sie die Augen. Es war ihre eigene Schuld. Einfach zu leichtsinnig gewesen.

»Du hast ein Kind?«, fragte Samuel überrascht. Mit schweren Beinen schritt Isabelle die Treppen zu ihm nach oben, die sie gestern Nacht noch so federleicht nach oben geschwebt war und folgte nun seinem Blick. Es war ein Foto von ihr, kurz nach der Geburt ihres Sohnes. Ein kleines Bündel, in blauen Laken gehüllt, in ihren Armen.

»Ja«, antwortete sie nur schlicht. Samuel lächelte sie an. Nervös, wie sie feststellte und sie musste schmunzeln, als er sich verlegen am Hinterkopf kratzte.

»Hast du deswegen gefragt, ob ich Kinder mag?« Nahm sie in die Arme und Isabelles Herz begann wie wild zu pochen. Natürlich hatte sie deswegen gefragt, aber nicht nur. War ihm nicht aufgefallen wie extrem jung sie damals noch war? Isabelle schluckte hart, als Samuel ein weiteres Bild ihres Sohnes betrachtete. Die Aufnahme war kaum ein halbes Jahr alt. So hätte es nicht ablaufen sollen. Samuel hätte schon längst weg sein sollen. Ihr Herz überschlug sich gerade und sie spürte aus jeder einzelnen Hautpore den Schweiß entweichen. So hätte es nicht geschehen sollen. Schnell ging sie nach unten, aber Samuel folgte ihr genauso schnell. Nahm immer zwei Stufen auf einmal.

»Er ist schon sehr groß«, stellte Samuel unnötigerweise fest. Sie nickte nur und schritt in die Küche. Samuel blieb wieder abrupt stehen. Sie war es gewesen - in London. Da stand ein pinker Regenschirm neben der Eingangstür. Es gab für ihn keine Zweifel mehr. »Du warst in London?«, fragte er nach und ging zu ihr in die Küche. Gerade zu überfordert. Mit zu vielen Gedanken und Fragen angefüllt, die alle auf einmal gestellt werden wollten.

Nur um ihre zittrigen Finger irgendwie zu beschäftigen, setzte Isabelle Teewasser auf. Samuel hatte die Puzzleteile noch nicht ineinander gelegt. Gut so, vielleicht würde sie die Kurve noch kratzen können. »Woher weißt du, dass ich in London war?«, fragte sie irritiert nach. Er deutete auf den Flur. Sie verstand nicht, was er von ihr wollte. Runzelte die Stirn und er lenkte sie unwissend etwas von dem heiklen Thema ›James‹ ab. »Der Schirm. Ich hab dich gesehen. Ich meine, ich dachte ich hätte dich gesehen. Aber du warst doch da gewesen«, sprach er schnell und wirr. Sein Blick glitt schnell durch die Küche. Am Kühlschrank klebten mit Magneten selbstgemalte Kinderbilder.

»Warum warst du in London?«, hackte er nach und war mit dem nächsten Gedanken schon wieder bei ihrem Sohn.

»Meine Eltern besuchen«, sprach sie verhalten und fischte eine Tasse aus dem Hängeschrank. Es entsprach nicht ganz der Wahrheit, es war aber auch nicht gelogen. Sie hatte wirklich ihre Eltern besucht. Auf dem Friedhof frische Blumen auf das Grab gelegt und für ein paar Minuten einfach nur dagesessen und neue Kraft geschöpft, um Samuel einen Tag später gegenüberzutreten.

»Was mit deiner Mutter geschehen ist, tut mir leid«, sprach Samuel weich und Isabelle wollte am liebsten fragen: »Aber das mit meinem Vater nicht?«, doch sie biss sich auf die Lippe und nickte nur.

»James ist ein schöner Name. Ist mein zweiter Vorname.« Natürlich wusste sie das. Isabelle drehte sich ungläubig zu ihm um. Eigentlich hatte sie mit einer anderen Frage gerechnet. »Wo ist der Vater dazu? Mason?«, fragte er dann doch.

Isabelle sah auf die Tasse. »Nein. Der Vater lebt in Großbritannien.« Sie konnte nicht komplett lügen, sonst würde sie sich zu sehr darin verstricken und das war nicht gut. Eigentlich hatte sie gehofft, er würde endlich gehen. »Der Wagen kommt bestimmt gleich«, sprach sie und merkte selbst, wie ihr die Luft zum Atmen fehlte. Den Wink mit dem Zaunpfahl hatte Samuel durchaus verstanden. Doch zu gehen, das hatte Samuel mittlerweile nicht mehr vor. Die Neugierde hatte ihn zu sehr gepackt. Mit so einem Umstand, sie habe ein Kind, hatte er als letztes gerechnet.

»Du warst noch sehr jung, bei der Geburt. Ist der Vater ein mir Bekannter?«, er lehnte sich lächelnd neben sie an den Tresen.

»Könnte man durchaus behaupten«, entkam es ihr schneller, als ihr selbst lieb war. Sie wich seinem forschenden Blick aus. Der Teekessel pfiff und sie schenkte das heiße Wasser über den Teebeutel. Er würde nicht gehen, bevor er ein paar weitere Antworten bekam, das las sie in seinem schiefen Lächeln. Vielleicht hatte das Schicksal den heutigen Tag, ihren Geburtstag, dazu auserkoren, dass endlich alles ans Licht kam.

»Wo geht James in die Schule?«, fragte er interessiert weiter.

»In Los Angeles, auf ein Internat«, drehte sich von ihm weg und biss sich auf die Unterlippe, ging mit ihrer Tasse ins Wohnzimmer. Er folgte ihr einfach. Registrierte ihre extrem angespannte Haltung gar nicht. Die Bücher lagen immer noch überall verstreut. Die Gemütlichkeit, die das Wohnzimmer gestern Abend ausgestrahlt hatte, hatte es sich selbst bei Tageslicht immer noch bewahrt. Und der schwere Duft der Sonnenblumen hing noch immer in der Luft. Sie band ihre Haare zum Pferdeschwanz zusammen und sah ihn offen an. Hatte er immer noch nicht begriffen? Ihr wurde immer wärmer. Sie wollte zwar gegen das Schicksal kämpfen, aber sie hatte nicht mit den anderen Menschen in ihrem Leben gerechnet. Dieses Mal wieder in Form ihres Sohnes.

»Happy Birthday, Mom«, rief James, als er angerannt kam. Drückte Isabelle ein mittelgroßes Geschenk in die Hände. Sie sah erschrocken zu Samuel, der lächelte nur. »Danke, Jamie«, sprach sie mit zittriger Stimme. Scheiße, warum hatte sie Samuel mit nach Hause genommen? Warum waren sie nicht zu ihm ins Hotel gegangen? Weil Jamie ein Weisheitszahn gerissen wurde, über deren geschwollene Backe sie jetzt leicht strich. Sie war einfach eine zu besorgte Mutter. Vielleicht oft zu sorgsam, ermahnte sie sich selbst. Aber sie wollte ihn gestern Nacht einfach noch einmal sehen. Mit eigenen Augen sehen, dass er friedlich und nicht von Schmerzen gepeinigt schlief, wie er ihr das am Telefon noch vorgejammert hatte.

James setzte sich neben sie, schien Samuel gar nicht wahrzunehmen. Sie musste, schon aus Anstandsgründen, Jamie zurechtweisen. »Möchtest du unserem Gast nicht guten Tag sagen, Jamie?«, fragte Isabelle leise und küsste ihren Sohn auf die Stirn. Dieser entzog sich ihr mit einer Grimasse und sprang vom Sofa.

»Guten Tag, Sir«, streckte die Hand aus. Samuel ergriff sie und lächelte ihn an. »Guten Tag, Jamie.«

Jamie hüpfte wieder zu seiner Mutter, auf das Sofa. Die langen Beine übereinandergeschlagen. Ungeduldig, auf das Geschenk blickend, das seine Mutter noch immer verpackt in den Händen hielt. Die sah jedoch unverwandt auf Samuel, der Jamie offen musterte. Es war ein schöner Junge. Das Braun der Haare nicht so dunkel wie Isabelles, doch ihre Locken hatte der Sohnemann augenscheinlich geerbt. Der Junge schien sportlich zu sein. Zumindest zeugte nichts davon, dass er übermäßig Süßigkeiten verspeiste. Und Samuel ging Gesichter von früher durch, die er eventuell in Jamies wiedererkennen könnte. Am liebsten hätte Isabelle es ihm ins Gesicht gebrüllt, damit diese Scharade endlich ein Ende nahm.

»Pack aus«, quengelte James und Isabelle tat es lächelnd. Sah noch einmal kurz zu Samuel. Der schien immer noch sehr entspannt zu sein. Sie hätte am liebsten laut losgeschrien.

»Die ist sehr schön, Darling«, sprach sie dagegen erfreut, als sie Jamies Geburtstagsgeschenk von der Verpackung befreit hatte. Eine kleine bunte Glaslampe. Jamie sah reumütig auf den kleinen Beistelltisch. »Weil ich die andere doch kaputt gemacht habe. Gefällt sie dir? Hab sie mit Marie ausgesucht.« Isabelle lächelte gütig und küsste ihren Sohn auf die Wange. Stellte die kleine Lampe an die Stelle der vorherigen und sie passte perfekt.

»In welche Schule gehst du denn, Jamie?«, fragte Samuel freundlich. Sah, wie James mit seiner Mutter einen Blick tauschte. »Auf die St. Johnsbury Akademie in Los Angeles, Sir.«

»Das ist ein Internat, mit Schwerpunkt Wirtschaft«, antwortete Isabelle für ihren Sohn.

»Wirtschaft? Gibt's hier keine guten Wirtschaftsschulen, Isabelle?«, fragte Samuel lächelnd. Die zuckte mit den Schultern. »Sie hat einen sehr guten Ruf.«

»Ich bin mit deiner Mutter in London zur Schule gegangen. In die wievielte Klasse gehst du?«, stellte Samuel die nächste naheliegende Frage.

»In die achte nächstes Schuljahr und hoffentlich irgendwann nach Harvard«, sprach James mit Stolz geschwelter Brust.

»Geh lieber nach Eton«, gab Samuel zurück, »die haben nen besseren Ruf«, zwinkerte Isabelle zu.

»Wir werden sehen. Du machst erst mal schön deine Highschool fertig. Wolltest du heute nicht zu Marc?«, damit schob Isabelle ihren Sohn ein bisschen von sich. Jamie nickte nur und war schon halb aus dem Zimmer, als die Stimme seiner Mutter ihn noch einmal aufhielt: »Hast du nicht was vergessen, James?«, rief Isabelle ihrem Sohnemann hinterher. Anstand war nun mal Anstand und den hatte Isabelle immer versucht ihrem Sohn beizubringen. Trottend kam Jamie wieder zurück und streckte Samuel eine Hand entgegen.

»Auf Wiedersehen, Sir«, lächelte der Junge verschmitzt. Isabelle sank das Herz bis in die Knie. Jetzt musste Samuel es sehen. Es war doch sein eigenes Lachen. Das Lächeln, das sie seitdem er wieder in ihrem Leben war, sie Tag und Nacht verfolgte. Ihr Leben lang, seitdem sie aus London geflüchtet war, verfolgte. Obwohl sie so viel unternommen hatte, es möge nicht so sein. Samuel die letzte Zeit bei sich zu haben, war wie eine Illusion gewesen - bunt und kraftvoll. Aber eben nur eine Illusion, dessen Seifenblase gerade geplatzt war und sie hart auf den Boden der Realität hatte aufprallen lassen.

Und dann veränderte sich auch Samuels Gesichtsausdruck. Die Stirn in tiefe Falten gelegt nahm er Jamies Gesicht in seine großen Hände. Isabelle schloss gequält die Augen. Wie hatte sie nur annehmen können, es würde unentdeckt bleiben? Dafür war die Ähnlichkeit einfach zu frappierend. Selbst Maxwell war es aufgefallen und der kannte nicht einmal Kinderbilder von Samuel.

»Wann bist du geboren, Jamie?«, fragte Samuel forschend. Isabelle keuchte schwer auf und ging zum Fenster. Die Luft war auf einmal so dick geworden und die Lungen ließen sich so schlecht mit frischer Luft versorgen.

»Am 04.03.2002, Sir«, antwortete Jamie verwirrt. »Sie haben auch so eine komische Augenfarbe, wie ich. Mom sagt immer das ist äußerst selten«, plapperte Jamie kindlich freundlich drauflos und Isabelle drehte es den Magen um.

»Kann sein, ja«, erwiderte Samuel leise. Isabelle drehte sich nicht um. Sie sah aus dem Fenster. Sah jedoch nichts. Umschlang ihren Körper mit ihren Armen. Wollte sich selbst Halt geben, wo es keinen gab. Presste die Stirn fest gegen die kühle Glasscheibe.

»Sie stehen jetzt nicht auf, Miss Rose«, ermahnte eine Krankenschwester Isabelle, mit fester Stimme und legte eine Hand auf den Bauch des Mädchens. Der Verhandlungsmarathon war endlich zu Ende. Von draußen drangen Jubel und freudiges Gelächter in das kleine Zimmer. Isabelle war kreidebleich. Sie hatten verloren. Chloé und ihre Mutter kamen einfach so davon. Samuel kam einfach so davon. Ihr geliebter Vater lag tief in der kalten Erde und sie durften leben. Das war nicht fair.

Ein herbeigerufener Arzt überprüfte ihren Puls und bat ihre Mutter darum, dass Isabelle im Krankenhaus weiter überprüft werden solle. Doch das Krankenhaus war kalt und es roch nach Medizin. Steril und abweisend. Nicht die vertraute gemütliche Umgebung ihres Zimmers, die sie gerade so ge-

braucht hätte. Ihre Mutter saß eingesunken, in einem Stuhl, neben ihrem Krankenbett.

»Mir ist übel«, entkam es dem jungen Mädchen. Müde strich sie sich über die Augen und hustete hart auf. Krümmte sich zusammen und stöhnte laut auf, als der Arzt fester auf ihren Bauch drückte, mit dem Ultraschallgerät. Lies etwas ausdrucken. Isabelle sah zum Arzt auf und war erleichtert, als dieser ihr mit einer Handbewegung erlaubte aufzustehen. Es wurde ihr erlaubt, sich wieder anzuziehen und der Arzt kritzelte etwas auf ein Papier. »Ich verschreibe Ihnen etwas gegen die Morgenübelkeit«, sprach er, wie nebenbei. »In einem Monat ist das auch vorbei. Es war schlichtweg die Aufregung und die Umstände. Aber Ihrem Baby geht es gut.«

Isabelle stoppte, als sie in ihre Bluse schlüpfte und ihre Mutter stotterte: »Sie ist schwanger?« Der Arzt sah beide Frauen verwundert an.

»Bitte nicht«, hauchte Isabelle und sah den Arzt aus leeren Augen an. Doch sie las nur Bestätigung in den Augen des älteren Herrn und bekam das erste schwarz-weiß Bild ihres Babys in die Hand gedrückt.

»Viel Spaß, Jamie«, hörte Isabelle Samuel gefasst sprechen und das riss sie wieder in die harte Realität. Hörte, wie ihr Sohn die Türe schloss. Dann trat Stille ein. Erdrückende Stille. Keiner sprach ein Wort. Weil keiner wohl die richtigen Worte gefunden hätte. Samuel mochte vielleicht ruhig wirken und freundlich gestern, aber er hatte mit Sicherheit nichts von seiner Hitzigkeit verloren. Langsam drehte sie sich um. Geschlagen. Nicht fähig zu weinen. Innerlich leer. Wie damals schon. Er sah sie aus gleichen Augen an, doch dann veränderte er sich. Seine Haltung wurde steifer, seine Augen kühler. Mit jeder Sekunde zog er sich mehr in sich zurück. »Bitte nicht«, flehte Isabelle stumm. Er sollte nicht wieder zu dieser unnahbaren Gestalt werden.

Ihre Haltung und Reaktion, ihre schuldbewussten Augen bestätigten seinen Anfangsverdacht und bis vor zwei Sekunden hatte er noch gehofft, sich geirrt zu haben. Fassungslos schüttelte Samuel den Kopf. Was sollte er denken? Wie jetzt handeln? Eigentlich fühlte er sich leer und doch kreisten gerade jetzt so viele Emotionen, Empfindungen und Gedanken durch sein Innerstes, dass ihm übel wurde, von der Reizüberflutung. Das konnte nicht wahr sein. Er war in einem Albtraum gefangen.

»Warum hast du es mir nie gesagt?« Es war leise gesprochen und für Außenstehende wohl auch nicht ablehnend. Aber Isabelle hörte nicht nur den unüberhörbaren Vorwurf heraus, sondern auch den strengen Unterton.

»Als ich es gemerkt habe, war es schon zu spät. Die Verhandlungen gerade abgeschlossen. Alles und alle in den Medien präsent«, sie sah ihn traurig an und langsam merkte sie auch, wie sich Tränen bildeten. »Es war eine Nacht, Samuel. Wir haben uns damals nicht einmal wirklich gemocht. Du hast geholfen ...«, sie brach ab und sah blinzelnd an die Decke. »Eine unüberlegte Nacht. Warum noch mehr Leute da mit reinziehen. Deine Eltern ...«, doch weiter schaffte sie es nicht. Wollte sich nicht ausmalen, was seine Eltern mit einem Mädchen angestellt hätten, die mit ihrem Sohn schlief. Die zu der Familie Rose gehörte und die zu allem Überfluss auch noch schwanger wurde. Sie war damals zu dumm gewesen. Etwas ausgelebt und nie über die Konsequenzen nachgedacht. Was sie doch eigentlich immer tat.

Samuel war kaum noch fähig zu atmen, geschweige denn zu denken. Er hatte einen Sohn. Er hatte mit Isabelle Rose einen Sohn. »Warum noch mehr Leute da mit reinziehen? ... Sag mal spinnst du«, schrie er auf einmal los. Sie zuckte zusammen. Genau das wollte sie nicht. Nicht so mit ihm reden. »Er ist mein Sohn«, brüllte er lautstark.

»Schön, dass du es noch einmal so deutlich betonst«, höhnte die Brünette.

Das war zu viel für Samuel, alles brach aus ihm heraus. »Verdammt, Isabelle. Hör auf mit deiner scheiß überheblichen Art. Wenn nicht ich, wer hätte es dann verdient gehabt zu erfahren?«

Niemand mehr als er, das wusste sie jetzt auch. Das hatte sie damals schon gewusst und doch für sich den plausibelsten Weg aus dieser Misere versucht zu finden.

»Mir erschien es besser für Jamie, wenn du und er nicht ...«, doch sie wurde rabiat von ihm unterbrochen.

»Ha. Du bist eine Heuchlerin.« Das ließ sie noch mehr zusammenzucken, als sein Rumgebrülle. »Es ging nie um Jamie. Es ging immer nur um dich. Du egoistisches Miststück«, schrie er und warf die Hände in die Höhe. »Du wolltest nur nie mit mir in Verbindung gebracht werden. Der Junkie, den dein Daddy für nie gut genug, für seine einzige Tochter befunden hätte. Der Typ der in Untersuchungshaft sitzt, weil er am eventuellen Mordkomplott deines Vaters beteiligt war.«

Fassungslos sah sie ihn an und schüttelte dann vehement den Kopf. »Nein«, hauchte sie unter Tränen. Aber eigentlich wusste sie, dass Samuel recht hatte. Mit hängendem Kopf hatte sie seine Verteidigung im Gerichtssaal gehört. Nur konnte sie ihm nie in die Augen sehen. Von ihm kamen die

Drogen, da war sich Isabelle sicher. Jetzt stand er hier. Groß in ihrem Wohnzimmer. Die Vergangenheit hatte sie eingeholt. Einfach so. Sie wurde an den Jungen erinnert, den sie eigentlich nicht mögen durfte. Für den sie dann all die Jahre über eine richtige Obsession entwickelt hatte, nur um ihn jetzt als Mann wiederzutreffen und ..., sie brach ihre Gedanken ab. Sah zu ihm auf. Sie hatte ihn vor ein paar Tagen wieder in ihr Leben gelassen. Was sie nicht hätte tun müssen. Sie hätte sich einfach im Hintergrund aufhalten können, wie immer. Tat aber genau das Gegenteil. Wusste es würde ein Fehler sein, ab dem Zeitpunkt, als sie von Maxwell erfahren hatte, wer mit ihnen in Verhandlungen für die Holifild Company treten wollte. Aber sie hatte sich trotzdem darauf eingelassen, weil sie vom Ehevertrag zwischen Chloé und Samuel erfahren hatte: Samuels Sohn würde alles aus Chloés und dem Vermögen ihrer Eltern erben. Von Beginn seiner Geburt an. Es hatte Isabelle einige Mühen und noch mehr Geld gekostet, bis sie den Ehevertrag zu Gesicht bekam. Es war eindeutig nur die Rede von Samuels Sohn und diese Klausel, so falsch wie sie formuliert war, war ihr Anker. Ihr Racheplan schnell geschmiedet. Chloé würde alles, das sie sich von ihr, Isabelle, so schändlich ergaunert hatte, verlieren. Wie Samuel auch. Sie hatte nur nicht damit gerechnet, dass die beiden nicht mehr miteinander verheiratet waren. Zorn keimte in ihr auf, dass er nicht irgendwer war, sondern zu den Barnes gehörte. Sie wollte ihn einfach wiedersehen. Sehen, was aus ihm geworden war. Nur um jetzt festzustellen, dass sie ihn doch mochte und gleichzeitig realisierte sie aber auch, dass es keine Zukunft gab. Das hier würde er ihr nie verzeihen.

»Die Miss Perfect des Colleges. Die Schöne und Reiche, die alles in den Arsch geschoben bekommen hat. Was hätten die Menschen nur dazu gesagt, wenn sie erfahren hätten, dass sie es mit einem Barnes in der Nacht getrieben hat, als ihr Vater starb?«, seine Stimme troff nur so vor Hohn und Zynismus. Sie sah ihn nicht an, wrang verzweifelt ihre Finger. Doch dann regte sich auch Widerstand und Wut in ihr.

»Ja, was hätten sie wohl dazu gesagt?«, ihre Stimme schraubte sich in die Höhe, »Vor allem deine Eltern, Samuel. Das zutiefst verhasste Gör, das den Erben der Barnes unter dem Herzen trägt. Das hätte ihnen bestimmt gefallen. Sie hätten mich wohl mit offenen Armen empfangen und für den nächsten Tag gleich die Hochzeit angesetzt, wie sie es mit dir und Chloé getan haben«, schrie sie jetzt. Sie sah, wie ihre Worte bei ihm Wirkung zeigten. Er fuhr sich fahrig durch die Haare und wusste, sie hatte recht. »Es wäre ein großer Medienauflauf die Folge gewesen«, kam es gefasster von ihr.

»Wir hätten es doch nicht öffentlich machen müssen«, entgegnete er knurrend. Seine Worte trafen sie. Alles unter dem Deckmantel der Verschwiegenheit verstecken.

»Klar, das wäre auch bestimmt geheim geblieben«, höhnte sie mit zittriger Stimme. »Ich wollte nie etwas von dir. Kein Schweigegeld, keinen Unterhalt, nichts«, fauchte sie ihm ungehalten entgegen. »Ich will auch jetzt nichts. Du brauchst dich nicht kümmern. Vergiss es einfach.« Er sah sie fassungslos an. Ihm fiel darauf zunächst nichts ein. Öffnete mehrmals den Mund und schloss ihn wieder. »Bitte?«

Sie fuchtelte mit den Armen in der Luft herum. »Du bist kein Familienmensch, hast du selbst gesagt. Und sei mal ehrlich, damals hättest du es doch gar nicht erfahren wollen. Du hast mich doch bestimmt insgeheim dafür gehasst, dich selbst dafür gehasst, dass du mit mir ins Bett gestiegen bist«, fauchte sie laut und sah die Bestätigung in seinem Gesicht. Was verdammt wehtat. Denn gehasst hatte sie ihn, für diese Nacht, nie. »Aber was hast du auch groß anderes erwartet?«, fragte sie sich selbst, mit wild pochendem Herzen. »Ich habe nie Abstand genommen von dir«, dachte sie traurig weiter, als ihr Blick über sein verbissenes Gesicht glitt. Wie hätte sie je können? »Ich mache das hier schon seit dreizehn Jahren allein. Wenn alles gut gegangen wäre, dann hättest du eh nie etwas davon erfahren. Scheiße, es war ein Fehler gewesen, dich hierher mitzunehmen.« Ihr Verstand hatte gestern Nacht einfach ausgesetzt. Sie hatte sich von ihren Gefühlen leiten lassen und war wieder kräftig auf die Schnauze gefallen.

Während seine Augen sich zu Schlitzen formten, ging er einen Schritt auf sie zu. Verschränkte die Arme vor der Brust. »Du hättest mir nie etwas gesagt?«, knurrte er. Er las es in ihren Augen. Das ließ seine Eingeweide umdrehen. »Du hättest mir immer mein Anrecht auf meinen Sohn genommen. Das Anrecht auf die Wahrheit.« Der scharfer Ton ließ Isabelle erzittern. Und im gleichen Moment wusste sie, dass dieser durchbohrende Schmerz, den seine eiskalten Augen, in ihr auslösten, die Strafe dafür war, was sie ihm angetan hatte. Noch viel schlimmer: sie ertrug es kaum.

»Ich wollte dich ungezwungen kennenlernen und dann hätte ich auch …«, fing sie verzweifelt an, doch Samuel ließ sie nicht aussprechen. Lachte höhnisch auf.

»Ja, wenn nur alles gut gegangen wäre, hätte ich nie etwas erfahren. Wir hätten es miteinander getrieben, ich würde jetzt schon im Taxi zum Flughafen sitzen.« Seine Augen durchdrangen sie regelrecht. Sie konnte seinem Blick nicht mehr standhalten und sah niedergeschlagen zur Seite. Gab ihre Niederlage damit offen zu. Er hätte irgendwann alles erfahren, wenn der große Knall gekommen wäre. Nein, sie hätte es ihm nie gesagt, wenn nicht dieses Gerücht über den Ehevertrag aufgekommen wäre und Christian ihr alles brühwarm erzählt hätte. Sie wollte Samuel nur vorher selbst kennenlernen. Ausloten wie er war, was aus ihm geworden war. Und wie er war, hatte sie beeindruckt - sein Wandel. Jetzt verfluchte sie Christian innerlich, warum er ihr nie etwas davon gesagt hatte Samuel sei geschieden.

»Du warst und bist ein Miststück, Isabelle«, flüsterte Samuel, mit harter Stimme. Diese Worte trafen sie, als hätte er sie geschlagen. Unwillkürlich zuckte sie wieder zusammen. Sah ihn dann jedoch wutverzerrt an. So konnte er nicht mit ihr reden.

»Die Wahrheit und Richtigkeit hat dich doch nie interessiert. Hier geht es nicht nur um mich«, schrie sie ihm jetzt unter Tränen und mit geballten Fäusten entgegen, »Denk einmal nur kurz an Jamie. Nur eine Sekunde lang. Soll er wirklich einen Mann zum Vater haben, der an einem Mord beteiligt war?«

Samuel sah sie geschockt an. Sie schämte sich also doch für ihn. Für ihre Vergangenheit. Wie hätte er auch nur je etwas anderes annehmen können. »Du warst ein Narr«, schalt er sich selbst in Gedanken.

»Ich bin freigesprochen worden«, verteidigte er sich lautstark. Jetzt war es an ihr höhnisch aufzulachen.

»Ja, aber jeder weiß, welche prekäre Rolle du in Wirklichkeit gespielt hast. Was hat das Daddy gekostet, dich da rauszuhauen, mhm?« Das traf ihn und das sah auch Isabelle. Aber sie konnte ihre harschen Worte nicht mehr zurücknehmen. »Schön«, dachte sich Samuel zähneknirschend, dann waren sie endlich wieder bei diesen alten Kamellen angelangt. Es wäre wohl auch ein Wunder gewesen, wenn sich zwischen ihnen beiden etwas geändert hätte. Eigentlich hatte er gehofft, nie wieder diesen alten Staub aufzuwirbeln. Egal mit wem. Dass es gerade jetzt mit ihr passierte schmerzte. Dass es mit ihr passierte, war jedoch auch nur eine Frage der Zeit gewesen. Altes einfach so hinter sich lassen ging wohl doch nicht.

»Die Prozente ... Nur um uns in die Pfanne zu hauen, oder?«, knurrte er leise und sah sie aus diesen kalten Augen an, die sie gehofft hatte, nie wieder sehen zu müssen. Leicht schüttelte Isabelle den Kopf. Sie gab zu, es mochte ein Racheplan dahinter gesteckt haben. Aber nicht gegen Samuel, sondern gegen seine Familie.

»Natürlich, weil ich damit ja auch so viel hab rausschlagen können. Außer die Prozente, die ich eh bekommen hätte. Ich habe meine Hausaufgaben gemacht und wusste mit wem ich in Verhandlungen stehe. Ihr brauchtet die Firma, seid fast pleite«, giftete sie zurück und der Hohn ließ sich nicht abstellen.

Mit schweren Händen fuhr sich Samuel über das Gesicht. Über die schmerzenden Schläfen. Es war also wirklich alles pure Berechnung von ihr gewesen. Er konnte es nicht glauben und wollte es auch nicht. Sein Vater hatte Recht behalten. Ausgerechnet er. Würde seine Vergangenheit immer wieder Schatten auf die Gegenwart und Zukunft werfen? Er schloss für ein paar Sekunden die Augen, drehte sich dann um und ging einfach. Riss seinen Mantel von der Leiste und öffnete rabiat die Eingangstür. Isabelle war zunächst zu geschockt, um reagieren zu können. Lief ihm dann jedoch hinterher, auf die Straße.

»Wo willst du jetzt hin?«, rief sie verzweifelt. Vorhin wollte sie nichts sehnlicher, als dass er ging, jetzt wollte sie ihn hierbehalten. Sie wollte jetzt alles klären.

Er drehte sich um und streckte die Arme von sich. »Keine Angst. Ich lauf schon nicht zum nächsten Schundblatt.«

Mit einem Aufschrei im Inneren sah sie, wie Samuel in das bereits wartende Auto einstieg. Einfach wegfuhr. Blickte, mit innerer Leere dem Wagen lange nach, obwohl er schon nicht mehr zu sehen war. »Und was ist jetzt mit Jamie?«, flüsterte sie fragend, obwohl es niemand hören konnte. Die Tränen flossen einfach, sie bemerkte sie nicht. Auch nicht, als sie ins Haus zurückging. In ihr Zimmer. Sich auf das zerknüllte Laken legte und ihre Nase tief in das Kissen vergrub. Ihn roch. Zornig pfefferte sie das Kissen von sich. »Nein«, brüllte sie. Das war nicht fair. Das Schicksal war noch nie fair zu ihr gewesen. Und jetzt hatte es ihr auch noch das genommen, was hätte sein können.

~*~*~*~*~  ~*~*~*~*~

☆ Konfrontation mit sich selbst ☆

Mit ihrem rundlichen Gesicht lächelte Marie durch die Wohnzimmertür. »Miss Rose? Mr. Mason möchte Sie gerne sprechen.« Ihre Chefin war gestern gar nicht aufgestanden und heute schien sich ihre Laune nicht recht viel gebessert zu haben. Natürlich hatte sie den Streit vorgestern mitbekommen und innerlich freute sich Marie sogar, dass es endlich so gekommen war. Auch weil der Vater von Jamie ihr mehr als unsympathisch und bedrohlich vorkam. Und Jamie tat ihr insgeheim leid. Doch eine Mutter hatte auch Pflichten und denen kam Miss Rose gerade nicht wirklich gut nach. Damit er den elenden Zustand seiner Mutter nicht mitbekam, hatte sie Jamie zu Freunden geschickt.

Maxwell erkannte Isabelle kaum wieder. Die Haare standen ihr in alle Richtungen. Eine legere Leggings und einen viel zu weiten Wollpullover rundeten das Bild einer verheulten und übermüdeten jungen Frau ab. So ganz anders, als er ihr zum ersten Mal gegenübergestanden und sich sofort in sie verliebt hatte. In ein, für ihn eigentlich, viel zu junges Mädchen. Er war ihr vom ersten Moment mit Haut und Haaren verfallen. Tat alles für sie. Wollte ihr alles geben. Würde es auch weiterhin tun. Egal was sie ihm heute sagen würde und eigentlich ahnte er auch schon, was kommen musste. Sie wirkte gedemütigt und niedergeschlagen. Mit blutunterlaufenen, müden Augen sah sie zu Maxwell auf. Wollte sein Mitleid nicht. Und noch viel weniger seinen Schmerz, der ihm ins Gesicht geschrieben stand. Tiefe Falten zeichneten sich um seine sonst so gütigen braunen Augen ab. Die Wangen wirkten eingefallen, als hätte auch er nicht viel Schlaf, die letzten zwei Nächte, gefunden. Er wirkte so ganz anders auf Isabelle, als sie ihn vor zehn Jahren kennengelernt hatte.

Ein großer, schwarzhaariger Mann schritt leichten Fußes auf sie zu. Schnell erhob sich Isabelle, vom Sessel der braunen ledernen Wartegruppe, in der Lobby der Madison Company und setzte ihr freundlichstes Lächeln auf. Ihre Hände schwitzten und verstohlen wischte sie ihre Hand an ihrem neuen Rock ab, der eigentlich viel zu teuer gewesen war und den sie sich eigentlich nicht hätte leisten können. Dann würde sie heute Abend eben nichts essen und ihre Mutter und Jamie würden ihr Essen bekommen. Vielleicht hätte sie doch ein paar mehr Stücke ihrer alten Kleidung behalten sollen, aber sie brachten im Secondhand-Laden, vor ein paar Wo-

chen, einfach gutes Geld für die nächste Miete und Nahrung auf den Tisch.

»Guten Tag, Miss Rose. Ich bin Mr. Mason, ihr neuer Abteilungschef«, stellte sich Maxwell Mason der noch blutjungen Isabelle vor. Sie lächelte ihn freundlich an und sah etwas in den Augen des älteren Herrn, was sie so noch nicht kannte, wenn sie ein Mann betrachtete. Spürte es am fester werdenden Händedruck.

Seit diesem Moment war sie Maxwell Mason verfallen. Nicht in tiefer Liebe, aber an Sympathie und Ergebenheit. Er war ihr Mentor bei der Madison Company. Er war ihr Vertrauter in sachlichen Angelegenheiten und bald wurde er es auch im Bett. Er schmeichelte ihr, buhlte um sie und machte ihr den Hof. Hielt ihr immer lächelnd die Tür auf. Führte sie schick zum Essen aus. Rückte ihr den Stuhl gerade. Führte sie in die High Society der New Yorker Welt ein. Dort, wo sie eigentlich hingehörte. Zu den oberen Zehntausend. Und ihr gefiel es durchaus. Isabelle hatte als junges Mädchen, das sie damals noch war mit Anfang zwanzig, alles vereinnahmt. Maxwell erschien ihr wie ein Mann von Welt und sie war die kleine verarmte adlige Landpomeranze aus England. Er förderte sie und forderte sie auch. Gab ihr Halt in einer Zeit, als alles sehr kompliziert war. Als Isabelle glaubte nie wieder Oberwasser zu bekommen. Er war ein Mann, an dem sie sich aufbauen konnte. An dem sich selbst Jamie aufrichten konnte. Max wollte nie den Ersatzvater spielen und hatte es doch immer irgendwo getan. Mit seiner ruhigen bestimmenden Art hatte er Jamie als männliche Bezugsperson mit durchs Leben geführt. Hatte ihn akzeptiert, als Isabelles Kind. Das konnte ihm Isabelle gar nicht hoch genug anrechnen. Zusammen waren sie gewachsen und in Isabelle war mit der Zeit so viel mehr für Maxwell gewachsen. Isabelle war schnell in der Firma ein Name geworden. Durch Fleiß und Intelligenz hatte sie sich nach vorne geboxt. Kletterte mit den Jahren immer mehr Sprossen der Erfolgsleiter nach oben. Bis sie irgendwann, neben Maxwell und dem alten Madison ganz oben stand. Letztes Jahr, nach dem Tod des alten Madison, hatte sie seine Company überschrieben bekommen. Er selbst hatte keine Kinder und wollte das Schicksal seiner Firma in die vertrauensvollen Hände seiner engsten Mitarbeiter legen. Auch da war Max ihr eine Stütze und sie nahm sie dankend an. Wie immer. Er gab ihr alles selbstlos, was sie forderte. Wie es eben seine Art ihr gegenüber war. Doch wie kann ein Mensch einen wirklich lieben, wenn er nicht weiß, wer du wirklich bist?

Maxwell setzte sich neben Isabelle, auf das Sofa. »Warum weinst du?«, fing er ruhig an. Isabelle zog ihre Beine zu sich ran und vergrub ihr Gesicht zwischen den Knien. Das Grummeln in ihrem Magen hörte einfach nicht auf. »Es tut mir so leid«, schluchzte sie.

»Du bist mit ihm abgehauen.« Keine Frage, pure Feststellung. Isabelle brauchte darauf gar nichts zu erwidern. »Meinst du eigentlich wirklich ich bin so blöd?« Die Härte in seiner Stimme kannte Isabelle ihr gegenüber nicht und es ließ sie erzittern.

»Das habe ich nie behauptet«, antwortete sie zähneknirschend.

»Nein, aber du hast mich am Empfang zum Volldeppen gemacht. Ich hoffe wirklich andere haben euer Rumgeturtle nicht gesehen und wir sind nicht bald das Gesprächsthema auf allen Partys.«

Sie sah ihn aus großen Augen an. War das jetzt sein Ernst? »Das ist das Einzige was dich stört? Dass wir bei irgendwelchen Vollidioten Gesprächsthema sein könnten?«, fragte sie atemlos nach. »Aber dass ich mit einem anderen Mann Sex hatte, das ist dir egal?«

»Dass ich es genossen habe. Dass ich es immer wieder tun würde«, schrie sie innerlich weiter.

Maxwells Gesicht sagte mehr als tausend Worte. Sein Mund war verkniffen und Isabelle wollte ihn anbrüllen, dass er sie wenigstens jetzt einmal zurechtstutzen sollte. Doch er blieb gefasst. »Es geht dir nur um den Ruf«, sprach sie fassungslos weiter.

»Du weißt, dass das nicht stimmt«, erwiderte er sofort barsch. Unruhe erfasste ihr Herz und ihre Nerven waren zum Zerreißen gespannt. Und dann sah sie die Regung bei Maxwell, die sie am wenigstens sehen wollte. Gebrochene Augen, die sie niedergeschlagen und traurig ansahen. Sein Blick glitt zu ihrem Medaillon. »Er ist der Vater, nicht wahr?«

»Ist es so offensichtlich?«, fragte sie niedergeschlagen nach, doch Maxwell lachte nur kurz auf. »Er weiß es jetzt«, sprach sie leise und Max sah zu Boden.

»Und er ist trotzdem wieder abgereist?«, fragte Max ungläubig nach, sah nur aus dem Augenwinkel, wie sie verhalten nickte. »Dieses Arschloch«, brach es aus ihm heraus und sprang auf.

»Max, nicht«, versuchte sie ihn zu beruhigen und war erstaunt über seinen Gefühlsausbruch.

»Du hast die ganze Zeit mit ihm gespielt. Seit dem Augenblick, als du erfahren hast wer die Holifild Company haben will. Für was wolltest du dich rächen, Isabelle? Hat er dich, als ihr noch Kinder wart sitzen lassen, hochschwanger?« Isabelle schüttelte nur den Kopf, zu allen Vorwürfen. Jedoch nicht fähig Kontra zu bieten. »Woher kennt ihr euch wirklich?«

»Aus der Schule«, gab sie ihm halbehrlich Antwort.

Er lachte trocken auf. Diese Antwort hatte er erwartet. »Mehr wirst du mir dazu auch nicht sagen, oder? Ich weiß fast nichts aus deiner Vergangenheit und das was ich weiß ist nicht gerade viel.«

»Was willst du denn wissen? Wir waren Jugendliche. Haben uns gezankt ...«

»Bullshit«, brüllte er dazwischen und Isabelle zuckte zusammen. »Erzähl mir nicht diesen Schwachsinn.« Er brach ab und fuhr sich gestresst durch die Haare. Schüttelte immer wieder den Kopf und sah sie einfach nur an. Er war zu alt für den Scheiß, dachte Max sich niedergeschlagen. Konnte man überhaupt zu alt für die Liebe sein?

»Du weißt nicht, wie überrascht ich war, als ich erfuhr, wer mit uns in Verhandlungen tritt. Ich wollte in Ruhe sehen wie ...«, doch sie brach ab. Ihre Stimme versagte einfach. Nach ein paar tiefen Atemzügen, fand sie erst wieder die Kraft weiterzusprechen. Dann erzählte sie ihm alles, von Anfang an. Wie schön ihre Kindheit verlaufen war, als die ganze Familie noch fröhlich zusammen lebte. Als sich Chloés und ihre Mutter mit den Kindern getroffen hatten, damit die zwei Mädchen sich ab und an sahen. Wie sich Chloé und sie geliebt hatten, wie Schwestern. Wie dann der Hass bei Chloé und ihrer Mutter einsickerte, als ihr Mann starb und auch dass Chloés und Isabelles Großmutter keine Einsicht gezeigt und die Tochter weiter auf Abstand gehalten hatte. Wie der Hass die Familie zerstört hatte. Wie Chloé und Isabelle Erzfeindinnen wurden. Berichtete von der Nacht, in der ihr Vater starb, von den zermürbenden Untersuchungen. Vom Freispruch. Aber nicht davon, wie Samuel und sie sich in jener Nacht geliebt hatten, dass sie schwanger wurde und wie sie davon erfuhr. Was sie nach Chinatown getan hatte. Wie sie Rache an ihrer Verwandtschaft nehmen wollte. All das hielt sie unter Verschluss und es schnürte ihr die Kehle zu, denn genau das wollte sie aussprechen, mit jemanden darüber reden. Doch Maxwell war nicht der Richtige hierfür.

»Du hast es geahnt und mich trotzdem mit Samuel zum Empfang gehen lassen«, nuschelte Isabelle, in die Wolle ihres Pulloverärmels. Warum hatte er sie nicht aufgehalten, wenn er doch immer wieder beteuerte, dass er sie lieben würde? Traurig sah sie zu ihm auf.

»Was hätte ich schon groß tun können? Dich einsperren?«, lächelte Maxwell niedergeschlagen. Hier stand ein Mann vor ihr, der, obwohl sie ihn ganz offen betrogen hatte, immer noch mit ihr sprach. Der immer noch da war. Extra gekommen war. Sie verstand ihn nicht.

»Du hättest mich darum bitten können, dass ich nicht gehe«, sprach Isabelle sanft und wollte seine Hand ergreifen, doch er zog sie schnell weg. Hart musste Isabelle schlucken.

»Hätte das was gebracht?«, kam es leise von Max.

»Nein, wahrscheinlich nicht«, überlegte Isabelle.

»Warum hast du mir nichts gesagt? Mir nicht erzählt, wer Samuel Barnes ist? Was wäre so schlimm daran gewesen?« Das waren genau die Fragen, die Isabelle befürchtet und auch gefürchtet hatte. Ja, warum hatte sie ihrem Freund nichts von Samuel erzählt? Zumindest einen kleinen Teil. »Weil ich ihn gehasst habe«, sprach sie in Gedanken. Doch es kam nichts mehr von ihr. Sie blieb stumm. Erschöpft wandte Maxwell sich zum Gehen. Brauchte Abstand von ihr. Von der Situation.

»Sag Jamie liebe Grüße«, sprach er leise und Isabelle sprang vom Sofa auf.

»Geh jetzt nicht Max, bitte«, flehte sie ihn regelrecht an, doch er hörte nicht auf sie. Weinend ließ sich Isabelle wieder in das Sofa fallen. Vergrub ihren Kopf in einem großen Kissen und hoffte nur, dass Jamie lange genug bei seinen Freunden blieb, damit er nicht mitbekam wie seine Mutter litt.

Die nächsten Tage waren schwer.

Schwer am Aufstehen. Schwer vor Jamie fröhliche Miene zum bösen Spiel zu machen. Schwer den wissenden, anklagenden Blicken von Marie auszuweichen. Schwer, sich aufzurappeln und in die Firma zu gehen. Schwer, sich für den abgeschlossenen Deal feiern zu lassen und zu wissen, wer als Verhandlungspartner am anderen Ende stand. Schwer, so gut wie jeden Tag Maxwell zu sehen und seinen Schmerz, für den sie verantwortlich war. Zu fühlen, als wäre es ihr eigener. Er sprach nur das Nötigste mit ihr. Schwer, in der Nacht überhaupt Schlaf zu finden. Schwer sich einzugestehen, was für einen riesengroßen Fehler sie begangen hatte. So viel Schweres und doch gab ihr nur der Mensch halt, um den es eigentlich ging: ihr Sohn Jamie.

Der Sommer ging in den Herbst über. Die Ostküste der USA stand in schönem orangenem und rotem Laub. Isabelle flog wieder um die halbe Welt, um bei ihrem alten Freund Christian vorbeizuschauen.

»Schön habt ihr es hier«, lächelte Isabelle und sah aus dem Küchenfenster des Appartements, auf die braunen und grauen Dächer Londons. Es war so leicht sich vorzustellen, wie Mary Poppins und die Schornsteinfeger über die Kamine, von Haus zu Haus, zu hüpfen.

»Danke. Aber du siehst die Kisten. Es dauert wohl noch ein bisschen, bis wir ganz angekommen sind.« Christian reichte Isabelle den frisch gepressten Orangensaft, in einem langstieligen Glas, was sie schmunzeln ließ. Er stand eben schon immer auf Extravaganz. Lächelnd lehnte sich Christian, mit der Hüfte, gegen die dunkelbraune Küchenzeile und verschränkte die Arme vor der Brust. Legte den Kopf schief und auch das ließ Isabelle schmunzeln. Es waren so vertraute Gesten. Doch irgendwann wurde sein forschender Blick sehr unangenehm für sie.

»Was?«, nahm einen großen Schluck von dem sauren Saft.

»Nichts, du hast doch was auf dem Herzen«, zuckte Christian mit den Schultern. Ab und an, wenn sie in England war oder Christian in New York, kamen sie sich gegenseitig besuchen. Und Isabelle war gerne hier. Das Appartement, das ihr ehemaliger bester Freund mit seiner Lebensgefährtin bewohnte war alt und gemütlich. Der Kamin gab bestimmt genug Wärme ab, in den Wintermonaten und die offene Küche lud geradezu zu Stehpartys ein.

»Samuel«, nuschelte Isabelle und stellte das Glas ins Abwaschbecken.

»Aha«, kam es wissend von Christian. Nie hatte sie den Faden zu ihm abreißen lassen. Er war der einzige Mensch, aus ihrer alten Welt, den sie noch hatte. Er kannte die Geschichte. Alle kleinen Details. Von jener Nacht, vor so vielen Jahren. Jedoch noch nicht vom großen Knall, vor acht Wochen.

»Hast du wieder was über ihn, in der Zeitung, gefunden? Ich dachte du liest diese Schundblätter nicht mehr.«

Isabelle schüttelte den Kopf. »Er war hier. Also ich meine in New York und wir haben zusammen zu Abend gegessen und ...«, weiter kam sie nicht.

»Moment«, wedelte Christian mit der Hand und gebot ihr Einhalt. »Du hast ihn getroffen?«, fragte er verblüfft nach. Und dann erzählte Isabelle ihm alles. Die kleinen und großen Details. Wie Maxwell ihr von dem möglichen Deal erzählt hatte. Von der leicht angespannten Atmosphäre beim

Abendessen und der sehr vertrauten in Chinatown. Von ihren Gefühlen auf dem Empfang, von ihrer Nacht, von ihrem Morgen.

Christian stellte nur eine einzige Zwischenfragen: »Du bist zweimal zu ihm ins Hotel?« Dann hörte er sich weiter alles an. Beobachtete nur ihre Körperhaltung, ihre Gestik und Mimik, wie sie bestimmte Situationen und Gefühle beschrieb. Lange sprach Christian nichts. Schüttelte nur immer wieder den Kopf.

»Und dann ist er abgehauen«, flüsterte Isabelle.

»Wie geht es Maxwell damit?« Die Männer kannten sich nur flüchtig, aber Isabelle wusste dass Christian durchaus Sympathien für den älteren Mann hegte.

»Max ist sehr abweisend. Nein, eigentlich nicht. Er tut nur nichts«, sprach Isabelle niedergeschlagen weiter.

»Was erwartest du auch?«, entgegnete Christian. Isabelle nickte nur. Sie verstand Max ja, aber er fehlte ihr auch so unendlich. »Du hast ihn betrogen.« Das hätte Christian jetzt nicht noch einmal so klar in den Raum stellen müssen. Das wusste sie selbst und es zog ihr jedes Mal das Herz zusammen, wenn sie nur daran dachte, wie sehr sie ihn damit verletzt hatte.

»Meinst du nicht, es ist jetzt an dir. Dieses Mal wenigstens.« Verwirrt sah Isabelle von ihren Schuhspitzen auf. »Was soll das heißen: dieses Mal wenigstens?«

»Dass du immer darauf wartest, bis der Mann etwas tut«, antwortete Christian und Isabelle stieß sich von der Arbeitsplatte ab, ging zum Kamin.

»Das stimmt so nicht«, sprach sie mehr zu sich selbst. Immerhin hatte sie Samuel die Hand gereicht, er hatte sie ergriffen. Sie war es auch, die ihn in die dunkle Gasse in Chinatown gezogen hatte und Samuel hatte mitgemacht.

»Du forderst, der Mann gibt dir recht und damit ist er der Schuldige. So einfach ist das aber nicht. Du hast wieder Angst, das ist alles. Du sitzt zwischen mehreren Stühlen und weißt gerade nicht, wo oben und unten ist.« Als sich Isabelle zu Christian umdrehte, lehnte er noch immer in der Küche und musterte sie eingehend. »Du weißt, dass er nichts damit zu tun hatte«, sprach er eindringlich.

»Er hat die Drogen besorgt, das weiß ich«, widersprach sie.

»Aber es konnte ihm nie nachgewiesen werden. Genauso wenig, wie den anderen.«

»Sie haben meinen Vater umgebracht«, brach es ungehalten aus Isabelle und sie ballte die Hände zu Fäusten.

»Dein Vater war krank, Isabelle. Er hatte Übergewicht, litt unter hohem Blutdruck, hatte Zucker.«

Fassungslos sah sie ihn an. »Was willst du damit sagen?«
Christian sah betreten zu Boden. »Dass das Gericht vielleicht wirklich recht hatte und kein Mordkomplott ...«, doch
Isabelle unterbrach ihn: »Das hätte ich nie von dir gedacht.
Dass du mir so in den Rücken fällst. Der alte Henderson
hat gesehen wie Chloés Mutter etwas unter Vaters Wein
gemischt hat.«

»Es wurde nie in seinem Körper nachgewiesen. Welche Droge auch immer.«

»Weil man nicht danach gesucht hat«, schrie Isabelle verzweifelt.

»Lass es endlich ruhen, verdammt. Es ist fast vierzehn Jahre her«, sprach Christian wütend. »Fang endlich wieder an
zu leben. Dein eigenes Leben.« Er hatte recht, das wusste
auch Isabelle, aber so einfach war das nicht. In London
saßen zwei Frauen, quicklebendig, die das Leben führten,
das eigentlich Isabelle und ihrer Mutter zustand.

»Was ist mit Samuel, Isabelle?«
Isabelle zuckte mit den Schultern. Woher sollte sie wissen,
was mit Samuel war. »Er hat sich nicht mehr gemeldet.«
Verbitterung lag in ihrer Stimme. »Was anderes habe ich
aber auch, von ihm, nicht unbedingt erwartet«, lächelte sie
tapfer, obwohl ihr zum Heulen zumute war.

»Er braucht eben Zeit.«
»Acht Wochen?«, giftete Isabelle zu hart zurück und spürte,
wie neuerliche Hitzewellen durch ihren Körper schossen.

»Meinst du wirklich, es ist so einfach für ihn?« Das ließ
Isabelle trocken auflachen. Zuerst ergriff Christian für
Maxwell Partei und jetzt auch noch für Samuel. Er war ihr
bester Freund, verdammt.

»Hast du mit Jamie gesprochen?« Isabelle schüttelte den
Kopf und hörte Christian gefrustet ausschnaufen. Es war
ihre Sache, wann sie es an der Zeit befand, mit ihrem Sohn
über seinen Vater zu sprechen. »Ich bin ehrlich gesagt froh,
dass er jetzt wieder in der Schule ist.« Damit sie einmal
mehr einer Konfrontation aus dem Weg gehen konnte, ergänzte sie in Gedanken. »Warum sollte ich mit Jamie darüber sprechen, wenn er Samuel eh nie wieder sehen wird?«

»Das kannst du nicht wissen. Du solltest dich bei Samuel
melden. Du hast schließlich dafür gesorgt, dass er all die
Jahre nichts wusste.« So harte Worte benutzte Christian ihr
gegenüber eigentlich nie. Nie hatte er ihr offen einen Vorwurf daraus gemacht, dass sie den biologischen Vater aus
Jamies Leben heraushielt.

»Du weißt selbst ganz genau, dass es so besser war.«

Vehement schüttelte Christian den Kopf. »Nein, nur für dich war es ...«, doch Christian kam nicht weiter. »Ich war alleine. Muss ich dich da wirklich dran erinnern?«

»Irgendwann nicht mehr. Deine Mutter hat dich unterstützt.« Ihre Mutter hatte es immer wieder von ihr gefordert, mit der Wahrheit rauszurücken. Sie wollte irgendwann weiterleben. Isabelle hatte das nie geschafft.

»Es wäre nie gut gegangen. Samuel ist ...«, doch sie zuckte zusammen, als Christian sich lautstark vom Tresen abstieß. »Hör auf damit, Isabelle. Du kennst ihn nicht. Du weißt nicht, wie er ist. Malst dir seit Jahren ein Hirngespinst aus und ...«

»Aber ich weiß, wie er war«, knurrte Isabelle dazwischen.

»Vor dreizehn Jahren. Da war er ein kleiner neunzehnjähriger Bengel, verdammt«, fuhr ihr Christian barsch über den Mund. Seine Reaktion verblüffte die junge Frau. Damit hatte sie nicht gerechnet. Ihre Hände wurden zu Fäusten. »Er hat mich ein Miststück genannt.«

»Das bist du doch auch gewesen«, gab Christian ihr Konter und Isabelle blieb die Luft im Halse stecken. »Du warst nicht unbedingt besser als Chloé. Sei ehrlich. Jamie ist nur der vorgeschobene Grund, für dein Handeln. Natürlich wolltest du Samuel, mit der Firma, in die Pfanne hauen. Du hast jetzt zwanzig Prozent in den Händen. Damit kannst du so gut wie immer im Aufsichtsrat bei Abstimmungen Mehrheiten erlangen, wenn du es nur geschickt genug anstellst. Du kannst die Firma praktisch lenken. Und das weiß er auch. Das weiß seine Familie.«

»Die mich hasst«, ergänzte Isabelle kühl, mit heraufgezogener Augenbraue.

»Na ja, du liebst sie ja auch nicht unbedingt, oder?«, lächelte Christian verschmitzt und Isabelle konnte nicht anders, als auch zu lächeln.

»Es ist so schwer, Christian.«

»Nicht wenn es nur um Jamie ginge und das weißt du auch. Wenn Samuel sich nicht melden würde, wegen Jamie. Aber dir macht doch viel mehr zu schaffen, dass er sich womöglich nicht meldet, weil es um dich geht.«

»Rede nicht so nen Stuss. Ich liebe Max. Der jedoch auch nichts mehr mit mir zu tun haben will.«

Christian schüttelte den Kopf. »Auch das weißt du nicht.«

Frustriert schob sie ihre Locken hinters Ohr. Mit Tränen in den Augen schritt sie wieder auf Christian zu und er öffnete seine Arme für sie. Vertraut kuschelte sie sich an seine Brust. Zog seinen, ihr so vertrauten, Duft ein und vergrub das Gesicht an seiner Schulter. »Du fehlst mir.«

»Das ist wohl das Ehrlichste, das du mir gesagt hast, seitdem du hier aufgekreuzt bist«, hauchte Christian in ihre Haare und strich sanft über ihren Rücken. Darin war sie nicht gut. Sie konnte nicht einfach jemanden sagen was sie empfand. Es tat gut, hier bei ihm zu sein. Sie brauchte nicht viel sagen, er verstand auch so.

»Hast du deine Eltern schon besucht, Darling?«

Isabelle schüttelte den Kopf. Löste sich sanft aus der Umarmung. »Ich muss wirklich los, sonst bekomme ich den Flieger heute Abend nicht mehr«, lächelte sie traurig. Abschiede waren noch nie ihr Ding gewesen. Kurz und schmerzlos war besser. So wie damals. Während sie sich die Tränen abwischte, holte Christian ihren Mantel und half ihr rein.

»Hast du gewusst, dass Chloé und Samuel sich haben scheiden lassen?«, fragte sie über ihre Schulter. Christian drehte sie zu sich um und richtete ihren Kragen.

»Ja, aber was hätte es dir gebracht es zu wissen. Ich wollte dass du mit ihm abschließt«, küsste sie sachte auf die Lippen und wünschte ihr eine gute Reise und ein »Auf Wiedersehen«.

Doch Isabelle fuhr nicht zum Friedhof. Als sie ins Taxi stieg, kamen ihr die Worte zu schnell über die Lippen. Ihr Weg führte sie geradewegs zur Villa der Barnes. Das Herrenhaus hatte auch schon bessere Zeiten gesehen. Das strahlende Weiß der Mauern war ins Graue übergegangen und die Mauern ringsherum könnten auch mal wieder einen neuen Anstrich vertragen.

»Isabelle, es ist ein Junge«, lachte ihre Mutter freudig auf und sah zu ihrer, vor Erschöpfung, müden Tochter. Der Schweiß lag auf ihrer Haut, wie eine zweite Schicht und ihre Gliedmaßen zitterten noch ein wenig, von der gerade durchlebten Anstrengung. Ihr Hals war trocken. Sie hatte lange gezweifelt, ob sie ihn behalten sollte. Doch als ihr jetzt ihr Sohn auf die nackte Brust gelegt wurde, damit er ihren vertrauten Herzschlag hören konnte, schwor sie sich alles dafür zu tun, damit er immer beschützt werden würde. Umfing ihn mit ihren Armen und strich durch den hellbraunen Flaum.

»Bleibst du bei dem Namen?«, fragte Mrs. Rose und strich ihrer Tochter über die schweißnasse Stirn. Isabelle nickte nur. Lächelte traurig, als ihr Sohn die Augen aufmachte und sie nur an einen Menschen denken konnte.

»Ma`am?«, fragte der Taxifahrer vorsichtig. War sich nicht sicher, was seine Kundschaft hatte. Er riss sie damit aus ihren Träumereien.

»Warten Sie, bitte«, bat Isabelle. Stieg aus und ging ein paar Schritte. Blieb vor den schweren Eisentüren stehen. Nein, hier hätte sie niemals Zuflucht suchen können. Sie erinnerte sich, wie sie vor dreizehn Jahren an der gleichen Stelle, mit einem noch relativ flachen Bauch, unter einem weiten Pullover, gestanden hatte. Gerade hatte sie mit ihrer Mutter ihre Villa geräumt. Hier, an diesem Tor hatte sie dann fieberhaft überlegt, was passieren würde, wenn sie jetzt einfach um Eintritt bitten würde. Sie hatte es nicht getan. Stattdessen war sie mit ihrer Mutter in den Flieger nach New York City gestiegen. Sie hatte sich für die Flucht entschieden. Hatte ihr altes Leben zurückgelassen. Aber wie wäre wohl ihr Leben verlaufen, wenn sie geklingelt hätte? Es waren unnütze Gedanken und doch malte sie sich die Ereignisse in bunten Farben aus. Vielleicht wäre alles gut gegangen? Was heißt jedoch, in diesem Zusammenhang, gut gegangen? Ihr Leben, so wie es jetzt war, war gut. Damals wäre alles nur noch mehr Kampf gewesen. Ihre Mutter und sie waren des Kämpfens einfach müde gewesen. Vor allem für was kämpfen? Für den Traum von einer Nacht? Ohne Liebe? Von Menschen etwas erbitten und auf Unterstützung hoffen, die sie hassten? Irgendwie hatte sie ihr Leben auf einem Sandhaufen aufgebaut, der langsam von unten her wegzurutschen drohte. Aber nicht ihr ganzes Leben mit Jamie würde wegrutschen. Sie musste dafür sorgen, dass genau dieser Teil weiter auf festem Grund ruhte.

Fest umklammerte sie den braunen Briefumschlag. Darin stand alles, was die Barnes wissen mussten. Als sie daran dachte, wie sie, mit Tränen in den Augen, Samuels Samen von ihren Innenschenkeln, mit einem Stäbchen gewischt hatte, um an seine DNS zu kommen, ekelte sie sich vor sich selbst. Nachdem sie aus Chinatown nach Hause gekommen war, das Röllchen und den Stab zwischen den Fingern hin und her gleiten ließ, daneben Haare von Jamie, die für einen Vaterschaftstest gebraucht wurden, war sie noch fest von überzeugt gewesen, das Richtige zu tun. Das Ergebnis hatte sie vorgestern bekommen. Jetzt würden auch alle anderen erfahren. Sollte Chloé doch in der Gosse verrecken.

Sie selbst hatte auch in ihren persönlichen Abgrund gesehen. Damals in jener Nacht, hatte sie gedacht es in seinen Augen lesen zu können. Nach dem Empfang hatte sie sich dasselbe eingeredet, aber er wäre in der Früh einfach zu seinem Hotel zurückgefahren und wieder mit dem Flieger geradewegs nach London zurückgeflogen. Seit geschlagenen zwei Monaten hatte sie nichts mehr von Samuel gehört. Irgendwie war sie ihm nicht einmal wirklich böse. Damals hatte sie gedacht, Kontakt zu Samuel wäre schädlich, wäre nicht zu ertragen. Ihre Mutter hatte es schon damals besser gewusst. Wie immer. Und wie immer hatte Isabelle nicht auf sie gehört. Gemeint alles besser zu wissen. Diese Lektion hatte sie schwer getroffen und sie hatte wirklich aus ihr gelernt.

»Willst du ihm nicht einmal ein Bild schicken? Du musst es ihm doch sagen.«

»Nein«, schrie Isabelle gequält auf und ballte die Hände zu Fäusten. »Du weißt, dass das nicht geht, Mom.«

Mrs. Rose schüttelte den Kopf. »Er hat das Recht es zu erfahren, Liebling.«

»Nein. Aber Jamie hat das Recht in Ruhe aufzuwachsen.«

Isabelles Blick fiel auf die aufgeschlagene Zeitung. »Barnes-Spross traut sich!« Eine große fette Schlagzeile war es den Journalisten also Wert. Ein Bild von Samuel, im Arm Chloé. Dass er es, nach allem, immer noch durchzog, gerade diese Schnepfe zur Frau zu nehmen. Er schien immer noch nicht begriffen zu haben, was für ein Charakter hinter der schönen Fassade ihrer Cousine steckte. Er schenkte Chloé Glauben und Vertrauen. Es machte sie so unendlich wütend. Klappte mit fahrigen Bewegungen die Zeitung zu und schmiss sie in den Mülleimer. Er lebte sein Leben weiter. Reich und in der Gesellschaft akzeptiert. Sie konnte dagegen zusehen wie sie, mit ihrer Mutter, die nächste Monatsmiete aufbringen konnte. Der Job im Antiquariat war eben nur ein kleiner Tropfen auf dem heißen Stein. Und ihre Mutter konnte kaum etwas, hatte keinen Beruf erlernt. Außer Teeparties zu geben und nett zu lächeln. Und putzen, das würde sie ihrer Mutter nicht antun. Nicht noch mehr Demütigungen, nachdem sie schon fast den ganzen Familienschmuck verkaufen mussten. Ihre Hand glitt zum alten Medaillon, indem ein Bild ihres Vaters und eine Locke ihres Sohnes ruhten.

»Ich war doch gestern bei dem Vorstellungsgespräch«, fing Isabelle ruhiger an. Ihre Mutter nickte nur. »Ich habe eine Stelle bei der Madison Company. Zunächst nur als Praktikantin. Der Verdienst ist bescheiden, aber ich kann das Zimmer hier selbst bezahlen und Jamie über die Runden bringen. Er ist jetzt drei Jahre alt und groß genug, dass er ganztätig in die Kindertagesstätte gehen kann. Dann hast du auch wieder mehr freie Zeit.« Schmiegte sich in die weichen Arme ihrer Mutter.

Ihre Mutter war nach einiger Zeit, als Isabelle immer mehr aufstieg, mehr verdiente und sich mehr leisten konnte, zurück nach London gegangen. Isabelle hatte es nicht verstanden, warum gerade nach London, aber ihre Mutter war dickköpfig und wollte an den Ort zurück, wo sie mit ihrem Ehemann am glücklisten war. Isabelle erfüllte ihrer Mutter den Wunsch und kaufte die alte Familienvilla, die schon lange auf dem Immobilienmarkt, viel zu überteuert, angeboten wurde. Lies sie renovieren und war froh, dass ihre Mutter wieder mit sich ins Reine gekommen war. Aber sie hatte sie nicht vor der Flammenhölle retten können.

Schluchzend ging Isabelle in die Hocke und krallte ihre Finger um die Eisenornamente. Samuel hatte hier immer gelebt - beschützt und behütet. Hatte sich keine Gedanken auf ein Morgen machen müssen. Wahrscheinlich wohnte er gar nicht mehr hier. Auch das wusste sie nicht. Sie wusste, wenn sie ehrlich war, eigentlich nichts von ihm. Zog ihren Kragen höher als der Wind mehr auffrischte und wischte sich, mit einem Taschentuch die Tränen vom Gesicht. Stieg wieder in das Taxi und bat den Fahrer sie nur ein paar hundert Meter weiterzubringen. Die Villa war immer noch in einem miserablen Zustand. Das Haus in der sie ihre Kindheit verbracht hatte, war nur noch ein Klumpen an verbrannter Kohle und dunklen Steinen. Der ehemals weitläufige schöne gepflegte Garten überwuchert von Schlingpflanzen. Im Wind wehte einsam eine Absperrungsleine der Polizei. Isabelle hatte es, bis jetzt, noch nicht über sich gebracht, das Haus oder besser gesagt das Grundstück zu verkaufen. Morgen würde sie die Anweisungen geben, das Haus abreißen zu lassen und neu zu erbauen, in dem ihre Mutter gestorben war. Eine defekte Gasleitung, mitten in der Nacht, war der Auslöser gewesen. Ihre Mutter wohl schon vor dem eigentlichen Brand bewusstlos gewesen. Sie hatte nichts mitbekommen. Ein schwacher Trost, für Isabelle. Sie stieg nicht aus, ließ sich gleich zum Friedhof bringen. Bestimmt hatten die Bäume schon viel Laub auf das Grab geworfen.

Samuel stand nicht unweit von ihr, an einem Fenster und wenn er gewusst hätte, wo sich Isabelle gerade aufhielt, wäre er wohl sofort zu ihr geeilt. Seine Gedanken waren kaum mit etwas anderem angefüllt, als mit ihr und Jamie. Er hatte einen Sohn. Einen dreizehnjährigen Sohn, von dem er bis vor zwei Monaten nichts geahnt hatte.

»Wo ist sein Vater?« - »Lebt in Großbritannien«

»Ein mir Bekannter?« - »Könnte man so behaupten.«

Sie hätte es ihm nie gesagt. Sie wollte nichts mit ihm zu tun haben. Damals nicht und heute auch nicht. Nie würde er Isabelles gebrochene Augen vergessen, als er sie heimlich dabei beobachtete, wie sie schwere Kartons in einen Container lud, der über den Großen Teich transportiert werden sollte. Um sein Herz legte sich eine Klammer, als er wieder einmal begann zu realisieren. Sie war bereits schwanger. Sein Sohn war jetzt dreizehn, hatte ihn mit seinem eigenen Lachen verschmitzt die Hand gereicht und Samuel war es in dem Moment, als hätte er in den Spiegel geblickt und nur die jüngere Ausgabe seiner Selbst gesehen. Es war immer noch alles so unwirklich und doch real. Er hatte ein Kind. Ein Kind mit Isabelle Rose. Und immer wenn Samuel daran dachte, ihr Bild vor seinem geistigen Auge sah, überfiel ihn ein Kribbeln am ganzen Körper und sein Magen zog sich zusammen. Sie hatte ihn verraten, mit der Firma. Ihn wirklich ins offene Messer laufen lassen. Mit voller Absicht. Ihre Hausaufgaben eben besser gemacht. Sich gerächt. Wie sein Vater es vorhergesagt hatte.

Die letzten Tage hatte Samuel sich in der Firma freigenommen. Die Nächte ausgelassen und sehr feucht-fröhlich in einschlägigen Clubs in London, mit seinen Kumpels, gefeiert. Versucht zu verdrängen. Versucht *sie* einfach zu verdrängen. Ein vergebliches Unterfangen. Es gelang nicht und morgens, wenn er verkatert neben einer Unbekannten aufgewacht war, ekelte er sich vor sich selbst. Haute schnell ab und hoffte in der nächsten Nacht sein Heil bei einem anderen weichen Körper zu finden.

»Hatte Chloé Montanna von Ihnen ein Mittel eingefordert, auf der Mädchentoilette, wie das Miss Rose behauptet?«, fragte der Staatsanwalt, mit harter kalter Stimme und Samuel konnte nur daran denken, wie sein Vater dem Richter, vor der Verhandlung, etwas in die Hand gedrückt hatte. »Nein.«

Was dieses ›Etwas‹ war, hatte er nie in Erfahrung bringen können. Aber es war wohl genug, damit Samuel nie wieder verhört wurde. Nicht vor allen Menschen dort draußen im Verhandlungssaal zugeben musste, dass er unter Drogeneinfluss seiner Verlobten ein Mittel besorgt hatte, das eventuell Isabelle Roses Vater umgebracht hatte. Kühle strahlte die Glasscheibe aus, als er seine pochende Stirn dagegen legte und die Augen schloss. Sein warmer Atem die Scheibe immer wieder leicht beschlug. Er roch sich selbst.

Die Angst eines Neunzehnjährigen, als er auf dem Stuhl des hohen Saales saß. Hunderte von Augenpaaren auf ihn gerichtet. Jeder wollte ihn fallen sehen. Jeder seine Familie zerstören. Mit zittrigen Fingern sah er zu Isabelle, die jedoch nur den Kopf hängen ließ. Sein Blick glitt zu seinem Vater, daneben die Mutter. Aufrecht und schön, wie immer. Aber innerlich gebrochen, wusste Samuel. Sie nickte ihm verhalten zu. Gab ihm Kraft und Samuel wusste, hier konnte ihm nichts passieren. Ihm war speiübel. Sein Magen rumorte und sein Blick blieb auf einer Gestalt liegen. Dunkelbraunes gelocktes Haar und noch dunklere Augen waren auf ihn gerichtet. Es war nicht Isabelle und in das Gesicht ihrer Mutter konnte er nicht länger blicken. Sie sah ihn eiskalt an und ein höhnisches Lächeln umspielte ihren Mund. Sie wusste es. Alles. Durchschaute die Lügen. Kannte die Wahrheit. Im Prinzip kannte sie so gut wie jeder hier im Raum.

Isabelle hatte recht gehabt. Sein Daddy hatte ihn, die Familie und Chloés Familie, aus allem herausgeboxt. Und dafür schämte sich der junge Mann mittlerweile sehr. Aber wäre die Alternative, im Gefängnis zu verrecken, wirklich besser? Gerecht für die Menschen dort draußen vielleicht, die ihn verachteten. Aber nicht besser. Er hatte niemanden umgebracht. »Aber du hast vielleicht indirekt dabei geholfen«, korrigierte Samuel sich selbst murmelnd und stieß sich von der Scheibe ab. Sah noch einmal auf den Park, mit dem großen Springbrunnen und ging zum Abendessen, zu seinen Eltern. Hoffte jedoch schnell nach Hause fahren zu können. Er brauchte unbedingt Schlaf.

Isabelle hatte sich auch zu stellen. Wie Samuel sich selbst und noch jemanden: Jamie.

Mit schweren Beinen setzte sich die Brünette auf die Bank neben dem Familiengrab, das sie eigens für ihre Eltern hatte anlegen lassen. Weißer Marmor, ein Engel mit ausgebreitenden Flügeln, bereit loszufliegen. Nicht weiter hier auf der Erde verweilen zu müssen. An einen schöneren Ort ruhen zu können. Ruhe benötigte Isabelles Herz und doch kam es einfach nicht zur Ruhe. Eigentlich war es hier immer anders. Hier konnte sie Kraft tanken, für den Job, für die Beziehung, für ihr Kind. Zittrige Finger fischten ein Pillendöschen aus der warmen Innentasche ihres schwarzen Mantels. Die Beruhigungsmittel halfen nicht viel. Die Augen gerötet von den Tränen, sahen auf zum Engel und das Döschen rollte zwischen ihren Fingern hin und her. »Du hattest recht, Mom«, sprach sie leise. »Ich hatte es einfach für das Beste gehalten.« Es war nicht das Beste gewesen. Nur der leichteste Ausweg, den sie auch weiterhin gehen würde. Ein weiterer brauner Umschlag fiel nur wenig später in den Briefkasten der Montannas und einer landete auf dem Schreibtisch ihres Anwalts.

~*~*~*~*~ ~*~*~*~*~

☆ Der Traum von einer Nacht ☆

Isabelles Nächte waren lang und angehäuft von Arbeit, die sie sich mit nach Hause nahm. Die Tage noch mehr. Sie betrieb Schindluder mit ihrem Körper. Marie schimpfte, sie müsse essen, doch sie hatte nur selten Hunger. Joggte jeden Tag kilometerweit im Central Park und suchte abends in Bars Zuflucht bei ihren Bekanntschaften und Freunden. Es waren aber nur Stützen und die brachen von Zeit zu Zeit auch wieder weg. Und irgendwann ließ Isabelle Maxwell wieder in ihr Leben. Irgendwann hatte Maxwell sie gefragt, ob sie zusammen essen gehen wollten. Sie sprachen lange und viel an diesem Abend. Er erkundigte sich sehr interessiert über Jamie. Wie es ihm im Internat erging. Er fragte jedoch nicht mehr nach, was alles betraf, was die letzten Wochen zwischen ihnen gestanden hatte. Samuel war kein Thema zwischen ihnen. Lächelte verhalten, wenn sie einen Witz erzählte und ergriff verstohlen ihre Hand, unter dem Tisch. Fuhr sachte über ihren Handrücken. Sie liebten sich in dieser Nacht, so ruhig und intensiv, wie sie es selten von ihm gewohnt war. Als sie in seine Augen sah, als er sanft in sie stieß, sah sie den Schmerz darin, den sie ausgelöst hatte. Klammerte sich fest an ihn und bat ihn, unter Tränen, einfach um Verzeihung. Für was sie alles um Verzeihung bat, wusste sie nicht wirklich. Wieder bat sie einen Mann um Verzeihung. War sich dieses Mal jedoch sicher, dass dieser Mann hier es auch annahm.

Der Winter brach ein. Brachte ungewöhnlich viel Schnee mit sich und noch mehr Stromausfälle. Isabelle kuschelte sich zähneklappernd zu Maxwell, unter die Decke. »Gut, dass wir immer viele Kerzen haben«, kicherte sie und küsste ihn. Er strich ihr die Haare nach hinten und Isabelle sah wie er sie liebevoll musterte. Sie wusste, er liebte sie. Aber sie nahm ja nicht nur, sie gab auch. Alles was sie eben im Stande war zu geben.
Ein Kuss auf ihre Stirn folgte. »Ich bin stolz auf dich. Morgen werden die Tageszeitungen voll mit deinem Konterfei sein. Die Frau des Jahres der Wirtschaftsbranche.« Sie lächelte nur verhalten. So etwas gab ihr schon lange nichts mehr. Es war nett, weil ihre Arbeit anerkannt wurde, aber es bereicherte ihr Leben nicht ungemein. Im Gegenteil. Es machte ihr Leben stressiger, weil sie ständig Einladungen zu irgendwelchen Empfängen annehmen musste und die

Yellow-Press immer wieder versuchte etwas Neues über sie in Erfahrung zu bringen.

Den Kopf auf seiner Brust gebettet, spürte sie seine immer regelmäßiger werdende Atmung, bis er eingeschlafen war. Vorsichtig stand sie auf und zog sich ihren Hausmantel über. Versuchte Licht zu machen und der Strom floss augenscheinlich wieder. Ging leise die Treppen nach unten und setzte sich in die Küche, nachdem sie sich einen Tee zubereitet hatte. Wie es wohl Jamie gerade ging? Er hatte sie gestern kontaktiert, dass er bei einem Freund übernachten würde. Langsam wurde er flügge und Isabelle konnte schlecht loslassen. Ihre Augen hefteten sich auf ein selbst gemaltes Bild von Jamie. Nach und nach bekam sie immer weniger Bilder von ihm. Die Zeit des Kindes ging langsam zu Ende. Er war in der Pubertät. Freunde und Computer waren wichtiger. Mädchen auch immer mehr. Die typische egoistische Ader der Jugend trat in den Vordergrund.

Hatte Samuel wirklich recht gehabt? War sie ein egoistisches Miststück, weil sie ihm nie etwas gesagt hatte? Nie verraten hatte, wer der Vater war? Nein, das war sie nicht. Sie wollte nur Jamie schützen. Ja, sie wollte auch sich schützen. Aber irgendwo doch auch Samuel. Sie waren noch so verdammt jung gewesen. Es wäre nicht nur ein Skandal gewesen, wenn die britische Presse davon erfahren hätte. Sie war mit Absicht ausgewandert. Wollte in Ruhe gelassen werden, nachdem Trubel. Jeder wollte sie interviewen, jeder erfahren welche Rolle sie dabei gespielt hatte. Dreizehn Jahre waren seitdem vergangen und doch hatte schon alles so viel früher begonnen.

Chloés und Isabelles Großvater hatte in seinem Testament festgehalten, wenn Isabelles Vater noch vor seinem sechzigsten Geburtstag sterben würde, das Vermögen der Roses nicht auf Isabelles Mutter und sie, sondern auf seine Tochter, Chloés Mutter übergehen würde. Jeder kannte den Abschnitt aus dem Testament und niemand hatte es bei den Verhandlungen, um die Todesumstände ihres Vaters für erachtenswert gehalten dies zu beachten. Dass dafür ein Mord begangen werden könnte. Isabelles Vater hatte die Klausel nie gestört, trotz zahlreicher körperlicher Beschwerden war er sich sicher, weit über sechzig Jahre alt zu werden.

Laut schnaufte Isabelle aus und nippte an ihrem heißen Tee. Verbrannte sich die Lippe, als sie erschrocken die Tasse nach vorne kippen ließ, als es laut an der Eingangstür klopfte. Sie sah auf die Küchenuhr. Es war vier Uhr in der

Früh. Wer wollte da etwas von ihr? Misstrauisch erhob sie sich. Zog den Mantel enger um sich, während sie aus dem Spion lugte. Fuhr erschrocken zurück, als sie eine vertraute Gestalt ausmachte.

»Mach auf, Isabelle. Es ist arschkalt und ich weiß, dass du da bist«, sprach er laut durch die Tür. Schnell riss sie die Tür auf. »Sag mal spinnst du? Um vier Uhr in der Früh so einen Terz zu veranstalten. Ich hab Nachbarn«, sie sah neben ihn auf die Straße. Samuel drückte sich, ohne ein Wort, an ihr vorbei und schüttelte sich den Schnee aus den Haaren und vom Mantel. Ließ laut seinen kleinen Koffer neben sich zu Boden fallen. Mit offenem Mund sah sie ihn an, bevor sie registriere, dass die Tür noch offen war und die Kälte ließ sie erzittern. Schloss jene leise und erinnerte sich mit einem Mal, dass oben immer noch Maxwell schlief. Sie schloss kurz gequält die Augen. Einen schlechteren Zeitpunkt hätte sich Samuel gar nicht aussuchen können.

»Was willst du hier?«, stellte sie dann eindringlich leise die naheliegenste Frage.

»Was werde ich schon wollen?«, kam es höhnisch von ihm zurück und er zog einen dicken braunen Briefumschlag aus seinem Mantel.

»Unsere Anwälte kümmern sich darum. Geh wieder«, bat sie leise und wollte ihn wieder Richtung Tür drücken, doch es war ein hoffnungsloses Unterfangen.

»Sie brauchen sich um nichts zu kümmern. Du hast die DNS ohne mein Einverständnis benutzt. Deine Anklage ist nichtig. Außerdem ist der Ehevertrag nicht mehr gültig und Jamie vor meiner Ehe mit Chloé gezeugt worden.«

»Ich habe Chloé aber hier in den USA verklagt.«

»Und du meinst wirklich das reicht? Da haben dich deine Anwälte aber sehr schlecht beraten. Ich bin auch ein Teil des Ehevertrages. Damit hast du auch mich verklagt.«

Funkelnd sah sie ihn an. »Das habe ich nicht und jetzt geh«, knirschte sie mit den Zähnen.

»Sicher doch. Ich flieg mal schlappe tausende von Meilen weil es so viel Spaß macht, sich einen Jetlag auszusetzen und ...«

»Psst«, sie presste einen Finger auf ihren Mund und drehte ihn in Richtung Wohnzimmer. Unachtsam schmiss er Mantel und Schal auf die Stuhllehne und den Umschlag auf den Tisch. Mit großen Augen sah Isabelle vom Mantel zu ihm und wieder zurück. Unfähig etwas zu sagen.

»Jamie ist doch bestimmt wieder in der Schule«, sprach Samuel laut. »Also, warum sollte ich leise sein?« Dann kam ihm auch schon die Erkenntnis. Daran hatte er gar nicht gedacht. »Du hast da oben nen Lover.« Keine Frage, eine Feststellung. Er lachte kurz trocken auf und schüttelte angefressen den Kopf. »Warum haben wir überhaupt gezeugt?«, brach es ungehalten aus ihm heraus. Scheiße, eigentlich wollte er in Ruhe mit ihr reden. Doch der gute Vorsatz war sobald verschwunden, als sie die Tür aufgerissen hatte. Er sah sie eindringlich an. »Erwartet er darauf jetzt wirklich eine Antwort?«, überlegte Isabelle. Ihre Magenschmerzen setzten sofort wieder ein.

»Warum hast du nicht verhütet?«

Ihre Augen wurden tellerrund. Das war doch nicht sein Ernst? »Ach, du hättest nicht verhüten können? Das ist immerhin eine Sache von zwei. Vor allem dann, wenn der eine Teil ...«, sie brach ab und setzte sich laut ausschnaufend auf die breite Couchlehne, was sofort ihre schlanken Beine freigab.

»Was?«, fragte er ruhig nach. Sie schluckte hart. »Wenn der eine Teil was, Isabelle? Zu stürmisch ist? Du hast mich ja halb aufgefressen, ich konnte ja kaum reagieren.«

Sie sprang auf. »Oh, jetzt komm mir nicht so. Du hast genauso mitgemacht. Du wolltest es doch genauso«, entkam es ihr atemlos.

»Du hast mich regelrecht angefleht dich zu nehmen.«

Sie öffnete ihren Mund und schloss ihn wieder. »Aber das ich dir einen geblasen hab, das war schon okay«, fauchte sie zurück. Wild fuhr er sich durch die Haare. »Nett wirklich. Wollen wir jetzt die ganze Nacht Stück für Stück durchgehen?« Sein sarkastischer Tonfall ging ihr gerade mächtig auf die Nerven. Sie ballte die Hände zu Fäusten.

»Du wolltest es genauso. Gott allein weiß warum. Aber es ist nun mal passiert.«

»Ich habe einfach darauf vertraut, dass du verhütest. Das machen die Mädchen doch immer.«

Sie holte tief Luft. Sprach gelassen. »Vielleicht die Erfahrenen mit denen du bis dato zusammen warst.«

Er zog sofort eine Augenbraue in die Höhe. »Was heißt erfahren?«, fragte er misstrauisch nach.

Sie hatte es versucht. Aber sie hatte sich nicht mehr unter Kontrolle. »Was wird es wohl heißen?«, entkam es ihr lauter, als sie wollte. Sie erinnerte sich selbst daran, dass Maxwell oben schlief. Aber es war schon zu spät. Er riss die Tür auf und sah verdutzt von Samuel zu Isabelle und wieder zu Samuel. Der lachte höhnisch auf. »Klasse Isabelle. Das hätte ich mir ja denken können«, ließ sich schwer in den Sessel fallen, »Du spielst hier echt noch mit, Maxwell? Nach allem?«, höhnte Samuel dunkel, »Chapeau, wirklich.«

Isabelle blieb die Luft weg. Er war so ungeheuerlich anmaßend. Nach all der Zeit tauchte er wieder auf und hatte nichts von seiner überheblichen Art abgelegt.

»Was willst du hier?«, sprach Maxwell ruhig.

»Max, bitte«, entkam es Isabelle kraftlos. Sie wollte jetzt nicht auch noch einen Streit zwischen den beiden Männern. Dafür fehlte ihr einfach die Kraft.

»Mit Isabelle reden«, antwortete Samuel gelassen und drücke sich den Nasenrücken. Maxwell ging weiter in den Raum hinein und stellte sich neben Isabelle. »Ich glaube, sie will aber nicht.« Samuel sah auf. Sah skeptisch Maxwell an und Isabelle überkam die Übelkeit, als Samuel wieder seine kalte Seite zum Vorschein brachte. »Und ich glaube nicht, dass dich das irgendetwas angeht, Max«, sprach er gelassen. Isabelle hörte den drohenden Unterton jedoch durchaus heraus. Max augenscheinlich nicht.

»Es geht mich durchaus etwas an«, konterte Maxwell unwirsch und Isabelle gab die Hoffnung auf, dass es keinen Streit zwischen den beiden Männern geben könnte. Samuel verzog sein Gesicht zu einem überheblichen Grinsen und sah Isabelle an. »Bist du mittlerweile mit ihm verheiratet?« Sie runzelte die Stirn und schüttelte den Kopf. »Verlobt?« Wieder schüttelte sie verwirrt den Kopf. Samuel stand auf, räusperte sich kurz und schritt dann auf Maxwell zu. Isabelles Herz begann zu flattern und ihr stockte der Atem, als Samuel ausholte und zu aller Erstaunen die Faust wieder fallen und sie stattdessen pumpend auf- und zugehen ließ. »Tja, mein Freund. Dann geht dich das ganze hier einen Scheißdreck an.«

»Ich weiß alles, Samuel. Verschwinde von hier.«

Das ließ Samuel aufhorchen. »Du hast es ihm gesagt?«, fragte er ungläubig bei Isabelle nach. Die biss sich auf die Unterlippe. Sah ihn nicht an, sondern nur auf Maxwell. Spürte wie die Tränen in ihr aufstiegen.

»Da braucht man doch nicht viel zu sagen. Jeder der dich kennt, kann nur auf eine Schlussfolgerung kommen«, knurrte Max.

Isabelle sah, dass es Samuel nicht nur darum ging. Sie sah aber auch ein, dass es nur darum gehen konnte: nur um Jamie. Ein Ruck ging durch Isabelle. »Du solltest jetzt gehen. Es ist alles gesagt«, sie lehnte sich mehr gegen Maxwell. Gab damit ein klares Zeichen ab.

»Ich bin jetzt extra hierhergekommen, um alles zu klären.«

»Nach geschlagenen drei Monaten? Wir haben alles geklärt. Unsere Anwälte regeln den Rest. Die Beweislage ist eindeutig. Du brauchst dich nicht weiter darum zu kümmern.«

Samuel sah sie fassungslos an. Hatte sie jetzt immer noch nicht begriffen?

»Woher hattest du meine DNS?«, fragte er kühl, mit zusammengekniffenen Augen nach und las die Antwort in ihren Augen, bevor sie es laut aussprach: »Chinatown.«

»Du berechnendes Biest«, flüsterte er und Isabelle war es, als schlüge er sie mit seinen Worten. »Ich bin eigentlich hierhergekommen, um Jamie kennenzulernen. Aber vorher wollte ich mit dir reden«, sprach er niedergeschlagen. »Ich habe mit Vater gesprochen. Er war ... na ja ...«, brach ab, weil die Erinnerung an die Reaktion seiner Eltern nicht wirklich positiv war, als sie diesen Briefumschlag bekommen hatten. Dass er einen unehelichen Sohn hatte, der auch noch in der Zeit vor seiner Hochzeit mit Chloé gezeugt wurde, missfiel seinen Eltern mehr als nur ein wenig. Seine Mutter war zu schockiert gewesen um viel zu sagen. Sein Vater hatte gebrüllt, sich ausgetobt, und sofort den Vaterschaftstest angezweifelt. Ein Mädchen wie Isabelle konnte nur die Tochter ihres Vaters sein und der wusste immer wie er Fallstricke bereitlegen konnte. Seine Tochter war nicht besser. Sie hatten sich mit Chloé beraten, die Anwälte eingeschaltet und gestern war Samuel spontan in den Flieger gestiegen. Es hatte ihn einfach hierher gezogen.

Isabelle lachte trocken auf. »Ich kann mir denken was er war. Es erstaunt mich nur, dass du endlich mal so viel Arsch in der Hose hattest und dich deinem gottgleichen Daddy stellst.« Samuels Gesichtszüge entgleisten und er ballte die Hände zu Fäusten. Jetzt ging sie zu weit. »Merkst du wie sich die Zeiten nie ändern, Samuel?«, sie lächelte immer noch so kalt, »Damals wollte meine Familien nichts mit euch zu tun haben, weil euer Ruf unserem Ansehen schaden hätte können. Jetzt will ich nichts mehr mit dir zu tun haben, weil sich ehemalige Junkies wohl nur schlecht auf unser Image auswirken könnten«, ekelte sich vor ihren eigenen Worten, aber vielleicht würden sie ihn ja soweit bringen endlich zu gehen. Es schmerzte, sah er das nicht? Wenn er noch weiter bleiben würde. Warum hatte er nicht so viel Respekt und ging einfach? Überließ sie ihrem alten beschissenen Leben.

Samuel nahm den Briefumschlag auf und Maxwell fragte, was das sei. Kalt sah Samuel Isabelle an. »Die Rache an meiner Familie.«

Sie schüttelte den Kopf. »Die habe ich schon vollzogen. Nein, es ist die Rache an Chloé«, widersprach sie ihm.

»Warum hasst du uns immer noch so sehr? Wir sind freigesprochen worden«, knurrte Samuel, mit feurigen Augen und

Maxwell fragte nach, um was es hier eigentlich ging, doch keiner beachtete ihn.

Isabelle lachte höhnisch auf. »Oh ja, Daddy hat euch alle mal wieder rausgehauen, nicht? Man muss eben die richtigen Leute kennen.« Sie wirkte so unnahbar, dass Samuel nicht wusste wie er reagieren sollte.

»Dein Vater war nicht besser, Isabelle«, knurrte Samuel und sah, wie Isabelles Augen brachen.

»Er war ein ehrenwerte Mann und ihr habt ihn umgebracht«, schrie sie, mit gebrochener Stimme.

»Jetzt ist Schluss«, knurrte Maxwell und drehte Isabelle in Richtung Treppen. »Ich bitte Sie noch einmal höflich dieses Haus zu verlassen«, sprach er gefasster an Samuel. Doch der sah nur Isabelle. Wie sie den Kopf hängen ließ, wie damals im Gerichtssaal. Sie wirkte auf einmal so unglaublich jung.

»Das war er nicht, Isabelle. Und das weißt du auch.«

»Ich kann auch die Polizei holen«, knurrte Maxwell, doch Samuel sah immer noch auf Isabelle. »Es ist Isabelles Haus. Ich will es von ihr hören.«

Mit kalten Augen sah sie zu ihm auf. »Ich will, dass du gehst.« Damit fischte sich Samuel den Mantel und Koffer und verschwand, in die kalte Nacht. Leise hörte sie die Haustür ins Schloss fallen. Hörte die Standuhr, aus dem Wohnzimmer, laut in ihrem Kopf ticken. Hörte die erdrückende Stille des Alleinseins, bis sie Maxwells Arme um sich spürte - seine Wärme.

Wann hatte sie eigentlich schon einmal gefehlt? In ihrem Berufsleben war sie noch nie krank gewesen. Aber es ging nicht. Sie fühlte sich so schwach, wie nie zuvor in ihrem Leben und das Zittern ihrer Glieder wurde kaum besser.

Maxwell wusste jetzt Bescheid und es war Isabelle als hätte sie nichts als Abscheu in seinen Augen gelesen, als sie ihm alles beichtete. Und wünschte, sie hätte es nie tun müssen. Es war ein Teil ihrer Vergangenheit, den nur Samuel, Jamie und sie etwas anging. Max blieb jedoch über Nacht bei ihr. Wiegte sie in den Schlaf und rief am nächsten Morgen an. Isabelle ließ ihn jedoch von Marie abwimmeln. Ihre Sekretärin rief an, auch die ließ sie abwimmeln. Blumen kamen am Nachmittag von Maxwell. Am liebsten hätte sie die roten Rosen in den Mülleimer geworfen. Sie hatte rote Rosen noch nie gemocht - viel zu protzig.

Kuschelte sich tiefer unter die Bettdecke und sah nur aus dem Fenster. Beobachtete wie der Tag langsam zur Neige ging. Spürte ihr Medaillon schwer um ihren Hals. Strich traurig lächelnd über Jamies Gesicht, das *seinem* doch so sehr glich. Das Bild ihres Vaters war schon so vergilbt, dass es kaum noch zu erkennen war.

Zur gleichen Zeit stampfte Samuel in das Foyer der Madison Company.

»Bitte?«, fragte die junge Frau an der Rezeption.

»Samuel Barnes. Ich muss zu Miss Isabelle Rose« knurrte er. Die Frau sah ihn skeptisch an, während sie telefonierte und legte dann wieder auf. »Tut mir leid, Mr. Barnes. Aber sie ist nicht zu sprechen.« Das hatte er befürchtet. Damit hatte er gerechnet. Scheiße nochmal. Sie konnte ihn nicht einfach so abservieren.

»Ist sie generell nicht zu sprechen, oder nur für mich nicht?«, fauchte er die arme Frau an, die nicht einmal annähernd etwas für seine Lage konnte, noch irgendetwas ahnte. Die Blondine zog kühl eine Augenbraue in die Höhe. »Miss Rose ist eine viel beschäftigte Frau und …«, fing sie an, doch Samuel winkte nur mit der Hand ab und drückte sich den Nasenrücken.

»Dann sagen Sie, Mr. Terry sei wegen der Verhandlung, mit der Holifild Company, noch einmal da. Es gibt Probleme.« Vielleicht könnte er sie damit locken. Isabelle war immerhin Geschäftsfrau und es war ein großer Deal. Samuel sah das Zögern und die Ablehnung in den Augen der jungen Frau. Doch es scherte ihn gerade nicht im Geringsten. Eigentlich scherte es ihn in letzter Zeit wenig, was andere über ihn dachten.

Er setzte sein spitzbübisches Grinsen auf und lehnte sich mehr über den Pult. Sah sofort, wie die Rezeptionistin reagierte. Wie nett, es klappte also immer wieder. Er sah auf ihr Namensschild. »Mrs. Baldin.«

»Miss«, unterbrauch sie ihn sofort. Samuel schmunzelte. Dass sie nicht verheiratet war, konnte für seinen Plan nur förderlich sein. »Miss Baldin«, sprach er in tiefem Ton, »Miss Rose wird nicht erfreut sein, wenn dieser Millionendeal nicht über die Bühne geht. Das verstehen Sie doch?« Sie nickte eifrig. Samuel nickte auch. »Also könnten Sie bitte noch einmal dort oben anrufen und sagen ich sei Mr. Terry, der Anwalt der Barnes und möchte in dringender Angelegenheit mit ihr sprechen. Wegen dem Holifild-Deal«, er ließ seine Augen glänzen und zwinkerte ihr vertraut zu. Und siehe da, die Rezeptionistin nahm noch einmal den Hörer in die Hand.

»Miss Baldin, Sie brauchen die schwer beschäftigte Sekretärin von Miss Rose nicht noch einmal zu belästigen.« Samuel drehte sich sofort in Richtung der männlichen

Stimme um. Maxwell Mason kam gerade die Stufen nach unten. Sah ihn angefressen an.

»Isabelle ist nicht zu sprechen«, sprach Maxwell weiter. »Lassen Sie uns ein paar Schritte gehen«, forderte er aufgesetzt freundlich Samuel auf. Doch auf Masons Geschwafel hatte Samuel jetzt ganz bestimmt keine Lust.

»Ich will mit Isabelle sprechen und nein, ich gehe jetzt keine paar Schritte mit Ihnen«, entkam es dem Blonden daher unwirscher als er eigentlich beabsichtigt hatte. Sah aus dem Augenwinkel, wie die Sekretärin verstohlen zu ihnen beiden sah.

Maxwell räusperte sich. »Sie sind Gast hier, Mr. Barnes und ich möchte Sie bitten davon Abstand zu nehmen, hier einen Aufstand aufs Parkett zu legen. Sie wollen Isabelle doch nicht so in Verlegenheit bringen?« Es war durchaus spöttisch gesprochen und Samuel verstand die drohenden Worte dahinter. Nur widerwillig setzte er sich in Bewegung und folgte Maxwell Mason in den angrenzenden kleinen Innenhofpark. Maxwell verschränkte die Arme hinter dem Rücken. »Geht es wieder um James oder um Isabelle selbst?«, fragte er dann ganz unvermittelt. Samuel sah ihn von der Seite an.

»Dachte ich es mir doch. Nur eine alte Schulbekanntschaft, mhm?«, lächelte Mason traurig. »Das ist nicht fair«, sprach er leise weiter. Samuel verstand nicht auf was er hinaus wollte. Zog den Mantelkragen höher und beobachtete die Atemwölkchen seines Gegenübers. »Ich könnte ihr alles geben. Eine Familie, ein Zuhause, ein Leben ohne Sorgen«, er blieb stehen. Mit ihm auch Samuel, der ihn stirnrunzelnd ansah. Maxwells Blick glitt in die Ferne. »Aber sie will das nicht. Sie sucht ihr Heil in der Einsamkeit.«

»Hör zu, Maxwell. Das ist meine Angelegenheit und Isabelles. Also wenn du mir bitte sagen würden, wo ich sie …«

»Nein«, unterbrach Maxwell ihn barsch, »das ist nicht nur deine und Isabelles Angelegenheit. Denk an ihren Sohn.«

»Weil ich die letzten Wochen etwas anderes getan habe, oder wie?«, knurrte Samuel.

Maxwells Gesicht wurde verschlossener. »Warum bist du dann jetzt erst zurückgekommen?« Diese Frage ließ Samuel innerlich taumeln. So hatte er es noch nicht gesehen. Er war ja einfach so davongelaufen. Wie immer in seinem Leben, wenn etwas zu kompliziert wurde. Selbst bei seiner Ehe sah er nur diesen einen Ausweg. Zuerst Flucht bei anderen Frauen, dann die endgültige Flucht durch Scheidung.

»Ich weiß mittlerweile viel aus Isabelles Vergangenheit und daher ist es vielleicht besser alten Staub nicht wieder aufzuwirbeln«, sprach Maxwell gelassen weiter. »Ich habe ihr immer jeglichen Freiraum gelassen, nur dieses Mal ist sie eindeutig zu weit gegangen.« Samuel war sich nicht ganz sicher, ob Maxwell mehr zu sich selbst, als zu ihm sprach. »Es ist alles lange her«, fuhr Maxwell in seinem Monolog fort.

»Nein, es ist sehr aktuell«, dachte sich Samuel niedergeschlagen.

»Gib sie frei«, forderte der Schwarzhaarige und sah Samuel durchdringend an. »Gib sie mir.«

»Ich habe sie dir nie weggenommen«, brach es ungehalten aus Samuel heraus. »Es ist ihre Entscheidung und Isabelle entscheidet rational nur mit dem Kopf. Das hat sie doch bestens bewiesen.«

»Das tut sie nicht immer. Daher verschwinde und lass uns drei in Ruhe weiterleben. Dich hat dreizehn Jahre nicht interessiert was hier vor sich ging.«

»Weil ich nichts wusste«, knurrte Samuel und fasste sich gleich wieder, als neugierige Blicke von Vorbeigehenden auf sie beide fielen.

»Wusstest du wo sie war, all die Jahre?« Die Frage überraschte Samuel. Er nickte verhalten. »Aber Kontakt hast du nie zu ihr gesucht. Wie sehr hat sie dich dann wirklich interessiert?«, fragte Maxwell, mit Siegerlächeln und Samuel konnte nichts weiter tun, als ihm in diesem Punkt stumm zuzustimmen.

»Sie liebt dich nicht. Sonst hätte sie dich nicht betrogen, mit mir«, presste Samuel hervor und vergrub seine Hände in den Hosentaschen.

»Sie ...«, fing Maxwell an und wirkte zum ersten Mal verunsichert auf Samuel. Das ließ den Blonden wieder aufatmen und freute ihn ungemein. »Meine Liebe reicht für uns beide. Für uns drei«, sprach Samuels Gegenüber gefasster und er schien wirklich überzeugt zu sein, von dem was er da sprach. Ganz im Gegenteil zu Samuel. Er meinte nicht richtig zu hören.

»Sie ist gar nicht hier, oder?«, fragte Samuel forschend und Maxwells ausweichender Blick war Antwort genug. So leicht würde sie ihm aber nicht entkommen. »Ich fahre jetzt zu ihr und wir klären das«, murmelte Samuel und zog seinen Schal fester um sich. Schritt, ohne Maxwell Mason eines weiteren Blickes zu würdigen von dannen.

Als er vor ihrer Tür stand, überkam Samuel zum ersten Mal Zweifel daran, was er hier eigentlich trieb. Vielleicht sollte er wirklich alles auf sich beruhen lassen und die Anwälte weiter ihren Job machen lassen. Die Klingel hallte schrill in ihm wieder. Nur Sekunden später wurde die dunkelbraune Holztür geöffnet. Zwei, in Schrecken geweitete dunkelbraune Augen sahen ihn an.

»Miss Rose ist nicht zu sprechen«, plapperte Marie, die Haushälterin sofort los und wollte schon die Tür wieder schließen, als Samuel einen Fuß dazwischen setzte. Irritiert sah Marie von Samuels Fuß hoch, in seine Augen. »Ich weiß, wer Sie sind. Kenne Ihre Familie und Sie sind böse«, presste sie verärgert zwischen den Lippen hervor. Ihre Augen waren hart und kleinen Perlen gleich. Ihr angespannter Körper zeugte von dem Unmut in ihr, ihn hier zu sehen. Doch Samuel ließ sich davon nicht beeindrucken. Sie war nicht die Erste die ihm so etwas an den Kopf warf und auch nicht die Letzte, die er wohl eines Besseren belehren würde müssen.

»Ich bin sein Vater«, gab er ihr zu bedenken, doch die Matrone zuckte nur mit den Schultern.

»Schlimm genug für den armen Jungen.«

»Marie?«, fragte jemand im Hintergrund. Die Haushälterin drehte sich um und Samuel sah seine Chance gekommen. Drückte sich an der älteren Frau vorbei und stand Isabelle gegenüber.

»Ich will dich nicht sehen«, brach es sofort aus der jungen Frau heraus und zog ihren Wickelpulli enger um sich.

»Ich dich aber«, knurrte Samuel und wusste, dass er jetzt vorsichtiger vorgehen musste. Doch in ihrer Nähe war das schon immer schwierig gewesen. Isabelle sah die Entschlossenheit in seinem Gesicht, in seiner angespannten Haltung. Sie war müde. Hatte kaum geschlafen und ergab sich einfach den weiteren Minuten. »Marie«, forderte sie ihre Haushaltshilfe auf und nur murrend und unter einem kalten Blick Isabelles, verschwand die ältere Frau. »Sie war auch unsere frühere Haushälterin«, sprach Isabelle erklärend und sah Samuel nicht in die Augen. Sie wollte ihn nicht hier bei sich haben, das zeigte ihm ihre abweisende Körpersprache nur zu deutlich.

»Gib mir nur eine Antwort. Warum hast du mir nichts gesagt?«, fragte er ruhig. Laut entließ Isabelle Luft und schritt ins Wohnzimmer. Samuel folgte ihr.

»Weil ich wusste, dass uns nichts verbindet. Ganz im Gegenteil. Weil ich wusste, wie andere über uns denken würden. Weil ich mich von außen hab blenden lassen, wie auch du jahrelang. Weil ich ahnte, wie deine Familie reagieren würde, wenn ich es dir sage. Weil ich ...«, doch weiter kam sie nicht.

»Aber das alles ist immer noch keine richtige Erklärung dafür, dass du mir, nach dem ein bisschen Gras über alles gewachsen war, nichts gesagt hast. Meine Eltern haben sich auch in dieser Beziehung etwas gewandelt.«

Was für Erklärungen wollte er denn noch hören? Sie sah über ihre Schulter und zog skeptisch eine Augenbraue in die Höhe. »Etwas?«

»Warum hast du schon von vornherein beschlossen, dass es keine Zukunft hat?« Seine Frage ließ sie verwirrt zu ihm aufsehen.

»Was Samuel? Willst du mit zweiunddreißig endlich mal heile Familie spielen?« Sie war innerlich zu zerfetzt, um ihren sarkastischen Ton abzustellen. Heile Familie, das würde sie auch gerne spielen. Er hatte eigentlich etwas anderes gemeint. Was er auch in ihrem Gesicht lesen konnte und doch wollte sie darauf wohl nicht näher eingehen. Doch wieder einmal irrte er sich.

»Wir wissen doch beide, dass das nie gut gegangen wäre. Damals nicht, weil wir uns nicht mochten. Heute nicht, weil ...«, doch sie setzte kurz aus, »Du hast es mir doch selbst gesagt. Du willst weder Verantwortung übernehmen, noch ... dein Lebensstil würde einfach nicht mit meinem übereinstimmen.« Danach saßen sie beide einfach nur da. Isabelle unsicher was tun. Samuel unschlüssig was tun. Er ließ seinen Blick ruhig durch das Zimmer wandern. Blieb am Bücherregal hängen. Erkannte selbst auf die Entfernung einige ehemalige Schulbücher. »Denkst du wirklich so?«

Isabelle runzelte die Stirn. Dann glitten seine Augen zu ihr. »Ich trage die Schuld«, gab er ihr die Erklärung. Für sie jedoch nicht wirklich Erklärung. »Ich bin freigesprochen worden und doch erdrückt mich oftmals das Schuldgefühl.« Lange herrschte Schweigen. Nur das Ticken der Standuhr war zu hören und das Prasseln des Kaminfeuers.

»Du hast dazu beigetragen, dass unser Zuhause zerstört wurde«, antwortete sie irgendwann leise und ruhig. Er sah wieder auf die Bücher. Kaute auf seiner Unterlippe herum.

»Es ... Ich wollte irgendwann nicht mehr. Aber ein Ausstieg ist da schwer möglich.« Isabelle verkrampfte ihr Herz, als sie begriff, dass er von seiner Drogenzeit sprach. Er musste sie nicht daran erinnern, wie zugedröhnt er in Wirklichkeit war, als Chloé ihn nach dem Troagnin fragte. Isabelle hatte hinter der Tür der Mädchentoilette gelauscht. Samuel hatte Chloé etwas besorgt, von dem er selbst nicht einmal wusste, was es war. Für welchen Zweck es bestimmt war. Aber er hatte es besorgt und das hatte er wohl auch bei vollem Bewusstsein getan. Und bei vollem Bewusstsein hatte er auch den Richter angelogen.

Als Samuel sich jetzt so im Zimmer umsah, war ihm schleierhaft, warum ihm am Abend des Empfangs, als er sie abgeholt hatte, nicht mehr aufgefallen war. Die Bilder, in schweren Silberrahmen, verteilt auf den Regalen und der dunklen Holzkommode, waren fast ausschließlich von Jamie. Isabelle folgte seinem Blick.

»Weißt du, was ich die letzten Wochen gemacht habe?«, fragte er abwesend und sein Blick blieb auf einem Bild von Isabelle und Jamie hängen. »Mir immer wieder die gleichen Fragen gestellt: Warum hat sie es mir nicht gesagt? Warum ist sie diesen Weg gegangen?«

Isabelle holte tief Luft. Schluckte die Tränen einfach herunter. Jetzt fing wieder alles von vorne an. Jetzt würde sie wieder an den Kopf geworfen bekommen was für ein Miststück sie doch war.

»Und zu welcher Antwort bist du gekommen?«, fragte sie so ruhig es ging. Er sah sie noch immer nicht an. Beugte sich nach vorne und verschränkte die Finger ineinander. »Dass du Jamie schützen wolltest«, seine Stimme war so ruhig und einfühlsam, wie sie sie noch nie gehört hatte. Darüber war sie jetzt erstaunt. Sie hatte eigentlich damit gerechnet, dass er wieder damit anfangen würde, wie egoistisch sie sei, es ihm all die Jahre vorenthalten zu haben. Es doch nur um ihr eigenes Ansehen ging.

»Es war nicht richtig von mir«, flüsterte sie. Es trieb ihr neuerlich die Tränen in die Augen. Sie presste hart ihre Hand gegen den Mund, um ihre Schluchzer zu dämpfen. »Ich büße täglich dafür«, hörte er gedämpft ihre Stimme. »Du weißt nicht wie das ist. Täglich die Bilder von ihm zu sehen, oder ihn bei mir zu haben. In sein Gesicht zu sehen und darin nur dich widergespiegelt zu erkennen. Jeden Tag daran erinnert zu werden ... an alles erinnert zu werden, was damals ...«, sie brach ab. Er musste nicht fragen, an was sie sich alles nicht erinnern werden wollte. Was musste sie ihm auch schon groß erklären? »Als ich von eurer Klausel im Ehevertrag erfuhr, habe ich meine Chance gesehen. Du kannst es mir nicht zum Vorwurf machen«, verteidigte sie sich wieder, »Du hattest doch alles. Ich bin diejenige, die so viel aufgegeben hat. Aufgeben hat müssen. Bin hierher. Habe meine damaligen Freunde verloren. Meine Heimat.« Er hörte die Tränen in ihrer zittrigen Stimme schon, bevor er sie sah. »Wegen einer einzigen kopflosen Handlung. Wegen einer Nacht, die es nie hätte geben dürfen.« Das traf ihn jetzt. Natürlich hatte sie recht, aber er sah das schon lange nicht mehr so. Sie anscheinend schon. Sie bereute noch immer. Sie grollte noch immer. Die Tränen blinzelte sie einfach weg. Vor ihm würde sie sich nicht diese Blöße geben. »Du hast dein Leben wieder normal aufnehmen können. Hast mit Daddys Hilfe noch mehr Geld gemacht. Du weißt nicht, was das für ein Kampf war. Klingeln putzen, damit sich irgendjemand meiner erbarmt, mich als kleine Tippse einzustellen. Mit einem schreienden Säugling zu Hause. Ohne besonderen Abschluss.« Ihre Stimme war immer leiser geworden, bis es zum Ende hin nur noch ein Flüstern war. Samuel verstand langsam, wie sie zu dieser Frau geworden war, die sie heute darstellte. Diese Unnahbarkeit, diese Kälte. Und dass auch er teilweise daran Schuld trug, ließ ihn hart schlucken.

»Für diese Isolation bin aber nicht ich verantwortlich«, rechtfertigte er sich.

»Siehst du nicht, dass mir als junges Mädchen damals kaum eine andere Möglichkeit blieb? Ich habe doch diese Isolation gebraucht, sonst ... Die Menschen zerreißen sich über jeden die Mäuler, die ihnen etwas bieten. Ich wollte nicht so eine Marionette in diesem Spiel aus Skandalen werden. Was hätten sie wohl über mich gesagt? Hier geht es jetzt nicht um den guten Ruf, den ich verloren hätte. Jeder hätte nach dem Vater gefragt und jeder hätte irgendwann genau gewusst wer es ist. Du warst krank und verlobt, ich wollte einfach nicht ...«

»Was, Isabelle? Willst du jetzt deine Handlung mit meinem Schutz rechtfertigen?« Doch er bereute seinen höhnischen Ton sofort, als er ihre gebrochenen Augen sah. Anscheinend hatte sie es so tatsächlich gesehen. Und diese Möglichkeit ließ sein Herz wieder schneller schlagen.

»Geh, bitte«, flehte sie mehr, als dass sie es fest aussprach. Schloss die Augen. Sie könnte die Tränen bald nicht mehr zurückhalten. Die Kopfschmerzen überrollten sie geradezu und dazu kam ein wild pochendes Herz und der Schmerz, der ihre Seele im Griff hielt, nahm ihr die Kraft atmen zu können. Er würde nicht verstehen! Vielleicht konnte er auch einfach nicht. Sie durfte ihm keinen Vorwurf machen. Dass sie so fühlte für ihn, war nicht seine Schuld und das er wohl nicht anders für sie fühlte, auch nicht.

»Du hast Chloé dort, wo du sie immer haben wolltest. Es ist doch alles schon so lange her«, fing er niedergeschlagen an und deutete zwischen ihnen beiden hin und her, »auch das mit uns.« Ihr Herz verkrampfte. Seine Worte taten weh.

»Und doch werden wir immer darunter zu leiden haben«, ergänzte sie den Satz leise. Sah, mit Tränen in den Augen, zu ihm auf. Ihr Herz würde immer darunter leiden. Egal was passieren würde, zwischen ihnen beiden. Verwirrt hob er den Kopf. Schnell sah sie weg, wischte sich die Tränen aus den Augenwinkeln. Stand auf und ging zu ihm rüber.

»Ich hole mir nur das zurück, was meiner Familie immer gehört hat und uns unrechtmäßig genommen wurde. Damit lassen wir es ruhen, Samuel.« Sah ihn so verzweifelt an, dass ihm schier die Luft zum Atmen fehlte. Sie gab ihn frei. Sie tat das, was Maxwell vorhin von ihm verlangt hatte und es tat ungemein weh. Doch sein innerer Widerstand war noch nicht ganz gebrochen.

»Du meinst doch nicht etwa, dass ich es bereue?«, fragte er stirnrunzelnd, mit klopfendem Herzen nach und stellte sich ihr gegenüber. Sie ging einen Schritt nach hinten, doch er umklammerte ihr Handgelenk. Zog sie hart gegen seine Brust.

»Was genau, Samuel? Das mit Jamie oder das hier?«, fragte sie leise und legte ihren Blick auf seine Lippen, »oder dass du nie die Wahrheit gesagt hast?« Er antwortete nicht. Zögerte einfach zu lange. Sie befreite sich von ihm und trat einen Schritt zurück. »Antwort genug«, entkam es ihr bitter. Sie würde nicht mehr fordern von ihm. Manches lag zu weit weg. Manches würde sie nie erreichen.

»Hattest du was mit dem alten Madison?«, entkam ihm die Frage, die er eigentlich gar nicht mehr stellen wollte. Als sich ihr Gesicht immer mehr verschloss, sah er welchen Fehler er begangen hatte. Sie entglitt ihm gerade immer mehr.

»Hat dir das dein Vater erzählt?«, fragte sie kalt nach. Die Gerüchte waren auch ihr schon vor langer Zeit zu Ohren gekommen. »Und du glaubst den Scheiß auch noch?«, wisperte sie atemlos und Samuel sah das neuerliche Brechen in ihren Augen. »Sicher Samuel. Er hat mir die Firma überschrieben, weil ich Schlampe die Beine für ihn breitgemacht habe und nicht wegen meiner Intelligenz«, höhnte sie und Samuel schluckte hart.

»Isabelle, bitte. So war das nicht gemeint gewesen.«

Doch sie hörte wohl schon gar nicht mehr zu. »Meinst du, weil ich mit dir geschlafen habe und Max betrogen, dass ich das immer tue, damit ich meine Ziele erreiche? Ich bin nicht Chloé. Ich weiß, wie sie über dich gesprochen hat, in den Gängen des Colleges. Wie sie dich verabscheut hat, für deine Sucht und dich damit auch noch hinters Licht führen konnte«, ihre Stimme leise und von Tränen überlagert. Sie atmete schwer und Samuel war klar, dass er hier nicht weiterkam. Dachte nur daran, wie Isabelle ihn immer so verachtend angesehen und höhnisch gegrinst hatte, als sich ihre Blicke früher in der Schule kreuzten.

»Du hast mich verachtet.«

Geschockt weiteten sich ihre Augen. »Verschwinde«, forderte sie hart.

»Isabelle, bitte«, versuchte er es noch einmal, doch sie schüttelte den Kopf und drehte sich von ihm weg. »Bitte geh«, hauchte sie. Den nächsten Schwall an Tränen würde sie nicht wieder aufhalten können und sie wollte unter keinen Umständen, dass er es sah.

»Du kannst mich jetzt nicht einfach so wegschicken. Nicht schon wieder«, bellte er, was sie zusammenzucken ließ. Wütend ging er an ihr vorbei, als sie keinerlei weitere Reaktion zeigte.

»Du rennst doch auch immer nur vor allem davon. Wenn du irgendwann Verstand angenommen hast, reden willst und das hoffe ich, findest du mich im Noblesse«, knurrte er laut und schmiss hinter sich die Haustüre zu.

Sie rann weg. Ja, tat sie. Aber verstand er nicht? Dass es nur so einfacher zu ertragen war. Aber die Nacht, die vor ihr lag, war so nicht leichter zu ertragen und auch nicht die nächste. Unruhe trieb sie von einer Schlafposition in die nächste und keine verhalf zur Linderung. Sie hatte selbst damals den vermeintlich leichteren Weg gewählt. Samuel hatte doch eigentlich recht. Während sie sich hin und her wälzte, ihr Laken von ihrem schweißbedeckten Körper zog, war es ihr klar. So konnte sie nicht weitermachen. Sie lief davon. Vor sich selbst – ihren Gefühlen. Vor ihm – sich ihm zu stellen. Ohne weiter zu überlegen, zog sie sich herzklopfend an und rief sich ein Taxi. Fuhr zu seinem Hotel. Vielleicht war er noch da. Vielleicht bekam sie noch eine Chance.

Sie bekam die Chance tatsächlich. Er war noch da.

Mit zitternden Knien stieg sie in den edlen Aufzug. Ihr Herz raste jetzt. Sie würde sich ihm jetzt stellen, egal was dabei rauskam. Sie musste es tun, sonst würde sie es womöglich ihr ganzes Leben bereuen. Es gab doch eh schon so viel was sie bereute. Nicht das auch noch. Nur weil sie einfach zu feige war, ihm nicht gezeigt zu haben, dass sie versuchte zu lernen und versuchte einzulenken.

In den Aufzug stieg eine Frau mit ein. Lange blonde Haare, sehr schlanker Typ. Sie roch gut, lächelte Isabelle freundlich an und jene nickte zurück. Fein gekleidet in Seide und teuren Pumps. Aber es war trotzdem nicht zu übersehen, wer sie war oder besser gesagt, was sie war. Ihr Make-up war zu dick aufgetragen, die Nägel zu lang, die Schuhe zu hoch, ihre Haare zu sehr gerichtet. Sie war eine von der gehobenen Liga, aber sie war eine Nutte. Aus ihrem Täschchen zog die Prostituierte einen kleinen Zettel. Sah auf die Knopfleiste. Zu Isabelles Verwunderung drückte sie kurz auf den schon erhellten Knopf, den sie selbst wenige Augenblicke zuvor gedrückt hatte. Ihr Herz verkrampfte, denn sie wusste vom Nachtpagen an der Rezeption, dass es auf dieser Etage nur eine Suite gab – Samuels Suite. Verdutzt sah die Frau kurz zu Isabelle. Die sah verlegen zur Seite und kniff die Augen zusammen.

»Das habe ich nicht gewusst«, hörte sie die Frau auflachen. »Na gut, warum nicht. Das kostet aber extra«, sprach sie weiter. Isabelle wurde speiübel. Ihr Magen drehte sich um. Wagte immer noch nicht der Frau in die Augen zu sehen. »Seid ihr ein Paar oder hat er dich auch herbestellt?«, fragte die Prostituierte frei heraus. Musterte sie von oben bis unten. Isabelle schluckte hart. Wurde sich ihres eigenen schäbigen Aufzugs, in Gegenwart dieser Schönheit, nur zu bewusst.

»Weder noch«, entgegnete sie, mit rauer Stimme. Kaum noch fähig zu atmen.

Die Lifttüren gingen auf und Isabelle presste sich gegen die, mit goldenen Schnitzereien versehene Wand, hinter sich. Krampfte ihre Finger um den Handlauf. Ein kalter Schauer überkam sie, als die Blondine ausstieg und an der Tür klopfte. Isabelle ließ den Kopf hängen und atmete tief ein und aus. Sah auf und traf auf Samuels verdutzten Blick. Hechtete zu der Knopfleiste und drückte mehrmals schnell hintereinander, mit zittrigen Fingern, auf den untersten Knopf. »Geht endlich zu«, flehte sie die Türen, mit rasendem Puls, an. Presste hart ihre schweißnasse Stirn gegen die Wand und rutschte nach unten, als die Türen endlich verschlossen waren.

»Ist dir die Kleine bekannt?«, hörte Samuel die Prostituierte neben sich, während sie sich schon leicht an ihn presste. Sein Herz war stehengeblieben. Was machte Isabelle hier? Eigentlich war er nur noch einen Tag geblieben, weil … Ja, weil er gehofft hatte, Isabelle würde sich doch noch einmal alles überlegen. Dieses Mal war es an ihr. Aber sie hatte sich letzte Nacht nicht gemeldet. Hatte sich den Tag über nicht gemeldet und Samuel war frustriert. Würde morgen wieder nach England fliegen und wollte seinen angestauten Ärger im Bett vergessen. Egal mit wem. Scheiße, was für ein Depp war er eigentlich?

»Das wäre dir teuer gekommen«, hauchte die Frau ihm dunkel ins Ohr und drückte ihn, mit ihrem Körper, in die Suite. Knabberte an seinem Ohr. »Ich hätte schon ein Mädchen mitbringen können. Das wäre kein Problem gewesen.« Die Schockphase überwunden und wieder fähig etwas zu tun, schob Samuel sie rabiat von sich. »Hey«, murrte sie, ob dieser unwirschen Behandlung. Doch Samuel achtete gar nicht mehr auf sie, spurtete aus dem Zimmer und hechtete die Treppen nach unten. Mehrere auf einmal nehmend. Wenn er schnell war, dann könnte er Isabelle vielleicht noch einholen. Hoffte darauf, dass der Aufzug mehrmals aufgehalten wurde. Raste förmlich, schwer keuchend, durch die Lobby. Achtete nicht auf die verdutzten und auch missbilligenden Blicke der Anwesenden und kam vor dem Hoteleingang zum Stehen. Sah sich hektisch um. Hastete zu den Taxiständen rüber. Aber nichts. Keine Spur von ihr. Kein Anzeichen.

»Scheiße«, brüllte er laut in die kalte Nachtluft. Keuchend ging er in die Hocke und rieb sich fest über das Gesicht. Es war ein blöder Zufall. Wie immer im Leben. Langsam ging er, noch immer schwer atmend, tief die Hände in den Hosentaschen vergraben, zum Aufzug zurück. Drückte seine Nummer, lehnte sich mit der Hüfte gegen den Handlauf. »Scheiße«, flüsterte er immer wieder. Wenn er sie nicht schon vor längerem verloren hatte, dann heute ganz sicher. »Nein Junge, sie hat dir nie gehört. Du hast nichts verloren«, knurrte er unwirsch und schlug gegen die Holzwand. Der springende Punkt war jedoch eher: Er hatte auch nichts gewonnen.

»Ich dachte schon, du würdest gar nicht mehr kommen«, empfing ihn die rauchige Stimme der Blondine, als er wieder die Suite betrat. Sie stand ihm gegenüber in schwarzen halterlosen Strümpfen, schwarzer Spitzenunterwäsche und einem kecken Lächeln im Gesicht, als sie mit elegantem Hüftschwung auf ihn zutrat.

»Du kannst gehen«, entkam es ihm knurrend und ging an ihr vorbei. Hob ihre Kleidung auf und drückte sie ihr in die Hände. Keinerlei Blick für ihre Schönheit und das war ihr schon lange nicht mehr passiert. »Ich habe andere Termine abgesagt, um hierherzukommen«, fing sie kalt lächelnd an. Samuel schnaufte laut aus. Zückte seine Geldbörse und schmiss einen Bündel an Scheinen vor sich auf den kleinen Tisch. Sah sie aus kalten Augen an, so dass sie unwillkürlich fröstelte.

»Stimmt so und jetzt verschwinde«, sprach er hart. Sie zog sich an und nahm das Geld. Sah ihn noch einmal an, bevor sie die Suite verließ. »Sie wird dir bestimmt verzeihen.«

Samuel lachte trocken auf. »Ganz bestimmt nicht«, entgegnete er und stellte sich vor die hohen Fenster. Sah über die Skyline von Manhattan. »Warum bist du abgehauen, Isabelle?«, schickte er in Gedanken seine Frage zu ihr. Wenn sie nur hätte reden wollen, hätte sie nicht so hektisch reagiert und wäre nicht weggelaufen. Wenn sie nur mit ihm über Jamie hätte sprechen wollen, dann hätte sie ihre harte Fassade auspacken können und wäre der Situation irgendwie zynisch gegenübergetreten. Aber sie war weggelaufen und Samuel konnte ihre gehetzten Augen nicht vergessen, kurz bevor die Lifttüren wieder zugegangen waren. Schwer ausatmend, vergrub er wieder tief seine Fäuste in den Hosentaschen. »Was wolltest du wirklich hier?«, fragte er leise. Bekam natürlich keine Antwort. Nur die Stille lullte ihn ein.

Auch Isabelle lullte die Stille ein. Kuschelte sich tiefer in das Bett ihres Sohnes. Dachte Jamies Geruch einzuatmen. Fühlte sich ihm so näher. Betrachtete im Dunkeln seine Halbedelsteinsammlung und lächelte. Jedes Mal wenn sie in Chinatown war, brachte sie Jamie einen Stein mit. Ihr Blick glitt zum Fenster. Sie stand auf und stellte sich davor. Sah auf die, nur leicht beleuchtete Straße, hinunter. Sich Dingen zu stellen brachte anscheinend doch nur weiteren Schmerz mit sich. Aber sie würde Samuel nicht grollen. Sie war ja selbst schuld. Warum musste sie auch wie ein kopfloser Teenager handeln? Die Quittung hatte sie sofort bekommen. Ob er jetzt bei *ihr* lag? Stumm liefen ihr Tränen über die Wangen. Beobachtete die Schneewehen, die im lauen Wind hin und her flogen. Sah einen Jogger, der mit seinem Hund eine Runde drehte. Sie zuckte zusammen, als die Stille von einem lauten Schrillen regelrecht zerfetzt wurde. Erst in der nächsten Sekunde erkannte sie, dass es ihr Handy war. Und gleich darauf kam ihr auch der Gedanke, wer am anderen Ende sein könnte. Mit Max zu reden, dazu war sie jetzt nicht in der Lage. Sie blieb stehen, rührte sich nicht, ließ es einfach weiterklingeln. Sehr lange weiterklingeln. Erst als es aufgehört hatte, ging sie in ihr Zimmer und legte sich ins Bett. Die Tränen flossen ständig weiter. Heiß und salzig. Wie ein Wasserfall. Isabelle wischte sie immer wieder weg. Ein endloses Unterfangen. Als sie langsam eindöste, schrak sie gleich wieder auf. Das Handy auf ihrem Nachtkästchen fing zu vibrieren an. Genervt legte sie sich auf die andere Seite. Aber es half natürlich nichts.

Die Anrufe hörten nicht auf. Irgendwann griff sie dann doch blind danach und sah auf ihr Display. Zehn unbekannte Anrufe in Abwesenheit. Dann ging eine SMS ein und sie drückte zu schnell auf die ›Lesen‹-Taste.

»Warum bist du gekommen?« Isabelle schluckte hart. Schloss gequält die Augen, nur um die neuerlichen Tränen rauszudrücken. Nur woher er ihre Handynummer hatte, wunderte sie schon ein bisschen. Wollte auf die Antwort-Taste drücken, doch es klingelte und sie drückte automatisch auf den ›Annahme‹-Knopf. Vergrub ihr Gesicht im Kissen und drückte das Handy an ihr Ohr. Es herrschte Stille in der Leitung. Beide lauschten nur lange der Atmung des jeweils anderen. Dann entkam es Isabelles Lippen jedoch schneller, als sie wollte: »Ich wollte nicht wieder wegrennen«, nuschelte sie und gab ihm seine Antwort.

»Vor was konkret, Isabelle?«, fragte Samuel leise nach. Er hatte nicht mehr damit gerechnet, dass sie abheben würde. Sein Herz begann kräftiger zu schlagen. »Sag es mir jetzt und ich komme sofort zu dir«, flehte er sie in Gedanken an. Doch dieses Mal erwiderte sie nichts mehr, aber sie legte auch nicht auf. Bedrückt legte er den Hinterkopf auf die Sofalehne und schloss gequält die Augen. Fuhr sich über das Gesicht. »Ich habe nicht mit ihr geschlafen«, sprach er irgendwann ruhig.

»Aber du hättest«, entgegnete sie sogleich.

»Ja, und mir dabei die ganze Zeit dich vorgestellt«, antwortete er ehrlich. Er hatte nur versucht Ablenkung zu finden. Frust abzubauen. Sie hörte ihn hart schlucken und ausschnaufen.

»Hör auf damit«, entkam es ihr lauter als sie wollte. Setzte sich im Bett auf. »Das konntest du schon immer gut«, höhnte sie in den Hörer. Samuel runzelte die Stirn, wusste nicht, was sie meinte. Mal wieder nicht. »Du spielst wirklich gut. Egal ob mit Zahlen oder mit Frauen«, giftete Isabelle weiter.

»Das ist nicht fair, Isabelle. Das kannst du mir nicht zum Vorwurf machen. Du hast selbst jemanden, den du in dein Bett lässt, obwohl du ihn nicht liebst.«

Isabelle schloss gequält die Augen. »Das stimmt nicht. Ich liebe Maxwell«, schoss sie schnell zurück und legte auf. Warf das Handy ans Ende ihres Bettes und zog die Bettdecke über ihren Kopf. Versuchte sich zu verstecken. Vor ihm, vor der Welt, vor sich selbst.

Samuel dagegen pfefferte sein Handy auf das Sofa und sprang auf. Klaubte Geldbörse und Zimmerkarte vom Sideboard, nur um sie, im nächsten Moment, wieder fallen zu lassen. Nein, er würde jetzt nicht zu ihr fahren. Verkrampfte seine Finger um die hölzerne Leiste des Boards, ließ den Kopf zwischen den Schultern hängen und schlug mit dem Fuß gegen das harte Holz.

»Ich habe nie mit dir gespielt, verdammt. Du hast mich ins offene Messer laufen lassen. Vor dreizehn Jahren. Vor Wochen. Jetzt.« Und dieses Messer war spitz und scharf. Hatte sich geradewegs in sein Herz gerammt. Es herauszuziehen würde bedeuten, eine klaffende offene Wunde freizulegen, die ständig bluten würde. Da war er sich ganz sicher.

☆ Was heißt es wirklich, zu vergeben und zu vergessen? ☆

»Mr. Barnes?«

Samuel sah von seinen Papieren auf. Lauren, seine persönliche Sekretärin, umrundete den großen dunklen Schreibtisch und legte einen Umschlag neben ihn. »Ein Brief für Sie, vom Eilboten«, sprach sie freundlich und schloss wieder leise die Tür hinter sich. War in letzter Zeit froh, nicht allzuviel mit ihrem Chef besprechen zu müssen. Seine Launen waren übel.

Stirnrunzelnd sah er auf den weißen Umschlag. Nahm ihn auf und hätte ihn am liebsten gleich wieder in den Papierkorb gepfeffert, als er den Namen des Absenders las. Was Isabelle jetzt wohl noch, nach zwei Wochen Schweigen, wollte?

Sie hatte erreicht was sie wollte. Obwohl der Ehevertrag nichtig war. Doch der Vertrag wurde nachweislich schon aufgesetzt, als Chloé und Samuel noch Kinder waren und die Väter hatten damals schon unterschrieben. Wieder hatte Isabelle ihre Hausaufgaben sehr gut gemacht. Chloé und ihre Mutter hatten ihr komplettes Vermögen an Isabelles Sohn verloren. Die Beweislage war eindeutig und Isabelle hatte mehr als gute Anwälte in der Hinterhand. Aber hängen lassen, würde er seine Ex-Frau auch nicht. Doch auch das Unternehmen seines Vaters befand sich so gut wie in ihren Händen. Und doch konnte er nicht aufhören an sie zu denken.

Schnell riss er den Umschlag auf. Überlegte nicht groß und nahm das gefaltete Papier heraus. Keine große Anrede, kein Drumherumgerede. »Wenn du Jamie noch immer kennenlernen möchtest, dann sollten wir das in seiner vertrauten Umgebung tun. In seinen nächsten Ferien. In zwei Wochen. Sag mir bitte Bescheid, wenn du dich entschlossen hast. Isabelle.«

Damit hatte er, ehrlich gesagt, nicht mehr gerechnet. Sie lenkte doch tatsächlich ein. Zu Jamies Wohl nur, aber sie tat es. Kein Wort über sie beide. Keine Andeutung. Nachdem sie ihm an den Kopf gepfeffert hatte, dass sie Mason lieben würde und einfach aufgelegt hatte, war die Sache für ihn eigentlich gegessen. Die Sache mit Jamie nicht, aber zwei Briefe von ihm hatte sie ignoriert, wie auch zahlreiche Anrufe abgeblockt.

Schwer lehnte er sich in den großen ledernen Stuhl zurück. Sah von ihren Worten zum Telefon und wieder zurück. Wieder ohne groß zu überlegen, griff er zum Hörer.

»Du kannst dir nicht merken, wie spät, nein stopp, wie früh es ist, oder?«, fragte Isabelle als erstes verschlafen. Samuel sah erschrocken auf die Uhr. »Tschuldige.«

Isabelle drehte sich im Bett. »Du kommst?«

»Das ist ja mein gutes Recht.« Eigentlich wollte er nicht gleich wieder zum Streiten anfangen, aber ihre bloße Stimme verleitete ihn dazu, bissig zu werden.

»Sicher, deswegen habe ich dir ja auch geschrieben«, gab sie trocken zurück.

»Du hättest mir schon früher schreiben können«, entgegnete er wütend. Isabelle verdrehte die Augen. Sie würde jetzt nicht zum Streiten anfangen.

»Dass wir uns klar verstehen, Samuel«, fing sie fest an, »Du bringst nicht eines deiner Mädchen mit.«

Samuel sprang halb aus seinem Stuhl auf. »Du bist ungeheuerlich, weißt du das?«, knurrte er los, »Aber dieser Lackaffe, den du vögelst, der darf schon da sein.« Seine Stimme schraubte sich mehr und mehr in die Höhe und Isabelle war klar, dass sie jetzt ganz ruhig bleiben musste.

»Nein, wird er nicht«, sprach sie leise und gelassen. Samuel stockte. »Das ist etwas nur zwischen uns drei. Oder darf die Mutter auch nicht anwesend sein?«, fragte sie spöttisch nach. Samuel schnaufte laut aus. Sie verdrehte wieder die Augen. Er war so ein Kindskopf.

»Ich komme in zwei Wochen, am Montag. Die genaue Uhrzeit lasse ich dir noch zukommen«, sprach er schnell. »Schön«, erwiderte Isabelle. »Jamie und du ...«, sie setzte kurz aus und holte tief Luft, »ihr zwei werdet ein tolles Gespann, wenn ihr euch erst einmal besser kennt.« Samuels Herz sank ein wenig. Sie sprach von ihnen beiden, aber nicht von ihnen zu dritt. Sie schloss sich selbst nicht mit ein.

»Nur um eines bitte ich dich noch, Samuel«, fing sie leise an, »Wenn er dich erst einmal kennengelernt hat, dann vergeig das nicht. Konkret soll das heißen, dass du für ihn da sein sollst und nicht einfach auf einmal wieder den Kontakt abbrechen lässt.« Samuel nickte nur. Sie sah es nicht und wusste doch, dass er einstimmte, sonst hätte er schon lauthals etwas entgegnet.

Auch für sich selbst fand sie ihr Lächeln zu aufgesetzt. Ihre Mundwinkel und Wangen schmerzten, vom Dauergrinsen. Er wartete am Förderband auf seinen Koffer und Isabelle sah durch die Glasfenster nur seine Rückenansicht. Unverkennbar, die blonden Haare im Schein der Sonne fast silbern glänzend und die hohe Statur.

»Miss Rose?«, sprach sie ein Herr an.

»Ja?«, lächelte sie freundlich zurück und drehte sich zu dem Herrn jüngeren Alters um. Ihr Lächeln versteinerte.

»Wie geht es Ihnen? Lange hat man nichts mehr von Ihnen gehört. Nachträglich Glückwunsch zum Award für die Business-Frau des Jahres.«

Isabelle wusste nicht was sie erwidern sollte und als sie aus dem Augenwinkel in der Ferne zwei Fotoapparate klicken sah, war ihr einziger Gedanke: Flucht. Das hier waren Journalisten. Dieses Gesicht würde sie nie vergessen. Vor einem halben Jahr, an einem schönen lauen Sommerabend, auf dem Empfang des Gouverneurs. Er war über die Absperrung gesprungen. Hatte sie höhnisch angegrinst und jetzt drückte sein Gesicht kaum etwas anders aus, als Spott und ungeheuerliche, unverhohlene Neugierde.

Ihr gehetzter Blick schoss in Samuels Richtung, wo sie ihn das letzte Mal gesehen hatte. Aber vergebens. Er war nicht mehr da.

»Ich würde Ihnen sehr danken, wenn Sie meine Privatsphäre auch weiterhin respektieren würden«, sprach sie möglichst freundlich und trat ein paar Schritte von dem Herrn weg. Sah sich weiter nach Samuel um. Wo war er nur?

»Auf wen warten Sie denn?«

Diese Journalisten waren wirklich nur dreist. Gerade eben hatte sie ihn höflich gebeten sie in Ruhe zu lassen. Schnelleren Schrittes steuerte sie in Richtung Ausgang und tippte in ihr Handy. »Wo bist du? Habe Reporter auf den Fersen.« Die Antwort kam prompt: »Habe ich gesehen. Ausgang C. Versuch ihn abzulenken.«

Super, wie sollte sie so eine lästige Bazille ablenken können?

»Woher wissen Sie, dass ich hier bin?«, fragte sie den Journalisten über die Schulter und steuerte in Richtung Ausgang C. Die Kletten hinter ihr her. »Sie sind nicht uninteressant. Haben gerade wieder schön Schlagzeilen mit Ihrem Erfolg vor Gericht gemacht. Chloé Montanna alles genommen. Das arme Ding wohnt jetzt in einem kleinen Appartement im schlimmsten Viertel Londons. Sie tauchen jedoch ansonsten kaum in den Medien auf. Niemand weiß so recht wer Sie jetzt sind, wo Sie sind, was Sie machen und ich habe mich eben etwas mehr hinter die Recherchen geklemmt und Ungeheuerliches herausgefunden.«

Isabelles Herz machte kurze Aussetzer. »Gut, ich beiße an. Das da wäre?«, fragte sie kühl nach und hörte einen Fotoapparat hinter sich klicken. Was war da jetzt fotografierenswert? Wie sie einen Flughafen verließ? Wo war nur Samuel? Schob die große verspiegelte Sonnenbrille auf ihre Nase.

»Sie haben keinen Kontakt mehr zu Ihrer alten Familie«, fing der Reporter geschäftsmäßig an und Isabelle atmete erleichtert auf. Wenn er nur so etwas wusste, dann konnte er ihr nicht gefährlich werden. »Sie haben ein Kind.« Okay, das war schon verfänglicher. Eindeutig verfänglicher und Isabelle war klar, was für eine Frage jetzt folgen musste. »Wer ist denn der Vater?« Abrupt blieb sie stehen.

»Wenn Sie die Privatsphäre von meinem Sohn nicht respektieren, dann Gnade Ihnen Gott«, knurrte sie dunkel. Doch das schien den Journalisten nicht wirklich zu beeindrucken.

»Oh, Ihr Sohn interessiert mich nicht wirklich. Es ist Samuel Barnes der mich interessiert und seine Ex-Frau Chloé. Die beide an dem Mord an ihrem Vater beteiligt waren. Der Mann, den sie heute abholen«, lachte der Reporter, mit nasaler Stimme. In ihrem Kopf hörte es sich wie in einem Bienenstock an und plötzlich sah sie etwas neben der Schiebetür des Ausgangs aufblitzen - der Sicherheitsknopf. Jene Tür schloss sich sofort hinter Isabelle und ließ sich auch nicht mehr öffnen. »So leicht kommen Sie mir nicht davon«, hörte sie den Reporter gedämpft durch die Glaswand. Doch sie eilte einfach weiter, in Richtung ihres Wagens, ohne sich umzudrehen. Konnte sich ein Schmunzeln jedoch nicht verkneifen.

»Sehr geschickt, Isabelle.« Samuel tauchte wie vom Erdboden freigegeben neben ihr auf. Wie er das angestellt hatte fragte sie lieber nicht nach. Ihr Chauffeur lud Samuels Koffer ein. Isabelle hielt Samuel, ohne ihn groß anzusehen, die Tür auf und pfefferte sie hinter ihm zu. Sah sich noch einmal auf dem Parkplatzgelände um, doch von den Fotografen und dem Journalisten war nichts mehr zu sehen. Setzte sich neben Samuel auf die andere Seite der Rückbank. »Wir können endlich«, bellte sie und ihr Chauffeur zuckte leicht zusammen. So kannte er seine Chefin nicht wirklich.

»Schlechte Laune, Kleines?«, fragte Samuel schmunzelnd nach. Isabelle riss förmlich ihre Sonnenbrille von der Nase. »Das ist für dich nichts weiter als ein Spiel, nicht wahr?«, mit funkelnden Augen und verkniffenem Mund sah sie zu ihm. Sah ihn seit mehr als einen Monat richtig an und dann mit so einem Blick. Das hatte sich Samuel auch anders vorgestellt.

»Man merkt, dass du nicht viel Erfahrung mit Reportern hast. Nimm die Sache lockerer«, zuckte mit den Schultern. Hart stieß Isabelle Luft aus.

»Locker nehmen? Wenn er mir sagt, dass er Unglaubliches herausgefunden hat. Von meinem Sohn weiß und du nur zweihundert Meter von uns entfernt bist«, legte sie alle Fakten dar. Samuel lehnte sich zurück und wippte mit dem Fuß.

»Erstens einmal ist es unser Sohn«, seine Augenbraue wanderte hoch, »zweitens weiß der Typ nichts.« Sie wollte etwas erwidern, aber er hob die Hand, um ihr Einhalt zu gebieten. »Die streuen immer Informationen aus, um einen zu ködern. Damit dir irgendwann irgendetwas Falsches entwischt. Und drittens hättest du mir sagen können, dass ihr wieder so schönes Wetter habt. Ich habe das falsche Zeug eingepackt.« Verwirrt sah sie ihn an und auf die Straße. Wieder zu ihm. Die restliche Fahrt sprachen beide nichts mehr miteinander.

»Nenn mich nie wieder Kleines«, murrte Isabelle noch verbissen, bevor sie ausstiegen und Samuel schmunzelte vor sich hin. Hätte ihn gewundert, wenn sie noch länger den Mund gehalten hätte. Die Gegend hatte sich kaum verändert. Die Äste der Bäume waren kahl und es waren mehr Menschen auf den Straßen unterwegs, aber ansonsten erinnerte alles noch an ihre Konfrontation, hier in ihrem Haus, als sie ihn rausgeschmissen hatte und er einfach gegangen war. Wieder einmal. Wenn er nur verbissener gewesen wäre, vielleicht ... Aber nein, das hätte wohl auch nicht viel gebracht.

Samuel blickte sich um, als der Chauffeur seinen Koffer ins Haus trug. Der kleine Blumenladen war immer noch an der Ecke. Ein Zeitungsgeschäft daneben. Die Auslagen einladend mit allerhand Papierzeugs, das eh niemanden wirklich interessierte und die viel zu sehr mit unnötigen Details gefüllt waren. Sein Blick wanderte hoch in die schneebedeckte Baumkrone. Vogelgezwitscher vernahm er und in weiter Ferne einen Hund bellen.

»Kommst du?«, fragte Isabelle, in seinen Rücken und als er sich zu ihr umdrehte, meinte er, sie würde die Hand nach ihm ausstrecken. Ihn anlächeln und ihn in der nächsten Sekunde die Treppen nach oben ins Haus ziehen. Ein netter Tagtraum. Aber eben auch nicht mehr als das – nur ein Traum. Sie ging ohne ihn die Stufen nach oben.

»Dein Flug war bestimmt anstrengend. Möchtest du dich ausruhen?«, fragte Isabelle weiter und er zog sich seinen Mantel aus. Ein Schwall seines Geruchs umhüllte sofort die junge Frau, als sie ihm den Mantel abnahm. Sah zu ihm rüber, als sie jene auf einen Hacken hing. »Du kannst duschen, schlafen. Was immer du möchtest.« Ging an ihm vorbei, in das Wohnzimmer. Auch hier hatte sich kaum etwas verändert, stellte Samuel nach einem kurzen Rundumblick fest. Die Regale noch immer vollgestopft mit Büchern. Die Couch belegt mit Büchern. Selbst auf dem Boden stapelten sich Bücher. »Fühl dich wie zu Hause«, lächelte sie freundlich, doch Samuel sah die Distanziertheit in ihrem Gesicht. Ihre Augen erreichte ihre freundliche Art nicht.

»Wann kommt Jamie?«, fragte er nervös nach. Im Flieger war er nicht nervös gewesen. Doch seitdem er ihr Haus betreten hatte, stieg der Adrenalinspiegel in seinem Blut, von Sekunde zu Sekunde, unaufhörlich an.

»Er ist bei Bekannten. Ich dachte, vielleicht möchtest du dich zuerst etwas ausruhen. Also ich ... vielleicht ist morgen besser. Dann sind wir alle ausgeschlafen und so ...«, doch weiter kam sie nicht. Die Tür wurde geöffnet.

»Kann ich Ihnen irgendwie zur Hand gehen?«, lächelte die Haushälterin Marie, mit ihrem rundlichen Gesicht durch den Türspalt. Isabelle lächelte zurück. »Nein danke, Marie. Gehen Sie nur nach Hause. Es gibt heute nichts mehr zu tun.« Auch das wirkte sehr aufgesetzt, stellte Samuel fest. Sie war eindeutig extrem nervös und das vereinte sie beide. Nicht nur ihm war anscheinend unwohl. Von Marie erntete Samuel natürlich nicht mal einen Blick, als sie wieder verschwand.

Stille legte sich über das Wohnzimmer. Verlegen trat Isabelle von einem Fuß auf den anderen. »Willst du etwas trinken? Einen Tee vielleicht? Mit Rum oder so ...«, stotterte sie weiter und raffte im nächsten Moment ihre Schultern. So konnte sie sich nicht aufführen. Das hier war Samuel ja, aber sie war immerhin eine erwachsene Frau. Bevor er groß etwas erwidern konnte, ging sie unsicheren Schrittes in die Küche. Ging wieder zurück, da sie wusste, dass Tee jetzt nicht wirklich angebracht war und blieb im Türrahmen stehen. Samuel hatte einen Bilderrahmen in der Hand. Sie wusste es zeigte Jamie, mit Maxwell. Ein Bild vom letzten gemeinsamen Urlaub, als sie zusammen auf den Malediven waren. Kurz bevor Samuel wieder in ihr Leben getreten war. Kurz bevor ihre kleine heile Welt, die sie sich so mühselig aufgebaut hatte, zerstört wurde.

»Ich geh duschen und dann ...«, fing er verlegen an. Isabelle nickte nur und schloss gequält die Augen, als sie ihn die Treppen nach oben schreiten hörte. Entließ alle Luft auf einmal, aus ihren Lungen. Es war richtig, dass er hier war. Es war einfach richtig, dass er Jamie kennenlernte. Es war auch wichtig, dass Jamie endlich seine Wurzeln kennenlernte. Sie hatte richtig gehandelt und doch war ihr so schlecht, dass sie sich immer wieder übergeben könnte.

Sie sahen sich erst wieder am nächsten Morgen. Und wieder blieb Isabelle wie gebannt im Türrahmen stehen, als sie Samuel in ihrem Wohnzimmer beobachtete. Wieder den gleichen Bilderrahmen in der Hand, wie gestern Nachmittag.

»Es ist mein Leben«, knurrte Samuel und stellte den Bilderrahmen wieder ins Regal. »Ich habe schon so viel von Jamie verpasst. Die Geburt. Seine ersten Worte und Schritte. Die Einschulung«, er sah zu ihr rüber, »Ich will aber die nächsten Schritte mitbekommen. Wie er sich zum ersten Mal verliebt.«

Isabelle fiel ihm lachend ins Wort: »Oh, da bin ich gerade live dabei und ich sag dir, das ist nicht wirklich immer lustig.« Ihr Herz hüpfte unkontrolliert, obwohl sie nicht wusste wieso. Samuel sah zu Boden. Isabelle wusste nicht, was sie sagen könnte, um die Stille zu brechen. Samuel war gerade zu verlegen, um überhaupt etwas herauszubringen. Auf die Armlehne des großen Sessels setzend, verschränkte sie die Arme, nur um im nächsten Augenblick wieder aufzuhüpfen und zu einem Bücherregal zu gehen. »Setz dich«, forderte sie ihn leise auf.

Er tat es, mit verdutztem Blick und hatte sie im nächsten Moment auch schon im Rücken. Über seine Schulter gelehnt legte sie ein Fotoalbum auf seine Beine. »Hier. Es ist natürlich nicht, wie es live mitzuerleben. Aber ...«, vorsichtig öffnete Isabelle die erste Seite. Sie zierte gleich ein Bild von Isabelle. Wie sie, mit einem Jamie als Kleinkind, in die Kamera lächelte.

»Meine Mutter hat eine Zeit lang hier in New York bei mir gelebt. Bis ich alles auf die Reihe bekommen habe. Was fast drei Jahre gedauert hat«, erläuterte sie, lehnte sich weiter über seine Schulter und blätterte die nächste Seite um. »Ich habe die Bilder selbst schon lange nicht mehr angesehen«, lächelte sie und deutete auf ein Foto von sich, wie sie auf irgendeinem Fest irgendetwas aß. Samuel sah nicht genauer hin, denn ihre weichen Haare streiften seine Schläfe. Sie erklärte irgendetwas lächelnd.

»Das mit deiner Mutter tut mir leid«, sprach er leise. Sein warmer Atem streifte ihre Wange. Sah ihre schöne Mutter, wie sie Jamie im Arm hielt, bei seinem fünften Geburtstag. Automatisch legte sich ein Schmunzeln auf ihre Lippen. Es war ein herrlicher schöner Frühlingstag gewesen. Der letzte Geburtstag den sie zusammen feiern sollten. Tränen stiegen in der jungen Frau auf.

»Mom wollte unbedingt nach London zurück. Sie wurde hier einfach nicht glücklich. Auch als es mit mir karrieretechnisch bergauf ging. Ich erfüllte ihr den Wunsch und kaufte die alte Familienvilla wieder, die Chloé und ihre Mutter abgestoßen hatten und ließ sie für Mutter herrichten«, sah immer noch auf das Bild ihrer Mutter, »Jamie kennt sie nicht wirklich. Er war noch zu jung. Leider«, richtete sich mit einem Ruck auf und strich sich die Haare nach hinten. »Meine Mutter hat mir oft ins Gewissen geredet, ich solle dir alles sagen. Sie hatte gemeint, die Vergangenheit könne nie so schlimm sein, um nicht vergeben zu können.«

Samuel erfasste mit einem Mal eine tiefe Zuneigung zu der toten Mrs. Rose. Sie hatte, die Jahre in London, so zurückgezogen gelebt, dass sie so gut wie keiner Menschenseele wirklich aufgefallen war. Und ehrlich gesagt wollte keiner, dass sie jemanden auffiel. Vor allem nicht seiner Familie.

»Es geht doch gar nicht um Vergebung, nicht wahr?«, fragte Isabelle mehr sich selbst und trat an das Fenster. Überflog mit den Augen den kleinen Garten, die Holzschaukel, die leicht im Wind hin und her wippte. Vergeben war einfach, wenn man liebt.

»Sie wollte wieder zu dem Ort, an dem sie mit Dad am glücklichsten war. Es war ihr letzter Wunsch, obwohl er auch dort starb. Es ist doch eigentlich das Vergessen was wir nicht können und doch wollen«, redete sie vor sich hin und Samuel stimmte ihr stumm zu. »Keine von beiden Seiten ist wirklich nur gut oder nur böse«, wiederholte sie die Worte ihrer Mutter, die sie so oft, in abendlichen Gesprächen vor dem Kamin mit ihrer Tochter hatte fallen lassen. »Ich kann dir nur diese paar Fotos geben. Keine Erinnerungen«, sprach sie leise weiter, drehte sich lächelnd zu ihm um und Samuel konnte nicht anders, als in ihrem Anblick zu versinken. Die Morgensonne stand tief und traf Isabelle im Rücken, umgab sie wie einen Heiligenschein. Es geht wohl auch darum zu vergessen, was sie in ihrer Schulzeit erlebt hatte, überlegte Samuel niedergeschlagen. Was er und seine Sidekicks ihr angetan hatten, alles was drumherum lief. Einfach alles. Er konnte doch auch nicht vergessen.

Sie trat zu ihm. Blätterte im Album weiter. Ihr kamen ein paar lose Fotos entgegen. Langsam besah sie sich eines nach dem anderen. Lachte wieder auf, als sie sich selbst noch so unglaublich jung sah. Aufgenommen auf dem Hof ihres Privat-Colleges. Ein Buch in der Hand, wilde Lockenmähne. Sie lächelte nicht in die Kamera, sondern zu irgendjemanden.

»So habe ich dich in Erinnerung«, hörte sie Samuel leise.

»Oh sieh mal«, quietschte sie und zeigte auf ein Foto, welches ein paar Schüler auf dem Schulhof zeigte. Sie fuhr die Köpfe der Schüler ab, blieb an einem hängen. Samuel sah grimmig in die Kamera. Isabelle lachte frei heraus. »Du hast immer so geguckt. Obwohl dir ein Lächeln viel besser gestanden hätte.« Auch Samuel lachte auf. Was hatte er da nur für eine Frisur getragen und wie krank er aussah. Die Drogen hatten fatale Wirkungen auf seinen jungen Körper gehabt.

Isabelle setzte sich auf die große Lehne des Sessels und Samuel konnte nicht anders, als seine Hand leicht auf ihren Rücken zu legen, als sie sich mehr zu ihm beugte und wieder eine Seite umblätterte. Sie zuckte nicht zurück, schien zu sehr gefesselt zu sein. Das nächste Foto zeigte sie kurz nach der Geburt, mit Jamie im Arm.

»Warum ist das hier und nicht ins Album geklebt?« Sie blätterte im Album und blieb an dem gleichen Foto hängen. Erinnerte sich mit einem Mal, dass sie es einst Samuel schicken wollte. Eigentlich immer ein Foto zum jeweiligen Geburtstag von Jamie, so wie ihre Mutter es ihr einst einmal gesagt hatte. Aber sie ließ es dann doch bleiben, als sie endgültig beschlossen hatte Samuel nichts zu sagen. Als er geheiratet hatte und ein neues Leben, eine neue Familie, sich anfing aufzubauen. Sie und Jamie wären nur ein Störfaktor darin gewesen. Stumm betrachteten sie die Bilder. Samuel fasziniert von dem was er da zustande gebracht hatte und wie sich dieser kleine Bursche entwickelt hatte. Sah sich auf den jüngsten Fotos selbst wieder.

»Da haben wir doch was Schönes zustande gebracht«, lächelte Isabelle und strich über das Foto von Jamie, in seiner Highschool-Kleidung und mit Stolz geschwellter Brust. Das letzte Foto zeigte ihn beim Tennisspielen. »Er ist sehr sportlich«, erklärte Isabelle. Vorsichtig schloss sie das Album. Stellte es wieder an seinen Platz und drehte sich dann zu ihm um. »Und jetzt?«, fragte sie sich unweigerlich.

»Hast du Hunger?«, fragte sie laut und wirkte auf Samuel so schüchtern, wie noch nie. Nein, hatte er nicht wirklich, doch er aß ein Sandwich, in der Küche, mit. Beobachtete Isabelle, wie sie anschließend die Teller und Gläser in der Spüle reinigte.

»Wusste Jamie von Haus aus, dass Maxwell nicht sein leiblicher Vater ist?«

»Sicher, sie haben sich erst kennengelernt als Jamie schon drei war. Er hat ihn sofort angenommen. Für Max war es schon schwieriger«, gab sie ihm ehrlich Antwort.

»Warum hast du dich so abgekapselt?«, fragte Samuel leise weiter.

»Weil ich nicht mehr das sein wollte, wofür mich jeder kennt«, fing sie langsam zu sprechen an. »Weil ich …«, sie drehte sich zu ihm um, »weil ich neu anfangen wollte zu leben. Du weißt aber selbst wohl am besten, dass das kaum möglich ist«, schloss sie leise. Darauf konnte er nur nicken. Es war nicht möglich. Zumindest nicht ganz. Die Vergangenheit holt einen immer wieder ein. Das schien sie langsam zu begreifen.

Isabelle räusperte sich und band ihre Haare zu einem Pferdeschwanz zusammen. »Ich muss den Tag nutzen und werde noch ein paar Unterlagen wegen der Firma durchgehen, bis Jamie nach Hause kommt«, sprach sie und strich sich eine lose Haarsträhne hinters Ohr. Sah auf ihre Uhr. »So in zwei Stunden, okay?« Blieb noch einmal im Türrahmen stehen und drehte sich zu Samuel. Der lehnte mit der Hüfte am Tisch und sah sie einfach nur an. Ein leichtes Lächeln stahl sich in ihren Mundwinkel. »Es ist gut, dass du hier bist. Wirklich.«

Samuels Herz setzte einen Schlag lang aus. Ihr Lächeln war sanft und ihre Augen offen und gütig auf ihn gerichtet. So ganz anders, wie viele Male zuvor.

»Sag mir, dass du es schön findest. Sag mir, dass du es nicht nur gut wegen Jamie findest«, bat er sie stumm, doch er nickte nur und sie ging.

»Jamie?« Isabelle setzte sich neben ihren Sohn, im Wohnzimmer, auf das Sofa und lächelte ihn liebevoll an. Samuel schluckte hart und wippte nervös mit dem Fuß auf und ab. So aufgeregt war er das letzte Mal, als er … Ja, wann eigentlich?

Jamie war gerade von einem Freund gekommen, einen Kuss auf die Stirn aufgedrückt bekommen von Isabelle und flüsternde Worte ins Ohr, die Samuel nicht verstanden hatte. Jedoch wurden Jamies Augen größer, als er den nicht mehr allzu fremden Mann in der Küche sah. Die Begrüßung war unterkühlt. Zwischen Isabelle und Jamie huschten Samuels Augen hin und her. Die Situation hier war gut so, aber es war auch verdammt anstrengend.

»Wir haben doch schon einmal über das Thema Familie miteinander gesprochen«, fing Isabelle mit weicher Stimme an. Jamie nickte nur, sah seine Mutter aus misstrauischen Augen an. »Du weißt, dass Max nicht dein Papa ist.« Jamie nickte. »Dass dein leiblicher Papa nicht da ist, weil Mama und er sich nicht so gut verstehen.«

Samuel zog eine Augenbraue in die Höhe. Weil sie sich nicht gut verstanden? Himmel! Sie kannten sich doch gar nicht. Wie sollten sie dann wissen, ob sie sich gut verstehen würden oder nicht?

Wieder nickte Jamie nur. Samuel hatte nur Augen für Isabelle. Versank in diesem Anblick, von Mutter und Sohn. In ihren dunklen Augen. Und plötzlich war auch alle Aufregung weg. Sein Puls ging normal. Sie war barfuß und ihre offenen Haare ließen sie um Jahre jünger aussehen. Wirkte nicht wie die harte Verhandlungspartnerin, als die er sie kennengelernt hatte. Er wollte das Mädchen hinter dieser Fassade noch näher kennenlernen.

»Aber es gibt Zeiten im Leben da ändern sich die Dinge«, sprach sie ruhig weiter und Samuel musste ihr Anerkennung zollen für ihre beherrschte Art. Aber die war wirklich nur äußerliche Fassade. Innerlich raste Isabelles Puls und sie war sich sicher, dass wenn sie nur den Arm heben würde, die Schweißflecken tellergroß wären, unter ihren Achseln. »Dein leiblicher Vater würde dich gerne kennenlernen«, nahm Isabelle wieder den Faden auf, wurde jedoch von ihrem Sohn unterbrochen. Jamie sprang auf und sah Samuel kalt an. »Sie sind mein Vater?« Eher Feststellung, als eine Frage. Die beiden Erwachsenen tauschten erschrockene Blicke aus. Samuel nickte nur. Der forschende Blick, den Jamie jetzt jedoch folgen ließ, war Samuel sehr unangenehm. Verlegen kratzte er sich am Hinterkopf, doch Isabelle half ihm aus der Misere. »Jamie?«, fragte sie weich nach.

»Ich will Sie nicht kennenlernen«, kam es von Jamie trocken.

»Warum, mein Schatz?«, fragte Isabelle atemlos und stand auch auf, doch Jamie hatte nur Augen für seinen Vater. »Warum hat er sich nicht schon früher gemeldet?«, damit verschwand Jamie. Geschockt sah Samuel ihm nach. Isabelle folgte ihrem Sohn. Es folgte eine lautstarke hitzige Diskussion und Isabelle« kam gehetzt wirkend wieder ins

Zimmer. Samuel ging wie ein Tiger im Käfig auf und ab. »Es tut mir leid«, sprach sie leise und wrang ihre Finger. Den restlichen Tag sah Samuel Isabelle nur selten. Vor allem telefonierend mit ihrem Sohn, den sie lautstark bat wieder nach Hause zu kommen, oder er könne weiß Gott was erleben. Jamie tauchte nicht wieder auf und Isabelle verzweifelte. Sie beschloss auf dem Sofa zu schlafen, damit sie sofort mitbekam wenn Jamie nach Hause kam.

Als Samuel aufwachte, meinte er jede einzelne Feder des Bettes spüren zu können. Es war noch sehr früh, das entnahm er zumindest dem Sonnenaufgang, der gerade stattfand. Um seine müden Knochen wieder weicher zu bekommen, streifte er ein wenig durch das ruhige Haus. Die Kühlschranktür zierte noch immer zahlreiche Kinderzeichnungen. Mal von Isabelle und Jamie handelnd. Mal ein Haus, mit einem Baum und Widmung von Jamie an seine Mutter. Doch ein Bild passte Samuel ganz und gar nicht. Es war unverkennbar Isabelle und Jamie und ein anderer Mann. Schwarze Haare und sehr groß. Maxwell Mason wurde hier auch verewigt und am liebsten hätte Samuel die Zeichnung von seinem Platz gerissen. Wütender, als er sein sollte, stampfte er ins Wohnzimmer. Lauschte in die Stille des Hauses. Isabelles Bettzeug lag noch auf dem Sofa, aber von ihr fehlte jede Spur. Irgendwo knackste immer das Holz, oder der Wind blies durch die Ritzen der Türen und Fenster. Ein Atlas stand schief im Regal und er wusste nicht wieso, aber er versuchte ihn gerade hinzurichten. Doch etwas blockierte und Samuel zog den Atlas heraus. Nahm durch den freigewordenen Spalt, zwischen den Büchern, etwas aufblitzen wahr. Neugierig zog er noch ein Buch heraus. Dahinter tauchte etwas Dunkelbraunes auf. Es sah fast wie eine kleine Truhe aus. Zog sie heraus. Sah kurz über die Schulter. Vorsichtig öffnete er den Deckel. Sah irritiert auf den hölzernen Boden der Truhe. Sie war leer. Warum versteckte jemand eine nett anzusehende leere Truhe hinter Büchern? Von Neugierde gepackt setzte er sich in den großen Sessel und drehte die Truhe. Besah sie sich von allen Seiten ganz genau. Fuhr mit den Fingern mal hier mal da über Unebenheiten im Holz. Vermutete eine doppelte Wand. Drehte die Truhe und hörte ein Klimpern im Innern. Sah einen Spalt im Holzboden und versuchte mit dem Zeigefinger ihn weiter zu öffnen. Mit einem Klack sprang der Boden heraus. Zum Vorschein kamen vergilbte Seiten. Erst bei näherem Hinsehen erkannte er Zeitungspapier. Vorsichtig zog er den Stapel heraus. Nahm das oberste Papierstück und faltete es auf.

»Barnes-Spross verhaftet worden«, lautete die Schlagzeile und darunter ein Foto von Samuel, mit neunzehn Jahren, als er abgeführt wurde von zwei Polizisten. An die Szene konnte er sich noch sehr lebhaft erinnern. Verwirrt schob er die anderen Seiten etwas auseinander und ihm wurde mulmiger zumute, als er den nächsten Artikel zur Hand nahm.

»Die eiskalten blauen Augen eines Teufels?«, lautete die Schlagzeile. Schnell zog er eine Augenbraue in die Höhe. Das gezeichnete Bild von ihm, eine Portraitaufnahme während der Verhandlungen, beachtete er gar nicht. Etwas anderes hatte seine Aufmerksamkeit erregt. Neben dem Titel stand in roten Lettern ›lilablassblau‹, das ›blauen‹ im Titel war unterstrichen. Seine Augen überflogen den Artikel. Sehr viel blumiger Schwachsinn über seine Vergangenheit. Die fehlende Geborgenheit und Liebe einer Mutter wurde genauso thematisiert, wie die tyrannische Ader seines Vaters und seine Drogenprobleme. Auch hier waren Worte unterstrichen und am Rand durch andere ersetzt oder ergänzt worden.

»Samuel Barnes` unterkühlte Art, selbst während der Verhandlungstage, lässt auf eine kranke Seele schließen, die sich eiskalt vor seinem eigenen Schicksal verschlossen hat.« Daneben stand in roten Buchstaben: »Warum wohl? Eiskalt wohl kaum - Selbstschutz«. Hart schluckend legte er auch dieses Papierstück zur Seite und griff nach dem nächsten. Wieder ein Artikel über ihn. Sehr kurz, aber auch hier waren Worte unterstrichen. Wieder wurden seine Augen als blau bezeichnet, wieder waren sie in rot ersetzt worden. Das Wort ›Unnahbarkeit‹ wurde durch ›Verletzlichkeit‹ ersetzt. Die Worte ›wieder auf Entzug‹ durch ›wieder auf gutem Weg‹. Samuel ging mit dem Stapel zu dem großen Schreibtisch in der Ecke. Überflog ihn kurz und fand eine Rechnung von Isabelle. Die Zahlen waren ihm egal, er sah nur auf ihre Handschrift. Legte den nächsten Artikel daneben. Verglich die geschwungenen Buchstaben. Da brauchte er kein Wissenschaftler zu sein, um zu erkennen, dass es sich wohl um ein und dieselbe Handschrift handelte. Hastig schob er die Artikel auseinander. Überflog sie nach und nach. Alle ausschließlich von ihm handelnd, von den Verhandlungen, von dem Freispruch.

»Samuel Barnes gab zu, unter einem Drogenproblem zu leiden und dass er auch mit seiner Verlobten des Öfteren gemeinsam gekokst habe. Ihr auch hie und da etwas besorgt hatte. Jedoch verneinte er die Frage des Staatsanwalts, der genau wissen wollte, ob Chloé Montanna je von ihm gefordert hatte ein Mittel zu kaufen, welches einen Herzinfarkt vortäuschen könnte.« Was Samuel schockierte war der rote Kommentar daneben: »Ich habe es doch gehört, auf dem Klo und niemand will es glauben.« Es versetzte Samuel einen Stich. Wie sie gesagt hatte und auch hier hingeschrieben hatte. Sie hatte schon vollkommen recht gehabt. Daddy hatte ihn rausgehauen. Eine Menge bezahlt. So hätte es aber ihr Vater mit ihr, in umgekehrter Lage, auch getan. Da war sich Samuel sicher. Bedrückt fuhr er sich durch die Haare. Sammelte die Artikel auf und ging rüber zur Truhe. Wollte alles wieder verstauen, doch dann sah er, dass noch etwas am Boden lag - eine gepresste Blume. Sein Herz machte einen Satz und hämmerte hart gegen seine Brust, als er auch ein Bild sah. Er strahlte in die Kamera, vor sich im Arm Chloé. Genauso glücklich wirkend. Sie wirkten nicht nur so, sie waren es damals auch durchaus gewesen. Sie hatte immer zu ihm, in all der schweren Zeit, gehalten. Egal gegen wen. So wie er für sie da war. Er faltete den Artikel auf. Seine Augen huschten über die Zeilen. »Der äußerst bei der Frauenwelt beliebte Samuel Barnes, Spross aus dem Hause Barnes und erfolgreicher Unternehmersohn gibt sich die Ehre und vermählt sich. Die Frauenwelt wird weinen. Die Männerwelt aufatmen.« Angewidert stieß Samuel Luft aus. So ein Schund. »Was begehrt man mehr? Geld, gutes Aussehen, eine liebevolle Frau, eine Familie. Nachwuchs wird bestimmt nicht lange auf sich warten lassen und bei zwei so schönen Elternteilen kann nur ein Model dabei herauskommen.« In roten schwungvollen Buchstaben stand daneben: »Bei einem so schönen Vater. Stimmt. Aber die innere Hässlichkeit der Mutter wird bestimmt obsiegen.« Sein Herz rutschte ihm in die Kniekehlen. Sie hatte ihn schon einmal als schön bezeichnet. Damals auf dem Empfang. Aber ihre Worte hier hatten so viel mehr Gewicht. Sie hatte sie vor zehn Jahren geschrieben. Er lachte in die Kamera und hatte bereits ein Kind, von dem er nichts wusste. Doch dieses Mal kam kein Groll gegen Isabelle hoch. Nein, es war wohl Bedauern. Wenn er damals Bescheid gewusst hätte, hätte er dann geheiratet? Wie wäre sein Leben verlaufen? Doch mit Sicherheit anders. Ob es besser gewesen wäre? Aber so durfte er nicht denken. Das wäre Chloé gegenüber unfair. Es gab auch genügend schöne Momente mit ihr, die er sich in seinem Innersten aufbewahrt hatte.

Ein Geräusch auf der Treppe ließ ihn umsehen. Schnell packte er alles wieder in die Truhe und verstaute sie, an ihrem alten Platz. Platzierte die Bücher davor. Gerade rechtzeitig drehte er sich wieder um. Jamie stand im Türrahmen. Sah ihn forschend und durchdringend an, schritt dann ohne ein Wort die Treppen nach oben. Als er in seinem Zimmer verschwunden war, hechtete Samuel nach oben, immer zwei Stufen auf einmal nehmend. Riss förmlich die Tür zu Isabelles Schlafzimmer auf.

»Samuel«, keuchte sie erschrocken auf. Hielt sich die Hände vor die nackte Brust. Samuel blieb wie versteinert stehen. Umklammerte den Türknauf. Sie hatte nichts an, außer einem kleinen schwarzen Tanga.

»Was soll das?«, fauchte sie. Samuel schluckte hart und sah kurz weg. Aber sie erlöste ihn sogleich. Zog sich ihren Hausmantel über.

»Von Privatsphäre hältst du ja nicht allzu viel, oder?«, höhnte sie und sah ihn verkniffen an. Er schloss die Tür hinter sich.

»Nichts, was ich nicht schon gesehen hätte«, gab er lässig zurück und trat auf sie zu. Sie machte gleichzeitig die Schritte nach hinten, bis sie am Bettpfosten anstieß.

»Was willst du?«, sah ihn skeptisch an. Ging ins Bad, doch er folgte ihr, was sie genervt aufstöhnen ließ. Samuel überlegte fieberhaft was er tun sollte. War hier eigentlich kopflos nach oben gerannt und jetzt stand er hier, im Türrahmen und wusste selbst nicht weiter. Sollte er sie auf die Artikel ansprechen? Auf ihre Kommentare? Auf die Blume? Aber dann müsste er auch zugeben, dass er sie ausspioniert hatte. Und das gerade jetzt, wo er wieder halbwegs einen Weg zu ihr gefunden hatte.

»Ich wollte dir nur sagen, dass Jamie wieder da ist«, brachte er hervor. Zunächst sah sie ihn nur fragend an, um anschließend aus dem Zimmer zu stürmen.

»Gemütlich hast du es hier«, sprach Samuel freundlich und sah sich im Zimmer seines Sohnes um. Isabelle hatte ihren Sohn dazu gebracht, dass jener mit Samuel sprach. Sein Blick glitt weiter im Jugendzimmer herum. Isabelle hatte ihrem Sohn wirklich alles geboten, was er sich nur wünschen konnte. Seine Augen blieben jedoch an etwas anderem hängen. Isabelle stand im Türrahmen gelehnt und beobachtete ihren Sohn, der gerade mit seiner Spielekonsole beschäftig war. Sie hatte Tränen in den Augen. Leicht stieß sie sich vom Türrahmen ab. Jamie drehte sich, beim Knacksen des Holzes, um. »Mom«, sprach er ernst und sah verstohlen zu Samuel. Es war eine Bitte um Erlösung, doch die gewährte sie ihm nicht. Schloss leise hinter sich die Tür.

Erst am frühen Abend kam Samuel wieder aus Jamies Zimmer. »Das Geschenk kam gut an. Wir sind Rennen gefahren«, lächelte Samuel.

»Es braucht Zeit. Sei ihm nicht böse. Es verwirrt ihn. Hast du das schon gelesen?«, ernst schob sie Samuel die Zeitung hin. Als er den Artikel sah, schnaufte er unwirsch aus. »Scheiße.«

»Sie werden wieder alles aufrollen«, zischelte Isabelle und ballte die Faust. »Jeden einzelnen Dreck.« Samuel überflog den Artikel und was er da las, gefiel ihm gar nicht. Der Journalist schrieb davon, wie Isabelle Chloé vor Gericht gebracht hatte. Ihr Sohn bekam das Vermögen Chloés überschrieben. Chloés Mutter sei daraufhin an gebrochenem Herzen gestorben. Jeder wusste jedoch, dass sie Alkoholikerin war. Doch der Artikel ging noch weiter. Über neue Erkenntnisse im Fall Rose und neue Beweise die gegen Chloé Montanna und ihre Mutter sprachen. Was das für genaue Erkenntnisse jedoch waren, darüber ließ sich der Autor nicht aus. Auf diese Details müsste man bis zur Veröffentlichung des Enthüllungsbuches warten.

Isabelle schüttelte nur niedergeschlagen, mit Tränen in den Augen, den Kopf und eilte auf die Terrasse. Samuel folgte ihr nicht.

»Er ist ein aufgewecktes Kerlchen«, fing Samuel an, als er an seinem letzten Abend zu Isabelle auf die Terrasse trat. Hatte gerade noch einmal mit seinem Sohn gesprochen. Ihm das jugendlich leichte Versprechen abgenommen, noch weiter mit ihm in Kontakt zu bleiben.

Isabelle kuschelte sich tiefer in ihre flauschige Decke und lud Samuel kopfnickend ein, neben ihr auf der anderen Liege Platz zu nehmen.

»Wie geht es jetzt weiter?«, fragte sie leise und sah in den Nachthimmel. Beobachtete ihre Atemwölkchen. Sie war gerne hier draußen, wenn endlich die ganze Arbeit erledigt war und Jamie im Bett, saß sie oft auf ihrer Bank im Garten und genoss die ruhigen Minuten allein mit ihr selbst. Der Garten war winzig, eben New Yorker Verhältnisse, aber es war ihr Rückzugspunkt und damit der schönste Garten der Welt.

Samuel zuckte nur mit den Schultern und lehnte sich zurück. Verkreuzte die Hände hinter dem Kopf und folgte ihrem Blick in den Himmel.

»Du kannst nicht erwarten, dass Maxwell grundlegend damit einverstanden ist«, fing Isabelle an.

»Mit was? Dass ich hier bin und Jamie es jetzt weiß, oder das wir miteinander geschlafen haben und er mit seiner Eifersucht klarkommen muss?«

Verdutzt sah Isabelle zu ihm. »Er war immer wie ein Vater für Jamie.« Darüber hatte Samuel auch schon nachgedacht. Natürlich war Mason die männliche Bezugsperson Nummer eins für Jamie, aber er war der biologische Vater. So leicht würde er nicht aufgeben. Wollte er einfach nicht und das schockierte und verwunderte ihn gleichermaßen. Wann hatte er wirklich einmal um etwas gekämpft, rein aus purer, fester Überzeugung heraus?

Es war still. Der Himmel klar. Die Stimmung war friedlich zwischen ihnen und beide genossen es auf ihre Art und Weise.

»Ich habe in Chinatown nicht mit dir Sex gehabt um an deine DNS zu kommen«, sprach sie in die Stille. Das musste er doch wissen, sonst hätte sie nie diese Nacht, nach dem Gouverneurs-Empfang, mit ihm verbracht.

»Kannst du mir je verzeihen?«, fragte Isabelle in die Stille und sah zu ihm. Der Schein des Lichts, aus der Küche, lag halb auf Samuels Gesicht, als er in den Himmel sah. Er gab ihr keine Antwort und dachte sich nur: »Wäre ich sonst hier?«

~*~*~*~*~ ~*~*~*~*~

☆ Ja oder Nein? ☆

Die nächsten Ferien standen an. Die letzten hatte Jamie mit Isabelle und Maxwell in New York City verbracht, jetzt hatte sein biologischer Vater sich eingemischt und Samuel hatte alle eingeladen, bei sich in London Jamies Geburtstag nachzufeiern. Es war das erste große Fest, dass Samuel für sie gab. Isabelle hatte zugestimmt. Sie wollte ihn nicht wieder verärgern, auch wenn der Zeitpunkt äußerst ungünstig war. In der Firma ging es gerade rauf und runter. Die Weltwirtschaftskrise hatte auch sie erfasst und Maxwell war in letzter Zeit äußerst kurz angebunden und wenn er mit ihr sprach dann nur das Nötigste. Doch Maxwell war mitgekommen nach London und das wunderte Isabelle auch nicht wirklich. Er wollte aufpassen. Er wollte kontrollieren. Sie kontrollieren und das machte sie wütend. Der Vorwurf seinerseits, sie würde zu viel Zeit mit Samuel verbringen, konnte Isabelle nicht nachvollziehen. Sie verbrachte kaum Zeit mit Samuel, es war Jamie der mit Samuel in den letzten Wochen und Monaten viel unternommen hatte und Isabelle gefiel bei jedem Treffen der Gedanke mehr und mehr. Doch sie sah auch jedes Mal die Verunsicherung und Scheu in den Augen Samuels, wenn er wieder auf seinen Sohn traf und Isabelle war klar, dass es keine Selbstverständlichkeit darstellte was Samuel die letzten Monate in Bezug auf Jamie geleistet hatte. Aber es war auch ein Trugbild. Samuel war natürlich in dieser freien Zeit nur für Jamie da, ruderte mit ihm, segelte und spielte Tennis mit ihm, im Central Park. Maxwell konnte sich diese freie Zeit die letzten Jahre kaum leisten. Und plötzlich war Samuel bei Jamie immer mehr angesagt. Die Eifersucht Maxwells konnte dann Isabelle ausbaden, bei abendfüllenden Gesprächen, in der sie immer mehr das Gefühl hatte, sie müsse sich rechtfertigen.

Samuels Haus war schön, das konnte Isabelle zugeben, ohne Eifersucht und Neid. Schon in der Schule hatte Samuel mit seiner Kleidungswahl bewiesen, dass er Wert auf Qualität und gutes Aussehen legte. In seinen eigenen vier Wänden vervollständigte er dies nur. Schwere, dunkle Möbel. Viel Silber und Gold. Viel dunkles Grün. Viel Barock. Na gut, vielleicht zu viel von allem. Der Garten war riesig, ein Pool, alter Baumbestand und in der Ferne sah man sogar den Wald. Das kleine Anwesen, am Rande Londons, war ein Vermögen wert.

Es war nur eine kleine Party. Sie waren unter sich.

Es war Isabelle so, als wäre Jamie richtig aufgeblüht, die letzten Monate. Und sie konnte auch den Fakt nicht leugnen, dass Maxwell immer mehr bei Jamie abgeschrieben war. Zwar liebte Jamie Max immer noch heiß und innig, aber zwischen Samuel und Jamie bestand eine ganz andere Verbindung und nach dem Fiasko der ersten Aufeinandertreffen von Vater und Sohn hatte Isabelle nicht mehr an so etwas geglaubt.

Samuel lehnte sich gegen den Türrahmen seiner Küche. Maxwell und Isabelle hatten ihn nicht bemerkt. »So genau würde ich das nicht hinbekommen. Und die Muffins sehen perfekt aus. Das ist ja wie von Zauberhand, mein Schatz«, scherzte Max und setzte einen Kuss auf Isabelles Stirn. Samuel sah, wie sie lächelnd die Augen schloss und auch ihren angespannten Körper. So wie sie die letzten Tage schon angespannt wirkte. Nie frei. Nie herzlich lachend.

»Bring doch schon einmal den anderen Kuchen nach draußen«, bat sie lieb und drückte ihrem Freund eine gläserne Servierplatte in die Hand. Sah ihm verstohlen hinterher, als Max auf die Terrasse trat.

»Ein süßes Pärchen. So harmonisch.«

Ruckartig drehte sich Isabelle um und sah in die hellen Augen von Samuel.

»Willst du wirklich heute einen Streit vom Zaun brechen?«, fragte sie kokett nach, doch der Ernst war herauszuhören. Für Streit war heute kein Platz. Dafür war der Tag zu schön. Es war April. Sie liebte den April. Alles begann von vorne, im Frühling. Und heute war ein besonders schöner, warmer Tag. Die Lampions in grün, rot und gelb hingen bereits in den Bäumen und würden in wenigen Stunden, in der Dunkelheit, mystisch leuchten. Der Pool war umrahmt von großen Laternen. Das Wasser würde geheimnisvoll und einladend schimmern. Erinnerungen kamen auf, an einen Brunnen in New York, bei Nacht. Samuels Lächeln. Kurz schüttelte Isabelle den Kopf.

Samuel fummelte an seinem Fotoapparat und lehnte sich, mit der Hüfte, gegen die Kochinsel. Musterte ihren Rücken.

»Sie ist schön«, sprach sie gefasster, als sie sich fühlte und legte vorsichtig ein Tortenstück auf einen Teller. Sah ihn wieder über die Schulter an. Ihr Blick huschte schnell zu einer großen, schlanken, blonden jungen Frau, in den Garten. Die sich gerade mit Maxwell lächelnd unterhielt. Sie war nett, das konnte sie nicht leugnen. Aber sie war einfach so da und das störte Isabelle gewaltig. Ohne Vorankündigung war ihr das Mädchen vor die Nase gesetzt worden.

»Wie lange seid ihr schon zusammen?« Holte eine Kuchengabel aus dem Besteckkasten und legte sie auf den Teller. Sah wieder in Richtung Samuels neuerster Eroberung. Den ganzen Tag schon musste sie dieses Blondchen Lisa ertragen.

»Wir sind nicht zusammen«, entkam es Samuel schneller, als ihm lieb war. Eigentlich wollte er ihr vor Augen führen, was sie verpasste, als sie ihn von sich gestoßen hatte. Vor allem, als sie ihm mitgeteilt hatte, dass auch Maxwell mit anreisen würde. Den hatte er jetzt in seinem Haus auch noch zu ertragen. Aber Jamie zuliebe hielt er den Mund - ein weiteres Mal.

»Warum nicht? Ihr scheint gut zu harmonieren«, sprach sie gelassen weiter. Lehnte sich wie er an die Küchenzeile.

»Warum wohl nicht?«, entgegnete er leise. Isabelle runzelte die Stirn und ging in Alarmbereitschaft, als er einen Schritt auf sie zumachte. »Wir harmonieren nur im Bett«, stemmte seine Hände rechts und links von ihren Hüften am Holz ab. Sah ihr auf die Lippen. »Genauso wie wir.« Das tat weh und Isabelle realisierte was sie wirklich nur verband. Obwohl sie es eigentlich schon immer gewusst hatte. Drückte sich, mit dem Teller, an ihm vorbei. »Eben, nur im Bett«, ging damit wieder in den Garten.

Samuel sah ihr niedergeschlagen hinterher. Sah durch das Fenster, wie sie das Kuchenstück lächelnd Jamie reichte. Scherzte und auflachte, als Jamie sich auf ihren Schoß setzte. Das war seine Familie und doch nicht. Er griff zur Kamera, lehnte sich gegen den Türrahmen und stellte den Fokus der Linse ein. Drückte genau dann ab, als Jamie seiner Mutter die Sonnenbrille von der Nase zog, sich selbst aufsetzte und Isabelle ihn lächelnd auf die Wange küsste. Jamie zog sie auf die Beine und tanzte wild mit ihr auf irgendein Lied. Wieder hob Samuel die Kamera und wieder knipste er im richtigen Augenblick. Sah Isabelles Haare und Rock um sie selbst fliegen, als sie sich drehte. Abrupt stehen blieb, als sie Samuel mit der Kamera sah und dann zu Maxwell schritt. Wie sie sonst noch harmonieren könnten, konnte Isabelle doch gar nicht wissen, dachte sich Samuel zähneknirschend. Dazu war sie nie weit genug gegangen.

Isabelle schlief gut und sie war fröhlich gestimmt, als sie am nächsten Morgen Max neben sich im weichen Bett schlafen sah. Es tat ihm gut wieder richtig auszuschlafen und es tat beiden gut wieder nebeneinander zu schlafen. Doch als Isabelle Samuel nur wenig später so ansah, von ihrer Position des Spülbeckens aus, wurde ihr der Hals immer dicker, als sie zu der blonden Eroberung Samuels blickte, die nichtsahnend von Isabelles Mordgedanken, ein schlankes, nacktes braunes Bein über das andere legte und Samuel lachend ein Teil seiner Zeitung entzog. Samuel grinste breit zurück. Doch lesen schien nicht so das Ding von diesem Blondchen zu sein. Endlich verschwand sie und Isabelle wollte ihr beinahe nachrufen, dass sie sich etwas mehr als nur einen Quadratzentimeter Kleidung um ihren ultraschlanken Körper wickeln sollte. Tief einmal aus- und einatmend ging sie einen Schritt auf den lesenden Samuel zu. Mit gerunzelter Stirn studierte er irgendwelche Zahlenkolonnen. Zahlen mochte er. Frauen auch.

»Meinst du nicht, für Jamie ist eh schon alles verwirrend genug und dann kreuzt auch noch deine neue Flamme hier auf«, nuschelte Isabelle und wischte sich ihre schweißnassen Hände an ihrem grünen Faltenrock ab.

»Sie ist nicht neu«, lächelte Samuel überheblich, sah zu ihr auf und Isabelle wollte ihm am liebsten eine Ohrfeige verpassen. Er war unmöglich. Samuel zuckte mit den Schultern. »Was regst du dich eigentlich so auf? Du hast doch deinen Stecher auch dabei.« Ihre Hand zuckte arg, aber sie verkrampfte ihre Finger in ihrem Rock. Bemühte sich um Contenance. Streit half keinem etwas, am wenigsten Jamie.

»Das kannst du wohl kaum miteinander vergleichen. Außerdem hat Maxwell zufällig einen Termin in der Stadt«, zischelte sie ungehalten. Samuel lachte laut auf. »Sicher, so ganz rein zufällig.« Den Sarkasmus hörte Isabelle jetzt durchaus heraus.

»Ich musste ihn doch Jamie zuliebe auch in mein Haus lassen«, sprach Samuel bekräftigend und stand auf, »Also kannst du wohl auch Jamie zuliebe akzeptieren, dass meine Flamme hier ist.« Das war der Samuel den Isabelle kannte. Ohne Rücksicht auf andere das tun was er wollte. Kalt und berechnend. Bis jetzt waren sie noch nie solange unter einem Dach zusammen vereint gewesen. Das hier ging jetzt schon eine Woche und der nächste Tag war nicht weniger anstrengend und obwohl Isabelle ihm gestern Abend noch mitteilte, Maxwell würde abreisen müssen, empfand Samuel keinerlei Erleichterung mehr, als er Isabelle heute Morgen erblickt hatte. Wenn Maxwell hier war, war sie wenigstens in anderen Händen. Die zwei Männer konnten sich gerade in die Augen sehen und die Reviere waren abgesteckt. Max schätzte Samuel richtig ein, dass konnte der Blonde an den Blicken ausmachen, die der Finanzhofmeister ihrer Majestät Isabelle Jessica Rose immer wieder zuwarf.

Die Frühstücksgesellschaft am nächsten Morgen war alles andere als amüsant und doch machte jeder gute Miene zum bösen Spiel. Wegen einer Person: Jamie. Samuel saß nur da und trank seinen Kaffee. Isabelle trank gar nichts. Lisa tätschelte Jamie an der Wange und ging hinaus auf die sonnenüberflutete Terrasse. Jamie verschwand in seinem Zimmer.

»Es wäre mir sehr recht, wenn deine Freundin meinen Sohn nicht immer so bemuttern würde. Er hat eine und das reicht.«

Samuel zog eine Augenbraue in die Höhe und sah von seiner Tasse zu ihr auf. »Unser Sohn«, gab er knurrend von sich. »Ich dachte das Thema Freundin hätten wir gestern schon gehabt.«

Sie zuckte mit den Schultern. »Wie du meinst. Dann sag deinem Betthäschen, sie soll die Finger von unserem«, sie betonte das letzte Wort ganz explizit, »Sohn lassen.« Sah ihn hochnäsig kühl an und freute sich innerlich, wie er mit den Backenknochen mahlte. Die Runde ging an sie.

»Ich schlafe hier nicht mit ihr. In diesem Haus mit generell niemanden.« Isabelle lachte trocken auf. »Ja, sicher«, war ihr einziger Kommentar dazu und fing an die Teller zu spülen.

»Sicher ja«, knurrte Samuel. »Es würde einer Entweihung gleichkommen.« Isabelle drehte sich ruckartig zu ihm um. »Wieso?«, fragte sie irritiert nach. Doch Samuel kam nicht mehr zu seinem Konter, da es an der Tür schellte und kurz darauf Deborah, seine zeitweilige Haushaltshilfe, durch die Küchentür blickte. Isabelle wunderte es nur, dass sie nicht auch gertenschlank und blutjung war. Eher genau das Gegenteil.

»Mister Mason möchte Miss Rose sprechen«, sprach die Frau gelassen und sah kurz von Isabelle zu Samuel. Isabelle sah verdutzt zu Samuel und machte sich dann auf den Weg. Richtete sich ihre Haare und Samuel entkam ein angewidertes Schnaufen. »Dann sag deinem Hanswurscht auch, dass er keinen weiteren Fuß in mein«, das letzte Wort schrie er fast, »Haus setzen soll.« Die letzte Woche war genug und einen weiteren Tag konnte er diesen Lackaffen wirklich nicht ertragen. Seine Meditationsübungen halfen auch kaum noch etwas. Isabelle drehte sich, mit geballten Händen, zu ihm um. Es schlug ihr jedoch nur ein kühler Blick entgegen. Um kontrollierte Atmung bemüht empfing sie Maxwell. Der zog sie sofort in einen Kuss, doch sie drückte ihn vorsichtshalber weiter aus der Eingangstür.

»Was machst du denn noch hier?«, fragte sie überrascht.

»Ich dachte, du hättest keine Zeit mehr?« Er nahm sie wieder lächelnd in die Arme.

»Weil der Termin abgesagt wurde. Wir nehmen morgen einfach zusammen den ersten Flieger«, sprach er gelassen und küsste sie noch einmal. »Ähm«, sie löste sich sachte von ihm.

Maxwell schlief im Hotel, Lisa bei sich zu Hause und dass Samuel seine Drohung wirklich wahr gemacht hatte, konnte Isabelle dem Blonden nicht verzeihen. Es war zu kindisch und Samuel war mittlerweile ein erwachsener Mann. Und wie er nun am Abend, an seinem großen schweren dunklen Mahagoni-Schreibtisch saß und Geschäftspapiere durchging, ließ Isabelle auch erinnern wer er war.

»Kann ich dich kurz stören?«, fragte Isabelle vorsichtig und Samuel hob noch nicht einmal den Kopf. Lauter räusperte sie sich und straffte die Schultern, als sie tiefer ins Zimmer trat. Er hatte im Erdgeschoss und oben ein Arbeitszimmer eingerichtet - wie praktisch. Sie selbst schlief im Erdgeschoss, im Gästezimmer. Jamie oben, in seinem eigens dafür hergerichteten Jugendzimmer.

»Könntest du heute Abend auf Jamie aufpassen?«, fragte sie weiter, obwohl sie immer noch nicht sicher war, ob Samuel überhaupt bemerkt hatte, dass sie anwesend war. »Ich würde gerne ausgehen, mit Maxwell. Es ist unser letzter Abend in London«, setzte sie noch nach und das löste bei Samuel auch endlich eine Reaktion aus. Er legte die Papiere weg und lehnte sich in seinem Stuhl zurück. Sah sie von oben bis unten an. Sie kam sich wie ein Pferd bei der Zuchtschau vor, dementsprechend verlegen trat sie von einem Fuß auf den anderen.

»Ich soll auf Jamie aufpassen, damit du essen gehen kannst, mit Mason?«, fragte Samuel hochnäsig kühl nach. Lehnte sich wieder vor und wühlte in einem Stapel von Blättern. Isabelle verdrehte die Augen und stieß genervt Luft aus. Er war so extrem anstrengend. »Also?«, fragte sie drängender nach. Sah kurz auf die Uhr.

»Sicher«, sprach er ruhig, als wäre alles eh schon klar gewesen und er nicht wüsste, warum sie überhaupt noch einmal nachfragte.

»Schön«, erwiderte sie und wollte gehen.

»Aber du verwandelst mein Haus nicht in ein Bordell und bringst ihn hier mit her.«

Isabelle blieb die Luft weg. Dass sie mit ihrem Lebensgefährten schlief, konnte er wohl kaum als rumgehure abstempeln. Wo doch eh nichts lief, schon seit Wochen nicht mehr, aber die Genugtuung würde sie Samuel nicht aufs Brot schmieren. Stattdessen wischte sie mit einem Satz all seine Papiere von der Holzplatte. Samuel rollte erschrocken mit seinem Stuhl nach hinten und sah sie entsetzt an.

»Ich lasse mich nicht als Hure bezeichnen«, presste sie zwischen den Lippen hervor und sah ihn eindringlich an. »Ich bin die Mutter deines Kindes. Zeig mehr Respekt. Stell mich also nie wieder auf eine Stufe mit deinen Flittchen.« Ihr fehlte die Kraft noch weiter etwas zu sagen. Er sah wie er sie verletzt hatte. Schneller als er jedoch weiter reagieren konnte, war sie schon aus dem Raum. Schwer ließ er sich in seinen Stuhl zurückfallen und wischte sich über das Gesicht. Sie und eine Hure? Ha, er hatte sie noch nicht einmal annähernd auf eine Stufe mit seinen ›Bekanntschaften‹ gestellt.

Samuel blickte auf und sah seinen Sohn im Türrahmen stehen. Er sah kurz auf die Verwüstung auf dem Boden und lächelte dann Jamie aufgesetzt heiter an. »Hey Sportsfreund«, versuchte die Unordnung wieder einigermaßen in den Griff zu bekommen. »Deine Mom geht aus. Wollen wir uns ne Pizza kommen lassen und ein bisschen Sport ansehen?« Jamie lief zu seiner Mutter, die gerade wieder die Stufen nach unten eilte. Samuel wollte nicht hinsehen. Denn er wusste nur zu gut, wie sie aussehen würde. Verführerisch, frisch, sexy – wie immer eben. Als er aufblickte fand er sich nur bestätigt.

»Wir essen Pizza«, erzählte Jamie fröhlich und Isabelle zog ihm seinen Hemdkragen gerade. Beugte sich etwas vor und Samuel sah sofort weg. Dieses Kleid würde er ihr, als Freund, nie erlauben anzuziehen. Ihr flog ja fast alles aus dem Ausschnitt und nur für eine Sache hin entworfen worden. Das Kleid ließ nur einen Gedanken zu.

»Schön«, gab sie zurück und küsste ihren Sohn leicht auf die Wange. Hinterließ einen roten Lippenstiftabdruck, den sich Jamie angewidert wegwischte. Isabelle lachte auf und rieb mit. Sah zu Samuel auf und ihr Lachen erstarb sofort. »Ich werde nicht allzu lange wegbleiben«, sprach sie kühl und fischte ihren Mantel vom Ständer. Samuel trat hinter sie und hielt ihn ihr auf.

»Warum? Meinst du, ich schaffe das nicht?«, gab er kühl zurück. Kalt spürte sie Samuels Finger auf ihrem Nacken. Sofort entzog sie sich ihm. »Ich bin mir nicht sicher, ob ich das Jamie antun sollte«, konterte sie.

»Es ist sehr schön hier«, Isabelle lächelte Maxwell über die Schulter an, der ihr galant den Stuhl gehalten hatte. Das Restaurant war einem Fünfsterne-Hotel angegliedert und versprach allein vom Ambiente her schon ein gutes Essen. Der Magen fing wie aufs Stichwort an zu knurren.

»Sollte es auch, für diesen Abend.« Er setzte sich gegenüber von ihr und ergriff ihre Hand. »Dir geht's gut?«, fragte er eindringlich nach. Isabelle runzelte kurz die Stirn. Meinte er vielleicht, bei Samuel würde es ihr nicht gut gehen?

»Es ist anstrengend, aber Samuel kümmert sich um Jamie. Das hast du ja selbst gesehen«, sprach sie etwas zu bissig, denn Max ließ ihre Hand los und Isabelle stöhnte innerlich laut auf. Das hier wird wohl nicht minder anstrengend.

»Meinst du, es ist eine gute Idee?«, fragte Max und bestellte ihnen Wein und das Essen. Isabelle sah ihn entsetzt an. Seit wann bestellte er für sie Essen? Als der Kellner sich entfernte, konnte sie nicht mehr an sich halten.

»Ich wüsste nicht, wem ich Jamie lieber anvertrauen würde, als seinem Vater. Es ist ja wohl auch nicht das erste Mal.« Max begann sofort mit den Backenknochen zu mahlen und Isabelle spürte, dass sie jetzt sofort mindestens zwei Gänge nach unten schalten musste, sonst würde das hier alles in einem Fiasko enden.

»Aber das erste Mal allein über Nacht«, erinnerte er sie bissig. Aber Samuel war wohl die letzte Person der Jamie irgendetwas antun würde. Die unterschwelligen Vorwürfe, von Seiten Maxwells, gefielen ihr einfach nicht und es gefiel ihr noch weniger, dass sie instinktiv sofort Samuel vor ihrem Freund verteidigt hatte.

»Du siehst heute unglaublich aus, hab ich dir das schon gesagt?«, er lachte sie unverhohlen anerkennend an.

»Danke«, sprach sie leise.

Der Wein wurde eingeschenkt und der Salat serviert. »Willst du meine Tomaten?«, fragte Isabelle und schob sie auf ihren Tellerrand.

»Nein, danke«, Maxwell blickte nicht einmal auf. Isabelle nahm einen Schluck Wein. Sonst aß er immer ihre Tomaten. »Wegen was wolltest du mit mir sprechen?«, fragte sie möglichst gelassen und schob den Teller Salat etwas von sich.

»Ich hätte wirklich zurückfliegen müssen, aber ich konnte nicht«, fing Max leise an und Isabelles Puls begann schneller zu werden. Erst recht, als seine Augen diesen sonderbaren Glanz annahmen. Und das taten sie nur, wenn er ihr etwas wirklich Intimes zu sagen hatte. »Wir sind jetzt seit fast elf Jahren ein Paar, Isabelle«, fing Max an und lehnte sich etwas in seinem Stuhl zurück. Isabelles Puls wurde noch einmal schneller. Gespannt darauf, was er noch zu sagen hatte und hoffend, nicht das was sie vermutete. »Ich finde, wir könnten nicht nur unseren Arbeitsplatz zusammenlegen.«

Isabelle nickte dankend dem Kellner zu, als er ihnen den nächsten Gang servierte. Ein butterzartes Steak und Gemüse. Irgendwie hatte sie jetzt spontan lieber Lust auf Pizza und ein kühles Bier.

»Du willst zusammenziehen«, stellte sie klar, was er ihr durch die Blume versuchte zu sagen. Sie war froh, nur so wenig angezogen zu haben, denn ihr wurde auf einmal extrem warm. »Das hatten wir doch schon einmal«, sprach sie weiter. Max schnaufte laut aus. Legte sein Besteck zur Seite und ergriff wieder ihre Hand.

»Liebes, ich versteh wenn du meinst, du bräuchtest deinen Freiraum. Aber ich bin ja nicht irgendwer, ich bin dein Lebensgefährte und ich gebe dir doch jeglichen Freiraum den du haben könntest.« Sie nickte nur. Er hatte ja recht, aber wenn sie zusammenwohnen würden, dann würde sie nicht mehr so viel Freiraum haben. Es wäre unmöglich, sich von ihm abzukapseln. Er wäre ständig um sie rum. Max strich ihr liebevoll über den Handrücken, bevor er sie wieder freigab und sie aßen. Doch lange herrschte die Stille nicht an.

»Ich habe Myra geküsst.«

Isabelle verschluckte sich an ihrem Stück Fleisch und hustete, bis ihr die Tränen kamen. Der Kellner brachte ihr sofort ein neues Glas Wasser. Sich über die Kehle fahrend, sah sie mit glasigen Augen zu ihrem Lebensgefährten auf.

»Myra? Die junge ehemalige Hilfs-Sekretärin aus meinem Büro?« Immer noch verwirrt, zog sie die Augenbrauen zusammen und tupfte sich die Mundwinkel. Max nickte nur und sah sie nicht an. »Es war auf dem Sommerball, letztes Jahr. Als du dich mit den Japanern unterhalten hast. Ich hatte doch viel zu viel getrunken und irgendwie … ach Mist«, pfefferte die feine Serviette neben den Teller und Isabelle sah ihn mit großen Augen an. Das war nicht Maxwells Art. Die Kontrolle verlor er nur selten und noch seltener in der Öffentlichkeit. »Wenn du da gewesen wärst …«, fing Max erneut an, doch Isabelle ließ ihn den Satz nicht vollenden.

»Ist das jetzt vielleicht meine Schuld?«, zischelte Isabelle und sie wusste nicht so recht, woher die plötzliche Wut in ihr aufstieg. Nicht dass er eine Andere geküsst hatte, sondern dass er ihr die Schuld geben wollte.

»Du bist doch nie da«, kam es zischelnd von Max zurück. Isabelles Herzschlag erhöhte sich bedenklich.

»Was soll das heißen?«

»Wir schlafen seit fünf Wochen nicht mehr miteinander. Du bist praktisch mit deinem Job verheiratet, obwohl du es mit mir sein solltest. Du brauchst diese Kraftanstrengungen im Büro gar nicht zu leisten, dafür haben wir genügend Angestellte. Das hast du früher auch nicht. Seitdem jedoch dieser blonde Typ aufgetaucht ist, bist du wie ausgewechselt. Ständig kontrollierst du Zahlen und ...«, er brach ab und sah sich um. War zu laut geworden und hatte schon einige Gäste auf sich aufmerksam gemacht. Mit einem Ruck erhob er sich und Isabelle folgte ihm schnell. Sah, wie er zahlte, spürte wie sie den Mantel umgelegt bekam und die Kälte der Nacht traf sie wie eine Betonfaust. Mitten in ihr Herz. Doch als Max ihr Gesicht in seine großen, warmen Hände nahm, ließ der Schmerz der Betonfaust nach.

»Wir müssen jetzt diesen nächsten Schritt gehen. Heirate mich, Isabelle«, bat er so inständig, dass Isabelle Tränen in die Augen schossen. »Ich liebe dich und ich möchte wirklich mein ganzes Leben mit dir verbringen.«

»Max, ich ...«, sie schüttelte den Kopf. Es waren keine Tränen der überschwänglichen Freude. Es war reinste Panik und die Luft war einfach weg. »Ich ... ich ...«, stotterte sie und sah beschämt zur Seite. Vertraut beugte er sich zu ihr herunter und flüsterte in ihr Ohr: »Diese Wochen haben uns allen zugesetzt. Aber in unserem Zuhause wird sich wieder einiges beruhigen.« Küsste sie sachte auf die Wange und Isabelle spürte hart den kühlen Windhauch, der danach die gleiche Stelle streifte.

»Max, geh jetzt nicht«, bat sie leise.

»Schon gut, Isabelle. Ich erwarte nicht gleich eine Antwort, aber ich nehme heute noch einen Flieger.«

Sanft drückte er ihren Arm und stieg in ein Taxi. Er ließ sie einfach gehen. Als Isabelle auf der ledernen Rückbank eines Taxis saß und hoch zu den beleuchtenden Fenstern der Wohnblocks sah, dachte sie daran wie schön befreiend es wäre, wenn Maxwell mal so richtig auf den Tisch hauen würde. Nicht immer so nachsichtig mit ihr umginge. Sie mehr an die Zügel nehmen würde. Das Herz tat weh, ihre ganze linke Seite und der Taxifahrer fragte sie nicht nur einmal ob alles okay mit ihr sei. Nein, nichts war okay. Rein gar nichts. »Mist«, nuschelte Isabelle in ihre Hände und wischte die letzten Tränen von den Wangen, bevor sie bezahlte und einfach ein Weilchen vor Samuels Haus stehenblieb. Schlüpfte, im weitläufigen Vorraum, schnell aus ihren hohen Pumps, um nicht zu viel Lärm im Haus zu veranstalten. Hängte ihren Mantel auf und sah wie Licht aus dem Wohnzimmer kam. Immer wieder aufflackerte, als würde noch der Fernseher an sein. Samuel würde doch nicht noch immer mit Jamie fernsehen, oder?

Das Bild, das sich ihr bot, als sie in das Zimmer trat, ließ sie sofort innehalten. Ihr Herzschlag stolperte. Jamie lag halb auf Samuel, auf der Couch. Beide schienen tief und fest zu schlafen. Die Pizzaschachtel über den teuren Couchtisch ausgeklappt. Die Getränkedosen daneben. Eine Zeit lang blieb sie einfach nur vor den beiden stehen, bevor sie leicht über Jamies Wange strich und ihn sachte aufweckte. Jamie sah sie schlaftrunken an und folgte den Anweisungen seiner Mutter einfach. Ging mit ihr nach oben, zog sich den Pyjama an und rollte sich augenblicklich wieder im Bett zusammen. Der erste Junge war ins Bett gebracht. Samuel würde sie einfach dort liegen lassen. Erstens hatte er es nicht anders verdient. Zweitens war es ganz bestimmt nicht ihre Aufgabe ihn aufzuwecken. Doch sie ging nicht in ihr Zimmer, sondern wieder zurück. Schenkte sich einen Whiskey ein und schluckte den Inhalt, ohne großes Absetzen, einfach hinunter. Der Alkohol brannte ihr in der Kehle. Sie sah über ihre Schulter zu Samuel, der noch immer tief schlief. Setzte sich gegenüber von ihm, in den großen ledernen Sessel und ließ ihren Blick über ihn schweifen. Trank das nächste Glas mit etwas mehr Bedacht, aber auch sehr schnell. Samuel drehte sich im Schlaf auf den Rücken. Seine Hand hing über der Couch, die andere auf seiner Brust liegend. Wie es sich wohl anfühlen würde morgens neben ihm aufzuwachen, ohne große Schuldgefühle? Einfach, weil man es genossen hat, die Nacht miteinander zu verbringen. »Stopp«, ermahnte sie sich selbst. Gerade hatte sie praktisch Maxwells Antrag abgelehnt und jetzt saß sie hier und dachte über Samuel nach. Oder war das die logische Konsequenz? Fakt war, dass sie Max damals mit Samuel betrogen hatte. Fakt war auch, dass sie sich damals wohl von Max getrennt hätte, wenn Samuel auf das ganze Zeug mit Liebe und Beziehung eingestiegen wäre. Sie alles vergessen hätte, was früher passiert war. Fakt war aber auch, dass sie Rache an seiner Ex-Frau und seiner Familie genommen hatte und der bittere Beigeschmack aufkam, dass Samuel ihr noch immer nicht verziehen hatte. Sie hatte Angst und diese Angst wurde von dem Fakt genährt, dass sie insgeheim wusste, wenn sie Maxwells Antrag annahm, eine Zukunft mit Samuel für immer verbaut war.

Sie schnaufte undamenhaft aus und stand auf. Merkte sofort den Alkohol in ihrem Blut. Stützte sich neben Samuels Kopf ab. Ihre Hand glitt automatisch, wie zuvor bei Jamie, über seine Wange. Sie war schon leicht rau, von den Bartstoppeln, die morgen mehr zu sehen sein würden. Samuel spürte zwar etwas, konnte es aber nicht einordnen. Nahm zunächst nur einen schweren Rosenduft wahr. Öffnete die Augen und realisierte erst nach und nach, dass Isabelle über ihm gebeugt stand. Als auch sie realisierte, dass er wach war, stieß sie sich ab und eilte aus dem Raum.

Samuel rappelte sich sofort auf. Sah auf die Uhr. Es war eins durch. »Doch später geworden?«, frotzelte er sofort los und meinte noch immer ihre Hand auf seiner Haut zu spüren.

»Jamie ist bereits im Bett«, antwortete sie ihm von der Küche aus.

»Schönen Abend gehabt?«, fragte er weiter und sah wie sie leicht schwankte.

»Sicher«, gab sie gelassen zurück. Stützte sich jedoch an der Anrichte ab. Sie hatte rot unterlaufene glasige Augen.

»Anscheinend hast du ihn dir ja schön trinken müssen«, sprach Samuel belustigt.

»Es kann dir doch scheißegal sein, wie viel ich getrunken habe«, lallte sie mehr, als dass sie klar sprach. Setzte sich vor ihn auf die Kücheninsel und zog ihn am Hemd zu sich, zwischen ihre Beine. Presste ihre Lippen auf seine. Doch Samuel schob sofort seinen Kopf zu Seite. »Ich dachte wir harmonieren so gut im Bett«, höhnte sie und ließ ihn nicht los.

»Warum gerade jetzt?«, fragte er leise nach.

»Es ist dir doch früher auch egal gewesen, wen ich noch in mein Bett lasse.«

»Geht es hier jetzt um Mason?«, fragte er finster nach und wusste, dass er richtig lag, als er in ihre Augen sah. Traurig und matt. Sie stieß ihn von sich und rutschte von der Anrichte. Samuel wollte ihr helfen, aber sie riss sich von ihm los.

»Scheiße Samuel, du hinterfragst doch sonst auch nicht alles«, entkam es ihr genervt. Blieb im Türrahmen stehen. »Du willst doch eh immer nur seichten Spaß. Nichts Ernstes. Egal mit wem.« Als Isabelle klar wurde, wie sie sich gerade benahm, zuerst wie eine Nutte und dann wie eine Bettlerin nach Liebe, fing sie an sich vor sich selbst zu ekeln. Sie schüttelte den Kopf. Gerade eben hatte sie ihm die beste Vorlage gegeben, etwas anderes zu sagen. Sich anders zu beweisen. Ein Satz, der sie aufgehalten hätte zu gehen.

Samuel folgte ihr nicht. Stützte sich stattdessen schwer ausatmend auf der Marmorarbeitsplatte ab und vergrub seinen Kopf in der Armbeuge. Er war am Ende. Wegen ihr. Wegen dieser Situation. Natürlich wollte er. Aber sie wollte ihn nicht, weil es um ihn ging. Sie war aufgewühlt gewesen. Sie war angetrunken. Irgendetwas hatte es mit Mason zu tun und Samuel hatte keine Lust für ihren Frust eine vorgeschobene Nummer zu sein, weil sie sich gerade einbildete sie bräuchte schnelle Ablenkung. Es war an ihr, ihn vom Gegenteil zu überzeugen. Aber solange sie mit Maxwell Mason verbandelt war, würde das nicht passieren. Dazu war er zu sehr Realist. Sonst hätte sie schon früher Anstalten in eine andere Richtung getan. So konnte es jedoch auch nicht weitergehen. Schließlich hatten sie einen gemeinsamen Sohn und der sollte nicht darunter leiden. Vielleicht nahm Jamie nicht die sexuelle Anspannung, aber er nahm mit Sicherheit irgendeine Anspannung wahr. Maxwell auf jeden Fall. Also würde Samuel Barnes, entgegen seinem sonst so starken Ego-Charakter, die Klappe halten.

~*~*~*~*~  ~*~*~*~*~

☆ Aufgeben oder freigeben? ☆

Sie war zu alt für dieses Hin und Her in ihrem Herzen. Irgendwann musste eine klare Linie gezogen waren, dachte sich Isabelle als sie über den Garten und die dahinter befindliche freie Fläche blickte. In der Ferne sah sie den Wald. Ein schönes Fleckchen Erde, welches sich Samuel da ausgesucht hatte. Ohne große Geräusche lehnte sich Samuel neben Isabelle, an den weißen Zaun. Beobachtete, wie der Wind ihre Locken leicht hin und her wiegte. Sie hatte ihn vorhin um dieses Gespräch gebeten. Ernst und mit keinerlei Emotionen in den Augen. Ihre Augen wanderten jetzt unruhig über die Hügel und in die Röte der aufgehenden Sonne. Es sah wunderschön aus und für einen winzig kurzen Augenblick stellte sie sich vor, dass Samuel und sie hier standen, weil sie sich liebten. Romantisch vereint. Sie ermahnte sich jedoch gleich wieder zur Räson. Samuel folgte ihrem Blick.

»Max hat mich noch einmal gefragt«, sprach sie irgendwann leise, verschränkte die Arme vor der Brust. Samuels Kopf schoss zu ihr.

»Was?«, fragte er unnötigerweise nach.

»Ob ich seine Frau werde«, sprach sie fest und sah ihn immer noch nicht an. Stieß sich dagegen vom Zaun ab.

»Du hast nicht ›Ja‹ gesagt?«, fragte er hoffnungsvoll nach und vergrub seine Fäuste in den Hosentaschen.

»Warum denn nicht?«, stellte sie die Gegenfrage. Er sah wieder in den Himmel. Am liebsten hätte er sie angeschrien: »Weil du dich mir versprochen hast«, aber er ließ es bleiben. »Er ist nicht Jamies Vater«, entkam es ihm dann stattdessen laut.

Isabelle lachte trocken auf. »Viele Kinder wachsen leider nicht mit beiden leiblichen Elternteilen auf. Jamie jahrelang nur mit mir. Ich will ihm endlich ein richtiges Familienleben schenken.«

»Mit einem Vater, der gar nicht sein Vater ist. Mit einem Mann, den die Mutter nicht liebt«, fauchte er. Jetzt wurde es ihr zu bunt. Sie ging an ihm vorbei, den kleinen Hügel hinunter. Es war eigentlich klar, dass es nicht leicht werden würde. Zwischen Samuel und ihr war noch nie etwas leicht gewesen.

»Das stimmt nicht, Samuel«, sie schüttelte den Kopf. Fix folgte er ihr.

»Ach, deine Gefühle haben sich so grundlegend geändert, die letzten Monate, oder wie?« Sie blieb stehen und er wäre beinahe aufgelaufen. Trat näher zu ihr ran.

»Du kannst selbst für Jamie nicht dein Leben so hintanstellen. Einen Mann zu heiraten, den du nicht liebst«, bekräftigte er noch einmal.

»Ich bleibe mehr zu Hause, ich arbeite an der Beziehung. Ich gebe nichts auf«, zischelte sie ungehalten.

»Doch, den Preis deiner Identität«, knurrte Samuel. »Das ist Schwachsinn. Seit wann bist du so bescheuert?«

Isabelle öffnete mehrmals den Mund und schloss ihn wieder. »Also, so lasse ich nicht mit mir sprechen«, drückte sich an ihm vorbei, doch er hielt sie am Handgelenk fest und zog sie eng zu sich ran. »Doch, Isabelle. So rede ich mit dir und du bist froh, wenn dir ein Mann mal Kontra gibt. Du gibst dich für ihn auf und das ist nicht in Ordnung.«

»Ich gebe mich für niemanden auf. Du weißt, dass ich alles, wirklich alles, was ich heute bin, nur ihm zu verdanken habe«, zischelte sie und riss sich von ihm los. Das stimmte nicht. Sie selbst hatte sich so weit gebracht, nicht jemand anderes, dachte sich Samuel zähneknirschend. Wo war nur ihr Selbstvertrauen geblieben?

»Du kannst Jamie natürlich weiterhin sehen und anrufen. Das alles soll nicht auf seinem Rücken ausgetragen werden« Was meinte sie jetzt mit ›alles‹? Und auf den Umstand mit Mason und Liebe hatte sie auch nicht geantwortet. Es war zum Haare raufen. Jedes Mal, wenn sie alleine waren. Sie könnten über alles reden. Er könnte ihr jetzt genau alles sagen und brachte doch nichts über die Lippen. Vernünftig schienen sie gar nichts mehr hinzubekommen.

»Ich möchte nicht, dass er mein Kind großzieht«, entkam es Samuel knurrend. Endlich hatte er das ausgesprochen, was ihn schon so lange bedrückt hatte. Maxwell war immer da, wenn Jamie in New York war. So oft konnte Samuel gar nicht da sein. So oft konnte er gar keine Zeit mit ihm verbringen. Der Einfluss von Mason auf Jamie würde noch größer werden, wenn sie unter einem Dach leben würden.

Isabelle kniff sich in den Nasenrücken. Es wurde jetzt doch noch einmal komplizierter, als sie gedacht hätte. Denn dass Samuel diese Thematik anschneiden würde, dass es ihn überhaupt in diesem Maße interessierte, damit hatte Isabelle nicht gerechnet. »Der Zeitpunkt ist schon lange überschritten. Max war und ist für Jamie wie ein Vater. Jamie weiß aber auch recht gut wer sein biologischer Vater ist. Er mag dich mittlerweile sehr.«

»Und du?«, entfleuchte es ihm, bevor er selbst wieder den Mund schließen konnte. Sie sah ihn mit offenem Mund und fragenden Augen an. Mit dieser Frage hatte sie nicht gerechnet. Nicht mehr.

»Du hast Mason betrogen, mit mir und ich weiß, dass du keine Frau bist, die das einfach so macht«, sprach er schnell weiter, als ihr Gesicht begann immer verschlossener zu werden. Sie hatte Max betrogen, ja. Aber sie hatte Max nicht betrogen, weil sie ihn nicht mochte, sondern weil eben Samuel da war.

»Das mit uns war eine Laune, eine ...«, fing Isabelle an, wurde jedoch unterbrochen, als er schnell ihren Mund mit seinem bedeckte. Ihren Körper zu sich heranzog.

»Nicht, Samuel«, bat sie und konnte ihn nicht ansehen. Doch er drückte ihr Gesicht in seine Richtung. Zwang sie dazu ihn anzusehen. Erschrak als er Tränen in ihren verzweifelt wirkenden Augen sah.

»Du hast mir doch noch nicht einmal verziehen«, fauchte sie auf einmal und riss sich von ihm los. »So seid ihr doch alle, ihr Männer. Ihr habt immer nur Angst vor dem was kommen könnte. Du willst Jamie, weil du Angst hast, er könnte irgendwann mehr zu Maxwell aufsehen, als zu dir. Du willst die Firma deines Vaters übernehmen, weil du Angst hast, er könnte in seinem Alter noch einen Fehler begehen - euch ruinieren. Du hast damals nicht die Wahrheit vor dem Gericht gesagt, weil du zu viel Angst vor den Konsequenzen hattest«, sie schrie ihn an. Fuchtelte mit den Armen in der Luft. »Es geht immer nur um dich. Um deinen Selbstschutz.« Sie lief immer weiter. Er ging ihr langsamer nach. »Verdammt, Samuel. Leg diese Wand nur einmal ab.« Blieb wieder abrupt stehen. »Zeig mir nur ein einziges Mal. Nur einmal, den wahren, den echten Samuel Barnes. Nicht der, der überall die Kontrolle hat. Nicht der, der in jedem und allem nur seinen Vorteil sieht. Nicht der, der nur sarkastisch und zynisch ist«, ihre Stimme wurde immer leiser, »Nicht den, der mit jeder vögelt und die übernächste Frau schon vergessen hat, bevor du es ihr überhaupt besorgt hast.«

Betreten sah er zu Boden. »Das habe ich doch«, entkam es ihm leise. Er hatte es wirklich versucht. Versucht es ihr zu zeigen. Aber sie hatte es anscheinend wirklich nicht gesehen.

»Ich weiß«, hauchte sie und Samuel sah schnell zu ihr auf. Ihre Augen schwammen in ungeweinten Tränen. »Aber von diesen einzelnen kostbaren Momenten kann ich nicht mein Leben lang zerren.« Stille trat zwischen sie beide. Von Fern donnerte es und ein Blitz ging über das Land hernieder. Das Morgenrot wurde von grauen Wolken verdrängt.

»Es bricht mich«, schrie sie ihn verzweifelt an. Wich jedoch seinen Händen aus, als er sie in die Arme nehmen wollte. Taumelte nach hinten. Schüttelte mit verbissenen Lippen den Kopf. Spürte den aufkommenden Wind nicht wirklich und auch nicht die kleinen Wassertropfen, die sich mit ihren Tränen auf den Wangen vermischten.

»Ich könnte nicht so stark sein«, sprach sie mit rauer Stimme.

»Ich kann mich ändern, Isabelle«, entgegnete Samuel verbissen. Was sie höhnisch auflachen ließ.

»Bis wann?« Sah ihn kühl mit heraufgezogener Augenbraue an. »Bis zum nächsten Streit? Und dann rennst du wieder davon und vögelst dir irgendwo anders den Verstand leer? Kommst reumütig bei mir angekrochen und ich verzeihe alles. Einfach so?« Ihre Worte waren hart, aber sie konnte sie nicht aufhalten. Sagte einfach alles, was ihr schon so lange auf der Seele gelegen hatte.

Fahrig fuhr er sich über das Gesicht. Wischte sich den Regen aus den Haaren. »Aber du nicht, oder wie? Du bist doch auch zu Mason zurückgelaufen, nachdem du uns nicht einmal eine wirkliche Chance gegeben hast«, bellte er laut. Das ließ sie die Hände zu Fäusten ballen.

»Was für eine Chance?«, schrie sie ihn, gegen den lauten Regen, an und trat einen Schritt auf ihn zu. »Dazu gehören immer zwei. Du wolltest doch nie wirklich eine Chance.« Der Regen hatte sie jetzt vollkommen durchweicht und sie fröstelte. Beide standen sich wie zwei Raubkatzen gegenüber. Schwer keuchend. Bereit für den nächsten Angriff. Samuels Blick huschte über ihr nasses Gesicht. Konnte Tränen nicht mehr von Regen unterscheiden. Ihre Haare, die flach an ihrem Gesicht herunterhingen. Ihre Brust, die sich rasch hob und senkte. Ihre Brustwarzen, die sich selbst unter ihrem Pulli hart abzeichneten. Die Taktung seines Pulses war am Anschlag. Beschämt sah er zur Seite, als er bemerkte, dass Isabelle registriert hatte wohin sein Blick gewandert war.

»Das stimmt nicht. Ich wollte dich immer«, knurrte er.

»Oh ja, ich sehe was du willst, Samuel«, lachte höhnisch auf, »aber ich bin nicht eines deiner vielen Püppchen, die du eben mal schnell beim Vorbeigehen haben kannst. Das ist nämlich genau das Problem. Ich bin die Mutter deines Kindes, verdammt«, brüllte sie ihn an und lief mit einem Mal los, in Richtung Haus.

»Wenn ich das nicht wüsste, hätte ich gestern Nacht nicht ›Nein‹ zu dir gesagt«, rief er ihr wütend hinterher, doch sie konnte ihn nicht mehr hören. Stolperte und raffte sich wieder auf. Sah nicht über die Schulter. Sah nicht, wie Samuel ihr langsamer folgte. Hörte den knirschenden Kies unter ihren Schuhen nicht. Sah nicht nach rechts und links. Rannte in ihr Zimmer. Mit schwerem Atem riss sie sich förmlich den tropfnassen Pullover vom Leib. Fuhr erschrocken um, als die Tür aufgerissen wurde. »War ja klar, meine Privatsphäre scheinst du nie zu respektieren«, fauchte sie und zog an ihrer nassen Jeans, ohne ihn weiter zu beachten. Schnell schloss er die Tür und verriegelte sie.

»Wir waren noch nicht fertig«, fauchte er zurück. Versuchte überall hinzusehen, nur nicht auf ihren fast nackten Hintern, als sie es endlich geschafft hatte, ihre Hose auszuziehen. Schmiss die nassen Socken in die Ecke. Stand vor ihm, nur noch in BH und kleinen Slip.

»Kannst du eigentlich nicht einmal eine Frau ansehen, ohne sie gleich bespringen zu wollen?«, bellte sie und eilte in das Bad. »Ähm, also …«, fing er an.

»Scheiße«, hörte er sie laut aus dem Bad. »Argh«, knurrte sie und Samuel musste schmunzeln. Lehnte sich gegen den Türrahmen. Sie beugte sich auf allen vieren nach vorne und versuchte an den Verschluss ihres Parfüms zu gelangen, der unter das Kästchen gerollt war. Sah ihn kurz wutverzerrt über die Schulter an, suchte jedoch dann weiter nach dem Stöpsel.

»Du bist ein ständig notgeiler Typ«, knurrte sie. War nun schon fast ganz unter dem Kästchen, mit ihrem Oberkörper, verschwunden. »Vielleicht solltest du mal eine Therapie anstreben.« Das ließ ihn jetzt hell auflachen. »Sicher, wenn du meine Therapeutin bist.«

»Aua«, sie hatte sich lautstark den Kopf angehauen. Kroch wieder hervor. Verschloss das Parfüm, bevor sie es in ihr Beauty-Case verstauen konnte. Knallte es regelrecht hinein, dass es nur so krachte. Stemmte die Hände in die Hüften.

»Das habe ich vorhin gemeint. Genau das. Kannst du eigentlich nicht einmal ernst sein?« Riss von einem Ständer ein großes Handtuch. Drückte sich an ihm vorbei, durch die Tür. »Du machst hier alles nass«, rief sie genervt aus und setzte sich schwungvoll auf das Bett. Rieb sich die Haare trocken. Manche Strähnen kräuselten sich schon wieder. Standen ihr vom Kopf ab. Sah geschockt zu Samuel auf, als der begann sich auszuziehen. »Was soll das werden?«, fragte sie sogleich alarmiert nach.

Er warf sein Hemd auf ihren Kleiderhaufen. »Ich zieh mich aus, damit ich nicht alles nass mache«, erläuterte er gelassen. Musterte, während er seine Hose aufknöpfte, ihr Gesicht, das von Unglauben zu Beschämung wechselte. Sie lief rosa an und sah zur Seite. Sein Blick glitt weiter über ihre, mit Mascara verschmierten, Augen. Nur in Boxershorts bekleidet, ging er auf sie zu. Ihre Augen wurden immer größer. Rubbelte weiter ihre Haare trocken. »Ich werde nicht mit dir schlafen«, stellte sie vehement klar.

»Auf einmal nicht mehr? Ich sehe, dass du erregt bist«, gab er mit tiefer Stimme zurück und setzte sich vor sie in die Hocke. Legte seine Hände, die erstaunlicherweise warm waren, auf ihre Oberschenkel.

»Man kann nicht alles immer mit Sex lösen. Außerdem war ich betrunken. Und meine steifen Nippel kommen nur von dieser Arschkälte hier drinnen«, wischte sich mit dem Handtuch den verlaufenen Mascara weg. »Sieh mich nicht so an«, bat sie leise und sah zur Seite.

»Wie sehe ich dich denn an?«, stellte er weich die Gegenfrage. Ihre Blicke kreuzten sich wieder. Leicht beugte er sich mehr zu ihr vor und streifte ihre Nase mit seiner.

»Nicht«, hauchte sie und lehnte sich etwas weiter nach hinten. Seine Hände glitten von ihren Oberschenkeln zu ihren Hüften. Samuel erhob sich leicht und Isabelle ging den gleichen Weg mit ihrem Körper zurück, bis sie auf der Bettwäsche lag.

»Wie kannst du nur denken, du bist eine von vielen für mich?«, fragte er rau. Sie schob sich mehr auf das Bett, er folgte ihr. Legte ihren Kopf zur Seite und schloss gequält die Augen. Verkrampfte ihre Finger um das Handtuch.

»Hör auf damit, Samuel. Spiel nicht wieder mit mir«, brachte sie atemlos hervor, als er begann auf ihrem Hals kleine Küsse zu verteilen. Während seine große Hand sich über ihr Körbchen legte, um dann darunter zu fahren. Als sie zu ihm aufsah, biss sie sich hart auf die Unterlippe, die Samuel sogleich mit dem Finger wieder befreite.

»Ich habe nie mit dir gespielt«, hauchte er gegen ihre Lippen und legte seine darauf. Doch sie wich ihm aus.

»Doch. Du schläfst auch mit anderen Frauen.«

Erschöpft stützte er sich mit den Händen rechts und links von ihrem Kopf ab. Schloss die Augen. »Willst du mir das wirklich zum Vorwurf machen?«, fragte er fest nach. Sie konnte es nicht, das wusste auch Isabelle. Er war ledig, er konnte mit wem auch immer schlafen. Es sich vorzustellen tat aber trotzdem weh.

»Das ist bedeutungsloser Sex. Wie immer. Manchmal hält der Kick danach nicht einmal eine Viertelstunde.« Sah sie offen an. Isabelle erschrak innerlich. Er wirkte gequält, äußerst niedergeschlagen. »Aber nicht mit dir. Das ist es, warum ich dich selbst nach dreizehn Jahren nicht vergessen konnte«, sprach er in Gedanken weiter. Mit einem Ruck stand er auf. Isabelle rappelte sich auf und sah ihn verwirrt an.

»Verstehst du nicht, dass du mich demütigst, wenn du mich glauben lässt du würdest mich mögen und mit einer anderen schläfst. Mich verhöhnst, wenn du gleichzeitig behauptest nur ich wäre in deinem Kopf«, sie richtete sich auf ihre Knie auf.

Finster sah er sie an. »Spiel hier nicht die alte Miss Perfect. Das Gleiche machst du doch auch«, knurrte er zurück.

»Verdammt, Samuel«, schrie sie ihn an. Sie wollte nichts mehr als ein bisschen mehr Gewissheit und die konnte ihr Samuel, selbst jetzt, nicht geben. Strahlte sie selbst nicht aus. Ließ sie nur verunsichert zurück und Isabelle war nicht die Frau, die ohne Garantie einfach etwas Handfestes aufgab, was ihr versprach Sicherheit zu geben. Für etwas, was so unsicher im Raum schwebte. Dazu hatte sie in den letzten Jahren schon zu viele negative Erfahrungen gemacht. Niedergeschlagen sah sie zu ihm auf. Doch er sagte nichts. Zittrig entließ sie ihre angestaute Luft und sackte in sich zusammen. Vergrub ihr Gesicht in ihren Händen. »Es ist jedes Mal das Gleiche«, dachte sie betrübt.

»Ich werde mich ändern. Ich weiß, dass ich es kann. Kann dir hier auf der Stelle Treue schwören und es auch halten, weil ich es ernst meine.« Weil du die Richtige bist.

»Manchmal muss man Dinge gehen lassen, damit sie zu einem zurückkehren«, hörte Samuel die tiefe Stimme Thanawats. Er bezweifelte nur stark, wenn er jetzt aufgab, dass sie jemals zurückkommen würde.

»Vielleicht könntest du das, ja. Aber ich weiß nicht, ob ich mit der ständigen Ungewissheit leben kann«, nuschelte sie, zwischen ihren Fingern hindurch.

»Wenn du so wenig Vertrauen in mich hast, sollten wir wirklich getrennte Wege gehen«, hörte sie ihn leise. Er hatte gekämpft. Auf seine Art und Weise hatte er um sie gekämpft und sie hatte ihn abgelehnt. Einen größeren Beweis, dass sie keine gemeinsame Zukunft hatten, gab es für Samuel nicht. Also gab er auf. Ihr Kopf schoss zu ihm hoch. »Wir würden uns beide vielleicht zu viel aufbürden, was wir irgendwann nicht mehr tragen können«, sprach er gefasst weiter. Seine plötzlich unterkühlte Art überraschte

Isabelle. Er raffte seine Kleidung zusammen, sah sie nicht an. So hatte er noch nie gesprochen. Nie laut ausgesprochen, dass sie einen Schlussstrich ziehen würden. Im Gegenteil, er war immer derjenige gewesen, der alles forciert hatte. Es jetzt von ihm zu hören, hatte einen endgültigen Charakter. Er hatte ihr gerade einen dieser kostbaren Momente gegeben, in denen er sich ihr gezeigt hatte. Einen Augenblick, den sie vorhin noch so vehement von ihm gefordert und jetzt wieder weggenommen hatte. Sie sah ihn nicht mehr an, als er aus dem Zimmer ging. Weinte nicht, als die Stille sie umfing.

Sie war feige, dass sie nicht mit Samuel diesen Schritt ging. Das war Isabelle durchaus klar, als sie zu Jamie blickte, der nur wenige Stunden später, neben ihr im Flieger nach Hause saß. Aber auf Nummer sicher gehen, das war schon immer ihre Art gewesen und sie würde nicht die Zukunft für Samuel Barnes aufs Spiel setzen.

~*~*~*~*~ 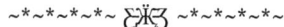 ~*~*~*~*~

☆ Alles fällt irgendwann wieder auf einen zurück ☆

Samuel schloss die Augen und versuchte sich einen anderen Geruch, als den schweren Rosenduft Isabelles, vorzustellen, als er seine Nase in die weichen, blonden, gelockten Haare vergrub. Es war zwecklos. Er war verdammt. Drehte sich laut ausschnaufend auf den Rücken und rieb sich über das Gesicht.

»Schon genug heute?«, säuselte Estelle und beugte sich über Samuel. Küsste ihn, doch hörte bald auf, als sein passives Verhalten sie stutzen ließ. »Geh«, sprach sie weich und strich ihm sanft über die nackte Brust. Schien keineswegs beleidigt zu sein, dass er heute so wortkarg war. »Wenn du willst, dann geh einfach«, zog sich das Bettlaken um ihren schlanken Körper und beobachtete Samuel, wie er doch tatsächlich aufstand und begann sich anzuziehen. Samuel war froh, dass Estelle nicht erwartete, dass er bei ihr blieb. Sie nach dem Sex im Arm hielt und mit ihr einschlief. Seine nächtlichen Albträume durchlebte er lieber alleine.

Estelle hatte ihm damals, als er nach NYC im Flugzeug gereist und das erste Mal, nach so langer Zeit, wieder auf Isabelle getroffen war, ihre Nummer zugesteckt. Er hatte sie vor ein paar Wochen das erste Mal angerufen. Sie waren nett etwas essen gewesen und im Bett gelandet. Wie so viele Male danach. Genau so, wie Samuel das vorhergesehen hatte. Sie fragte nicht viel nach seiner Vergangenheit. Estelle hatte auch schnell begriffen, dass er kein Mann für immer war. Es war eine stille Übereinkunft. Sein Zuhause kannte sie nicht einmal. Oft waren es schnelle Nummern. Selten wirklich richtig einfühlsam. Danach ging Samuel. Blieb selten einmal länger, als für ein paar Stunden. Nach ein paar Tagen ging das gleiche Spiel von vorne los, wenn sie wieder vom Dienstplan her länger in London war und Samuel Abwechslung und Ablenkung vom Job brauchte und wie Estelle vermutete, auch vom Leben an sich. Doch heute wirkte Samuel nicht nur ausgelaugt von der Arbeit, sondern auch extrem erschöpft und müde. Sie wollte nicht nachfragen. Ahnte, dass er ihr eh keine Antwort geben würde und eine wahre schon gleich zweimal nicht. Und doch reizte er sie, nur mit seiner bloßen Anwesenheit, nach dem wahren Grund für seine offensichtliche Niedergeschlagenheit zu bohren. Solche abwesenden Augen, bei einem Mann, hatten eigentlich immer nur einen Grund.

»Hast du ein Mädchen?«, fragte sie dann doch sanft in seinen Rücken, als er einen leichten grauen Pullover überzog.

»Nicht wirklich«, gab er ihr ehrlich Antwort. Das war der Vorteil an Geliebten. Du kannst mit ihnen offen über andere Liebschaften reden, ohne dass sie eifersüchtig wurden. Estelle war eine sinnliche und sehr schöne Geliebte. Und irgendetwas zog Samuel immer wieder zu ihr. Zwar füllte auch sie nicht sein Innerstes, wie Isabelle das schaffte, aber sie ließ ihn auch nicht leer und gleichgültig zurück, wie so viele andere Frauen vor ihr. Deswegen musste er Estelle jetzt auch gehen lassen. Das war nicht fair von ihm. Er benutzte sie nur und er wollte nicht ihr Herz brechen. Denn dass das schon involviert war, hatte er heute Abend beim Essen nur zu deutlich in ihrem Blick lesen können.

»Nicht wirklich? Das heißt, du hast jemanden im Auge«, lächelte sie und drehte sich auf den Bauch. Ihr Blick glitt offen über das Muskelspiel seines Rückens und seinen Hintern. Er war ein schöner Mann, aber leider nicht ihr Mann. Ihre Gespräche waren nie langweilig und seine Intelligenz ließ Estelle manchmal beschämt zurück. Denn meistens verlor sie sich bei ihren Unterhaltungen in seinen Augen, die trotz der Helligkeit eine extreme Tiefe und Wärme ausstrahlten. Sein ganzer Körper strahlte eine Energie aus, die sie nur schwer fassen konnte und beschreiben hätte sie es gar nicht können. Er wirkte mysteriös auf sie, seine Aura hell und gleichzeitig war er extrem verschlossen. Von seinem früheren Leben wusste sie eigentlich überhaupt nichts und immer wieder wollte sie in seinen Armen liegen. Nur zu schade, dass sein Herz offensichtlich schon anderweitig vergeben war.

»Sie hat einen anderen und von dem will sie wohl auch nicht weg«, sprach er finster und schloss seine Hose. Estelles Blick glitt verträumt über seine Figur, hoch zu seinem Gesicht.

»Wenn du sie magst, dann solltest du um sie kämpfen«, lächelte sie. Doch Samuel schüttelte den Kopf.

»Du hast den entscheidenden Punkt vergessen, Stella. Dazu gehören immer zwei«, lächelte Samuel betrübt über seine Schulter, als er sich wieder aufs Bett setzte und dann seine Schuhe band. Sachte schmiegte sie sich an seinen Rücken und küsste ihn auf den Nacken. Er roch einfach zu gut.

»Sie kennt mich kaum«, sprach Samuel leise und lehnte sich gegen sie. Sanft strich sie über seine Brust.

»Dann lass sie dich kennenlernen. Wenn sie dich nämlich wirklich liebt, dann liebt sie selbst deine Abgründe«, flüsterte Estelle gegen sein Ohr und Samuel stand ruckartig auf. Von seinen Abgründen konnte Estelle nichts wissen. Sie wusste nicht wer er war und schon gar nicht was er einmal war. Und er bezweifelte mal ganz stark, dass sie mit ihrer Einschätzung richtig lag. Isabelle verachtete seine Abgründe. Das hatte sie schon immer getan. Jedes Mal, auf dem Pausenhof oder im Klassenzimmer, wenn sich ihre Blicke kreuzten, las er es in ihren Augen. Laut ausschnaufend band er sich seine Armbanduhr um. »Dazu müsste die Frau stark genug sein und den Frieden mit der Vergangenheit gemacht haben«, erwiderte er leise. Lächelte, aber es erreichte nicht seine Augen und für Estelle war es viel zu niedergeschlagen.

»Wie heißt es so schön: Im Krieg und in der Liebe ist alles erlaubt«, philosophierte die Blondine und sah ihn belustigt an, als sie sich wieder in die Kissen kuschelte, die so herrlich nach ihm rochen. Als er wieder in das Schlafzimmer schritt, war ihm klar, was er zu tun hatte. Sanft zog er Stella auf die Knie und umfasste leicht ihr Gesicht. So hatte er sie selten berührt und als er sie langsam und intensiv küsste, wusste Estelle instinktiv, dass sie keinen Anruf mehr von ihm bekommen würde. Ihr Herz verkrampfte etwas und das Atmen fiel schwerer. Ein letztes Mal strich sie ihm sanft über das Kinn. Sah ihm lächelnd in diese ungewöhnlichen Augen und wünschte ihm stumm alles Gute für seine Zukunft, als er leise die Tür hinter sich zuzog.

Isabelle stimmte der Verlobung zu und trug jetzt einen großen Klunker an ihrem Finger, dass es ihr schier die Hand nach unten zog. Gedankenverloren schob sie den Ring hin und her. Ließ ihn in der Sonne glitzern. Unweigerlich dachte sie daran, dass Samuel auch schon einmal verheiratet gewesen war.

»Wann kommt Samuel wieder?« Jamie riss sie aus ihrer Träumerei. Kurz räusperte sie sich und versuchte sich auf ihren Sohn zu konzentrieren. Seit ihrem Streit oder sollte sie lieber sagen, seit ihrem »Goodbye« hatte sie nichts mehr von Samuel gehört. Und das war jetzt immerhin über einen Monat. So ein Verhalten machte sie wütend. Es war kindisch. Nur weil er nicht mit ihr klarkam, sollte das nicht auf ihren Sohn abfärben. Das war genau die Situation, die sie nie haben wollte. Genau davor hatte sie immer Angst gehabt und genau darum hatte sie Samuel gebeten, so etwas zu vermeiden. Jamie konnte nichts dazu, dass seine Eltern sich nicht zusammenraufen konnten. Max hatte es ihr gesagt und er wurde auch nicht müde es ihr immer wieder zu sagen.

Sie strich ihrem Sohn eine hellbraune Locke aus dem Gesicht. »Vielleicht solltest du ihn anrufen? Was meinst du? Er würde sich bestimmt riesig freuen«, sprach sie tapfer lächelnd, obwohl sie losheulen wollte. Ihr verkrampfte das Herz, als Jamies Gesicht erstrahlte und er eifrig nickte. Noch einmal kurz von seiner Milch einen Schluck nahm und nach dem Telefon griff, während sie das bisschen Geschirr in das Spülbecken legte. Drehte den Wasserhahn auf und fing an abzuspülen.

»Hi. Ich bin`s«, hörte sie Jamies fröhliche Stimme, in ihrem Rücken. Musste lächeln, weil seine Stimme in letzter Zeit immer wieder in ungeahnte Höhen abrutschte. Ein weiteres untrügliches Zeichen für die Pubertät. Dieser Umstand ließ jedoch ihr Lächeln verschwinden. Hörte länger nichts mehr, irgendwann nur ein verhaltenes »Ach so«. Ihre Finger verkrampften um das Abwaschtuch. Drehte sich halb zu Jamie um und sah ihn fragend an, der zuckte nur kurz mit den Schultern. Sogleich war sie auf hundertachtzig. Bat Jamie, mit strengem Blick, ihr das Telefon zu geben. »Geh auf dein Zimmer«, kam es kühler von ihr, als sie wollte. Als sie das Telefon ans Ohr hielt und Jamie dabei beobachtete, wie er die Stufen nach oben sprang, hörte sie dabei Samuels Stimme: »… außerdem ist hier gerade viel los. Das versteht so ein großer Junge wie du schon.«

»Nein, tut er nicht«, fauchte Isabelle los.

»Isabelle, wie nett dich zu hören und dann gleich wieder so umgänglich«, frotzelte Samuel zynisch. Sie presste die Zähne aufeinander. Ermahnte sich selbst zu mehr Contenance. Sie wollte ihn anschreien. Wollte brüllen. Ihn durch den Telefonhörer ziehen.

»Willst du das wirklich auch noch vergeigen?«, sprach sie stattdessen gefasster, aber keineswegs unaufgeregter.

»Auch noch?«, fragte Samuel sofort nach.

»Ich habe dich doch darum gebeten, es nicht auf seinem Rücken auszutragen. Was auch immer zwischen uns steht, soll nicht auf Jamie zurückfallen«, setzte sich mit zittrigen Knien auf einen Stuhl.

»Was sollte denn zwischen uns stehen, was auf Jamie zurückfallen könnte?«, fragte er hochnäsig. Das tat weh und Isabelle schloss gequält die Augen. Diese ganze Pein hatte sie wohl verdient. Sie hatte ihn von sich gestoßen und Samuel war gewiss nicht der Mann, der so etwas einfach herunterschlucken konnte. Dafür war sein Ego einfach immer noch zu groß.

»Samuel, hör zu«, begann sie leise, »Ich habe dich in Jamies Leben gelassen, damit er dich kennenlernt. Und er mag dich. Willst du wirklich seine Gefühle so verletzten? Er wartet seit geschlagenen fünf Wochen auf einen Anruf, auf irgendein Lebenszeichen von dir«, sie stand auf und begann wie eine Löwin in der Küche auf- und abzuwandern, »Du brauchst doch zu mir keinen Kontakt halten. Aber Jamie … ich hätte nicht gedacht es jemals zu sagen … aber Jamie braucht seinen Vater«, wartete auf eine Antwort, aber es herrschte zunächst nur Stille.

»Er bekommt doch einen.« Samuel lehnte sich schwer in seinen großen ledernen Sessel zurück. Fuhr sich über das Gesicht. Sein Blick fiel auf die Zeitung. »Geschäftsmogulin traut sich endlich«, lautete die kleine Schlagzeile, im Wirtschaftsteil. Selbst bis über den Großen Teich war es durchgedrungen, dass die große Geschäftsfrau Isabelle Rose verlobt war. Er wunderte sich nur, dass die Schmierfinken noch nicht herausgefunden hatten, wer Jamies Vater war und davon berichteten. Das konnte nur noch eine Frage der Zeit sein.

»Du bist so ein egoistisches, selbstverliebtes Arschloch, dass du gar nicht siehst wie weh du anderen mit deinem Verhalten tust«, sprach sie wütend. Darauf hatte er jetzt keine Lust. Hatte schlichtweg nicht die Kraft dazu, sich Isabelle zu stellen. Seine eigenen Fehler waren ihm nur zu klar. Sich Wochen nicht bei seinem eigenen Sohn zu melden, war unter aller Kanone. Doch Kontakt zu Jamie hieß Kontakt zu Isabelle beibehalten und das würde verdammt wehtun.

»Hör zu, Isabelle. Ich muss noch wichtige Papiere für morgen früh fertig machen. Es ist schon sehr spät und …«

»Mach das nicht Samuel, bitte«, flehte sie ihn regelrecht an und er hörte die Tränen aus ihrer Stimme nur allzu deutlich heraus. »Das ist Jamie gegenüber nicht fair«, flüsterte sie. Er schluckte hart. Sah traurig auf das Bild auf seinem Schreibtisch, von ihr und Jamie, dass er selbst während der Party zu Jamies vierzehnten Geburtstag geschossen hatte.

»Das Leben ist nie fair«, kam es leise von ihm zurück und musterte ihr bezauberndes Lächeln, während sie Jamie auf die Wange küsste.

»Lass Jamie nicht für diesen Fehltritt bezahlen«, hörte er sie weinen. »In seinem Alter hatten wir beide es nicht besonders leicht. Wir sollten versuchen ihm etwas Besseres zu ermöglichen. Findest du nicht?«

»Ein Fehltritt? Was genau, Isabelle? Diese seltsame Nacht damals oder ...«, doch weiter kam er nicht.

»Du weißt genau, was ich meine«, presste sie zwischen den Lippen hervor. Das ließ ihn wütend werden.

»Nein, tue ich nicht«, knurrte er. Hörte sie laut ausschnaufen. Wütend sprang er aus dem Stuhl. Fuhr sich fahrig durchs Haar. »Was weiß ich genau? Der Fehltritt, dass du mich so arglistig hinters Licht geführt hast. Zweimal. Oder dass wir miteinander geschlafen haben. Nicht nur einmal. Ich erinnere dich nur daran, dass du es so wolltest. Du hast doch angefangen, bist über mich hergefallen«, bellte er.

Isabelle hielt kurz den Telefonhörer von sich. »Ich bespreche solche Sachen nicht am Telefon.«

Das ließ ihn höhnisch auflachen. »Nein, natürlich nicht. Die Fehltritte der Isabelle Jessica Rose werden nicht weiter besprochen. Wie immer. Warum auch? Die untadelige Miss, nein verzeih, ich muss ja schon fast sagen Mrs. Maxwell Mason. Himmel, wenn die Presse erfahren würde.«

»Hör auf damit, Samuel.«

Doch er war zu sehr in Fahrt, um noch aufzuhören. Zerknüllte die Zeitung mit ihrem Bild darauf und warf den Knäuel in den Papierkorb. »Den Fehltritt mit seinem ehemaligen Feind ein Kind gezeugt zu haben. Den Fehltritt sich wieder auf ihn eingelassen zu haben oder ...«

»Du warst nie mein Fehltritt«, schrie sie dazwischen. Dann herrschte wieder Stille. Beide waren zu aufgewühlt, über das gerade Gehörte, wie in Samuels Fall und es endlich einmal laut ausgesprochen zu haben, auf Isabelles Seite. Samuels Puls schoss in die Höhe, stützte sich Halt suchend am Schreibtisch ab.

»Was dann?«, fragte Samuel atemlos und drängend nach. »Was wäre denn dann der Fehltritt?« Doch er bekam keine Antwort, nur das Knacksen der unterbrochenen und das Tuten der leeren Leitung. »Scheiße«, schrie er und warf sein Handy auf das Sofa. Zerwühlte sich die Haare und wanderte im Zimmer auf und ab. Was hatte sie damit gemeint? Wenn er kein Fehltritt war ... Moment, sie hatte sogar gesagt, nicht ihr Fehltritt, was war dann dieser Fehltritt? Von was sprach sie? Konnte sie nur einmal nicht in Rätseln sprechen? War das zu viel verlangt?

»So leicht kommst du mir nicht davon. Nicht schon wieder«, hastig nahm er das Handy auf und wählte ihre Nummer. Es tutete. »Komm schon. Geh ran, Kleines. Bitte«, flehte er das Tuten an. Doch nach einiger Zeit schaltete sich nur die Mailbox ein. Er hinterließ ihre keine Nachricht. Wählte noch einmal. Und noch einmal. Und noch einmal. Aber sie hob nicht ab. Mit hängendem Kopf lehnte er sich gegen den weißen Marmor des Kamins. Schloss die Augen. Bilder von ihm und Isabelle zogen an seinem inneren Auge vorbei. Von damals, von jetzt. *»Das zwischen uns verwirrt mich«*, hatte sie ihm schüchtern am Gouverneurs-Empfang gestanden. Nicht nur sie hatte es verwirrt. Zu diesem Zeitpunkt hatte sie das Ganze mit seiner DNS schon abgezogen und hatte doch noch eine Nacht mit ihm verbracht. Ihn um Verzeihung gebeten. Aber wenn Jamie nie geboren worden wäre, fragte sich Samuel jetzt unweigerlich, wäre dann zwischen ihm und Isabelle je etwas entstanden? Sie wäre womöglich nie in die USA ausgewandert, hätte nie bei der Madison Company angefangen.

»Was das Schicksal will geschieht«, hallte Thanawats Stimme in Samuel wider. Nur was sollte das heißen? Dass Isabelle und er sich woanders getroffen hätten? Er sich trotzdem in sie verliebt hätte und Isabelle ihn trotzdem von sich gestoßen hätte? Oder genau das Gegenteil? Aber sie hatte zugegeben, dass er nie ein Fehler für sie war.

»Du bist ein Freak«, nuschelte er gegen den Stoff seines Hemdes. Sah in den leeren Kamin. Ein Freak, der er durch sie geworden war. Niedergeschlagen setzte er sich wieder an seinen Schreibtisch. Dann wählte er den Weg der schon einmal Wirkung gezeigt hatte: er schrieb ihr eine SMS.

Isabelle hörte sehr wohl das Klingeln ihres Handys. Aber sie ignorierte es. Saß noch immer auf ihrem Stuhl, in der Küche. Versuchte ihre zittrigen Finger unter Kontrolle zu bekommen. War froh, als endlich wieder Stille eintrat. Ging am späten Nachmittag mit Jamie neue Kleidung kaufen. Ihrem Sohn hatte sie, nach mehrmaligen Drängen des Jungen, was sein Vater gesagt hatte, erzählt, dass Samuel ihn anrufen würde. Wie schon so viele Male zuvor. Leere Worthülsen. Versuchte ihrem Sohn zu erklären, dass Samuel gerade viel zu tun hatte. Jamie nickte nur, wünschte sich ein Eis und Isabelle wusste, wie verletzt ihr Sohn wirklich war. Für seine Tapferkeit küsste sie ihn auf die Wange und versuchte nicht zu weinen. Besprach mit der Hochzeitsplanerin, in ihrem Büro, diverse Tischdekorationen durch. Konnte sich natürlich nicht konzentrieren. Wollte sich nicht konzentrieren, weil es ihr sinnlos erschien welche Farbe zu welchem Blumenarrangement passen könnte und dann tauchten wieder die alten Schuldgefühle bei Isabelle auf, gegenüber Maxwell.

»Die Orchideen passen hervorragend zu den lachsfarbenen Rosen«, sprach die Hochzeitsplanerin und Isabelle nickte nur. Orchideen waren immer gut.

»Du hast ihn doch in die Enge getrieben«, überlegte Isabelle weiter, als sie sich durch einen viel zu dicken Ordner kämpfte, indem die Blumenarrangements auf Hochglanzbildern abgebildet waren. Alle schön. Alle nichtssagend.

»Aber er hat es früher doch auch schon immer gemacht, bei Chloé. Hier geht es auch um Jamie. Ich kann nicht wie ein verliebtes Huhn einfach kopflos handeln«, rügte sich Isabelle selbst. Deutete auf eine Anordnung von Blumen und schob der Hochzeitsplanerin wieder den Ordner zu.

»Chloé hat ihn nicht völlig vereinnahmen können. Sie war nicht die Richtige«, sprach ihre Teufelsstimme.

»Aber ich soll es können?«, widersprach Isabelle ihr.

»Wenn du es nicht wirklich versuchst, wirst du es nie herausfinden«, lachte die helle Stimme.

»Miss Rose?«, lächelte die Hochzeitsplanerin freundlich. Isabelle riss sich aus ihren Gedanken. Ging mit der Dame noch mögliche Lieder für den Einmarsch durch und setzte einen Termin fest, wann sie zur Änderungsschneiderei für das Hochzeitskleid gehen würden, um die nötigen Veränderungen vorzunehmen. Abends fiel sie ins Bett, ohne wirklich müde zu sein. Rieb sich ihre schmerzenden Füße. Sah gedankenverloren auf zur Decke. Schreckte hoch, als die Hausklingel schellte.

»Max«, hörte sie Jamie quietschen, erhob sich schwerfällig und zog ihren Hausmantel über. Ging die Stufen zu den beiden hinab. Schlurfte mehr, als in freudiger Erwartung ihren Verlobten zu sehen.

»Du solltest schon längst schlafen«, sprach sie streng an Jamie, schob ihn an den Schultern in Richtung Stufen und gab ihm einen Klaps auf den Po. »Husch, husch«, winkte ihn nach oben.

»Bis morgen, Sportsfreund«, verabschiedete sich Maxwell lächelnd.

»Hey«, begrüßte Max Isabelle und küsste sie. Sie unterbrach den Kuss jedoch schnell, was ihn irritiert die Stirn runzeln ließ. »Kein guter Tag?«, fragte er nach und folgte ihr ins Wohnzimmer.

»Ging so«, gab sie lapidar Antwort. Schloss hinter ihm die Wohnzimmertür und lehnte sich dagegen. Gedankenverloren musterte Isabelle ihren Verlobten von oben bis unten, während sie ihm von den Plänen der Hochzeitsplanerin erzählte. Maxwell stimmte allem zu. Wollte, dass es der perfekte Tag für Isabelle werden würde. Erzählte ihr von seinem Tag, irgendwann hielt er jedoch inne.

»Was?«, fragte sie lächelnd.

Er schüttelte den Kopf. »Nichts. Mir gefällt nur was ich sehe«, hauchte er.

»Nicht hier, Max«, sprach sie rau, als er seinen Mund auf ihre warme Haut presste.

»Warum nicht?«, zog sie zu sich auf den Schoß, »Wir haben schon so lange nicht mehr und ich will dich. Jetzt«, raunte er und legte hart seine Lippen auf ihre.

»Jamie könnte uns überraschen«, brachte sie atemlos heraus, als Max begann sich an ihrem Hals festzusaugen.

»Er ist im Bett«, entgegnete er und biss ihr ins Ohrläppchen. Doch sie blieb verstockt sitzen.

»Es war anstrengend, wie ich dir gerade erzählt habe. Hast du den Pastor schon angerufen?« Doch Maxwell antwortete ihr nicht, küsste sie auf die Halsbeuge und ließ seine Hände weiter wandern. Sanft schob sie ihn von sich.

»Ähm, mir fällt gerade ein, dass ich für die Verhandlung am Montag noch ein paar Seiten im Manuskript lesen muss. Sonst weiß ich nicht über was wir verhandeln.« Sie wollte auf einmal, dass er ging. Schwer ausatmend stand er auf. Sah sie ernst an.

»Ich versteh dich in letzter Zeit nicht, Isabelle«, öffnete die Tür. Als er auf die Straße trat, drehte er sich noch einmal zu ihr um und nahm ihr Gesicht in seine Hände. »Du weißt nicht wie froh ich bin, wenn wir endlich zusammenwohnen. Das ständige hin- und herfahren nervt gewaltig. Vor allem wenn ...«

»Tut mir leid«, unterbrach Isabelle ihn. »Ich weiß, ich bin in letzter Zeit sehr ungenießbar. Aber das hat mit den ganzen Vorbereitungen für die Hochzeit zu tun und du weißt selbst, wie es zurzeit in der Firma drunter und drüber geht«, küsste ihn sachte. Das war noch nicht einmal gelogen.

»Sehen wir uns am Montag das Haus an? Ich habe den Makler kontaktiert und er hätte am Nachmittag Zeit. Das wäre nach den Verhandlungen und ...«

»Ja, ja. Machen wir das so«, sprach Isabelle schnell, doch ihr Verstand begann zu rattern. Ein Haus? Er wollte nicht hier einziehen? Wann hatte er das entschieden? Hatten sie das zusammen entschieden? Er nickte nur und ging zu seinem Wagen. Isabelle lehnte am Eingangsrahmen, sah seinem Auto hinterher, atmete die frische Luft ein und ging erst wieder ins Haus, als es sie zu frösteln anfing. Frustriert kuschelte sich Isabelle unter die Decke, in ihrem Bett und döste ein. Sah irgendwann auf ihren Wecker, der ihr mitteilte, es sei erst drei Uhr in der Früh. Samuel war bestimmt in der Firma. Sie griff zu ihrem Handy. Zwölf Anrufe in Abwesenheit. Drei von Max, zwei von ihrer Freundin, sieben von Samuel. Und eine SMS. Warum erstaunte sie das jetzt nicht? Sie öffnete die SMS. »Was war dann dein Fehltritt, wenn nicht ich?« Laut stieß sie Luft aus. Sah lange auf das Display, selbst noch als das Licht bereits erloschen war. Sie spürte selbst, wie sie keine Kraft mehr hatte. Sie stand zwischen zwei Stühlen und hatte sich immer noch nicht entschieden, auf welchem sie sitzen wollte. Schnell wählte sie Samuels Nummer. Es klingelte und klingelte. Dann nahm er jedoch ab. »Der Fehltritt ist, dass ich mich in dich verliebt habe«, sprach sie schnell, bevor er etwas sagen konnte und legte wieder auf. Ihr Herz klopfte so arg, dass es drohte ihr aus der Brust zu springen. Keuchend setzte sie sich auf. Warum hatte sie das getan? Das Handy klingelte auf dem Satinbetttuch. Er wollte bestimmt eine Erklärung, aber die hatte sie ihm gerade gegeben. Mit zittrigen Fingern umfasste sie ein Kissen. Drückte es fest gegen ihre schmerzende Brust und wiegte sich selbst vor und zurück. Fand kaum Luft zum Atmen. Das Klingeln hörte auf. Schnell stellte sie ihr Handy auf vibrieren um. Jamie sollte nichts mitbekommen. Jamie. Himmel nochmal. Sie hatte gerade seinem Vater gestanden, dass sie sich in ihn verliebt hatte. Und fühlte jetzt wie ein Teenager. Das Vibrieren setzte wieder ein. Ihre Neugierde siegte.

»Das kannst du nicht einfach so machen«, fauchte er sofort los, als sie abhob. Seine Stimme zu hören tat gut, selbst wenn er sie gerade anschrie. »Mir so etwas zu sagen und dann wieder auflegen.«

»Das konnte dich doch nicht allzu sehr überraschen«, sprach sie leise. Das ließ ihn stutzen.

»Du willst doch jetzt nicht sagen, dass du die ganze Zeit in mich verliebt warst?«, fragte er stockend nach.

»Du kennst mich anscheinend wirklich nicht. Warum sollte ich sonst je an eine Zukunft mit dir gedacht haben?«, stellte sie die Gegenfrage. Sie hörte ihn hart aufkeuchen. Sein Herz begann zu rasen. Das war gerade zu viel für ihn. Hektisch sah sich Samuel in dem brechend vollen Flur seiner Firma um. Vor zwei Minuten war alles noch normal gewesen. Hektisch in der Firma, aber normal. Und jetzt? Sie hätte für ihr Geständnis keinen ungünstigeren Zeitpunkt wählen können. Sein Vater kam gerade aus dem Zimmer und nicke Samuel zu, er solle wieder zurückkommen und das möglichst schleunigst.

Es war ein Geständnis auf welches er schon so lange gewartet hatte. Endlich hatte sie sich dazu durchgerungen und jetzt ... »Isabelle, hör zu. Es ist ... Ich kann gerade nicht.«

»Schon klar«, unterbrauch sie ihn. Blinzelte ihre Tränen weg. Wie konnte sie nur so doof sein? Er bekam gerade kalte Füße. Dafür war er nicht geschaffen und sie drängte ihn auch noch wissentlich in die Ecke. Sprach von Zukunft. Die alten Zweifel waren sofort wieder da.

»Nichts ist klar«, knurrte Samuel. Sah wütend zu seinem Vater auf, der wieder im Zimmer auftauchte. Fahrig fuhr er sich durch die Haare und presste sich gegen die Wand.

»Schon gut, Samuel. Wirklich«, sprach sie unter Tränen und legte auf. »Nein, nein, nein«, schrie sie. »Verdammter Mistkerl«, stöhnte sie in das Kissen und ließ sich nach hinten fallen. Strampelte mit den Füßen in der Luft. Presste den rauen Stoff hart gegen ihr Gesicht und richtete sich dann schnell wieder auf. Noch bevor sie überlegte, wählte sie erneut eine Nummer.

☆ Lass dich niemals zu leicht täuschen ☆

»Hallo?«, kam es verschlafen von der anderen Leitung.

»Marie?«, fragte Isabelle atemlos nach.

»Ja? Was gibt es Miss Rose? Ist etwas passiert? Etwas mit Jamie?«, fragte ihre alte Haushälterin sofort alarmiert nach.

»Nein, nein. Also es ist schon etwas passiert. Also ich hoffe das was passiert ... Egal jetzt«, haspelte die Brünette weiter.

»Könnten Sie kommen? Ich meine jetzt gleich. Ich müsste zum Flughafen und Jamie wäre morgen ganz alleine«, sprach sie so schnell, dass sie keinen Rückzieher mehr machen konnte.

»Ähm«, ihre Haushälterin wusste anscheinend nicht, was sie erwidern sollte. »Wieso müssen Sie zum Flughafen, um diese gottlose Stunde?«

Isabelle biss auf ihre Unterlippe. »Ich muss nach London.«

»Bitte?«, fragte Marie sofort nach. »Oh nein«, hauchte sie dann, als sie anscheinend die Zusammenhänge begriff. »Miss Rose bitte, das ist keine gute Idee.«

»Doch, dieses Mal schon. Ich muss. Verstehen Sie das nicht? Ich muss einfach.«

»Nein, das verstehe ich nicht, ehrlich gesagt. Als ich damals den Dienst bei Ihrer Familie angetreten bin und da waren Sie noch nicht einmal auf der Welt, da habe ich Ihrer Mutter etwas versprochen und als ich dies wieder hier in New York getan habe, habe ich Ihrer Mutter dasselbe versprochen, nur ein paar Tage bevor sie starb. Ich lasse ihr Kind nicht ins Unglück rennen.«

»Er ist nicht wie seine Familie«, versuchte sie Marie zu überzeugen.

»Kann man so etwas wirklich ablegen?«

»Marie, bitte. Was ist, wenn er mein Glück ist?«, flehte Isabelle regelrecht. Lange sagte keiner mehr etwas.

»Gut, ich werde trotzdem kommen. Der kleine Bengel kann ja nichts dafür.«

»Danke Marie. Sie sind ein Schatz. Wirklich. Was würde ich nur ohne Sie machen?«

»Nicht nach London fliegen«, kam es trocken zurück.

»Ich werde packen und dann gleich losfahren. Jamie wird schon nicht aufwachen«, aufgeregt legte sie auf und hastete zu ihrem Schrank. Riss die Türen auf. Was sollte sie mitnehmen? Für wie lange? Wie würde wohl Samuel reagie-

ren? Ablehnend, erfreut? »Oh bitte, lass es erfreut sein.«
Kopflos lief sie ins Bad und schmiss ein paar Utensilien in
ein kleines Reisetäschchen. Riss den kleinen Reisetrolley
auf und legte alles Mögliche hinein. Jeans, Stiefel, High
Heels, Blusen, Röcke, Kleider. Suchte verzweifelt nach ihrem Reisepass und hörte gleichzeitig die Tür unten aufgehen. Stürmte aus dem Zimmer.

»Marie«, entkam es Isabelle atemlos und schmiss sich in die
Arme der älteren Frau.

»Herzchen, das ist nicht gut«, redete Marie auf Isabelle ein,
als sie sich wieder von ihr löste. Sah das gerötete und auf-
gelöste Gesicht der jungen Frau. Die freudige Erwartung in
ihren glänzenden Augen.

»Ich habe es ihm endlich gesagt.«

»Hätten Sie das nicht lieber Ihrem Verlobten sagen sollen?«
Isabelle sah betreten zu Boden. Fiebrig ging sie wieder die
Treppen nach oben und zog sich an. Nahm ihren Koffer
und ihre Handtasche. Hielt noch einmal an der Kommode
inne und sah auf das Bild von Max und ihr. »Es tut mir
leid«, hauchte sie, mit Tränen in der Stimme, als sie über
Maxwells Gesicht fuhr, »aber es geht einfach nicht anders«,
legte ihren Verlobungsring neben dem Bild ab. Vorsichtig
öffnete sie die Tür zum Zimmer ihres Sohnes. Ein Knäuel
von Decke und Mensch. Sie würde zu seinem Vater fliegen.
Sie würde versuchen zu kämpfen. Für sich und für diese
kleine Familie. Vielleicht ging alles gut. Vielleicht auch
nicht. Verabschiedete sich von Marie mit einem Backen-
kuss. Das hatte sie auch noch nie gemacht und das ver-
dutzte Gesicht der Haushälterin sprach Bände. Das Taxi
fuhr langsam und Isabelle wünschte sich nicht nur einmal
der Fahrer möge mehr auf das Gaspedal drehten.

»Hören Sie zu, Miss. Wir haben keinen freien Platz mehr für
die fünf Uhr Maschine, für Sie«, sprach die Bodenstewar-
dess schon ungehaltener, als Isabelle einfach nicht nach-
geben wollte.

»Aber ich brauche diesen Flug. Genau diesen«, Isabelle
flehte und lehnte sich weiter über den Tresen, »Es ist so
wichtig. Ich muss zu ihm. Auch wenn er noch so ein Mistkerl sein kann, aber ich muss.« Die Stewardess sah sie
geschockt an, als Isabelles Stimme immer lauter wurde und
die junge Frau auf den Tresen, mit der Faust, schlug. »Ich
will ihn, verdammt und Sie werden mir nicht diese Chance
vermasseln.«

»Ich kann jetzt auch gleich die Security holen, wenn Sie
möchten«, giftete die Stewardess zurück. Isabelle fuhr geschockt zurück. Die Stewardess tippte in ihren PC und sah

immer wieder angesäuert zu Isabelle. »In der ersten Klasse wäre noch ein Platz.«

»Warum sagen Sie das nicht gleich?«, fauchte Isabelle wieder los. Verstummte jedoch, als sie das Gesicht der Stewardess wahrnahm.

»Ich habe nichts gesagt, weil der Flug zum jetzigen, kurzfristigen Zeitpunkt fünftausend Dollar kostet«, gab sie gepresst zurück.

Isabelle schüttelte den Kopf und öffnete ihren Geldbeutel. »Das ist mir doch egal. Ich fliege immer First Class«, hielt der Frau ihre Kreditkarte hin. Die nahm sie, laut ausschnaufend, entgegen. »Sicher doch«, entkam es ihr leise. Isabelle war klar, warum die Stewardess nicht nach First Class gefragt hatte. Sah kurz an sich hinab. Nein, so sah keine Frau aus die First Class flog. Zerrissene Jeans, schwere Boots und einen Norwegerpulli. Aber sie war so in Eile gewesen.

Das Boarding war bereits im vollen Gange und Isabelle sprintete, samt Trolley, zum Gate. Nachdem der kleine Koffer über ihr verstaut war, ließ sie sich atemlos in ihren großen Sitz fallen und schaltete ihr Handy aus. Der Flug würde neun Stunden dauern. Das hieß, wenn alles glatt lief. Sollte sie gleich zu Samuel ans Haus fahren, oder in seine Firma? Aber da würde sein Vater wahrscheinlich auch sein. Nein, weil heute Samstag war. Also doch zu ihm nach Hause. Sie biss sich auf die Unterlippe und bemerkte nicht wie eine Stewardess sie ansprach.

»Miss?«, versuchte sie es noch einmal höflich. Isabelle erschrak. »Oh, tut mir leid«, entschuldigte sich die blonde Dame sofort. »Ich wollte Sie nur fragen, ob Sie etwas zum Trinken möchten?« Lächelte Isabelle unverwandt an. Isabelle nickte. »Ein Wasser wäre toll. Ich bin gerade so viel gerannt.«

Sie bekam ihr Wasser und nahm es mit zittrigen Fingern entgegen. Verschüttete etwas. »Tut mir leid«, entschuldigte sie sich jetzt bei der Stewardess, die sah darin jedoch kein Problem.

»Ich bin sehr aufgeregt«, fing Isabelle an, sich zu erklären. »Ich fliege zu dem Mann, dem ich vorhin meine Liebe gestanden habe«, plapperte sie weiter, wie ein aufgeregtes Schulmädchen, das kurz vor ihrem ersten Kuss stand.

»Das ist doch sehr schön, Miss«, lächelte die blonde Stewardess. Isabelle nahm einen Schluck. »Ja, ich hoffe auch«, nuschelte sie in ihr Glas.

»Ihrem Akzent nach hätte ich schwören können Sie kommen aus London.«

Isabelle lachte auf. »Ja, komme ich auch. Also ursprünglich. Aber jetzt wohne ich in New York«, sie sah kurz aus dem Fenster, »na ja, wer weiß. Vielleicht nicht mehr lange«, lächelte verträumt vor sich hin. Das war eigentlich ein zu weitgefasster Gedanke und doch konnte sie gerade nur daran denken.

»Wenn Sie mich brauchen. Ich bin Estelle.« Die nette Stewardess kümmerte sich um ihre anderen Passagiere und Isabelle döste zu Jazz-Musik vor sich hin. War jedoch zu aufgeregt, um wirklich schlafen zu können. Vielleicht war es doch ein Fehler gewesen. Hektisch sah sie sich um. Der Hals schnürte sich mit einem Mal zu. Und wenn sie am Flughafen einfach auf den nächsten Flieger wieder nach Hause warten würde? Gar nicht erst zu Samuel fahren? Beim Aussteigen drückte die blonde Stewardess noch einmal ihre Hand. »Viel Glück mit Ihrem Mann, Miss«, lächelte sie freundlich.

Unschlüssig stand Isabelle mit ihrem Trolley vor dem Flughafengebäude. In ein Taxi einsteigen, oder wieder fliegen? Jetzt war sie schon hier, hatte fünf Riesen hingeblättert und würde jetzt auch alles durchziehen. Nicht wieder davonlaufen, wie sie das sonst so gerne tat. »Aber mehr oder weniger kopflos handeln, wie du das eigentlich auch nie tust«, lächelte Isabelle verzweifelt, vor sich hin. Sie stieg in das nächste Taxi, damit sie sich selbst überrumpelte und nicht wieder in die Vorhalle des Flughafens eilte. Nannte Samuels Adresse und presste sich in die Lederbank. Sah ihr altes vertrautes London an sich vorbeiziehen, wie sie es liebte. Alte Steinhäuser, leicht verwilderte Gärten, hohe Rosenbüsche. Sah wie das Taxi eine Straße auswärts nahm und kurz danach zum Stehen kam. Isabelle bedankte sich und bezahlte. Stand jetzt mit ihrem Trolley vor dem großen Haus. Vor dem Haus, indem Samuel ihr gesagt hatte, er würde einen Schlussstrich ziehen. Auf dessen Rasen sie so erbittert gestritten hatten. Auch sie hatte Samuel betrogen. Sie war mit Maxwell zusammengeblieben, als das alles zwischen ihnen angefangen hatte. Sie waren offiziell sogar noch verlobt. Ein reines Gewissen hatte sie schon lange nicht mehr. Keinem der beiden Männer gegenüber. Es zerriss sie innerlich. Anfangs war es nur wieder dieses Begehren Samuel zu besitzen. Ihn in ihrer Nähe zu wissen. Und oft genug redete sie sich selbst ein, dass es zum Wohle von ihrem Sohn wäre. Das war es jedoch schon lange nicht mehr. Sie kam sich verlassen vor. Erst recht, als sie hörte wie die Reifen des Taxis auf dem Kies der Auffahrt sich immer mehr entfernten. Vorsichtig drückte sie auf die Klingel. Ließ ihren Kopf hängen und fing gleich zu sprechen an, als die Tür aufgerissen wurde. »Ich bin hier, weil ich nicht wieder weglaufen will und ...«, sie hielt sofort inne, als sie den Kopf hob. Verdutzt sah sie eine große blonde Frau an. Ungefähr in ihrem Alter. Isabelle verdrehte die Augen. Sie erlebte gerade ein Déjà-vu von der unangenehmsten Sorte. Biss sich auf die Lippe, bis sie meinte Blut zu schmecken.

»Tut mir leid«, Isabelle machte einen Schritt nach hinten und stolperte über die letzte Steinstufe.

»Aber bleib doch. Willst du zu Samuel?«, fragte die junge Frau lächelnd. »Du bist doch die Frau von dem Foto, auf seinem Schreibtisch.« Isabelle zog die Augen zu Schlitzen zusammen. »Ja, sicher. Du bist Isabelle.« Die Blondine zog sie lächelnd an der Hand herein und in der anderen ihren Koffer. Isabelle war so überrumpelt, dass sie gar nicht wusste was tun.

»Samuel«, brüllte die Frau und Isabelle zuckte zusammen. Ihr Ruf hallte ungemein laut, in der großen Eingangshalle, wider. Stand mit einem Mal alleine da, da die Frau in ein Zimmer gestürmt war. Das Gästezimmer, in dem Isabelle hier übernachtet hatte. Kam jedoch sogleich wieder mit Samuel zurück. Nur mit einem Badetuch bedeckten Samuel, der seine blonde Gegenüber richtiggehend anstrahlte. Isabelle sah sofort zur Seite. Konnte es jetzt wirklich noch schlimmer kommen?

»Komm schon«, forderte die Frau Samuel auf und der sah lächelnd von ihr zu Isabelle. Blieb abrupt stehen und sein Lächeln verwandelte sich sehr schnell in Unglaube und auch Ablehnung, wie Isabelle fand. Isabelle sah ihn nur kurz an und deutete dann auf die Tür. »Ich habe schon gesagt, dass es mir leid tut«, sie sah auf den Boden, an die Decke. Wohin noch? »Nur nicht auf ihn«, dachte sie hektisch. »Ich ... also ... ich geh lieber wieder. Ich wollte nicht stören.« Ihr Herz schlug nicht mehr, es raste und Isabelle spürte auch die aufkommenden Tränen in sich. Nein, nicht hier. Nicht vor ihm und schon gar nicht vor seinem Betthäschen. Sie nahm ihren Trolley, mit zittrigen Fingern auf und ließ ihn wieder los. Hatte kaum die Kraft dazu, ihn zu schieben. Das war ein Albtraum von der feinsten Sorte. Doch dann regte sich auch Wut in ihr. Brennende, leidenschaftliche Wut. Auf ihn, dass er ihr das schon wieder antat. Auf sich selbst, dass sie sich unnötig so viel erhofft hatte.

»Himmel und Hölle, ich hasse dich«, schrie Isabelle auf und drehte sich, mit geballten Fäusten zu ihm um. Die blonde Frau sah zwischen Samuel und Isabelle hin und her. »Aber, das ist jetzt nicht nett«, kam es entrüstet von ihr. Isabelle sah Samuel fest an. Der stand noch immer da wie eine Salzsäule, am gleichen Fleck. »Das geht dich, als sein Flittchen, einen Scheißdreck an, wie ich mit dem Vater meines Kindes spreche«, fauchte sie die junge Frau an, ohne Samuel aus den Augen zu lassen. Der zog eine Augenbraue in die Höhe.

»Unseres Kindes, Isabelle. Unseres«, sprach er gelassen. Das war ja die Höhe. Aber so kannte sie ihn. Genau so. Er schämte sich noch nicht einmal, für diese Situation hier.

»Moment, ich muss mich hier nicht als Flittchen beschimpfen lassen«, rief die junge Frau entrüstet aus.

»Komm schon, meinst du allen Ernstes er kennt deinen Namen noch?«, giftete Isabelle und trat einen Schritt auf sie zu. Was die andere erschrocken einen nach hinten treten ließ.

»Aber, dass du sie zu dir, hierher, nach Hause holst. Das hätte ich nicht gedacht. Ich dachte, du wärst damals wenigstens einmal ehrlich gewesen.«

»Oh, sie kommt des Öfteren zu Besuch«, entgegnete Samuel trocken.

»Ich dachte, das Haus wäre dir zu heilig um hier schnell mal jemanden zu ficken«, fauchte Isabelle weiter.

»Also …«, die junge Frau wollte sich zu Wort melden, aber Isabelle unterbrach sie. »Aber mich wolltest du nicht. Du hättest mich gleich dort, auf dem Küchentisch haben können und du hast abgelehnt.« Isabelle fuchtelte mit ihren Händen herum. Samuel verschränkte die Arme vor der Brust. Seine ruhige Art ging ihr auf die Nerven. »Aber das Rose-Mädchen, das darf natürlich das Haus nicht beschmutzen.« Sie redete sich so in Rage, dass sie sich über dessen Inhalt gar keine Gedanken mehr machte.

»Rede nicht so einen Stuss«, knurrte Samuel und zeigte damit zum ersten Mal eine wirkliche Reaktion.

»Darf ich …«, fing die junge blonde Frau wieder an, aber wieder wurde sie unterbrochen. Dieses Mal von Samuel.

»Du hast damals doch nur die schnelle Nummer gesucht. Ablenkung von deinem Verlobten«, seine Stimme fest und tief.

Isabelle lachte höhnisch auf. »Er war zu dem Zeitpunkt noch nicht mein Verlobter«, deutete in Richtung der Blondine. Sah aus dem Augenwinkel etwas aufblitzen. »Mit ihr ist das anscheinend ja etwas anderes«, dann hielt sie abrupt inne. Samuel sah die Veränderung an ihr. Isabelles Blick heftete sich auf die Finger der jungen Frau. »Oh«, hauchte Isabelle und trat einen Schritt zurück. Sah kurz in deren Gesicht und wieder zu Samuel. Auf ihre eigenen Finger. »Oh«, mehr brachte sie nicht raus. Samuel folgte ihrem Blick. Isabelle trug keinen Ring. Folgte weiter Isabelles Blick und sah, wie sie wieder auf die Finger der jungen Frau sah. Jene trug schon einen Ring. Er erfasste die Lage in Millisekunden. Und doch zu langsam. Sein Kopf schnellte zu Isabelle. Die hatte sich jedoch bereits umgedreht und schleifte ihren Trolley hinter sich her. Riss die Tür auf.

»Stopp«, rief Samuel in seinem besten Chefton aus, aber es half nichts. Sie ging einfach weiter. Mit großen Laufschritten war er bei ihr und drehte sie auf der Steintreppe zu sich um. Ihre Tränen trafen ihn wie einen Blitz. Sie riss sich von ihm los.

»Fass mich nicht an«, fauchte sie. Zog ihr Handy, aus ihrer ledernen Handtasche.

»Was machst du?«, fragte Samuel irritiert und ließ sie los.

»Mir ein Taxi herbestellen. Du wohnst in der Pampas, falls dir das noch nicht aufgefallen ist«, drehte sich von ihm ab und zog irritiert die Augenbrauen zusammen. Seit dem Anruf bei Samuel hatte sie nicht mehr auf ihr Handy gesehen. Insgesamt zwanzig Anrufe in Abwesenheit. Ignorierend wählte sie die Nummer der Auskunft und ließ sich zur Taxizentrale verbinden.

»Oh, mit diesen Boots kannst du bestimmt bequem bis nach London zu Fuß gehen.« Mit offenem Mund und kaum fähig zu atmen drehte sie sich langsam zu ihm um.

»Ja, bitte?«, fragte eine freundliche Männerstimme der Taxizentrale, am Telefon. »Du Bastard«, schrie Isabelle aus. »Entschuldigen sie«, hörte Isabelle den Mann noch entrüstet, bevor sie auflegte. »Hätte ich mir die Schmach hier auf High Heels abholen sollen?«, sie lachte höhnisch auf, »Natürlich. Das wäre dir recht gewesen, nicht? Zuerst blamier ich mich am Telefon und sag dir so einen Schwachsinn und dann kommt die dumme Gans auch noch hierher. Am besten aufgedonnert, wie wenn ich zu einem Empfang gehe.« Samuel riss sie so schnell an seine Brust, dass Isabelle nicht reagieren konnte.

»Ich habe gesagt, du sollst mich nicht anfassen«, wehrte sich gegen seine starken Arme.

»Warum wäre das Schwachsinn, was du gesagt hast? Es wäre nur Schwachsinn wenn du es nicht ehrlich gemeint hättest«, sprach Samuel atemlos. Isabelle sah, wie er die Backenknochen aufeinander rieb.

»Da drinnen ist deine Verlobte ... Frau. Ach, was weiß ich, verdammt. Dir kann es doch völlig egal sein, warum ich was gesagt habe«, versuchte sich weiterhin zu befreien.

»Sie ist nicht meine Frau«, knurrte er zurück.

»Noch schlimmer, wenn du die Ehefrau eines anderen vögelst«, fauchte Isabelle weiter.

»Ich bin seine Cousine.«

Isabelle hielt sofort inne, mit ihrem Wehren. Ihr Blick schoss zu der jungen Frau, die lächelnd im Türeingang stand.

»Du bist aber nicht Celina«, entkam es Isabelle fassungslos. Sie kannte Samuels Cousine, von der Schule. Samuel ließ sie los, was sie leicht taumeln ließ.

»Ich habe auch noch mehr Verwandte als Celina«, kam es gepresst von ihm.

»Elisabeth Finnigan. Ich wohne mit meinem Mann in Schottland«, sie ging auf die beiden zu, »Sehr erfreut«, hielt Isabelle eine Hand entgegen. Jene lief feuerrot an. Reichte ihr die Hand. »Das ist jetzt peinlich«, stotterte sie.

»Selbst schuld«, kam es trocken von Samuel. Der Blick Elisabeths wurde finster. »Hör auf, Samuel. Sei nicht immer so ein Arschloch.« Isabelle sah mit offenem Mund, wie Samuel leicht zusammenzuckte. Und spürte im nächsten Moment, wie sie sanft die Treppen nach oben gezogen und von Elisabeths Arm umfangen wurde.

»Also Samuel hat nicht so wenig an, weil wir gerade miteinander, ähm, geschlafen hätten«, sie sah über ihre Schulter zu Samuel. »Sondern weil er sich gerade fertig machen wollte, um seinen Flieger zu bekommen.«

Isabelle blieb stehen und drehte sich zu Samuel um. »Für wohin?«

»Wohin wohl?«, sprach er finster und ging an ihr vorbei ins Zimmer, aus dem er vorhin von Elisabeth gezogen wurde.

»Samuel«, rief Elisabeth entrüstet aus. Eilte ihm hinterher. Isabelle auch, drehte sich jedoch gleichzeitig mit Elisabeth um, als Samuel sich begann anzuziehen.

»Von Elisabeths Standpunkt aus kann ich ja verstehen, warum sie wegsieht. Bei dir, Isabelle, jetzt nicht wirklich. Deswegen bist du doch hergekommen«, sprach Samuel sarkastisch. Isabelle sah verstohlen über ihre Schulter.

»Hättest du nicht den Koffer mit reinholen können?«, fragte Elisabeth. Doch Samuel und Isabelle beachteten sie nicht. Isabelles Blick wanderte über seine nackte Brust und Samuel spürte, wie sein Herzschlag sich verstärkte, unter ihrem Blick.

»Gut, dann hol ich ihn«, sprach Elisabeth in die Runde. Stellte sich kurz darauf wieder in den Türrahmen.

»Du hättest die Situation schon viel früher aufklären können«, giftete Isabelle los.

»Du warst so in Fahrt, da wollte ich dich nicht stören«, lachte Samuel und zog sich einen dünnen Pullover über. »Marineblau steht dir nicht«, war Isabelles trockener Kommentar.

»Ich geh dann. Wir sehen uns heute Abend, oder wann auch immer«, weil sie eh niemand mehr beachtete, drehte sich Samuels Cousine einfach um und ging mit einem Lächeln nach Hause.

Samuel schloss den Gürtel. »Das ist nicht Marineblau. Das ist Indigo«, verteidigte er sich und Isabelle lachte glockenhell auf, was Samuel aufsehen ließ. Sie hielt inne und sah zu Boden. Sah auf die Seite, als sie bemerkte, wie Samuel auf sie zukam.

»Deswegen bin ich nicht gekommen«, begann sie leise. Sanft drehte er ihr Kinn zu sich. »Also nicht nur.« Spürte, wie sie wieder rot anlief. Das ließ ihn schmunzeln.

»Warum gerade jetzt, Isabelle?«, fragte er ernst. Ihre Stirn legte sich in Falten. »Warum solltest du mir jetzt mehr Vertrauen entgegenbringen, als früher?«, ergänzte er, als er ihre Verwirrung wahrnahm. Sie sah wieder zu Boden und wrang ihre Finger.

»Ich ... also ... Wenn ich dich nur haben kann, wenn du öfters mal ... Also, ich denke ich könnte das ertragen«, brachte sie stotternd hervor. Samuel meinte nicht richtig zu hören.

»Du meinst, ich könnte in unserer Beziehung fremdgehen. Es würde dir nichts ausmachen?«, stellte er klar. »Ich glaube, ich schein dich besser zu kennen, als du dich selbst.« Das ließ sie aufsehen. Er drängte sie gegen den Türpfosten. Stemmte sich oberhalb ihres Kopfes ab. Ihn körperlich so präsent vor sich zu haben. Ihn zu riechen und ihm in diese wunderschönen hellen Augen zu sehen, ließ Isabelle schwer schlucken. Am liebsten hätte sie ihre Hände auf seine Brust gelegt, doch sie zuckte wieder zurück. »Mach es doch einfach«, forderte Samuel sie leise auf, als hätte er ihre Gedanken gelesen und spannte sofort seinen Bauch an, als sie ihre kleinen Hände auf seine Brust legte. Ihn unverwandt ansah und ihre Hände schwer auf den Hüften liegen ließ. Seufzend schloss sie die Augen, als Samuel begann, sanft Schmetterlingsküsse auf die Stirn, auf ihre Schläfe, auf ihre Halsbeuge zu verteilen.

»Ich habe seit vier Wochen nicht mehr mit einer Frau geschlafen«, nuschelte er gegen ihr Ohr. Presste sich fester gegen sie. »Du siehst ich brauche keine Therapie.« Sie erwiderte nichts darauf. Samuel schnaufte laut aus, zog sich von ihr zurück. »Das glaubst du mir nicht, oder?«

Isabelle sah die Verzweiflung in seinen Augen, wie auch die Wut. Er stieß sich vom Türrahmen ab. Genervt schüttelte er den Kopf. Länger konnte sie ihn nicht ansehen, verkrampfte ihre Finger rechts und links neben sich im Holz. »Während du in das Bett eines anderen steigst, kann ich es mir selbst besorgen, Isabelle«, raunte er, »mir nur vorzustellen, wie du keuchend und zitternd für einen anderen Mann kommst.«

»Ich habe seit Wochen mit keinem anderen mehr geschlafen«, fuhr dabei sachte unter seinen dünnen Pullover. Er runzelte kurz die Stirn, doch sie stellte sich auf die Zehenspitzen und legte ihre Lippen auf seine. Ließ somit keine weiteren Fragen zu. Ging sehr ruhig vor. Sehr bedacht. Bat sehr vorsichtig darum, den Kuss zu erwidern. Mit einem Ruck hob er sie auf seine Hüften. Spürte wie sie ihre Finger in seinem Nacken verkeilte, wie sie ihre Schenkel fester an seine Hüften presste. »Ich will dich. Endlich wieder«, wisperte Isabelle gegen seinen Hals und küsste sich hoch. Fummelte an seinem Gürtel, bekam ihn jedoch nicht auf. »Warum hast du dich überhaupt wieder angezogen?«, presste sie verärgert hervor und Samuel lachte auf. Ließ sie nach unten gleiten. Öffnete den Gürtel und schneller als er schauen konnte, waren Isabelles Lippen auf seiner Haut. Ihre Hände überall. Auf seinem Rücken, seinem Bauch, seinen Hüften.

»Langsam Liebes.« Schnell griff er ihr in die Haare und signalisierte ihr, sie solle aufhören. Zog sie zu sich hoch. Sie sah ihn verwirrt an. »Du darfst. Ich verspreche es dir«, küsste sie kurz hart. »Wie, Isabelle?« Taumelnd entledigten sie sich ihrer Sachen. Zog ihn an der Hand in Richtung Bett. Drückte ihn darauf und krabbelte über ihn.

»So wie noch nie«, hauchte sie und küsste ihn noch einmal auf die Brust. Ließ ihr Becken langsam sinken. Biss ihn in die Unterlippe, als sie lasziv langsam begann ihr Becken leicht zu heben und wieder zu senken.

»Das stimmt nicht«, presste er hervor und schloss die Augen. Während sie sich über ihn beugte, nahm sie einen schnelleren Rhythmus auf. »Da waren wir fast noch Kinder«, keuchte sie. Als sie kam, gab es wieder diese Explosion und diese Farbsprenkel, die sich vor ihren Augen wie Glitterstücke verteilten. Sie hörte nicht gleich auf, glitt nur in einen langsameren Rhythmus über. Legte leicht ihre Lippen auf seine und spürte auch schon im nächsten Moment seine Wärme, in sich.

»Nein, so war das damals nicht«, entkam es ihr schwer atmend. Legte sich neben ihn. Fuhr sich mit den Fingerspitzen selbst über ihre prickelnde Haut. Dann fasste Samuel ihre Hand und legte sie auf ihre Scham. Seine schwer darüber. Sie wimmerte gegen seine Lippen. Zitterte leicht, weil ihr Körper noch so extrem sensibilisiert war, auf jegliche Art von Berührung. Samuel beobachtete genau ihr Gesicht. Wie sie sich verspannte, wie sie sich hart auf die Unterlippe biss, als sie ihm rhythmisch entgegenkam. Aufstöhnte, als er sich an ihrem Hals verbiss. Dieses unerträgliche Kribbeln in ihrem Unterleib. Dieses Ziehen, das um Erlösung bettelte. Es war nicht wieder dieser luftraubende Orgasmus. Eher ein sanftes Nachvibrieren. Schob sich weiter zu ihm hoch, um auf gleicher Augenhöhe zu sein. Küsste ihn auf die Stirn, auf die Schläfe, auf die Nase, auf die Wange, auf das Kinn. »Reicht dir das hier wirklich?«, fragte sie leise. »Ich kann dir nicht versprechen, dass das hier für immer hält«, sprach er genauso leise und sie sah seine überschatteten Augen. Nickte nur, doch ihr Brustkorb wurde zusammengedrückt. Nahm seinen Arm und umschlang ihren Kopf damit. Bettete sich wie unter ein Zelt. Verkroch sich regelrecht an seiner Brust. »Aber ich werde alles versuchen, damit es klappt«, hörte sie ihn noch, wie durch Watte, als sie in den Schlaf überglitt.

☆ Über Fairness und Betrug ☆

Die Strahlen der Morgensonne kitzelten Isabelle wach. Als sie die Augen öffnete, schirmte sie jene sofort mit der Hand ab. Richtete sich auf, nur um sofort die dünne Bettdecke um sich zu wickeln. Kuschelte sich tiefer in die Kissen. »Samuel?«, fragte sie in die Stille, doch es kam keine Antwort. Unterm Aufstehen band sie sich das Laken um. Sah in das Wohnzimmer, die Küche, sogar hinaus in den Wintergarten. Unschlüssig blieb sie vor der großen Treppe stehen. Irgendwo musste er ja sein. Das Laken hinter sich herziehend, erklomm sie Stufe für Stufe. Hörte Samuels lachende Stimme, als sie oben angekommen war. Folgte ihr und fand eine angelehnte Tür vor. Sie wollte sich wieder umdrehen, ihn nicht in wichtigen Tagesgeschäften stören. Obwohl, es war doch heute Sonntag, oder nicht? Leicht öffnete sie die Tür und sah zu Samuel, der lässig, die Füße auf dem Schreibtisch, im Stuhl lehnte, eher lümmelte und ihr verschmitzt zuzwinkerte. Sein Blick glitt über ihren Körper, als er einfach weiter telefonierte. Isabelle verstand kaum etwas, aber sie stand darauf, wenn jemand Spanisch sprach. Sein Lächeln wurde zu einem ausgewachsenen diabolischen Grinsen und er nahm einen Schluck aus seiner Tasse. Biss sich dann auf die Unterlippe und winkte sie mit einem Finger zu sich heran. Unschlüssig blieb sie neben seinen Beinen stehen. Er drehte sich etwas mit dem Stuhl zur Seite und schob sie mit einem Bein gegen die Schreibtischplatte. Stellte seine Füße rechts und links von ihr ab. »Sí, Sí«, sprach er in den Hörer und grinste sie weiterhin an.

»Ich habe deine Sachen ins Schlafzimmer gebracht«, sprach er leise. »Ausgeschlafen?«, fragte er und sprach weiter. »Hunger?«, fragte er sie nach einiger Zeit wieder und schob seine Beine näher an sie ran. Sie zuckte etwas mit den Schultern. Wenn er so fragte. Eigentlich schon. Sie hatte fast einen ganzen Tag geschlafen und davor auch nur ein bisschen etwas im Flugzeug gegessen. Samuel handelte in der nächsten Sekunde so schnell, dass sie nicht reagieren konnte. Schob mit dem Fuß ihr Laken auf und der leichte Knoten löste sich natürlich schnell.

»Samuel«, entkam es ihr entrüstet. Wollte das Laken wieder um sich binden, aber er stieß sich schnell von der Platte mit den Füßen ab und zog das Laken mit sich. Was sie leicht nach vorne taumeln ließ. Versuchend sich notdürftig zu bedecken, sah sie Samuel verbissen an. Zog fragend eine Augenbraue in die Höhe. Der sprach einfach weiter in den Hörer und musterte Isabelle sehr eingehend. So intensiv, dass sich automatisch ihre Brustwarzen verhärteten und sie beschämt zur Seite sah.

»Deine Hände.« Sie sah zu ihm. Sah ihn weiterhin fragend an. »Weg damit«, forderte er und Isabelle hörte den rauen Unterton heraus. Er rollte wieder zu ihr heran. Nahm den Hörer des Telefons zwischen Ohr und Schulter. Griff mit beiden Händen, während er weitersprach, nach ihren Armen. Drückte sie gleichzeitig weg. Legte seine Hände auf ihren Hintern und zwang sie einen Schritt näher auf ihn zuzugehen. Samuel verabschiedete sich von seinem Gesprächspartner und legte sofort seine Hand um ihren Busen, als er den Hörer weglegte. »Hier ist es nicht kalt. Also nur durch meine Blicke«, grinste er diabolisch und schob sich im Sessel weiter vor. Forderte sie auf, sich auf den Schreibtisch zu setzen. Spreizte ihre Beine und fuhr ihre Innenschenkel entlang. Doch sie kniff sie wieder zusammen.

»Nicht, Samuel. Ich will erst duschen.« Verdutzt sah er sie an. »Ich rieche«, ergänzte sie leiser. Das ließ ihn auflachen. Indem er sich über sie beugte, drückte er sie auf die Holzplatte. Spreizte ihre Beine weiter. Rau spürte sie seine Jeans gegen ihr weiches Fleisch reiben. Es erregte Isabelle ungemein, aber sie hatte immer noch Hemmungen. Das musste auch Samuel spüren, denn er ließ grinsend von ihr ab. »Dann gehen wir halt duschen, wenn du meinst«, sprach er lächelnd und zog sie zu sich hoch. »Du riechst nur nach mir und dir. Nach dem was wir getrieben haben«, hauchte er gegen ihre Lippen und ließ seine Hände sachte über ihre Hüften streifen. Ihr leises Wimmern vibrierte in ihm wider. Stöhnte leise in den Kuss, als sie ihre Hand über seinen Schritt fahren ließ. Er grinste sie schelmisch an, als er seine Stirn gegen ihre legte. »Duschen oder Sex?«, fragte er.

»Beides«, antwortete sie atemlos. Drückte sich an ihm vorbei, und sah dabei kokett über die Schulter. »Oh ja«, hörte sie ihn, als sie um die Ecke bog und lachte hell auf, was durch einen erneuten Kuss und den unvorhergesehenen Druck gegen die Wand schnell erstarb. »Dusche«, wisperte Isabelle und drückte ihn etwas von sich. Doch er ließ sich nicht beirren. Öffnete seinen Gürtel und hob Isabelle auf seine Hüften.

Duschen ging sie dann doch allein, weil Samuel einen wichtigen Anruf aus Shanghai entgegennehmen musste. Sah sich danach in der Küche nach etwas Brauchbarem zu essen um. Fand Spaghetti, fand Tomatensoße, fand Salat. Hantierte mit den Töpfen und hörte nicht, wie Samuel in den Raum trat. Er lehnte sich gegen den Türrahmen und sah ihr einfach nur zu, wie sie in seinem Haus, in seiner Küche war. Wie sie kochte - für ihn. Wie sie vor sich hinsummte. Und wieder spürte er dieses Stechen in der Brust. Wie damals schon, am Morgen nach dem Empfang. Trat hinter sie und nahm sie in die Arme. Küsste sie auf ihre Halsbeuge. »Die kleine perfekte Hausfrau.« Isabelle schmiegte sich an ihn. Schloss genüsslich die Augen unter seinen Küssen. »Nicht perfekt. Aber Spaghetti krieg ich grad noch hin«, lachte sie. Ihr Blick glitt über in einen liebevollen und sie legte ihre Lippen auf seine.

»Wie lange bleibst du?«, stellte er die Frage, die ihn schon seit ihrer Ankunft quälte, als er Teller und Besteck auf den Tisch legte. Sie sah nicht zu ihm, schluckte hart.

»Ich werde morgen wieder fliegen. Habe vorhin einen Flug gebucht, um acht in der Früh«, sprach sie leise.

»Wer kümmert sich um Jamie?«, fragte er weiter.

»Ich hoffe du in Zukunft«, entkam es ihr beinahe. Aber nur beinahe. »Marie«, antwortete sie stattdessen schlicht.

»Und Mason?«

Isabelle schloss kurz die Augen. Antwortete nicht, ließ stattdessen die Nudeln in den Sieb fallen. Wieder in den Topf plumpsen und vermischte sie mit der Soße.

»Ich werde mit ihm sprechen«, kam es irgendwann von ihr, während sie ihm Nudeln auf den Teller tat. Sah sich kurz um und ihre Augen blieben auf der Salatschüssel liegen, die noch nicht gefüllt war. »Mist, ich hab den Salat vergessen«, sprang vom Stuhl, doch Samuel fasste nach ihrer Hand und hielt sie auf.

»Lass den beschissenen Salat Salat sein, Isabelle«, knurrte er. Verlegen setzte sie sich wieder auf den Stuhl, stocherte in ihren Spaghetti.

»Willst du das wirklich?«, fragte sie eindringlich.

»Ich mag Salat nicht so gern«, kam es nuschelnd von Samuel und beide wussten eigentlich, was Isabelle wirklich gefragt hatte. Laut Luft ausstoßend fing Samuel wieder zu sprechen an: »Hast du gestern nicht zugehört?«, ergriff ihre Hand, strich sanft mit dem Daumen über ihren Handrücken. »Wenn du mir nicht zuvor gekommen wärst, dann wäre ich vor deiner Tür gestanden. Aber ich habe keinen Platz mehr in einem Flieger bekommen.«

Einen leichten Kuss setzte sie auf seine Fingerknöchel. »Ich bin mir nur nicht sicher, ob du wirklich realisierst, auf was du dich da einlassen willst«, stand auf und fuhr sich fahrig durch die Haare, »Ich bin keine Frau, die ungebunden ist. Mit der du schnell mal hier, mal dort hinchatten kannst und nicht an morgen denken musst«, zuckte leicht zusammen, als er laut die Gabel in den Teller fallen ließ. »Ich meine«, fing Isabelle wieder an. »Du gehst mit mir, mit uns, auch Verpflichtungen ein, die manchmal bestimmt unangenehm sind.«

»Verpflichtungen von Verantwortung und Liebe«, unterbrach er sie. Rieb sich gequält die Schläfen. Er hatte damals in ihrem Büro klargestellt, dass er darauf noch keinen Bock hatte und es war auch die Wahrheit gewesen. Aber mit ihr würde er es wagen wollen. Mit Jamie würde das vielleicht klappen. Doch auch Samuel war klar, dass ein ›Vielleicht‹ in diesem besonderen Fall nicht ausreichen würde. Es war ihr gemeinsamer Sohn um den es hier ging. Es stand so viel auf dem Spiel.

»Einen Jugendlichen bei sich zu haben, ist keine einfache Aufgabe. Bis jetzt hattest du Jamie ab und zu bei dir. Du warst mal bei ihm. Aber ihn tagtäglich in den Ferien um sich zu haben kann anstrengend werden und ...«

»Schlimmer als dein Verhandlungsgeschick kann es auch nicht sein«, grinste er sie von der Seite an.

»Sei ernst, bitte«, stöhnte sie genervt. Handwedelnd forderte er sie auf weiterzureden. »Die Verantwortung Jamie den richtigen Weg zu zeigen, das ist oft sehr belastend.« Samuel sah wie sie versuchte nicht zu weinen. »Mal davon abgesehen, gibt es da noch das ganze Umfeld«, sie schüttelte den Kopf. »Ich meine damit nicht die Presse. Die ist mir herzlich egal. Aber ...«

»Du meinst meine Eltern. Mein Umfeld«, schloss er für sie. Sie nickte wieder. Legte ihre Hände auf seine Oberschenkel. »Hast du in der Zwischenzeit wieder mit ihnen gesprochen?«, sah ihm fragend ins Gesicht. Er nickte nur.

»Und was haben sie dazu gesagt, dass ich die Mutter deines Sohnes bin?« Ihr Herz blieb kurz stehen, als Samuel wegsah und aufstand. Ein paar Schritte sich entfernte und sie nicht ansah. Schuldbewusstsein drückte seine Schultern nach unten. Es war zu offensichtlich. Sie stützte sich schwer gegen den Tresen. Eine heiße Schockwelle nach der anderen überlief ihren Körper, als sie begriff.

»Wir sprechen nicht darüber. Es ist sehr ...«, begann Samuel niedergeschlagen.

»Was?«, sie drehte sich zu ihm um, »Was ist es? Schwierig? Natürlich ist es schwierig. Nicht einfach«, sie schloss gequält die Augen, »Verdammt, Samuel. Du bist zweiunddreißig Jahre alt. Wann fängst du endlich an, dein Leben zu leben und nicht nach Vorstellungen von anderen?« Ihre Stimme schraubte sich wieder gefährlich langsam in die Höhe. Samuel wusste, jetzt musste er vorsichtig sein, sonst würde das hier gleich im Chaos enden. Sie verschränkte die Arme vor der Brust. »Wie hast du dir das denn vorgestellt?« Er sah sie fragend an. »Ich meine, das mit uns«, sie forderte ihn mit der Hand auf, etwas zu sagen, »Ganz ehrlich. Unbeschönigt. Komm schon«, forderte sie weiter und die Härte in ihre Stimme tat Samuel weh. So wollte er sie nicht. So hart und fordernd, wie die Geschäftsfrau. Weich und lieb, so mochte er sie. Mit einem Mal fühlte er sich leicht überfordert. Überrumpelt von ihr. Stieß hart Luft aus. Wusste nicht, was er sagen sollte.

»Ähm …«, kratzte sich verlegen am Hinterkopf. »Ihr zieht hierher?«, fragte er mehr, als dass er ihr eine konkrete Antwort gab. Sah ihren offenen Mund und skeptischen Blick. Sie machte ihn so nervös, wie einen kleinen Schuljungen. Trieb ihn regelrecht in die Enge. Das wusste auch Isabelle. Aber dieses Mal hatte sie mit Absicht diesen Weg gewählt. Die Fakten mussten endlich auf den Tisch. Die ständige Ungewissheit, das ständige Hin und Her ging so nicht weiter. Sie redete nicht dazwischen. Wollte sehen wie er sich schlug, wie er reagierte. Was er zu sagen hatte.

»Also«, begann Samuel wieder verunsichert. Am liebsten wäre sie zu ihm rüber und hätte ihn geküsst. Diese verunsicherte Seite an ihm kannte sie noch nicht. »Ich hätte dich gerne in meiner Nähe«, schloss er. Ihr Herz hüpfte. So hatte er ihr noch nie gesagt, was er für sie empfand. »Die Firma ist hier«, sprach er weiter.

»Meine in New York. Jamies Leben spielt sich in New York und Los Angeles ab«, erwiderte sie sofort. »Und du meinst, das alles würde gehen, ohne dass deine Eltern davon erfahren?« Wieder sah er sie stirnrunzelnd an. »Du kannst nicht erwarten, dass das ohne die Zustimmung von deinen Eltern geschehen kann.« Schloss die Augen, als Samuel sie in die Arme nahm. Sich mit ihr leicht hin und her wog.

»Manchmal weiß ich immer noch nicht, wer ich bin und das mit uns beiden ist extrem verwirrend«, sprach er leise gegen ihre Haare. Sie verstand ihn so gut, doch sie konnte die leisen Zweifel tief in ihr genauso wenig vertreiben, wie seine Augen, wenn er seine vielen Masken in ihrer Gegenwart fallen ließ. Wenn er sein süffisantes Lächeln und die sarkastischen Bemerkungen zur Seite schob und hinter sich ließ. Einfach versuchte er selbst zu sein. Aber wer war er wirklich? Diese Frage hatte sie sich selbst schon so oft gestellt. Wenn er sie danach gefragt hätte, hätte sie ihm nichts antworten können, was seiner so unsteten Seele in irgendeiner Art und Weise geholfen hätte.

»Du bist mein«, flüsterte sie gegen seine Brust und umschlang ihn mit ihren Armen. In diesen Worten lag so unendlich viel und doch nichts. Samuel schluckte hart. Dem kleinen Jungen, der viel zu schnell erwachsen hatte werden müssen, sagte sie damit: »Ich bin bei dir. Will dich beschützen und trösten.« Dem depressiven Junkie sagte sie damit: »Ich versuche dich zu verstehen.« Dem jungen Mann sagte sie damit: »Ich bin Dein, als Seelenverwandte und Geliebte.«

»Ich würde dich jetzt gerne lieben«, flüsterte Samuel leise gegen ihr Ohr. Sie lächelte und vergrub ihren Kopf an seinem Arm. Auch wenn Samuel kein Mann war, der es offen zeigen würde, war ihr klar, warum er das machte. Er suchte wieder die Flucht. Sie würde dieses Mal einfach mitspielen. Mit leichten Sohlen folgte sie ihm nach oben. Ließ sich in sein Schlafzimmer führen, wie damals und umschlang ihn dann sofort wieder mit den Armen. Spürte im nächsten Moment schon seine Lippen auf ihren. Wanderte mit seinem Mund weiter, ihre Halsbeuge hinab, als er ihr den Satinstoff von den Schultern strich. Sie auf die Schulter küsste und kurz hinein biss. »Du riechst gut«, nuschelte er gegen ihren Hals.

»Tja, siehst du. Du musst mich duschen lassen«, entgegnete sie frotzelnd und schob ihre Hände unter sein Shirt, spürte das Vibrieren seines Lachens unter ihren Fingern. Drängte sie zum Bett und ließ sich mit ihr darauf fallen. Isabelle registrierte durchaus, dass er sehr sanft, sehr langsam vorging. Spannte jedoch unwillkürlich den Bauch an, als er mit der Hand langsam darüber fuhr. Hoch zu ihren Brüsten, ihren Hals entlang. Setzte leichte Schmetterlingsküsse darauf. »Lass es uns langsam angehen«, raunte er und Isabelle zog die Luft ein, weil sein warmer Atem sich so prickelnd herrlich auf ihrer Haut anfühlte. »Ich glaube, ich kann nicht sofort auf Familie umsteigen«, sein Blick offen wie selten zuvor. Die Ehrlichkeit sprühte daraus hervor und auch etwas anderes - Traurigkeit? Niedergeschlagenheit? »Das mit meinen Eltern ...«, er brach ab und sah zur Seite. Isabelle fasste ihn am Kinn, zwang ihn sie anzusehen. »Das bekomme ich auch hin. Und wenn er mich rausschmeißt. Ich hab einiges zur Seite gelegt. Meine Fonds bekomme ich, als ich dreißig wurde«, plapperte er weiter, doch Isabelle schloss seinen Mund mit ihren Lippen. Seine Finger fuhren ihre Seite entlang und Isabelle wich ihnen aus. Lachte auf. »Hör auf«, ermahnte sie ihn. Doch das hatte er ganz bestimmt nicht vor. Kniete sich über sie und fing an sie zu kitzeln. Sie hatte keine Chance seiner Beinumklammerung zu entkommen. Windete sich lachend unter ihm. Versuchte seine Hände von sich zu schieben. »Samuel«, lachte sie atemlos. Samuel spürte wieder dieses Ziehen in der Brust, als er ihr lachendes Gesicht unter sich sah. Sie wirkte so unheimlich jung. Sie war noch so jung. Sie beide. Sie hatten noch die ganze Zukunft vor sich - zusammen. Sein Herz begann schneller zu schlagen und sein Blick fiel wie hypnotisiert auf ihr großes Medaillon, das zwischen ihren, sich rasch senkenden und hebenden Brüsten ruhte. Er war so unglaublich verknallt und noch viel wichtiger: Er gestand es sich gerne ein. »Ich ...«, fing er an und strich über das Medaillon, doch Isabelles Handy fing zu schellen an. Verdutzt sah sich Isabelle um.

»Ich habe deine Handtasche hierher gebracht«, nuschelte Samuel gegen ihre warme Haut. Während sie sich lachend auf den Bauch drehte, fischte sie das Handy aus ihrer Tasche. Hob ab, ohne auf die Nummer zu sehen.

»Hallo?«, gluckste sie, sah Samuel lächelnd über die Schulter an und schob ihre Haare aus dem Gesicht. Während Samuel sie auf die nackte Schulter küsste, strich sie seine Wange mit ihrer Nase entlang.

»Du scheinst ja einen Heidenspaß zu haben, obwohl du dein Kind im Stich lässt.«

Isabelle versteifte augenblicklich. Rappelte sich auf und Samuel sah sie verdutzt an.

»Maxwell, was soll das? Ich ...«, doch weiter kam sie nicht.

»Bist du bei ihm?«, sprach Max dazwischen. Isabelle sah verzweifelt zu Samuel und wieder weg. Eilte aus dem Raum.

»Ich lasse Jamie nicht im Stich. Er ist in guten Händen. Marie ist bei ihm und morgen komme ich schon wieder«, versuchte sie ruhig mit ihm zu reden. Schritt im Flur auf und ab.

»Wo bist du?«, fragte Maxwell kühl weiter.

»In London«, erwiderte Isabelle wahrheitsgemäß. Was sie ja auch war. Geografisch gesehen.

»Bei ihm?«, fragte er noch einmal explizit nach. Isabelle lehnte sich gegen die Flurwand und stieß ihren Hinterkopf dagegen. Schloss die Augen. »Ja.« Was sollte sie jetzt noch für Spielchen spielen? Dann herrschte lange einfach nur Stille in der Leitung.

»Scheiße«, kam es irgendwann von Maxwell niedergeschlagen. »Wie lange geht das schon mit euch? Sei ehrlich.«

Beide wussten es eigentlich und doch forderte Maxwell sie dazu auf, es endlich einmal laut auszusprechen. Isabelle kamen seine traurigen niedergeschlagenen Augen in den Sinn, als sie damals auf dem Sofa, bei ihr zu Hause, fast die gleiche Diskussion geführt hatten.

»Irgendwie schon seit wir uns das erste Mal wiedergesehen haben«, antwortete sie ehrlich. Samuel legte sich auf das Bett. Hörte sie gut, sie stand ja nur um die Ecke. Konnte aus ihren Antworten die Fragen von Mason ableiten.

Max lachte trocken auf. »Wenn ich ihn irgendwann sehe, bringe ich diesen Bastard um«, knurrte er los.

»Max, bitte«, versuchte Isabelle ihn zu beruhigen. Wusste instinktiv, gleich würde das Donnerwetter losbrechen.

»Es ist alles schon bestellt. Vor nicht einmal zehn Minuten hat mich die Hochzeitsplanerin angerufen«, rief er verzweifelt aus. Scheiße, daran hatte sie gar nicht mehr gedacht. Und wie hätte sie nur denken können Max würde es nicht mitbekommen, wenn sie schnell einen Tag einfach weg war? Kniff sich in den Nasenrücken, aber die Kopfschmerzen kamen unaufhörlich angerollt. Wieder trat Stille ein. Isabelle und Maxwell hatten beide gerade zu verdauen, dass sich ihre Hochzeitspläne aufgelöst hatten. Ihre Verlobung hiermit beendet war. Ihre gemeinsame Zukunft. Isabelle kniff ihre Lippen aufeinander. Stumm rollten die warmen Tränen die Wangen hinab.

»Es tut mir leid«, hauchte sie atemlos und ließ sich an der Wand nach unten rutschen. Presste die Hand gegen ihren Mund, um die Schluchzer wenigstens ein bisschen einzudämmen. Aber es gelang nicht. Samuel, im Zimmer, schloss gequält die Augen.

»Tu mir einen Gefallen, Isabelle«, fing Max kühl an, »verschon mich mit diesem Scheiß. Wie kann es dir leidtun, wenn du einfach so handelst? Wenn du Hals über Kopf um die halbe Welt fliegst, nur um für einen anderen die Beine breitzumachen.« Seine Worte stachen ihr ins Herz.

»Es ist nicht einfach nur so«, presste sie gequält hervor.

»Wir waren auch nicht einfach nur so«, entgegnete Max fauchend. »Du hättest von Anfang an mit offenen Karten spielen sollen. Das war nicht fair von dir«, brüllte er weiter. Isabelle ließ es über sich ergehen. Wusste sie hatte das verdient, sie hatte so viel mehr verdient. Nein, das war nicht fair gewesen von ihr.

»Ich wollte dich nicht verlieren«, sprach sie ehrlich aus, was sie fühlte. Sie wollte ihn nicht als Freund verlieren. Als Vertrauten. Dafür war er ihr viel zu wichtig geworden, die letzten Jahre.

Samuel presste sich ein Kissen auf das Gesicht. »Verdammt«, murmelte er. Das wollte er nicht hören.

»Du hast mich nie geliebt«, fauchte Maxwell weiter.

»Das stimmt nicht«, rief Isabelle aus. Das erste Mal, dass sie lauter wurde. Die Hand zur Faust ballte. »Ich habe dich geliebt«, rief sie laut unter Tränen. »Ich liebe dich doch noch immer«, sprach sie sehr viel leiser weiter.

Samuel pfefferte das Kissen irgendwohin. Kümmerte sich nicht darum, dass es auf der Kommode landete und eine Vase mit sich nach unten riss, die laut in ihre Einzelteile zerbrach. Erschrocken zuckte Isabelle zusammen. Sah Samuel aus dem Zimmer an ihr vorbeistürmen, die Treppe nach unten poltern. Immer zwei Stufen auf einmal nehmend. »Samuel«, schrie sie alarmiert aus und rappelte sich auf. Lief ihm die Treppen nach unten hinterher. »Warte.« Doch er beachtete sie nicht. Riss seinen Mantel vom Ständer und knallte lautstark die Tür hinter sich zu. Isabelle fiel erst ein, dass sie noch ihr Handy am Ohr hielt, als sie ein Knacksen hörte und dann ein Tuten. »Maxwell«, hauchte sie in den Hörer. Erschöpft und zutiefst verwirrt, ließ sie sich auf eine Treppe fallen. Zog ihre Füße zu sich heran und umschlang sie mit ihren Armen. Ließ ihre Tränen einfach laufen. Weinte um ihr vertanes Leben mit Maxwell. Um die Demütigung, die sie ihm zugefügt hatte. Sie wusste nicht, wie lang sie so dasaß. Spürte auch nicht, dass sie immer noch nur mit BH und Rock bekleidet war. Spürte nicht die Kälte, die sich langsam unter ihre Haut, in ihre Glieder kroch. Wiegte sich einfach vor und zurück. So fand dann auch Samuel sie vor. Isabelle hob ihr verheultes Gesicht, als sie die Tür ins Schloss fallen hörte. Beobachtete ihn durch die Streben, wie er den Mantel aufhängte. Sich fahrig die Haare zerwühlte, doch er sah sie nicht an.

»Fragst du mich gar nicht, ob ich mir nicht irgendwo das Gehirn leergevögelt habe?«, ging damit rüber zur Kommode und machte die oberste Schublade auf. Schmiss seine Geldbörse hinein.

»Du bist erbärmlich, weißt du das?«, hörte er Isabelle niedergeschlagen. Samuel schloss die Augen, stemmte sich gegen das Holz und ließ den Kopf hängen. Isabelle konnte sein Gesicht sehen, durch den Spiegel, über der Kommode. Sah seinen verkniffenen Mund und die zusammengepressten Augen, die runzlige Stirn. Es tat ihr weh, denn sie hatte das verursacht. Samuel fühlte so wegen ihr. Wegen ihren Worten zu Max, die er einmal mehr so vollkommen falsch aufgefasst hatte. Mit einem Mal räumte Samuel die Kommode ab, samt Glasvase und Blumen. Das Wasser verteilte sich auf den Bodenfließen. Das Glas zersprang in tausend kleine Stücke. Isabelle zuckte erschrocken zusammen.

»Warum bist du noch hier?«, schrie Samuel und sah sie wütend, mit geballten Fäusten, an. Schwerfällig stand sie auf, klammerte sich um das Holz des Handlaufs. Spürte nicht, wie das Handy hart gegen ihre Handinnenfläche gedrückt wurde. »Was?«, fragte sie ungläubig nach.

»Wenn du ihn noch liebst, solltest du doch besser bei ihm sein«, presste er zwischen den Lippen hervor.

»Aber ich ...«, begann sie konfus.

»Versuch es jetzt ja nicht abzustreiten. Du hast es gesagt«, schrie er sie an und stampfte in das Wohnzimmer. Sie eilte die Treppe nach unten und versuchte nicht in kleine Glassplitter oder in das am Boden verteilte Wasser zu drehten. Folgte ihm ins Wohnzimmer. »Natürlich tue ich das«, rief sie aus.

»Ha. Natürlich tut sie das«, höhnte Samuel und schenkte sich einen Whiskey ein. Schüttete ihn pur seine Kehle hinab und war froh über den stechenden brennenden Schmerz, den der Alkohol hinterließ.

»Ich habe dir schon einmal gesagt, dass er eine große Rolle in meinem Leben spielt«, giftete sie los und schmiss ihr Handy auf die Couch. Trat einen Schritt auf ihn zu.

»Den seelischen Krüppel, in den ist sie verknallt. Den Starökonomen, den liebt sie«, spottete Samuel weiter. Nahm noch einen Schluck, dieses Mal direkt aus der Flasche. Knallte das Glas auf die Ablagefläche. Sie sah wieder diese Kälte in seinen Augen und konnte sie nicht aufhalten, wie sie ihn immer mehr vereinnahmte. Bekam Angst. Nicht Angst er könne ihr etwas antun, das würde Samuel niemals. Da war sie sich ganz sicher. Nein, die Angst ihn zu verlieren. Sie standen hier gerade auf Messers Schneide.

»Du verwechselst es wohl eher mit Mitleid«, ging auf sie zu. Blieb dicht vor ihr stehen. »Und das brauch ich von dir ganz bestimmt nicht.«

Sie stemmte die Hände in die Hüften. »Oh, sei dir sicher«, sah ihn wütend an, »im Moment fühle ich vieles für dich, aber Mitleid ist da ganz bestimmt nicht dabei«, giftete sie zurück. Die Locken flogen um ihren Kopf, als sie ihn schüttelte. »Ich habe einen Fehler gemacht. So hätte es einfach nicht geschehen dürfen. Ich hätte vorher mit ihm reden müssen.«

»Es hätte wohl gar nie geschehen sollen«, sprach er zynisch kalt und beherrscht. Ihn quälte jedoch etwas ganz anderes. Selbst jetzt, nachdem sie einem anderen Mann ihre Liebe gestanden hatte, konnte er sie nicht einfach so aus seinem Haus, aus seinem Leben, schmeißen.

»Doch, nur nicht so«, schrie Isabelle gequält auf. Verstand er jetzt wirklich nicht, oder wollte er einfach nur nicht verstehen? »Haben dich die Drogen so blind und blöd gemacht?«, entkam es ihr. Sie drückte sofort die Hand auf den Mund. Das wollte sie eigentlich gar nicht sagen.

»Super, Isabelle«, seine Stimme klirrend kalt und das Lächeln hochnäsig, »lass es nur raus. Endlich mal offen sprechen, wie du wirklich denkst.«

Sie schluckte hart, war entsetzt über seine unnahbare Fassade die er die letzten Minuten ihr gegenüber aufgebaut hatte. Und wieder war es ihre eigene Schuld.

Doch er hörte nicht auf: »Das Thema Eltern hatten wir auch schon lange nicht mehr. Wie wäre es damit? Oder warte, wie wäre es mit dem Thema Seitensprünge?«, blaffte er. Ihr fiel nichts mehr ein. Schüttelte nur niedergeschlagen den Kopf.

»Was denkst du denn, wie ich über dich denke?«, fragte sie ruhig. »Wirklich der seelische Krüppel?«, sie lachte trocken auf, »Nein, sicher nicht. Du hast gerade wunderbar bewiesen, was für ein hervorragend rational denkendes Arschloch du doch sein kannst.« Drehte sich um und wollte gehen, doch dann fiel ihr Blick auf ein Bild an der Wand. Sie kniff die Augen leicht zusammen. Sie wusste, wann es aufgenommen wurde: an Jamies Geburtstag. Also in den Ferien danach, als sie Jamies Geburtstag gefeiert hatten, hier bei Samuel. Samuel hatte einige Bilder gemacht. Aber das kannte sie noch nicht. Er hatte ihr also nicht alle zugesandt. Es zeigte sie selbst. Wie sie sich um sich selbst drehte. Ihre Haare und ihr Sommerkleid um sie wirbelten.

Samuel lehnte sich schwerfällig gegen den Schreibtisch. Kniff die Augen zusammen. Sie hatte es entdeckt und konnte doch jetzt wissen, was er empfand. Warum würde er sonst ein Bild von ihr, in seinem Haus, aufhängen? Warum ein Bild von ihr und Jamie auf seinem Schreibtisch stehen haben?

Ihr Blick schweifte weiter zu den anderen Bildern. Eines von seinen Eltern. Sie sah schnell weg. Eines von Jamie. Eines von seinem eigenen Uni-Abschluss. Bilder mit Freunden, auf Feten. Mal ausgelassen, mal strahlend lachend in die Kamera. So kannte sie ihn auch nicht. In ihr kamen die Tränen wieder auf. Sie kannte ihn doch gar nicht. Er kannte sie nicht. Sie strich über eines der Fotos, wie er den Arm um einen, ihr unbekannten, schwarzhaarigen jungen Mann gelegt hatte. »Ich kenne dich gar nicht«, flüsterte sie heißer. Die Tränen erstickten ihre Stimme. Samuel verstand ihre Worte nicht. Hatte eine Entscheidung getroffen, als sie sich zu ihm umdrehte. Versuchte tapfer zu lächeln, obwohl sie wusste, dass sie wie eine Vogelscheuche aussehen musste. Aber sie sah für Samuel nie schöner aus, als gerade eben. Als alles in ihren Augen lag.

»Das Leben ist nicht fair. Da hattest du vollkommen recht. Aber andere hat es wohl noch schwerer getroffen«, kam es leise von ihr. Er wollte auf sie zugehen, aber sie hob ihre Hände. Bedeutete ihm, nicht näher zu kommen. Nähe würde sie brechen lassen. Seine Wärme wieder alles über Bord werfen. »Du hast es ja selbst gesagt und ich werde es respektieren. Ich werde dir Jamie und mich nicht aufbürden«, sie schüttelte bei ihren Worten bekräftigend den Kopf. Wandte sich um und ging.

»Was soll das heißen?«, fragte Samuel sofort alarmiert, mit starkem Herzklopfen, nach und rannte ihr hinterher. Hüpfte über die Wasserlache zu ihr auf die Treppe. Fasste ihren Arm, doch sie entriss sich ihm und nahm immer zwei Stufen auf einmal.

»Wo willst du hin?«, fragte Samuel. Doch sie ging ins Bad und holte ihr Beautycase. »Falls du es vergessen haben solltest, aber du hast mich vorhin rausgeworfen. Ich werde in ein Hotel ziehen. In ein paar Stunden geht ja eh schon mein Flieger«, drückte sich an ihm vorbei und fischte einen leichten Pullover aus ihrem Koffer. Erst jetzt, als die Wärme sie umfing, merkte sie, wie kalt ihr wirklich war. Die Wolle half jedoch nichts gegen die innere Kälte, die immer mehr von ihr Besitz ergriff und ihre Muskeln und Nerven zum Zittern brachte.

»Ich hab dich nicht rausgeschmissen«, fauchte er wieder los. »Du kannst aber nicht von mir verlangen zu verstehen, warum du Mason deine Liebe gestehst, wenn du extra zu mir kommst und mir sagst, dass du in mich verliebt bist«, rief er wütend aus und schlug mit der flachen Hand gegen den Bettfosten. Isabelle zuckte nur kurz zusammen, schloss den Reisverschluss des Trolleys. Hängte sich ihre Tasche über die Schulter und schlüpfte in ihre Pumps.

»Du wirst das nie verstehen«, fauchte sie zurück. Hievte den Koffer die Treppen nach unten. Samuel entriss ihn ihr.

»Schön, wenn du meinst. Wenn es dich glücklich macht, wieder einmal abzuhauen, wenn es zu schwierig wird«, ließ den Koffer hart auf den Boden, im Foyer, aufschlagen. Isabelle band ihre Haare zum Pferdeschwanz zusammen.

»Rufst du mir bitte ein Taxi?«, fragte sie kühl und setzte sich auf die kleine Bank, im Eingangsbereich. Sah auf die

Verwüstung, sah wieder weg. Versuchte kontrolliert zu atmen. Hörte wie Samuel ein Taxi anforderte. Wischte sich die Wangen trocken und holte ihren Handspiegel aus der Tasche. Sie sah wirklich wie eine Vogelscheuche aus. Wischte den halbtrockenen verschmierten Mascara unter ihren Augen weg. Als das Taxi kam, trug Samuel ihr den Koffer, hievte ihn in den Kofferraum und vergrub seine Fäuste in den Hosentaschen. Alles ohne ein Wort gesprochen zu haben.

»Ich kann wohl damit rechnen, dass du Jamie nie wieder anrufen wirst?«, ihre Stimme geschäftsmäßig. Erinnerte ihn an ihre Verhandlungen. Und diese unterkühlte Art an ihr gefiel ihm ganz und gar nicht.

»Warum nicht? Ich dachte alles zwischen uns sollte nicht auf Jamie zurückfallen?«, fragte er kühl nach.

»Dann halte dich auch daran«, gab sie genauso kühl zurück und stieg in das schwarze Taxi. Gestattete sich erst zusammenzubrechen, als der Taxifahrer sie zum nächsten Hotel gebracht und sie für eine Nacht ein Zimmer bekommen hatte und sie jetzt auf dem Bett lag. Weinte, wie noch nie zuvor in ihrem Leben, bis ihr alles wehtat. Die Augen von der salzigen Flüssigkeit. Die Wangen, vom Wegwischen der Tränen. Der Mund, weil sie ständig darauf herumbiss. Der Rücken und ihre restlichen Glieder, weil sie so verkrampfte. Versuchte unter der Dusche etwas Entspannung zu finden. Aber es überkam sie ein erneuter Heulkrampf. Setzte sich in die Ecke und ließ einfach das Wasser auf sich prasseln. Doch dann hörte es auf.

~*~*~*~*~ ~*~*~*~*~

☆ Diese Sache, mit der Liebe ☆

Irritiert sah sie nach oben und wurde im gleichen Moment am Arm nach oben gezogen. Samuel sah sie nicht an, obwohl sie den Blickkontakt suchte. Wrang das Wasser aus ihrem Haar und wickelte ein Tuch darum. Zog ihr den Morgenmantel über. Hob sie mühelos hoch in seine Arme. »Du bist eiskalt«, sprach er endlich. Isabelle sah ihn nur an. Lange nicht fähig zu sprechen, nicht fähig etwas zu tun.

»Was machst du hier?«, brachte sie endlich atemlos heraus.

»Du hast dein Handy vergessen. Ich habe es auf den Schreibtisch gelegt.« Sah sie noch immer nicht an.

»Wie kommst du hierein?«, fragte sie stotternd weiter, als er sie auf dem Bett absetzte und die Decke aufschlug.

»Ich habe geklopft, aber du hast nicht aufgemacht. Also habe ich mir unten eine Karte machen lassen. Susan ist wirklich reizend«, erklärte er sich ruhig und sachlich. Schob Isabelle unter die Decke und wickelte sie ein. Sie ließ das alles mit sich geschehen, wie mit einem kleinen Kind.

»Woher weißt du überhaupt wo ich bin?«, fragte sie weiter und runzelte die Stirn. Samuel schritt zum Schreibtisch und zog Schreibpapier und Kugelschreiber hervor.

»Tja, das war schon schwerer. Aber da ich weiß, dass du nur in bestimmte Hotels absteigst und ich mir die Taxinummer gemerkt habe, war es nicht allzu kompliziert. Ich bin ja ein rational denkendes Arschloch.« Alles sehr ruhig und gelassen gesprochen. Er schrieb auf dem Papier.

»Was machst du da?«

Samuel lehnte sich gegen den Schreibtisch und verschränkte die Arme vor der Brust. »Meiner Mutter schreiben«, legte den Kopf leicht schief, »Ich bin es echt leid, dieses ständige Hin und Her. Dass du ständig abhaust und ich dulde das auch nicht mehr länger. Mal ganz ehrlich, Isabelle. Bereust du schon, Mason eine Abfuhr erteilt zu haben?«

Sie richtete sich auf und sah ihn fassungslos an. »Was?«

Er zuckte kurz mit den Schultern. »Jetzt, nachdem der ehemalige Sträfling sich als Nullnummer herausgestellt hat.«

Verwirrt schüttelte sie den Kopf. »Sag mal, hast du was genommen?«

»Nein, wohl nur zu viel getrunken«, gab er trocken zurück und drehte sich wieder um. Isabelle meinte sie wäre gerade in einem Traum gefangen. Oder hätte Halluzinationen.

Zwickte sich selbst. Mist, das tat weh. Super, sie hätte mit den Halluzinationen eher vorliebgenommen. »Dann hoffe ich mal, dass du nicht gefahren bist.«

Samuel lachte auf. »Nein, ich fahre nur Motorrad.«

»Weil das betrunken sicherer ist«, entkam es ihr ironisch. Samuel musste schmunzeln, was sie nicht sehen konnte und schrieb immer noch. »Nenn mir etwas, was du magst und etwas was du nicht magst«, forderte er sie auf, ohne sich umzudrehen.

»Ähm«, fing Isabelle an. Fischte sich das Handtuch vom Kopf und rieb sich die Haare trocken. Er fing mit dem Spiel ihrer gemeinsamen ersten Nacht an. Und mit einem Schlag roch sie die damalige Luft. Sah sich selbst als junges Ding, mit verstrubbelten Haaren, auf Samuels Bett sitzen. Hörte sein leises weiches Lachen an ihrem Ohr.

»Ich mag keine Oliven in meinem Brot«, fing sie leise an. »Aber ich mag lieber Zucker, anstatt Milch in meinen Tee.«

»Sehr untypisch für eine Britin. Die USA hat dir nicht gutgetan«, kommentierte Samuel, ohne aufzusehen.

»Ich mag gute Bücher über Geschichte, aber ich mag nicht die ganzen grausamen Nachrichten über Krieg im Fernsehen«, sprach sie fester weiter. Zog ihre Beine zu sich ran. »Ich kann Gewitter nicht ausstehen, finde jedoch Nebelschwaden am Morgen, nach einer verregneten Nacht schön«, sie legte ihren Kopf auf ihre Knie. Beobachtete Samuel, wie er schrieb. Eine neue Seite aus der Schublade herauszog. Wie sein blondes Haar, im Licht der Nachttischlampen, schimmerte. »Ich mag keine roten Rosen und Flieder, aber ...«

»Da wärst du aber die erste Frau«, kommentierte er wieder kühl.

Sie biss sich auf die Unterlippe. »Aber ich mag Disteln und Lavendel.« Das ließ ihn schmunzeln. Typische britische Pflanzen. »Ich mag nicht, wenn Jamie über Nacht weg ist, aber ich mag es so unendlich, wenn er sich freut und wie er strahlt, wenn er wiederkommt und eine gute Zeit mit seinen Freunden verbracht hat.« Verträumt schloss sie die Augen, öffnete sie jedoch wieder, als sie hörte, dass Samuels Stuhl auf dem Boden kratzte. Mit den beschriebenen Seiten in der Hand, lehnte er am Schreibtisch. »Ich mag lilablassblaue Augen«, begann sie leise und fuhr traurig mit ihren Augen über sein Gesicht. Blieb wieder an seinen Augen hängen. »Aber nicht die Kälte darin, weil sie mir Angst macht.«

Samuels Herzschlag hielt kurz inne. »Das wollte ich nicht. Vor mir Angst zu haben, ist das Letzte was du solltest.« Er schnaufte hart aus und sah zu Boden. Kniff kurz die Augen zusammen. Trat zu ihr ans Bett. »Kann man das so schreiben?«, hielt ihr die Seiten entgegen. Sie sah vom Papier zu ihm. Legte ihre Stirn in tiefe Falten.

»Warum schreibst du deiner Mutter? Und warum sollte ich diesen Brief lesen?«

Unverwandt hielt er ihr die Seiten entgegen. »Ich bin zu meinen Eltern gefahren, nachdem du abgehauen bist.«

»Ich bin nicht abgehauen«, entkam es ihr entrüstet.

»Ich habe dich aber auch nicht rausgeschmissen«, entgegnete er ruhig.

»Warum warst du bei deinen Eltern?«

Er zog eine Augenbraue in die Höhe. »Hat dir das kalte Wasser dein Gehirn eingefroren?« Sie machte den Mund auf, aber ihr fiel nichts ein, was sie ihm hätte entgegenpfeffern können. Stattdessen nahm sie ihm endlich die Seiten aus der Hand. Sah jedoch nicht darauf. Samuel vergrub wieder seine Hände in den Hosentaschen. Sah aus dem Fenster. Besah sich das Abendrot.

»Ich mag Sonnenuntergänge, aber ich mag nicht das Aufstehen am frühen Morgen«, begann er leise, »Ich mag mit dem Motorrad zu fahren, weil es sich wie fliegen anfühlt, aber ich habe noch nie hinter dem Steuer eines Autos gesessen«, erzählte er weiter. Isabelle wollte ihn nicht unterbrechen. Hielt die Luft an, nur um dann noch schwieriger Luft in ihre Lungen zu bekommen. »Ich mag schon Oliven im Brot«, lächelte über die Schulter, »aber ich kann Garnelen nicht ausstehen«, setzte sich zu ihr auf die Bettkante. Ließ den Kopf hängen. »Ich mag es Sex mit dir zu haben, wenn du meinen Namen wimmerst«, er sah sie verschmitzt lächelnd von der Seite an. Isabelle lief rosa an. Sah beschämt zur Seite. »Aber ich mag nicht, wenn wir uns ständig wie damals in der Schule, kindisch verbal Beleidigungen an den Kopf werfen, obwohl wir das eigentlich gar nicht wollen.«

»Was hast du bei deinen Eltern gemacht?«, fragte sie weich. Samuel schluckte hart und ließ wieder den Kopf hängen.

»Mich von ihnen losgeeist und gekündigt.«

»Wie haben sie reagiert?«

»Wie erwartet«, stand schwer ausatmend auf. Isabelle folgte ihm, mit dem Blick.

»Ich bin also nicht zum Tee eingeladen?«, versuchte sie die Situation aufzulockern, obwohl ihr übel war. Zu erwarten, seine Eltern würden sich freuen, war wohl zu viel verlangt gewesen.

»Warum, Isabelle?«, fragte Samuel leise. Stützte sich am Bettende mit den Händen ab. Sah sie fest an. »Warum hast du gesagt, dass du ihn noch liebst?«

Isabelle holte tief Luft. Legte die Papiere auf das Nachtkästchen. »Du hast es immer noch nicht verstanden, oder?«

Er drückte sich vom Holz ab und lief vor ihr auf und ab. »Es gibt die Liebe zu Eltern, zu Kindern, zu Geschwistern und Verwandten. Von mir aus auch zu Freunden. Aber man kann die Liebe nicht aufteilen, bei verschiedenen Partnern«, zählte er gequält wirkend auf. Fuhr sich durch die Haare. Das tat er immer, wenn ihn etwas belastete, stellte Isabelle fest.

»Du hast mir damals anscheinend nicht zugehört«, entgegnete sie ihm ruhig. Rutschte an das Bettende vor und setzte sich auf die Knie. »Ich teile keine Liebe auf. Aber ich empfinde nun mal Liebe für Max.« Da schnaufte Samuel wild aus. »Weil er mir immer ein guter Partner war. Egal ob im Job oder privat. Das musst du auch akzeptieren. Es ist ein beschützendes Gefühl. Er war auch immer gut zu Jamie.« Samuel tigerte noch immer hin und her. Wurde dann jedoch von Isabelle am Arm zu ihr herangezogen. Sah ihm fest in die Augen. »Das mit dir ist etwas grundlegend anderes«, sie griff in seinen Nacken und zog seinen Kopf zu sich nach unten, »Du vereinnahmst mich so komplett. In meinem ganzen Sein, wie noch nie ein Mann zuvor. Und das hat nichts damit zu tun, dass du der Vater unseres Kindes bist«, legte ihre Stirn an seine, schloss die Augen und spielte mit den feinen kurzen Härchen in seinem Nacken, »Dieses Gefühl war auch schon so bevor ich überhaupt wusste, dass ich schwanger bin.« Er fuhr überrascht hoch. »Na ja, nicht so stark und auch in eine andere Richtung ausgeprägt. Aber es war schon da«, berichtigte sie sich lächelnd. »Schockiert dich das jetzt?«, fragte sie alarmiert nach, weil er so verwirrt aussah. »Oder mache ich dir Angst?«

Samuel stützte sich am Bettrahmen ab und sah zu Boden. »Irgendwie beides«, gab er ehrlich zu.

»Wir gehen das ganz langsam an«, sprach sie ruhig. Wie wenn sie auf ein scheuendes Pferd einreden würde. Sie durfte und wollte ihn nicht drängen. Sonst würde sie womöglich alles verlieren und das wäre noch schwerer zu ertragen. Nicht nachdem er jetzt hierher zu ihr gekommen war. Legte leicht ihre Hände auf seine.

»Wir besuchen uns wieder des Öfteren. Vielleicht behältst du Jamie auch länger als nur ein, zwei Tage bei dir.«

Sein Kopf schoss in die Höhe. »Ohne dich?«, fragte er sogleich nach. Wirkte verzweifelt.

»Das schaffst du schon. Du bist ein großer Junge«, schmunzelte sie. Beugte sich wieder weiter vor zu ihm. »Wir lernen uns besser kennen«, hauchte sie gegen sein Ohr, »und werden vertrauter miteinander«, legte ihre Backe gegen seine und fuhr mit der Nase darüber. Hörte wie Samuel die Luft einzog. »Du kannst dir die Freiheiten nehmen, die du brauchst«, sprach sie leise weiter und küsste ihn sachte auf die Wange.

»Ich wünschte, du würdest mir nicht diesen Freifahrtsschein geben«, sprach er genauso leise. Isabelle schloss die Augen. Sie hatte begriffen, warum Maxwell so mit ihr verfahren war, in ihrer Beziehung. Und jetzt tat sie das Gleiche mit Samuel. Sie musste ihm die Freiheit geben, wenn sie ihn haben wollte. Anders ging es wohl nicht.

»Ich wünschte, du würdest mich mehr in die Pflicht nehmen«, sprach er weiter. Das ließ Isabelle stutzen.

»Versprich mir, dass ich es nicht mitbekomme, dann existiert es auch nicht«, entgegnete sie sehr leise.

»Ich sollte wohl lieber dir die Frage stellen, ob du etwas genommen hast«, sprach er spöttisch. Doch sie wich seinem Blick aus. Er nahm hart ihr Kinn in die Hand und zwang sie ihn anzusehen. Sah die schimmernden Augen und wusste, dass sie ihn gerade anlog.

»Und ich soll dir diesen Freifahrtschein auch geben?«, fragte er kühl nach. Strich mit dem Daumen über ihre Unterlippe. »Ich werde dich nicht mit einem anderen teilen«, stellte er klar.

»Berühr mich«, bat sie ihn wispernd gegen seine Lippen. »So sanft wie vorhin. Zeig mir diese Seite von dir.« Da ließ sich Samuel nicht lange bitten. Sprang elegant über das Bettende. Isabelle lachte glockenhell auf und legte sofort ihre Lippen auf seine, als er sie mit den Armen umfing und sich mit ihr zurückfallen ließ. »Den Geschmack mag ich«, lächelte sie ihn verschmitzt an. Samuel drehte die noch feuchten Locken um seine Hand.

»Aber den Geschmack von Tomaten nicht«, flüsterte er und küsste sie hart. Drehte sich mit einem Mal mit ihr um, was sie wieder auflachen ließ. »Du willst mich jetzt nicht wieder kitzeln?«, fragte sie vorsichtig nach, als er eine Hand an ihre Seite legte.

»Was viel besseres«, versprach er lächelnd und fuhr mit der Hand zu ihren Beinen hinab. Forderte sie, mit den Fingern auf, ihre Oberschenkel weiter zu öffnen. Lächelte an ihre Haut, als sie bockend seiner Hand entgegenkam.

»Nicht Samuel«, keuchte sie erschrocken und wollte sich ihm entziehen. Doch er hielt ihr Becken fest und drückte sie sanft aber unnachgiebig auf die Matratze. Küsste ihre weiche Haut unterhalb des Bauchnabels.

»Dieser Stelle solltest du nicht allzu viel Aufmerksamkeit schenken«, brach es aus ihr heraus. Er sah sie fragend an.

»Sie ist ausgeleiert und ...«, sie brach ab.

»Ich sehe dich nicht zum ersten Mal nackt«, stellte er klar. Sie sah zur Seite. Er verstand nicht, was ihr gerade so zu schaffen machte.

»Aber du hast noch nie so gründlich hingesehen. Manche Dinge verändern sich nach der Schwangerschaft.« Das stimmte. Da hatte sie allerdings recht. Also das mit dem Hinsehen. Aber dass etwas nicht in Ordnung war, konnte er beim besten Willen nicht ausmachen. Sie sah perfekt aus. Er raffte sich auf. »Du könntest auch einen faltigen Bauch haben und Hänget ...«

»Samuel«, entkam es ihr entrüstet.

»Was denn?«, beugte sich über sie und legte eine Hand über ihren Busen, »Du bist mein Mädchen«, küsste sie kurz sachte auf die Lippen, »aber mit den Hängetitten kannst du dir noch Zeit lassen«, lachte er und duckte sich weg, als sie ihm einen Klapps auf den Hinterkopf geben wollte.

Isabelle genoss es, ihn einfach so Haut an Haut zu fühlen. Ohne gleich an mehr zu denken. Sein schelmisches Grinsen verwandelte sich in einen liebevollen Blick. Strich sanft über ihre Wange und schob seine Finger in ihre noch feuchten Haare. »Du hast mein Kind geboren«, sprach er ernst und sein Blick glitt über ihr Gesicht, was sie unweigerlich die Luft anhalten ließ. »Dafür werde ich dir ewig dankbar sein«, sprach er weiter. Nach und nach entließ sie die Luft wieder. Das war jetzt nicht genau das, was sie hören wollte. Was sie dachte, es könnte kommen. Aber es war auch okay. Irgendwie. Nein, war es nicht. Um ihr Gesicht zu verbergen, küsste sie ihn auf die Brust.

»Würdest du irgendwann mit mir Motorrad fahren?«, fragte sie das erste, was ihr gerade in den Sinn kam. »Ich weiß nicht, wie das ist, zu fliegen.«

»Ach nein?«, hörte sie ihn belustigt auflachen. Sah ihn fragend an. Begriff erst langsam, was ihn an ihrem Wunsch zum Lachen bringen konnte.

»Ach Mensch, Samuel. Musst du immer alles zweideutig verstehen?« Sie war nicht wirklich sauer. Aber wirklich ernst schien er nie sein zu können. Sie sah auf die Uhr des Weckers. »Ich muss eine Stunde vor Abflug am Flughafen sein. Hin brauche ich eine gute Stunde, durch den Morgenverkehr in London. Macht summa summarum noch acht Stunden die wir zur Verfügung haben.«

Er verschränkte die Hände hinter dem Kopf. »Was machen wir nur mit so viel Zeit?«, gespielt fragend gestellt. Nein, er konnte nicht ernst sein.

»Reden?«, entgegnete sie daher gelassen. Er verdrehte gespielt entrüstet die Augen. »Etwas tun, was wir noch nicht getan haben?«, fragte er weich.

Isabelle runzelte die Stirn. »Im Bett oder außerhalb?«

Er lachte wieder auf. »Sicher, Bungeejumping war ich auch noch nie.«

»Nein, das ist mir zu windig«, entgegnete sie ernst und kuschelte sich unter der Bettdecke, an seine Brust, während Samuel seine Schuhe von den Füßen kickte.

»Oh, das gibt es auch für Pärchen, die den besonderen Kick suchen. Soll richtig antörnend sein, hab ich gehört.«

Sie sah ihn immer verwirrter an. »Was heißt das konkret? Dieser Kick?«, fragte sie nach. Er winkte sie mit dem Finger zu sich ran. Flüsterte ihr ins Ohr: »Sex im freien Fall.« Sie wich aufkeuchend zurück. Machte große Augen.

»Aber das würde bedeuten ... Also, da sind doch Sicherheitsleute ... und man muss doch in diese Geschirre, also die die springen und der Mann muss vorher ... Oh mein Gott.«

Er lachte frei heraus. Es war herrlich, sie so entrüstet zu sehen. Und für sie war es herrlich ihn so frei zu sehen. Sie lernte immer mehr Seiten an ihm kennen und jede gefiel ihr. »Wie gesagt, manche suchen eben diesen Kick.«

»Sowas kannst du gleich vergessen. So nen Kick such ich nicht und außerdem will ich keine Leute, die mir beim Sex zusehen«, entgegnete sie vehement.

»Nicht?«, fragte er schelmisch grinsend nach. Sie brachte den Mund nicht mehr zu.

»Nein«, keuchte sie atemlos. Sah ihn dann jedoch forschend an und Samuel fand den Blick zu traurig. »Du hattest schon viele Frauen, oder?«

Das war jetzt ein Terrain, welches ihm nicht unbedingt zusagte. Er sah kurz zur Seite. »Isabelle, ich weiß nicht, ob ...«, brach ab, doch sie sah ihn unverwandt an.

»Wo ... also ich meine, wie lernt man so schnell immer jemanden kennen?«

»Das hat nichts mit kennenlernen zu tun«, unterbrach er sie. »Schneller Sex kann oft sehr ...«, Samuel brach ab und suchte nach dem richtigen Wort, »bewusstseinserweiternd sein.« Fragend zog sie die Augenbrauen in die Höhe.

»Du meinst, wie Drogen?«, fragte sie gleich nach. Samuel schob sich etwas nach oben. Ihre Fragen waren sehr intim und er hatte das so noch mit niemanden besprochen. Außer mit seinem Therapeuten.

»Nicht nur so«, sprach er fest. Sie zog zunächst die Augenbrauen zusammen und biss sich auf die Lippe, als würde sie eine schwere Schulaufgabe vor sich haben. Doch er zog ihr die Unterlippe aus der Zahnumklammerung und strich mit dem Daumen über die gerötete Stelle.

»Welche Drogen hast du dabei genommen?«, fragte sie dann leise nach. Sie war also auf die richtige Lösung gekommen.

»Nichts, was du ausprobieren solltest«, entgegnete er ausweichend.

»Auch als wir miteinander geschlafen haben?«, fragte sie murmelnd und vergrub ihr Gesicht in seiner Halsbeuge.

»Ich war damals ständig high«, gestand er ihr.

»Wie ist das?«, fragte sie weiter. Samuel schnaufte laut aus. »Wie fliegen?« Sie wirkte ehrlich interessiert, sah ihn aus neugierigen Augen an. Als würde sie gerade irgendetwas Neues entdecken und musste es erforschen. Er hatte einen großen Bekanntenkreis und auch engere Freunde. Aber bestimmte Themen hatte er selbst mit ihnen nicht angeschnitten und jetzt mit Isabelle so offen zu reden, war anstrengend und irgendwo doch sehr befreiend und auch befriedigend. Samuel fuhr sich über das Gesicht und verschränkte wieder die Hände hinter dem Kopf. Sein Blick glitt über ihr Gesicht. »Du suchst Vergessen«, begann er.

»Vor was?«, fragte sie sehr leise nach.

»Vor dem Leben«, antwortete er traurig und leise, »vor alten Geistern«, lächelte sie an, doch seine Augen blieben überschattet, »Vor der Kindheit, später die Vergangenheit«, schloss er. Seine Augen wurden entrückter. »Es ist nicht wie fliegen. Der Aufprall schwer und ermüdend. Kein sanftes Aufkommen«, erzählte er und sah aus dem Fenster, »Du meinst, du bist der King, könntest die ganze Welt umarmen und dann bist du wieder niemand.«

»Du bist von den Drogen weg«, sprach sie ruhig und Samuel nickte.

»Zuerst Methadon und jetzt gar nichts mehr. Manchmal ist das Verlangen jedoch, wie auf einen Schlag wieder da. Die Kunst besteht dann darin, eine Ablenkung zu finden. Du hast dir wirklich ein Seelenwrack angelacht«, lächelte er und zog sie zu sich hoch. Küsste sie langsam. »Du warst aber auch kein Unschuldslamm, wie das nach außen hin immer gewirkt haben mag, auf die anderen«, lächelte

Samuel verschmitzt. Isabelle lächelte nur zurück. Nein, war sie nicht gewesen.

»Du brauchst mir ja nichts zu erzählen, wenn du nicht willst«, schob schmollend die Unterlippe vor.

Sanft hob er ihr Kinn an. »Du kannst jede Frage stellen, die du willst.«

»Du mir auch«, erwiderte sie.

»Gut, dann bin ich jetzt mit fragen an der Reihe«, lachte er sie an. Isabelle verdrehte die Augen. Das konnte nicht gut gehen.

»Wie viele Männer hattest du schon?«

»Nicht viele«, nuschelte sie gegen ihre Finger.

»Du bist dreißig«, erwiderte er.

»Es ist keine Schande mit dreißig erst … na ja, ich bin eben sehr wählerisch.«

»Eine Schande natürlich nicht, aber du bist eine der …«, schob ihre Beine auseinander, so dass sie breitbeinig über ihm lag, »eine der heißesten Frauen, die ich je getroffen habe. Wie viele Männerherzen haben wegen dir wohl schon bluten müssen?« Unweigerlich fragte er sich, warum sie gerade ihn erwählt hatte, einer dieser wenigen Männer zu sein. Wenn eine Frau so wählerisch war, mussten die Männer etwas Besonderes für sie sein und sie mussten ihr viel bedeuten. Innerlich ließ ihn diese Erkenntnis etwas taumeln. »Wer war dein Erster?«, fragte er gegen ihre Lippen. Isabelle zog ihren Kopf zurück. »Wir haben damals gewettet, dass es dieser grobschlächtige Seths war«, lächelte er verschmitzt.

»Wir?«, fragte sie verwirrt nach.

»Na ja, meine Clique halt.«

»Da war ich noch nicht einmal vierzehn«, entkam es ihr entrüstet.

»Also doch der Typ, mit dem du immer rumgehangen hast. Dieser Schwerenöter Christian, oder?«, fragte er forschend weiter. Sie schob sich höher über ihn und stützte sich mit den Händen rechts und links von seinem Kopf ab.

»Du hörst nicht wirklich gut zu«, spottete sie und in Samuel begann es zu kribbeln, als er begann eins und eins zusammenzuzählen. »Ich habe dir doch schon einmal gesagt, dass ich sehr unerfahren war, als wir zwei damals miteinander geschlafen haben«, sah ihn fest an und strich sich die Haare über die Schulter.

»Du willst jetzt nicht sagen, dass ich dein Erster war?«, kam es ungläubig von Samuel. Sie nickte nur stumm. Sein Puls schoss in die Höhe und er rappelte sich etwas auf. Das hätte er nicht vermutet. Sie wirkte nicht allzu unerfahren, na ja soweit er das eben damals beurteilen konnte. Und das konnte er eigentlich nicht wirklich. Mit Worten prahlen war damals so viel einfacher gewesen. Aber mehr als heiße Luft war es oft nicht. Das hatte sie also damals, bei ihrem Streit, gemeint und jetzt verstand er auch, warum sie nicht verhütet hatte. Es war wohl nie geplant gewesen von ihr, in nächster Zeit mit einem Jungen zu schlafen. Mit ihm wahrscheinlich schon gleich zweimal nicht. Mist, sie waren beide so naiv gewesen, damals. Da musste er sich schon selbst auch an seiner Nase packen. Sie war schwanger geworden, viel zu früh. Wegen viel zu viel Unachtsamkeit. Hatte so viel hintanstellen müssen. In ihm wuchs genau in diesem Moment ein Gedanke: Er würde versuchen ihr so viel wie möglich zu geben. Von sich, vom Leben. Ihrem gemeinsamen Leben.

So lagen sie dann einfach da. Versunken in den Augen des anderen. Ließen ihre Blicke über das Gesicht des jeweils anderen gleiten.

»Wie haben deine Eltern konkret reagiert?«, stellte sie endlich die Frage, die ihr schwer auf der Seele lastete. Auch wenn sie wusste, jetzt wahrscheinlich die Stimmung zu versauen. Samuel sah sie jedoch weiterhin ruhig an.

»Zunächst haben beide nichts gesagt, bis sie realisierten, dass ich es wirklich ernst meinte, mit der Kündigung«, begann er leise. Isabelle legte ihre Hand auf seine Wange und strich mit dem Daumen sanft über die warme Haut. »Vater hat gebrüllt. Mutter losgeheult. Aber wohl eher, weil mein Vater so ausgeflippt ist«, erzählte er ruhig weiter. Nahm ihre Hand und küsste sanft ihre Handinnenfläche.

»Er hat mich rausgeschmissen ... aus dem Haus«, schloss er. Fuhr sich über das Gesicht und ließ die Hände auf seinen Augen liegen. Das hatte sie vermutet. Genau so hatte sie Barnes Senior eingeschätzt.

»Es tut mir leid«, entkam es ihr heißer. Ihr liefen stumm die Tränen aus den geschlossenen Augen.

»Das sollte es nicht«, nahm ihre Hand von ihrem Mund.

»Aber ... du hast dich mit deinen Eltern zerstritten ... wegen mir«, sie schluckte hart. »Das solltest du nicht.«

»Zerstritten waren wir ab dem Zeitpunkt, als du mit der Klage gegen Chloé vor Gericht gezogen bist. Das Leben ist lang, Isabelle. Vielleicht gibt es auch wieder Versöhnung. Es wird vielleicht ihr einziger Enkel sein.«

Isabelles Herz setzte kurz aus. Samuel bemerkte ihre Veränderung und konnte doch nicht erahnen, wieso sie sich so versteift hatte. Dann lächelte sie ihn jedoch wieder an und Samuel dachte nicht mehr darüber nach. Nahm ihre Hand und legte sie auf sein Herz. »Spürst du das?«, fragte er leise. Isabelle hielt die Luft an. Ja, sie konnte sein Herz schnell klopfen fühlen. Aber genauso hätte sie auch seine Hand auf ihres legen können. Er hätte das Gleiche gefühlt. »Ich weiß jetzt, warum ich immer mit dir zusammen sein will«, begann er und stupste ihre Nase mit seiner an. Sie wollte ihn nicht unterbrechen. Ihr Puls ging so unglaublich schnell. Küsste ihre Halsbeuge, während er seine Hose öffnete und Isabelle ihm das Shirt über den Kopf zog. »Warum ich immer in dir sein will und an keine andere Frau mehr denken kann«, sprach er heißer weiter und küsste ihr Kinn, »Warum ich dir Dinge erzähle, die eigentlich niemand weiß von mir«, verschränkte ihre Hände mit seinen über ihrem Kopf, »Warum ich so fühle, wie ich es tue«, nahm einen leichten Rhythmus auf. Isabelle sah ihm unverwandt in die Augen, biss sich auf die Unterlippe. »Die Schmetterlinge, die in mir aufkommen, wenn du lachst. Dieses Ziehen in der Brust, wenn ich dich in den Armen halte, oder als ich dich in meinem Haus gesehen habe. So vertraut, als würdest du einfach dort hingehören.«

Sie spürte ihren Pulsschlag nicht mehr. Spürte ihr Herz nicht mehr. Fühlte nur noch seine Haut an ihrer. Samuel legte seine Lippen gegen ihr Ohr, damit sie auch nichts von dem überhören konnte, was er ihr jetzt zu sagen hatte: »Weil ich total verknallt in dich bin«, hauchte er und stöhnte auf, als sie in seine Halsbeuge biss. Stieß weiter genauso sachte zu. Fühlte ihr Erzittern, als sie kam. Wie sie sich ihm ein letztes Mal entgegenbäumte und seinen Namen an seinen Lippen hauchte.

»Ich merk schon, ich muss das jetzt jedes Mal sagen, wenn wir Liebe machen«, lächelte er verschmitzt und erntete eine weitere Kopfnuss.

»Du hast es echt gesagt«, entkam es ihr fassungslos.

»Mhm. Aber das kann dich doch kaum überraschen«, war sein einziger Kommentar dazu. Dass er es laut ausgesprochen hatte, überraschte sie schon gewaltig. Dass er verliebt war jetzt weniger. Er hatte es ihr ja eigentlich schon oft genug durch die Blume übermittelt. Sie meinte eine Gänsehaut würde ihren ganzen Körper befallen. Tausende von Ameisen würden über ihre Haut laufen. Strich ihm sanft über die Wange.

»Okay, ich bin den Frauen vor mir dankbar«, lächelte sie verschmitzt. »Sie haben dir ja anscheinend ne Menge beigebracht«, frotzelte sie weiter und lachte auf, als Samuel sich sofort von ihr rollte. Ging ins Bad. Sah kurz in den Spiegel und wieder weg. Sie sah wie eine Vogelscheuche aus. Rote, verheulte Augen. Die Haare irgendwie und durcheinander. Spürte die Nässe zwischen ihren Beinen. Als sie zurückkam, in ein großes Badetuch gehüllt, blieb sie am Türrahmen stehen. Lehnte sich dagegen und lächelte vor sich hin. Samuel lag auf dem Bauch und schlief. Seelenruhig hob und senkte sich sein Rücken. Das Gesicht entspannt. Den Arm über die Bettkante hängend. Er war ein schöner Mann und ihr Herz sprang, denn es war ihr Mann. Er hatte es ihr heute zu genüge gezeigt und gesagt. Ihr sogar gestanden, dass er sich verliebt hatte. Nein, verknallt. Sie schmunzelte. Ja, das Wort passte auch eher zu Samuel. Vorsichtig, um ihn nicht zu wecken, setzte sie sich neben ihn und zog die Decke höher, über seinen Körper. Sah kurz auf den Wecker. Sie hatten noch vier Stunden. Die würde sie nicht mit schlafen vergeuden, das konnte sie im Flugzeug noch zu genüge. Flugzeug war das Stichwort, das sie sofort an Zuhause erinnerte. Aber was war wirklich ihr Zuhause? »Dort wo Jamie ist«, rief sofort ihr Mutterherz. »Dort wo Samuel ist. Nicht wo Firma und Angestellte sind.« Sie stöhnte einmal auf. Sie würden das wirklich durchziehen. Auf kurz oder lang auch mit allen Konsequenzen. Wenn Jamie im Internat war, hätten sie genügend Zeit sich besser kennenzulernen. Sie mussten nichts überstürzen. Sie hätten genügend Zeit für sich allein, zu zweit. Dann fiel ihr Augenmerk auf die Papierseiten, auf dem Nachtkästchen. Den Brief hatte sie schon ganz vergessen. Sie griff danach. Setzte sich damit auf den Schreibtischstuhl. Zog einen Fuß zu sich ran. Begann zu lesen. Samuel leitete seinen Brief mit lieben Worten eines Sohnes ein. Er sprach über den Vorfall des Streits. Über die Bedrückung seines Herzens und dann stolperte ihr eigenes Herz. »Du hast mich einst gefragt, was ich denke, was das Richtige für mich im Leben ist. Ich habe dir darauf keine Antwort geben können. Jetzt jedoch weiß ich es. Isabelle ist es. Ich werde alles versuchen um das nicht zu vermasseln.«

Sie schluckte hart und strich sich über die Augen. Las weiter. Las von der Enttäuschung über seinen Vater. Um die Bitte des Vertrauens und Verständnisses von seiner Mutter. Liebevolle Worte über Jamie, die sie schmunzeln ließen. Erzählte über seine sportlichen Aktivitäten und auch dass er stolz sei. »Es stimmt nicht, was Vater sagte. Ich habe doch einmal etwas richtig gemacht. Auch wenn ich davon, bis vor einem Jahr, nichts geahnt hatte.« Der Brief schloss mit genauso lieben Worten, wie er begonnen hatte und Isabelle fühlte sich irgendwie wie ein Eindringling. Sie hatte in die Beziehung zwischen Mutter und Sohn gesehen und sah irgendwo ihre eigene zwischen Jamie und ihr. Bat stumm Mrs. Barnes, sie möge ihren Sohn irgendwann erhören. Als sie aufsah traf sie auf die offenen Augen von Samuel. Musterte sie stumm. Er hatte sie vorhin selbst darum gebeten den Brief zu lesen und doch fühlte sie sich gerade ertappt, bei etwas sehr Intimen Zeuge gewesen zu sein. Er hatte ihr damit ein Stück seiner Seele gezeigt. Hatte ihr gezeigt wer er war, wen er liebte. Hatte sich damit selbst offen gelegt. Offen um verletzt zu werden.

Sie setzte sich wieder neben ihn, auf die Bettkante und strich ihm liebevoll sachte Haarsträhnen aus der Stirn. Er blieb einfach so liegen und schloss die Augen. »Ein großer kleiner Junge«, dachte sich Isabelle schmunzelnd. Sie dachte er wäre wieder eingeschlafen, doch dann begann er zu sprechen: »Wenn du wieder nach London kommst, dann könntest du ...«

»Bei dir bleiben«, schloss sie für ihn.

»Und die Firma?«, fragte er verhalten nach.

»Die wird schon ohne mich auskommen. Ist sie früher doch auch.« Samuel öffnete ungläubig die Augen.

»Du willst aber nicht verkaufen, oder so?«, fragte er alarmiert nach. Isabelle lachte und legte sich neben ihn, unter die Decke. Sofort zog er sie an sich. »Nein. Aber meinen Jahresurlaub habe ich auch noch nicht genommen.«

»Schön, ich hab ja jetzt noch mehr freie Zeit«, spottete er, doch Isabelle entging der kurze Schatten über seinen Augen nicht.

~*~*~*~*~  ~*~*~*~*~*~

☆ Unverhoffte Ereignisse ☆

Als Isabelle zwei Wochen später wieder in London landete und den verregneten Himmel betrachtete, schmunzelte sie. Typisch Großbritannien eben.

»Miss Rose?«, fragte sie ein hoch aufgeschossener, nett aussehender Herr in Uniform, als sie aus dem großen Flughafengebäude trat und gerade ihren pinken Regenschirm öffnete.

»Ja«, bestätigte sie und sah ihn misstrauisch an. Doch nicht schon wieder ein Journalist?

»Mr. Barnes hat mich geschickt, Miss. Ich soll sie abholen. Ich bin Andrew, ihr Chauffeur.« Isabelle entglitten die Gesichtszüge. Doch sie atmete erleichtert auf.

»Ähm, na gut«, sprach sie verwirrt und ließ sich ihren Koffer aus der Hand nehmen. Das Kribbeln im Bauch stieg an und die Schmetterlingsschar begann unangenehm zu flattern, als sie in die schwarze Nobelkarosse stieg. Dazu kamen Herzflattern und Schweißausbrüche, als sie sich seinem Haus immer mehr näherten. Sie sah verstohlen unter ihre Achseln, um ihre Schweißflecke auszumachen. Sah Andrew im Rückspiegel vor sich hingrinsen und ließ den Arm wieder ganz schnell fallen. Der Regen hatte aufgehört und allmählich brach auch wieder die Sonne, mit vereinzelten Strahlen durch die restlichen Wolken. Auch das war Großbritannien. Auf Regen folgte oftmals viel Sonnenschein. Und für sie die nächsten Wochen hoffentlich mit Samuel nur noch. Sie war so aufgeregt, wie ein Teenager vor ihrem ersten Date. Wrang ihre Finger im Schoß.

»War der Flug angenehm, Miss Rose?«, fragte Andrew freundlich und sah sie durch den Rückspiegel an. Sie nickte nur, was sein Grinsen noch verstärkte. Als sie die schmiedeeiserne Toreinfahrt hinter sich ließen, begann ihr Herz im Galopp zu springen. Und dann sah sie ihn. Er wartete schon vor der Tür auf sie. Noch bevor das Auto richtig zum Stillstand gekommen war, hatte sie schon die Tür aufgerissen und sich in seine Arme geworfen. Samuel hob sie lachend hoch und drehte sich einmal mit ihr. Erfreute sich an ihrem Anblick. An ihrer Gegenwart. An ihrem Körper in seinen Armen. Ließ sie langsam nach unten gleiten und legte seine Lippen sachte auf ihre. Wie hatte er sie vermisst, diese zwei Wochen. Und das nicht nur in sexueller Hinsicht. Auch schon, das musste er zugeben. Aber eben nicht nur.

»Ich habe dich vermisst«, sprach dann sie aus, was auch er dachte. Strahlte ihn wie ein Honigkuchenpferd an.

»Bleibst du wirklich acht Wochen?«, fragte er nach, weil er es immer noch nicht fassen konnte.

Sie nickte eifrig. »Wenn du meiner nicht überdrüssig wirst.«

Statt einer Antwort, küsste er sie noch einmal.

»Geht das überhaupt?«, lachte er. Sie zuckte nur mit den Schultern.

»Danke, Andrew«, Samuel löste sich von Isabelle und reichte seinem Chauffeur die Hand. »Ich glaube wir brauchen Ihre Dienste heute nicht mehr«, lächelte er und zwinkerte Andrew zu. Der verbeugte sich noch einmal kurz vor Isabelle.

»Hast du Jamie gut verstaut, ja?«, fragte er und hob einen ihrer drei Koffer hoch. »Scheiße, Isabelle. Was hast du denn alles dabei? Deinen ganzen Hausstand? Ich dachte wir gehen es langsam an«, keuchte er auf und hob den Koffer dann doch relativ leicht hoch. Isabelle verdrehte nur die Augen.

»Das kommt auch dir alles zu Gute, was sich darin verbirgt«, sprach sie geheimnisvoll und ging vor ihm ins Haus. Zwinkerte ihm kokett über die Schulter zu. Was ihn über die letzte Stufe stolpern ließ und sah ihr mit offenem Mund hinterher. Sie stellte ihren Regenschirm ab, wo er hingehörte. Löste ihre leichte Jacke und hängte sie auf, wo sie hingehörte. Alles, so stellte Samuel fest, als wäre es ihr Zuhause. Das gefiel ihm. Sie drehte sich noch einmal. Schnell kam ihm eine Idee. Er holte den Fotoapparat und war enttäuscht, als sie nicht mehr da war. Er sah sich um, aber sie war nirgendwo zu finden. Der Koffer war auch weg. Dann hörte er sie oben poltern. Nahm immer zwei Treppen auf einmal und kam keuchend vor ihr zum Stehen, im Schlafzimmer.

»Was?«, sie sah ihn lächelnd an, als sie ihre Kleidung, im Schrank und in der Kommode verstaute. Sich noch mehr breitmachte. »Glaubtest du, ich bin wieder gefahren?« Sie blieb stehen und lehnte sich gegen die Kommode. Samuel hob den Fotoapparat und knipste einfach drauflos.

»Nicht«, schrak sie hoch, »ich bin nicht besonders geschminkt und meine Haare sind ein einziges Vogelnest«, umschlang seine Mitte, mit ihren Armen.

»Du bist in der Blüte deiner Schönheit«, sprach er fest. Sie lachte und warf den Kopf nach hinten.

»Ich weiß und mit fünfunddreißig geht es wieder bergab«, scherzte sie. »Dann musst du wohl doch noch ein Foto machen. Als Erinnerung. Mach eins von uns beiden. Geht das?« Sie löste sich von ihm und richtete ihre Haare. Samuel nahm sie in den Arm. »Warte noch«, sie richtete ihren Blusenkragen, strich sich über die Haare und legte sie über ihre Schulter. »Nein, doch nicht«, legte die Haare wieder über beide Schultern. Samuel verdrehte die Augen. »So«, sagte sie irgendwann und Samuel war erleichtert. Legte seinen Kopf an ihren und streckte den Arm mit der Kamera aus. Isabelle lächelte lieb in die Linse und keuchte erschrocken auf, als Samuel ihr spielerisch in den Hals biss. Quiekte und lachte frei heraus. Sah ihn mit strahlenden Augen an und genau jetzt drückte er erst ab. Das würde ein perfektes Bild werden.

»Kindskopf, sag ich doch immer«, lachte sie weiter und schüttelte den Kopf.

»Ich bin erst dreiunddreißig«, verteidigte er sich kindisch.

»Erst?«, fragte Isabelle gespielt ernst nach. Samuel sah sie fassungslos an. Und dann bemerkte er die Veränderung an ihr. Ihr Blick wurde weicher. Sie strich sich verlegen eine Haarsträhne hinters Ohr und drehte sich zu ihrem Koffer. Samuel lehnte sich neben sie, mit der Schulter am Bettpfosten an und hob die Kamera. Knipste noch einmal. Eine wunderschöne Profilaufnahme von ihr, mit einem leicht schüchternen, leicht verschmitzten Lächeln.

»Ein Bild unten in deinem Arbeitszimmer«, begann sie langsam, »bin ich«, legte ihre Blusen vorsichtig in die oberste Schublade, die er für sie ausgeräumt hatte.

»Yep«, sagte er nur dazu und drehte am Objektiv. Stellte es auf weich, fokussierte nur auf ihr Gesicht, so dass der Rest um sie herum verschwamm. Als sie über ihre Schulter sah, drückte er ab.

»Jetzt ist es aber genug«, lächelte sie und schnappte sich ihre Kosmetiktasche. Ging ins Bad und sah auch dort, dass er für sie Platz geschaffen hatte. Eine weitere heiße Welle der Zuneigung durchströmte sie. Sie räumte ihre Tasche aus und drehte sich um. Stoß halb mit ihm zusammen. Er hatte die Kamera nicht mehr in der Hand, dafür jetzt ihre Pobacken. Vergrub sein Gesicht in ihren Haaren. »Ich habe das Bild damals von dir dort aufgehängt, nachdem ich dir Treue geschworen habe«, nuschelte er gegen ihren Hals. Isabelle schloss die Augen. Ihr Herz raste.

Samuel begann ihre Bluse aufzuknöpfen. »Ich bin noch nicht fertig mit einräumen«, sprach sie atemlos. »Na und?«, entgegnete er nur. Hob sie auf seine Hüften und trug sie zurück zum Bett. Legte sich sachte mit ihr auf die Matratze. Sah kurz auf und blieb an etwas hängen, mit seinen

Augen. Isabelle folgte seinem Blick. Sah verlegen zur Seite, als er danach griff, was seine Aufmerksamkeit erregt hatte.

»Oh, Miss Rose«, sprach er dreckig grinsend. Samuel hielt ein tiefrotes Negligé in die Höhe. Nichts als teure handgewobene feinste Spitze. Sie entriss ihm das Stück Stoff und lief rosa an. »Das sollte ne Überraschung sein«, murrte sie und warf es wieder in den Koffer.

»Wird es auch. Ich weiß ja nicht, wie es an dir aussieht. Wann krieg ich denn die Überraschung?«, fragte er mit hüpfender Augenbraue nach.

»Weiß ich noch nicht. Soll ja ne Überraschung sein«, sprach sie gespielt ernst.

»Also, wenn du noch mehr solche Überraschungen parat hast, sag ich dir gleich, dass wir aus diesem Bett kaum rauskommen werden, die nächsten acht Wochen«, zog überzeugt die Oberlippe hoch, »Wird schwer werden, wo du doch eigentlich London mal wieder richtig besichtigen wolltest.« Lachte frei auf, als sie ihm eine Kopfnuss verpasste.

»So eine Standfestigkeit hast selbst du nicht«, entkam es ihr schneller, als sie denken konnte. Vergrub ihren Kopf in seiner Halsbeuge und küsste ihn. So hatte sie erst selten geredet und es war ihr jetzt irgendwie peinlich. Scharf zog sie die Luft ein, als Samuel ihr den Slip etwas nach unten schob.

»Warst du nicht zufrieden, im Hotel?«, fragte er weich nach und zog ihr Bein näher zu sich ran. Nicht zufrieden? Sie hätte kaum befriedigter in den Flieger steigen können. Und kaum mehr, mit weichen Knien. Er hatte gerne Sex, das war ihr mittlerweile klar. Und auch viel.

»Das habe ich vermisst«, sprach sie schwer, als er seine Finger über ihre Pobacke fahren ließ.

»Was hast du vermisst?«, drückte leicht auf ihr weiches Fleisch. »Sag es mir«, sprach er rau weiter und küsste sie auf den Hals. Isabelle klammerte sich stärker an seinen Hals. »Ganz genau«, forderte er weiter. Vergrub mit Absicht sein Gesicht in ihren Haaren, weil er wusste, das war neu für sie und wahrscheinlich noch peinlicher, wenn er ihr direkt ins Gesicht sehen würde. Da lag er vollkommen richtig. So hatte sie noch nicht oft gesprochen. Konnte sie das wirklich? Aber wenn nicht mit ihm, mit wem dann?

»Deine Hände auf meinem Körper«, fing sie eher keusch an. Er knöpfte ihre Bluse auf, sah ihr nicht in die Augen. Schlug den Stoff auf und ließ seine Hand zwischen ihren Brüsten runter zu ihrem Bauchnabel wandern. »Deine Lippen auf meiner Haut«, brachte sie atemlos hervor. Samuel küsste sie sehr leicht auf die Halsbeuge. Rutschte etwas nach unten und ließ seinen Mund über ihr Schlüsselbein gleiten. Biss sanft in die Schulter, was sie verhalten aufstöhnen ließ. Seine Hand glitt hinter in ihren Rücken, doch er fand den Verschluss für den BH nicht. Strich wieder nach vorn und fand endlich den Hacken zum Öffnen, genau zwischen ihren Brüsten.

»Immer wieder eine geniale Erfindung«, kommentierte er trocken und berührte nur sehr leicht ihre Haut, als er ihre Brüste freilegte. »Was noch?«, fragte er nach.

»Deine Zunge …«, sie stockte.

»Meine Zunge?« Er verlangte gerade alles von ihr ab und Samuel wusste das durchaus. Es machte ihm aber auch gerade zu viel Spaß, die stets um Kontrolle und Ordnung bemühte Isabelle Rose aus dem Konzept zu bringen. »Was soll meine Zunge machen, Liebes?« Wartete eigentlich nur noch auf ihr ›go‹ um weiterzumachen.

»Mich …«

»Samuel?«

Erschrocken fuhren beide nach oben. Die weibliche Stimme kam von nicht allzu weit. Isabelle versuchte sofort ihre Bluse irgendwie zu schließen, was nur mäßig gelang. Samuel sprang aus dem Bett. »Mutter.«

Isabelle bekam keine Luft und verschluckte sich. Hustete, bis ihr die Tränen kamen. Das war jetzt nicht Realität. Hastig knöpfte sie die Bluse zu. Warum war hier nur kein Spiegel?

Samuel eilte aus dem Zimmer. Polterte laut die Treppen nach unten. »Was machst du hier?«, hörte Isabelle Samuel fassungslos fragen.

»Du tust ja gerade so, als käme ich sehr ungelegen.«

Isabelle hörte nach vierzehn Jahren wieder die schnorrende Stimme von Mrs. Barnes und sie erkannte sofort wieder die gebieterische Art, die darin lag. Ungelegen? Nein, nicht doch. Wenn sie sich nicht früher bemerkbar gemacht hätte, hätte sie ihren Sohn inflagranti auf ihr erwischt und eigentlich wollte sie der Großmutter ihres Sohnes nicht unbedingt auf dem Rücken, breitbeinig und nackt zum ersten Mal nach über einem Jahrzehnt gegenübertreten. Isabelle huschte ins Bad. Besah sich schnell im Spiegel und versuchte ihre Locken wieder etwas in Ordnung zu bringen. Sprühte noch einmal etwas Parfüm auf und schlüpfte in ihre Pumps. Strich den Rock glatt. Hätte die Frau sich nicht für einen etwas passenderen Zeitpunkt entscheiden können? Vorsichtig ging sie auf den Flur. Sie sah über das Treppengelände. Hörte leise Stimmen. Wäre es Samuel überhaupt recht, wenn sie jetzt zu ihnen ging? Doch diese

Frage erledigte sich sogleich, weil Mrs. Barnes in die Eingangshalle schritt.

»Du hast gesagt, sie kommt heute Vormittag.«

Isabelle stockte der Atem, als sie endlich begriff. Samuel musste in der Zwischenzeit mit seiner Mutter wieder gesprochen haben. Davon hatte er ihr nichts erzählt. Na gut, sie hatten auch nur versaute SMS ausgetauscht. Also er mit ihr, sie jetzt weniger. Und er hatte seiner Mutter augenscheinlich erzählt, dass sie heute zu ihm kommen würde. Ihr Herz machte einen Sprung.

»Ja, aber du hättest doch nicht gleich aufkreuzen müssen«, presste Samuel genervt zwischen den Lippen hervor.

»Ich will meine zukünftige Schwiegertochter aber sehen.«

Isabelle wollte gerade die erste Treppe nach unten gehen und setzte den Fuß irgendwie falsch auf die Treppe, bei Mrs. Barnes` Worten.

»So weit sind wir noch lange nicht«, entgegnete Samuel ungehalten.

Isabelle polterte auf ihrem Popo zwei Stufen nach unten.

»Isabelle«, kam es sofort erschrocken von Samuel, der die Treppen zu ihr nach oben eilte und ihr aufhalf.

»Danke«, sie lächelte verlegen und wagte noch immer keinen Blick zu Mrs. Barnes. »Toller Einstand, wirklich«, höhnte Isabelle in Gedanken. Samuel suchte ihren Blick, aber sie wich aus. Also nahm er fest ihre Hand in seine und ging mit ihr die paar Stufen nach unten. Wollte ihr damit mehr Selbstsicherheit geben. Das würde jetzt extrem schwer werden. Er kannte seine Mutter und die war nicht wirklich zugänglich für neue Dinge. Isabelle lächelte Samuel noch einmal an, bevor sie sich von ihm löste und sich vor die große blonde Frau stellte, in deren hellen Haaren schon die ersten weißen Strähnen zu finden waren. Streng zu einem Dutt zurückgebunden. Das Gesicht fein geschminkt. Sie war noch immer sehr schön, das musste Isabelle zugeben. Auch wenn sie viel zu kühl wirkte. Aber auch das war nichts Neues.

»Wir haben uns lange nicht mehr gesehen.« Mrs. Barnes reichte ihr die feine Hand. Isabelle straffte die Schultern und ergriff die ihr dargebotene Hand.

»Sehr erfreut«, lächelte sie freundlich an. Vielleicht sollte er ein Fenster öffnen. Mrs. Barnes entzog sich der Hand wieder. Samuel spürte die Schweißtropfen bereits auf seiner Stirn. Vergrub die Hände tief in seinen Hosentaschen. Jetzt überkamen ihn Schweißbäche.

»Du bist doch kein kleiner Junge mehr«, rügte Mrs. Barnes ihren Sohn, aus dem Augenwinkel. Isabelle sah kurz zu ihm. Sah wir er etwas zusammenzuckte, aber dann doch das tat, was seine Mutter insgeheim wollte. Nämlich dass er seine Hände wieder aus den Hosentaschen nahm.

»Das mit Ihrer Mutter tut mir leid«, schnorrte die Blondine, aber Isabelle war klar, dass es ihr herzlich egal war.

»Danke.« Doch Isabelle sah die junge Mrs. Barnes. Wie sie im Gerichtssaal selig vor sich hinlächelte.

»Wie geht es meinem Enkel? Wenn er es denn überhaupt ist.«

»Sie zweifeln das Ergebnis tatsächlich an? Obwohl es das Gericht bestätigte. Wollen Sie denn einen erneuten Vaterschaftstest?«, fragte Isabelle sehr kühl nach. Samuel sah, wie wieder ihre geschäftsmäßige Ader zum Vorschein kam. Mrs. Barnes nickte nur und sah sie genauso stur an. »Hat Samuel Ihnen schon einmal ein Bild von Jamie gezeigt?« Samuel schloss kurz gequält die Augen und ließ die Schultern hängen. Das artete alles in einem Chaos aus. Und er war schon mittendrin. Wieder nickte Mrs. Barnes ernst. »Dann sollte sich die Frage eigentlich doch gar nicht stellen«, stellte Isabelle klar. »Aber gut, wenn Sie es wünschen. Ich habe ja nichts zu verbergen. Ich weiß es ja zu Hundertprozent.« Samuel war froh, dass sie nicht sagte, wieso sie so überzeugt davon war. Das hätte seine Mutter nämlich wohl noch mehr in Rage versetzt.

»Sie haben meinen Sohn noch nicht auf Unterhalt verklagt«, sprach Mrs. Barnes eisig weiter.

»Warum sollte sie auch, Mutter? Sie hat es wohl kaum nötig«, entkam es Samuel angefressen.

»Das hat oft nichts mit nötig haben zu tun ...«, fing die ältere Dame an.

»Aber auch nichts mit Rache nehmen wollen, in dem Fall«, fiel Isabelle ihr ins Wort. Samuel sah sie stirnrunzelnd an. Sah wieder zu seiner Mutter, die Isabelle unverhohlen offen musterte. Sein Hals war trocken.

»Nein, Liebes? Wirklich nicht?«, höhnte Mrs. Barnes und lächelte wieder so schief vielsagend. »Ich denke wir haben vorerst alles besprochen«, sprach sie überheblich weiter und gab Isabelle noch einmal die Hand, wandte sich zum Gehen. Wartete bis ihr die Tür von Samuel geöffnet wurde. Küsste ihn rechts und links in die Luft. »Ich werde dir eine Nachricht schicken, wegen dem Test und wann ihr dann zum Abendessen kommen könnt.«

Isabelle brachte den Mund nicht mehr zu. Schwer stemmte sie sich gegen die Holzkommode und ließ den Kopf zwischen den Schultern hängen. Schloss die Augen. Hörte wie Samuel leise die Tür schloss.

»Lief doch ganz gut«, sprach er irgendwann. Versuchte locker zu wirken. Samuel sah wie sie rasch atmete. Sich ihr Rücken hart hob und senkte.

»Sie hat mich zur Sau gemacht«, presste Isabelle schwer hervor. Sah ihn immer noch nicht an. »Gut gelaufen also, ja? Sie will nen beschissenen Vaterschaftstest. Das hat sie dir doch bestimmt auch schon gesagt. Du hättest mich vorwarnen können. Und jetzt bin ich auch noch zum Abendessen eingeladen. In deinem Elternhaus. Ich wusste noch nicht einmal, dass ihr wieder miteinander redet.«

Samuel lehnte sich schwer gegen die Eingangstür. »Erst seit vorgestern. Und auch nur mit meiner Mutter. Ich habe ihr erzählt, dass du kommst. Sie ist eben neugierig. Das kannst du ihr auch nicht verübeln.«

Isabelle lachte trocken auf und stieß sich von der Kommode ab. »Verübeln tu ich es ihr ganz bestimmt nicht. Sie ist deine Mutter. Ihr gutes Recht. Aber sie hätte doch klingeln können oder so. Ich wäre ihr beinahe nackt gegenübergetreten«, fauchte sie. Samuel zuckte nur mit den Schultern. »Wirklich prima gelaufen«, höhnte sie weiter und ging ins Wohnzimmer, ließ sich schwer auf die Couch fallen.

»Na ja, immerhin hat sie dir nicht den Kopf abgerissen«, lächelte Samuel vor sich hin und setzte sich neben sie.

»Ach, tut sie das sonst mit deinen Freundinnen, die du deinen Eltern vorstellst?«, entkam es Isabelle trocken.

»Dazu hat sie nie Gelegenheit, deswegen hat sie sich wohl oo auf dich gestürzt«, entgegnete er gelassen und stützte sich mit dem Ellbogen an der hohen Lehne ab. Spielte mit den Fingern in seinen kurzen Haaren und lächelte sie weiterhin schüchtern an.

Isabelle sah ihn skeptisch an. »Sie hat Chloé gekannt.«

»Ja, aber die kuschte gleich. Das gefiel Mutter ganz gut, aber irgendwann war es eben auch zu langweilig. Und seitdem Chloé nicht mehr da ist, ist es ihr noch langweiliger.«

»Oh, du wirst ihr doch bestimmt das ein oder andere Mädchen vorgestellt haben, das du gedatet hast?«, lächelte sie ihn ungläubig an.

»Nein«, sprach er rau und stand schnell auf, »ich stelle meinen Eltern grundsätzlich niemanden vor, mit dem ich es nicht ernst meine. Reine Zeitverschwendung und für die Nerven alles andere als gesund«, er schenkte sich einen Drink ein.

»Nicht dein Ernst?«, entkam es Isabelle fassungslos. Samuel zuckte die Schultern und nahm einen Schluck.

»Außerdem kann man das nicht als daten bezeichnen, was die letzten zwei Jahre so passiert ist«, lehnte sich gegen den

Schreibtisch und wedelte mit dem Cognacglas umher. »Sie wird dich mögen.«

Das ließ Isabelle jetzt wirklich auflachen. Sie hatte an der Frau nichts als Kälte und Sarkasmus ausgemacht. Auch schon früher nicht. Kein einziges Anzeichen von mögen.

»Weil sie mir noch nicht den Kopf abgerissen hat?«, lachte sie und presste sich ein Kissen vor den Kopf.

»Nein, weil du ihr Kontra gibst«, entgegnete Samuel gelassen und nahm noch einmal einen Schluck. Isabelle ließ das Kissen in ihren Schoss fallen und wischte sich die Lachtränen aus den Augenwinkeln. »Also für den ersten Tag, den ich hier bin, muss ich sagen: Ein wirklich ereignisreicher Tag.« Samuel schmunzelte sie an und Isabelle sah, wie sein Blick weicher wurde.

»Tut mir leid«, ganz leise gesprochen. »So war das nie geplant gewesen.« In Isabelle zog sich alles zusammen. Diesen weichen Samuel sah sie noch viel zu selten. Und dabei gefiel er ihr so gut. Sie ging zu ihm rüber und nahm ihn in den Arm. Nahm einen großen Schluck von seinem Drink. »Das habe ich jetzt echt gebraucht«, lachte wieder auf.

»Wir werden nicht zum Abendessen dort hingehen, versprochen«, nuschelte er gegen ihre Schläfe.

»Wir werden sehen. Es wird sich kaum umgehen lassen«, sprach sie sehr ernst. Samuel nickte. Nein, würde es sich wahrscheinlich nicht. So schnell konnte sie gar nicht reagieren, da griff er unter ihren Po und setzte sie mit Schwung auf die Holzplatte.

»Aber nicht, dass wieder jemand einfach reinkommt«, lächelte sie und knöpfte sein Hemd auf. Doch dann viel ihr Blick auf etwas anderes. Sie nahm den schweren Bilderrahmen auf und sah sich selbst und Jamie. Wie sie ihrem Sohn einen Kuss gab und er ihr die Sonnenbrille von der Nase zog. »Das kenne ich auch nicht«, überlegte sie laut. Er hatte sie tatsächlich auf seinem Schreibtisch stehen, wo eigentlich nur die Familie stand. Sie schluckte hart und stellte den Rahmen wieder weg. Sprang vom Tisch und zog ihn mit sich, auf die Couch.

Es war anders. Weil Isabelle in seinem Haus war. Die Ruhe war dahin. Die Tage gestalteten sich anders. Es war einfach nur erstaunlich, wie sexy an einer Frau alltägliche Arbeiten im Haus oder nur das Anziehen von Socken sein konnte. Sie hatten Zeit zu Hauff und die nutzten sie auch. Meistens im Bett, aber auch auf der Couch, auf dem Schreibtisch …

Samuels Gedanken, an ihren nackten Körper wurden jäh unterbrochen, als Isabelle lautstark polternd in der Küche hantierte und nur Sekunden später im Türrahmen erschien. Ihn auffordernd ansah. Sie war keine gute Köchin, aber sie hatte ihn auch noch nicht vergiftet. Lieber führte er sie jedoch aus. Er reagierte nicht. Sah sie nur lächelnd an, verschränkte seine Hände hinter dem Kopf und Isabelle legte ihren Kopf schief. Was auch immer sie gerade in der Küche getrieben hatte, es war vergessen. Ihr Blick glitt in einen sanften über und erinnerten Samuel an seine vorherigen Gedanken.

»Ich bin müde«, sprach er dann leise und streckte ihr die Hand entgegen. Das erste Mal seit Wochen schlief Isabelle wieder tief und fest. Weder nächtliche Albträume, noch Schlafstörungen plagten sie. Und das nur weil er neben ihr lag. Und weil er am nächsten Morgen auch noch da war. Sich nicht verlegen durch die Haare fuhr und ins Bad eilte. Auf dem Sprung, jeden Moment zu gehen. Nein, er lag ruhig atmend neben ihr. Schlief tief und fest. Doch ihre Grübelei wurde unterbrochen, als er sich umdrehte und verschlafen ein Auge öffnete. Sie grinste ihn an. Beugte sich zu ihm runter und küsste ihn zart, bevor sie sich aus dem Bett schwang und ins Bad ging. Ihm noch ein kokettes Lächeln über die Schulter zuwarf, bevor sie die Tür nur leicht anlehnte. Er verstand. Das Wasser war angenehm warm. Sie waren keine Eltern, sie waren keine zwei Menschen, die bis oben hin mit Problemen vollgepumpt waren. Sie waren zwei junge Menschen, die sich über ihre Gefühle füreinander im Klaren waren.

Seine Blicke waren anders. Etwas Neues lag darin und als Isabelle jetzt so, in der Frühlingssonne, in der Eisdiele, Samuel gegenübersaß und ihn beobachtete, schmunzelte sie dümmlich vor sich hin. Es war Mai. Die Leute strömten aus den Häusern, um möglichst viel von den wenigen Sonnenstrahlen abzubekommen. Silvester hatten Jamie und Isabelle bei Samuel verbracht. Keine große Party, wie die letzten Jahre mit Max und Isabelle fühlte, als sie um zwölf Uhr ihren Sohn an sich drückte und Samuel küsste, dass sie genau das Richtige getan hatte. Damals, vor ein paar Monaten, als sie so kopflos und so konträr ihrer Natur einfach hierher nach London geflogen war, zu Samuel. Sie hatte mittlerweile begriffen, dass Samuel genau darauf gewartet hatte. Dass er sie damals nicht gehen lassen wollte und doch musste, weil sie keine Entscheidung getroffen hatte. Es hatte einfach alles an ihr gelegen. Samuel hatte sich eigentlich schon entschieden.

Maxwell hatte seine Kündigung eingereicht und Isabelle konnte es verstehen. Nur dass sie wohl nie wieder diesen einen besonderen Freund haben würde, dass würde ihr noch lange nachhängen. Sie hatte Max schändlich behandelt und das würde sie, mit was auch immer, nie wieder gut machen können. Max hatte recht gehabt, als er ihr vorwarf, sie hätte nicht fair gespielt. Mit keinem von beiden Männern. Aber dazu hatte sie sich selbst erst wieder finden müssen und hatte dadurch auch Samuel gefunden. Alles machte irgendwie irgendwann Sinn, auch weil wir es eben so sehen wollen. Nur die hohe Stornierungsrechnung der Hochzeitsplanerin leuchtete Isabelle immer noch nicht ein.

Ihr Blick schweifte über die Pärchen und Menschen, die im Café saßen oder vorbeieilten. Bis ihre Augen wieder auf Samuel hängen blieben und sie wieder diese neue Wärme erfasste, wenn sie ihn nur ansah.

»Ist das Zeug nicht zu süß?«, fragte sie lächelnd, als sie die verspiegelte Sonnenbrille auf die Nase schob und sich in ihrem Stuhl zurücklehnte. Ein Bein über das andere schlug. Genüsslich lutschte Samuel an seinem Eis.

»Nö«, lächelte er zurück und fing zum Grinsen an, als ihr Bein seines sanft streifte. Sein Grinsen verflog jedoch schnell, als er auf der anderen Straßenseite zwei Menschen ausmachte, die nur allzu interessiert ihnen beiden zusahen und viel zu viel Equipment in den Händen hielten. Isabelle folgte seinem Blick und stöhnte genervt auf. »Das sind aber keine Touristen«, sprach Samuel das aus, was Isabelle sich dachte. Sie nickte nur. Legte Geld auf den Tisch und stand auf. Samuel folgte ihr. Die zwei Reporter hefteten sich sofort an ihre Fersen und bei Näherkommen erkannte Isabelle auch den einen, als die Klette vom Flughafen, wieder.

»Guten Tag, Miss Rose«, sprach er sie freundlich an, doch Isabelle hätte ihm am liebsten sein falsches Lächeln aus dem Gesicht gewischt. »Mr. Barnes«, begrüßte er auch Samuel. Der nickte nur.

»Sie sind wieder einmal in London. In letzter Zeit sehr häufig. Schöner Tag heute, für einen romantischen Ausflug zu zweit«, plapperte der Reporter drauflos und Isabelle beschleunigte ihre Schritte. Samuel wusste nicht wohin sie ging und er war sich auch nicht sicher, ob sie es überhaupt selbst wusste, denn das Motorrad stand genau in der anderen Richtung.

»Dann können Sie sicher auch verstehen, dass so ein Ausflug nur romantisch ist, wenn man ihn zu zweit alleine genießen kann«, konterte Isabelle genervt und Samuel sah sie verwundert an.

»Sie haben also wirklich die Verlobung gelöst?«, fragte der Reporter grinsend nach. Samuel stöhnte genervt auf.

»Ja«, antwortete Isabelle fest und ging weiter.

»Wegen Samuel Barnes?«

Isabelle blieb ruckartig stehen. Drehte sich um und zog die große Sonnenbrille von ihren Augen. Funkelte den Journalisten böse an. »Wegen Samuel Barnes.«

»Dem Vater Ihres Sohnes?«, hackte der Reporter schnell noch einmal nach und Isabelle zuckte leicht zusammen, als ein Foto von ihr geschossen wurde. Sie würde nicht nachfragen, woher der Papparazzo von Samuels Vaterschaft erfahren hatte, es gab genug Wege. Die meisten jedoch nur mit viel Geld betretbar.

»Ganz genau und jetzt lassen Sie uns in Ruhe oder Ihre Wertgegenstände sind gleich nur noch Einzelteile«, sprach sie fest und packte Samuels Hand. Zog ihn weiter, so dass er leicht aus dem Tritt kam. Er war zu überrascht etwas zu tun und folgte ihr nur weiter. Lächelte jedoch selig vor sich hin. Sie hatte sich offen zu ihm bekannt. Zu ihrem gemeinsamen Kind.

»Sie können mir nicht drohen, Miss Rose«, rief der Reporter ihr lautstark nach, »und Sie können auch nicht verhindern, dass Sie, mit dieser Liebschaft, wieder großes Thema in Londoner Kreisen sind.«

Der Griff um seine Hand wurde fester und Samuel war sich sicher, dass genau diese Schlagzeile etwas war, was sie kaum erfreute.

»Was halten Sie eigentlich davon, dass sich Miss Chloé Montanna freiwillig gestellt hat und den Mord an Ihrem Vater zugab?«

Ruckartig blieben Samuel und Isabelle stehen. »Was sagen Sie da?«, keuchte Isabelle schwer und war sofort wieder in der Vergangenheit.

»Miss Rose! Ich frage Sie noch einmal. In welchem Verhältnis stehen Sie zu Mr. Samuel Barnes?« Die Vernehmung hatte begonnen. Eine Farce von einem Prozess, wohl schon eher. Chloé Montanna war ein Sprössling einer der größten, vermögendsten und ältesten Familien auf der Welt. Selbst wenn sich herausstellen sollte, das sie nicht gemordet und wenn dann nur im Auftrag, würde auf ihrem Namen etwas haften bleiben. Doch wie sollte so etwas schon bewiesen werden, vor allem wenn es eh keiner wollte. Das ganze Tamtam lief einzig und allein unter dem Namen ›Schauprozess‹. Nicht mehr und nicht weniger. Die Öffentlichkeit ergötzte sich daran und die Presse nutzte dies natürlich schamlos aus. *Isabelle windete sich unter dem Blick des*

Anwalts, der Samuel nichts Geringeres als Beihilfe zum Mord vorwarf. Und darauf konnte fast nur eins folgen: lebenslange Haft.

Der Mann vor ihr sah ungehalten aus, seine grünen Augen waren leicht zusammengekniffen und auf seiner Stirn bildeten sich die ersten Schweißperlen. Es war stickig in diesem großen Saal. Viel zu viele Menschen, die nur eins haben wollten: Befriedigung und Vergeltung. Kurz räusperte sie sich und erhaschte einen Blick auf Samuel, als der Anwalt zu seinem Tisch schritt und irgendwelche Notizen durchsah. Sie erschrak. Er war so dünn geworden. Seine schmale Nase stach ungesund hervor. Unter seinen leblosen Augen sprangen einem die dunklen Augenringe viel zu sehr von seiner blassen Haut entgegen. Er hielt sich noch immer aufrecht, die Hände ruhig auf seinen Oberschenkeln. Ein makelloser Anzug und die Haare ordentlich gelegt. Aber er sah sie nicht an. Chloé anzusehen ging nicht. Das Grinsen auf ihren Lippen konnte ihre Cousine selbst jetzt nicht verbergen. Sah das niemand anderes? Die Augen schließend, senkte sie den Kopf, versuchte ruhig und gleichmäßig zu atmen, um die Übelkeit die sich langsam aufzubauen begann, zu unterdrücken. Vorsichtig legte sie ihre Hand auf ihren rumorenden Bauch, stieß noch einmal kräftig Luft aus. Schultern gestrafft und mit erhobenen Kopf, sprach sie jene Sätze, die sie noch lange verfolgen sollten: »Er hat geholfen meinen Vater zu ermorden. Wenn ich in einem Verhältnis zu ihm stehen, dann aus einem voller Hass und Wut.« Sie sprach die Worte mit fester, überzeugender Stimme, aus der die Verabscheuung nur so troff. Ein Murmeln ging durch die Reihen.

»Wir werden auch aussagen müssen«, murmelte Samuel, als er sie um die nächste Ecke zog und den Reportern aus dem Weg gegangen war.

Isabelle sah ihn mit großen Augen an. »Nein, ich will nicht wieder vor Gericht«, schüttelte vehement den Kopf.

»Nur so kann aber deinem Vater Gerechtigkeit widerfahren«, lächelte er gequält.

Mit einem Schlag veränderte sich ihre Haltung. Fest strich sie ihre Locken über die Schultern. »Und wie wirst du dich entscheiden?«, fragte sie ihn geradeheraus, konnte Samuel aber nicht ansehen.

»Für die Wahrheit«, seine schlichte Antwort und Isabelle wusste, dass wenn er sich für die Wahrheit entscheiden würde, die nächsten Wochen und Monate keineswegs in trauter Zweisamkeit ablaufen könnten. Wenn er sich für die Wahrheit entschied, hatte er Beihilfe zum Mord geleistet und das bedeutete Gefängnis. Sie sah zu ihm auf und nickte. Zeigte ihm, dass sie da war und es auch bleiben würde. Erleichterung machte sich um sein Herz breit.

Sie ging diese Gänge entlang, keineswegs mit sicheren Schritten, aber doch mit erhobenem Haupt. Niemand sollte sie anders in Erinnerung behalten. Eine Frau, die kämpfte für was sie stand, für was sie meinte eintreten zu müssen. Man hatte sie oft in der Presse und in ihrem Freundes- und Bekanntenkreis als die ›kalte Rächerin‹ tituliert. Vielleicht war das ein Teil von ihr. Das mochte sie ja gar nicht abstreiten. Doch wenn sie nun überlegte, musste sie zugeben, half guter Wille, die Liebe zum Guten und ein bisschen Mut in der harten Realität nicht viel. Zumindest nicht so viel um die Welt wirklich wandeln zu können. Gute Beziehungen, Raffinesse, um an seine Ziele zu kommen und Manipulation waren weitere wichtige, sehr wichtige Faktoren in einem Spiel um Gut und Böse. Das wirklich Traurige daran: es würde immer darum gehen. Um dieses Spiel zwischen diesen beiden Extremen. Doch wer bestimmte wer gut und wer böse war? Immer die, die sich im Recht sahen, die Guten sozusagen. Stimmte das wirklich, waren nicht auch oft sie die Bösen?

Ihr Vater hatte das Spiel verloren. Seine Tochter für ihn gewonnen. Chloé war am Boden. Isabelle hatte nicht vor Gericht zu erscheinen, als Chloé das Vermögen abgesprochen wurde. Noch immer wunderte sich Isabelle darüber, wie eine Frau von Chloés Naturell so auf den doppelten Boden, in ihrem Ehevertrag, verzichtet hatte und diesen Vertrag unterschrieb. Trotz dieser Klausel. Sie musste sich sehr sicher gewesen sein, Samuel einen Jungen zu schenken und sie musste sich sehr sicher gewesen sein, dass Samuel sie für immer lieben würde. Der gewonnene Prozess war nie ein Thema zwischen Samuel und Isabelle gewesen. Es ging ja auch nie um das Vermögen der Barnes. Diese hatten sich im Ehevertrag sehr gut abgesichert.

Heute jedoch musste Isabelle erscheinen. Die Gänge des Polizeireviers waren kahl. Der Boden mit feinem Marmor und Intarsien war das einzig schmucke in diesem Gebäude. Ihre Schritte und die Schritte ihrer beiden polizeilichen Begleiter hallten unangenehm und viel zu laut in ihren Ohren wider. Fühlte Samuel sich auch gerade so leer? Die nächste Tür wies sie in einen komplett anderen Raum. Die Atmosphäre schwankte binnen Sekunden von Helligkeit zu Dunkelheit. Von Demütigung zu Erniedrigung. Isabelle begann unwillkürlich zu frösteln. Ihr Schritt verlangsamte sich. Die Wände hier waren nicht mehr verputzt. Der Boden bestand zwar noch aus Marmor, aber weder künstlerische Fähigkeiten sprangen hier einem ins Auge, noch wurde anscheinend die Notwendigkeit in Betracht gezogen, hier mal wieder für etwas mehr Reinlichkeit zu sorgen. Oder hatten die Leute hier zu viel zu tun, mit dem Verurteilen von Menschen?, dachte sich Isabelle sarkastisch. Chloé würden sie nicht zu Gesicht bekommen und zum Erstaunen von Isabelle wurde sie nur kurz von der Staatsanwaltschaft befragt. Samuel war nebenan, wusste sie und irgendwie gefiel ihr der Gedanke ganz und gar nicht, dass er dort alleine war. Alle ihre Aussagen konnte sie mit gutem Gewissen bestätigen, nur als die Frage nach Samuel und seiner Beteiligung an der Ermordung von ihrem Vater aufkam, bekam sie Magenkrämpfe. Samuel hatte ihr vor dem Verhör eingetrichtert nur die Wahrheit zu sagen. Egal was kommen mochte, er würde die Konsequenzen tragen, wenn er nur wüsste, dass sie zu ihm halten würde. Die Wahrheit war schnell erzählt und als Isabelle aus dem stickigen Zimmer trat, sah sie Samuel in der Ferne. Eilte zu ihm.

»Was haben sie gesagt?«, flüsterte sie heißer und Samuel schüttelte den Kopf.

»Ich habe nichts zu befürchten. Der Drogenbesitz und die fahrlässige Körperverletzung sind verjährt.«

Fahrlässige Körperverletzung? Aber er hatte doch die Drogen besorgt, überlegte Isabelle verwirrt. Das war eher Beihilfe zum Mord. Als ein Polizist, der sie gerade verhört hatte, an ihnen vorbeiging, hielt Isabelle ihn auf. »Was wird jetzt aus Chloé Montanna?«

»Sie bekommt ihre gerechte Strafe. Dass sie sich selbst gestellt hat, wird sich jedoch strafmildernd auswirken. Ihre Mutter ist ja tot.«

Samuels Vater hatte endlich gestanden, dass der Augenzeuge Mr. Henderson ihm einst erzählt hatte, wie Chloés Mutter etwas unter den Wein von Mr. Rose gemischt hatte. Das war zwar unterlassene Hilfeleistung, aber Mr. Henderson war kurz nach dem Mord und noch vor dem Verhandlungsauftakt verstorben. Chloé konnte nur die Bitte zur Beschaffung der Droge nachgewiesen werden. Sie würde ihr Leben wohl weiterhin als freier Mensch verbringen können. Irgendwie fand Isabelle das nicht gerecht, denn Chloé gestand auch nur, weil die eigentliche Täterin, ihre Mutter, jetzt tot war und der Drogenbesitz verjährt. Der bittere Beigeschmack blieb einfach haften.

~*~*~*~*~ ❦ ~*~*~*~*~

☆ Bedingung und Herausforderung ☆

Die Villa der Barnes wirkte genauso kühl, abweisend und groß wie immer. Das Chauffeursauto glitt weiter durch die geöffneten kunstvoll verschnörkelten Eisentore in Richtung Haupthaus. Isabelles Magen machte sich bemerkbar und sie legte eine Hand darauf, die sogleich von Samuels großer Hand umfasst wurde. Gequält lächelte er sie an. Das war der größte Schritt, den sie zu zweit zu gehen hatten. Vielleicht größer als Jamie den weiteren Weg zu weisen. Größer als selbst zu akzeptieren, dass sie sich ineinander verliebt hatten. Trotz aller Vergangenheit. Trotz aller widrigen Umstände. Doch, es war eine neue Zeit und es war ihr Leben, welches sie auch richtig leben wollte, gestand sich Isabelle ein. Und aus irgendeinem, ihr nicht erklärbaren Grund, wollte das Schicksal eben, dass sie ihr Leben mit Samuel verbrachte. Es war doch alles so lange her. Mehr als Hoffnung blieb Isabelle nicht und mit mehr als diesem Fünkchen Glaube an den Menschenverstand betrat sie das Anwesen auch nicht. Es hatte sich nichts verändert, seitdem sie das letzte Mal einen Fuß auf die teuren Teppiche und Marmorplatten gesetzt hatte. Mehr wie in Trance folgte sie Samuel, blieb dann jedoch wie plötzlich festbetoniert vor einer offenen Tür stehen. Sie erkannte die Gemälde sofort. Sah auf die geschwungene schwere Holztreppe, auf der sie Samuel damals nach oben gefolgt war. Sich selbst als junges Mädchen, ihm die Hand reichend sehend, ließ sie unweigerlich schmunzeln. Ergriff fest seine Hand, als er sie jetzt in die Arme nahm. Vergrub ihr Gesicht an seiner Brust. Nahm seinen Geruch auf, der sie beruhigte. Sie liebte und dass alles zwischen ihnen, heute und hier, für immer zerstört werden könnte machte ihr Angst. Soweit wollte sie es nicht kommen lassen. So standen sie einfach eine Zeit lang da. Die Nähe spürend, die jedem auf seine Art Kraft gab.

»Ich dachte schon ihr kommt nicht mehr.«

Erschrocken fuhren die beiden auseinander und fanden sich Mrs. Barnes in voller Größe und wie Isabelle fand, in voller Pracht gegenüber. Es war klar, dass diese Frau Isabelle zeigen wollte, wer hier das Sagen hatte und mit ihrem selbstbewussten Auftreten gelang ihr das auch sehr gekonnt. Sie wusste aber auch, was Samuel seiner Mutter in dem Brief alles mitgeteilt hatte. Es hatte jene wohl erweicht, sonst hätte Mrs. Barnes kein Interesse gehabt

Isabelle kennenzulernen. Das alles verstand Isabelle als gutes Omen.

»Mutter«, Samuel küsste seine Mutter auf die Wange. Isabelle reichte ihr lächelnd die Hand, was mit einem festen Druck erwidert wurde.

»Dein Vater ist noch immer nicht begeistert«, sprach Mrs. Barnes, in nasalem Tonfall. Das konnte sich Isabelle durchaus vorstellen. Ihr selbst erging es ja auch nicht anders. Dass Samuels Vater nicht begeistert war, war wohl die Untertreibung des Jahrhunderts. Er würdigte Isabelle keines einzigen Blickes, als sie den großen Dinnersaal betraten. Reagierte auch nicht groß auf seinen Sohn. Die Stille erdrückte Isabelles Innerstes und ein kurzer Seitenblick zu Samuel ließ erkennen, dass es ihm wohl genauso erging.

»Positiv«, sprach die Ältere und bat Isabelle, mit einem Handwinken, an den großen langen Mahagoni-Esstisch. Barnes Senior setzte sich an das Kopfende. Mrs. Barnes Isabelle gegenüber und Samuel beschützend neben Isabelle. Barnes Senior war alt geworden. Etliche Jahre im harten Alltag von Intrigen und Wirtschaft schienen ihn gebrochen zu haben, stellte Isabelle fest und seine früher so strotzende jugendliche Figur, die durchaus einschüchternd auf ein Mädchen wirken konnte, hatte jeglichen Glanz der reinen Aura verloren. Keine Autorität saß mehr vor ihr, sondern ein Mann, der eigentlich noch so viele Jahre vor sich hatte.

»Auch der zweite Test ist positiv«, wiederholte Mrs. Barnes an ihren Mann gewandt.

»Kein Kuckucksei«, entkam es Isabelle und presste sofort wieder die Lippen aufeinander. Sie durfte hier nicht so forsch und vorlaut sein. Musste alles mit sehr viel mehr Bedacht angehen.

»Davon kann man nicht immer ausgehen«, entgegnete die Blondine kühl und klatschte in die Hände. Ein Butler erschien und wurde beauftragt den ersten Gang zu servieren. »Jedes Jahr sterben tausende von Menschen durch Ärztefehler. Warum sollten dann nicht auch bei so einem kleinen Test Fehler auftreten können?«

»Die Gruberbrüder haben unterschrieben« sprach Barnes Senior seinen Sohn an und sah ihn zum ersten Mal an diesem Abend auch an. Samuel nickte. »Gut.« Augenscheinlich Geschäftspartner von den Barnes, überlegte Isabelle. Die Suppe wurde serviert.

»Sie meinen es also ernster mit unserem Sohn, als diese Chloé?«, fragte Mrs. Barnes irgendwann über den Suppenlöffel hinweg und Samuel verbrannte sich die Lippen. Doch Isabelle kam gar nicht dazu etwas zu erwidern, denn Mrs. Barnes sprach einfach weiter: »Sie müssen mir diese Frage schon erlauben. Schließlich ...«

»Sind Sie die Tochter vom alten Rose«, vollendete Mr. Barnes den Satz und Samuel schmiss im gleichen Moment die Serviette auf den Tisch. Isabelle erschrak über Samuels heftiger Reaktion so sehr, dass sie ihren Löffel fallen ließ.

»Wenn ich diese Worte noch einmal in Gegenwart von Isabelle oder sonst irgendwann hören muss, dann schwöre ich dir, wird es keine Versöhnung mehr geben, Vater«, knurrte Samuel und Isabelle musste bei seinen Worten schwer schlucken. Er stellte sich gerade vor sie und gegen sein eigenes Blut. Das wollte sie nicht.

»Ich habe dich damals gewarnt, mein Junge«, kam es tief und fest von dem älteren Barnes zurück.

»Gewarnt?«, fragte Isabelle verwirrt, doch keiner schenkte ihr Beachtung. Beschwichtigend legte sie eine Hand auf Samuels Oberschenkel und nahm sie auch nicht weg, als sie Mrs. Barnes` kalten Blick wahrnahm, der ob ihrer Geste mehr als Missbilligung ausdrückte.

»Mr. Barnes«, begann Isabelle beherrscht und drückte kurz Samuels Oberschenkel, »ich meine es vollkommen ernst. Was aber weder an der Tatsache liegt, dass ich die Tochter meines Vaters bin...«,

»Du musst dich nicht rechtfertigen«, bellte Samuel dazwischen und erhob sich. Doch Isabelle fuhr einfach in ihrer kleinen Rede fort: »oder auch wenn ich es nicht wäre. Sondern es liegt schlichtweg an den Gefühlen, die ich Ihrem Sohn entgegenbringe.«

Samuel stockte der Atem. Isabelle ergriff, ohne hinzusehen, seine Hand und sah unverwandt Mr. Barnes an, während sie seinen Sohn wieder auf den Stuhl zog. Sie hatte sich dem jetzt zu stellen, sonst würde die Zukunft für immer vertan sein. Da war sie sich sicher.

»Warum wollten Sie so viele Prozente?« Barnes Seniors helle Augen legten sich zum ersten Mal seit Jahren wieder auf Isabelle und sahen sie unterkühlt fest an. Es war unheimlich und ihr Puls begann zu rasen. Nein, sie hatte sich geirrt. Der alte Herr hatte kein bisschen von seiner einschüchternden Art verloren. Isabelle wurde es mulmiger. Es war ein prekäres Thema und es gerade mit dem Vater ihres Freundes zu erörtern, um den es ja irgendwie dabei auch ging, würde sie jetzt noch einmal einige Kraft kosten. Sie war kein junges Mädchen von siebzehn Jahren mehr. Sie war eine erwachsene Frau und dieser Mann konnte sie nicht brechen.

»Um uns eins auszuwischen, wegen damals«, lächelte Barnes Senior überheblich, legte sich etwas in seinen Stuhl zurück und tippte mit den Fingern auf dem dunklen Mahagoniholz.

»Nein«, das Wort betonte Isabelle besonders und sah zu Samuel auf. Das ließ den Alten auflachen und auch Mrs. Barnes entkam ein schiefes Lächeln.

»Sicher doch, Miss Rose. Spielen Sie bitte mit offenen Karten.«

»Vater«, polterte Samuel aufgebracht dazwischen, doch Isabelle legte wieder ihre Hand beschwichtigend auf seinen Oberschenkel.

»Schon gut«, lächelte sie ihn milde an und wandte sich wieder seinem Vater zu. »Möglicherweise, ja«, gab sie offen zu und ihr wurde es schwerer ums Herz. »Ich habe es aber jetzt weder auf Ihr Geld abgesehen, noch auf dieses Anwesen. Ich habe auch kein Interesse an Gold, oder dem Familienschmuck. Davon habe ich erstens selbst genug und zweitens würde ich auch Samuel haben wollen, wenn er ein Bettler wäre. Warum ich diese Prozente wollte, war wegen Ihrem Sohn. Ich dachte mir wie Sie reagieren würden«, sie schob die Hand in Samuels und verschränkte ihre Finger mit seinen, »und habe daher die Prozente der Firma auf meinen Sohn überschreiben lassen«, sprach sie schnell, als Barnes Senior triumphierend auflachte, »aber seinen Vater später als Verwalter und Miteigentümer einsetzen lassen.« Dieses Geständnis ließ die beiden älteren Barnes verstummen und Samuel bekam seinen Mund nicht mehr zu. Nachdem Samuel und sie, vor langer Zeit, so einträchtig auf der Veranda gesessen und zusammen in den Sternenhimmel geblickt hatten, war Isabelle klar geworden, was sie zu tun hatte. Sie bat ihn um Verzeihung und war am nächsten Morgen zu ihrem Anwalt und hatte alles Nötige, für die Überschreibung, vorbereiten lassen und selbst ihre Unterschrift unter das Dokument gesetzt. Der Vorsatz der Rache kam in dem Moment ins Stocken, als sie bei den Verhandlungen keinen Ring mehr am Finger von Samuel sah. Er war für sie frei. Vielleicht wählte sie daher zunächst unterbewusst und dann im vollen Bewusstsein einen anderen Weg. Auf Seniors Gesicht bildete sich langsam ein schiefes Lächeln. Als Anerkennung konnte es Isabelle nicht auslegen, aber vielleicht als ein wenig Respekt. Sie hatte ihn geschlagen, oder zumindest ein wenig in seine Schranken verwiesen. Unwissend hielt Samuel einen großen Teil von der Firma in seinen Händen. Sie sah zu Samuel und er las die Bestätigung ihrer Worte in ihren Augen. Las für was sie weiterkämpfen würde und sein Herz schwoll an. Er hätte sie so gerne richtig geküsst, stattdessen küsste er sie auf die Gelenksinnenfläche, wo er ihren Puls rasen fühlen konnte.

»Vielleicht verwechselt Samuel auch nur Pflichtgefühl mit Liebe«, sprach Mrs. Barnes hochnäsig in die Stille hinein. Isabelle schloss gequält die Augen. Sie würden nicht locker lassen. Würden weiter versuchen zu zerstören und Unsaat sähen. Und Isabelle hatte mittlerweile wirklich fast keine Kraft mehr. Dann spürte sie jedoch Samuels Händedruck und ihr war klar, dass er sie unterstützten würde. Egal bei was und vor allem jetzt - hier.

»Sie ist die Mutter meines Kindes. Natürlich habe ich da auch ein Pflichtgefühl.« Das war jetzt nicht direkt das, was Isabelle hören wollte. »Trotzdem kann ich nicht verleugnen, dass ich mich verliebt habe und zwar in die Frau.« Das ließ ihr Herz jetzt schon höher schlagen und sehr viel schneller, als noch Sekunden zuvor.

Isabelle wollte weg, sie wollte duschen und sich nur noch in das weiche Federbett legen. Die Augen schließen und sich an Samuel kuscheln.

»Sie haben sich zu einer toughen Frau entwickelt. Das war so nicht vorauszusehen.« Mr. Barnes Senior schlurfte hinter Isabelle zur Ledercouch und ließ sich schwer darauf fallen. Nach dem Essen wollte Samuels Mutter noch mit ihrem Sohn sprechen. Isabelle wartete im Kaminzimmer auf Samuel und sah sich jetzt seinem Vater gegenüber.

»Sie haben auch bei der Polizei ausgesagt«, stellte Isabelle fest. Elegant schritt sie auf ihn zu und setzte sich ihm gegenüber, in den Sessel. Damals hatte er nicht ausgesagt. Barnes Senior zeigte zunächst keine Reaktion. Sprach dann jedoch Gedanken aus, die Isabelle zutiefst irritierten: »Ihr Großvater war - wenn ich das so frei formulieren darf – ein übler Kerl. Hat viele Fallstricke bereitgelegt. Eine große Bürde – für uns alle. Und jetzt stellen Sie endlich die Frage, die Ihnen so auf den Nägeln brennt.«

Verwirrt zog sie die Augenbrauen zusammen. Nahm dann ihren ganzen Mut zusammen. »Wie haben Sie es angestellt, dass Samuel unbescholten davonkommt, zum zweiten Mal?«, fragte sie offen und lehnte sich in den Sessel zurück. Mr. Barnes zündete sich eine Zigarre an und blies den dicken Rauch an die hohe Zimmerdecke.

»Sagen wir so, Mr. Chester, der Richter, schlägt mich oft genug beim Golf. Er war mir etwas schuldig.«

Isabelle schüttelte den Kopf. Um Golf ging es ganz bestimmt nicht. Mit ernstem Gesicht erhob sich Mr. Barnes schwer. »Das Ganze ist verjährt, für Samuel zumindest. Gut, dass sich Chloé selbst gestellt hat. Ich werde bei Geschäften nicht gerne betrogen.«

Doch um welches Geschäft es sich dabei genau handelte, konnte Isabelle nicht mehr nachfragen, denn Samuel holte sie zum Gehen ab. Kurz bevor sie in das Auto stieg, sah Isabelle noch einmal zu Barnes Senior und nickte ihm, mit einem kleinen Lächeln, zu. Er erwiderte es. Es ging um Wiedergutmachung und die hatte er geleistet, selbst wenn es für ihn nichts gebracht hatte.

Wie verblendet sie wohl jetzt lächelte, dachte sich Isabelle amüsiert, als sie im Auto Richtung Samuels Haus gefahren wurden. Aber es war ihr egal. Der Abend war anstrengend gewesen. Sie hatten es jedoch zusammen gemeistert und das würde sie für immer mehr zusammenschweißen, als alle Schwüre der Welt. Tiefer kuschelte sie sich in Samuels Umarmung und zog tief seinen Duft ein. Beruhigte ihr Herz und ließ sie gleichzeitig wieder träumend in eine andere Welt entfliehen. Schloss lächelnd die Augen, als sie seine Lippen auf ihrer Stirn spürte. Es würde alles gut werden. Die Zukunft würde zeigen, wie alles weiter mit den Barnes laufen würde. Vielleicht hatten sie nicht viel Kontakt. Vielleicht auch mehr. Je nachdem. Jamie bei den Barnes einzuführen, würde noch schwer genug werden.

»Welches Geschäft hat deinen Vater dazu verleitet, dass er endlich mit der Wahrheit rausgerückt ist?« Sie sah zu Samuel auf. Der sah aus dem Fenster, in die sternenklare Nacht.

»Chloé und ich wurden uns schon versprochen als wir noch Kinder waren.« Isabelle nickte nur, da sie das ja schon wusste. »Das Unternehmen von Chloés Vater sollte dabei auf mich übergehen. Aber Chloés Vater starb früh und seine Witwe hielt ihr Versprechen nicht. Erst recht nicht, als eure Großmutter ihr weitere Hilfe verweigerte. Chloé hielt immer die Füße still und ich ihr zuliebe natürlich auch. Bat meine Eltern keinen Stress zu veranstalten. Wir hätten genug Geld. Mein Vater mag es jedoch nicht, wenn Geschäfte nicht eingehalten werden. Nachdem ich von Chloé geschieden wurde und Mrs. Montanna vor ein paar Wochen starb, diverse Gerüchte in die Welt gesetzt wurden, seitens Chloé über mich und meinen Vater, wurde es Dad zu bunt.« Es war also eine Racheaktion, seitens der Barnes gegenüber Chloé gewesen.

»Und warum sollte Montannas Unternehmen auf dich übergehen?«, fragte Isabelle verwirrt.

Samuel sah aus dem Fenster. »Die Montannas waren heruntergewirtschaftet. Und dein Vater war der Einzige, der damals genug Geld und Muse besaß, um Montannas Firma zu übernehmen.«

»Er wollte seiner Schwester helfen. Gut machen, was Großmutter und -vater meiner Tante verweigert haben«, sprach Isabelle aufgeregt und richtete sich auf.

»Sie hatten es wohl aber als Demütigung gesehen und mein Vater fühlte sich mal wieder dem großen Gönner Rose unterlegen«, erwiderte Samuel und strich ihr über das weiche Haar. »Aber es hat nichts gebracht, zumindest nichts für meinen Vater, denn du warst schneller und seine mündliche Vereinbarung mit Montanna nichtig gegenüber der des notariell beglaubigten Ehevertrages.«

»Warum nur hat sich Chloé selbst gestellt? Nach all der Zeit«, fragte Isabelle nachdenklich.

»Weil sie nicht mehr konnte. Sie wollte nicht mehr in einer Lüge leben«, antwortete Samuel und Isabelle sah ihn stirnrunzelnd an. »Sie hat mir öfters geschrieben, nachdem ihre Mutter gestorben war. Aber ich hätte auch nicht damit gerechnet.« Isabelle fragte nicht weiter nach. Es ging sie nichts an und wenn Samuel ihr noch mehr von diesem Brief erzählen wollte, würde er das auch irgendwann tun.

Stumm traten sie ins Haus. Stille begleitete sie auch die nächsten Minuten. Jeder hing seinen eigenen Gedanken nach. Verarbeitete das heutige Geschehen. Versuchte es einzuordnen für die Zukunft. Doch Isabelle nahm auch die Anspannung an Samuels Körperhaltung wahr. Irgendetwas stimmte nicht.

»Ich dachte, du würdest mir nie etwas über Jamie sagen wollen. Warum konntest du dann voraussehen, wie mein Vater und ich reagieren würden und das mit den Aktien einfädeln? Es sollte durchaus eine Racheaktion sein, nicht wahr?«, fragte Samuel leise. Isabelle schloss kurz die Augen. Samuel war nicht blöd und er hatte die richtigen Fäden zusammengeknüpft. »Es sollte für Jamie sein und war nie für mich bestimmt.«

»Doch, später schon«, entgegnete sie genauso leise und fühlte sich leer. Das heute Abend, bei seinen Eltern, hatte ihr so viel Kraft geraubt. Das Licht löschend im Bad, schritt sie im Seidennachthemd zu der Kommode und cremte ihre Hände ein.

»Warum Rache?«, fragte sie müde. »Es gab nie einen Grund für Rache. Rache wäre angebracht gewesen, wenn du mich gedemütigt hättest, wenn ich dir von meiner Schwangerschaft berichtet hätte. Oder du mir Unterstützung verweigert hättest, wenn ich dich darum gebeten hätte.«

»Gut, dann nicht Rache. Aber es war ...«, fing Samuel an, doch sie drehte sich abrupt zu ihm um.

»Ist das nicht egal warum? Ich habe es so gemacht, weil ...«, niedergeschlagen sah sie ihn an, »damit Jamie irgendetwas von seinem Vater hat. Auch wenn es nur bescheuerte Aktien von seinem Unternehmen sind«, schloss sie genervt.

»So stimmt das nicht ganz«, lächelte Samuel sie verschmitzt an und Isabelle gestand sich auch selbst ein, dass er wohl recht hatte. Dass Barnes Senior womöglich auch etwas recht hatte. Natürlich wollte sie auch etwas Rache nehmen. Wollte etwas von ihm. Samuel sah ihr an, dass sie es stumm zugab und wunderte sich über sich selbst, wie wenig es ihm eigentlich wirklich ausmachte, so etwas zu erfahren. Es war ihm schlichtweg egal. So vieles war ihm egal geworden. So vieles Nebensächliches. Aber Isabelle gehörte ganz bestimmt nicht zu diesen nebensächlichen Dingen.

»Du warst wie eine Amazone«, lächelte Samuel. Nahm sie in die Arme. Die Süße ihres Kopfshampoos und der Creme stieg ihm in die Nase und nur zu gern war er bereit dazu, für immer diesen Duft um sich zu haben.

»Sie werden Jamie trotz allem nicht akzeptieren«, sprach sie leise und Samuel spürte, wie ihr Körper immer mehr verspannte. »Tief in ihnen drinnen, werden deine Eltern immer damit zu kämpfen haben, dass du gerade mit mir ...«, sie brach kurz ab und vereinzelt entschlüpften Tränen ihren Augen, »ein Kind gezeugt hast«, schloss sie und befreite sich aus seiner Umklammerung. Ging zum Bett. Versuchte verstohlen ihre verräterischen Tränen wegzuwischen.

»Ich glaube mittlerweile, du hast damit ein Problem«, entgegnete Samuel finster und erntete einen entsetzten Blick von Isabelle. In ihm stieg auf einmal unbändiger Zorn hoch. Seine Eltern waren nicht immer korrekt, aber sie waren auch seine Eltern. Isabelle sollte ihnen gefälligst auch eine Chance geben. Schließlich war das erst ihr erstes Treffen gewesen. Die nachfolgenden, so redete Samuel es sich selbst ein, würden bestimmt entspannter verlaufen. Insgeheim freute sich seine Mutter doch auf ihren Enkelsohn.

»Ich habe doch kein Problem damit, dass ...«, fing Isabelle fassungslos an, doch Samuel unterbrach sie rabiat: »Warum betonst du dann immer wieder, dass meine Eltern das nicht wollen«, fauchte er zurück. Isabelle bekam immer größere Augen. »Du bist doch genauso wie mein Vater«, fuhr er fort und in der Brünetten fing es langsam unangenehm zu kribbeln an.

»Nimm das zurück«, forderte sie mit rauer Stimme und konnte nicht fassen, wie sie schon wieder in so einen Streit geraten konnten. Warum jetzt schon wieder alles aufbrach.

Samuel schüttelte nur den Kopf. »Das Gerede mit ›alle sind gleich‹ ist doch nur leeres Gewäsch. ›Alle sind frei.‹ Freiheit ist doch eigentlich die egoistischste Art zu leben, von allen. An andere wird doch dabei gar nicht gedacht«, knurrte Samuel weiter.

»Was soll das jetzt werden, Samuel?«, fragte sie vorsichtig nach. Doch in ihrem Inneren brodelte es schon gewaltig.

»Du akzeptierst uns doch auch nicht«, sprach Samuel dann die Worte, die für Isabelle vollends das Fass zum Überlaufen brachten. Sie mahlte mit den Backenknochen, Feuer stand in ihren Augen und irgendwie war Samuel klar, dass er gerade eindeutig zu weit gegangen war.

»Ich akzeptiere euch nicht?«, fing sie forschend und viel zu leise fragend an und Samuel wusste, dass gleich der große Knall kommen würde. Sie presste eine Hand auf ihre Brust. »Ich«, knurrte sie los, »Ich krieche auf allen vieren vor deinen Eltern, genau so, wie sie es immer haben wollten«, ging auf ihn zu und streckte ihm einen Finger entgegen, »Ich versuche diesen Spagat hinzubekommen, wo deine Eltern noch keinen einzigen Finger gerührt haben«, fauchte sie weiter, »und ich werde es sein, die immer wieder auf deine Eltern zugehen muss, da gebe ich mich keiner Illusion hin. Ich habe akzeptiert, was sie getan haben. Wie sie über mich denken. Ich habe akzeptiert, warum sie so denken und kann es irgendwo sogar nachvollziehen. Ich habe akzeptiert, dass sie mich nie als ihre geliebte Schwiegertochter in spe betrachten werden und auch habe ich akzeptiert, dass ich trotzdem alles dafür tun werde, dass es irgendwann mal so ist«, sie schluckte hart und ihr rollten wieder die Tränen herunter, »Ich habe akzeptiert, Samuel. Mit allem Drum und Dran«, schloss sie leise und ging zum Bett zurück.

Samuel war durch ihre Rede wie gelähmt. Er hätte an der ein oder anderen Stelle durchaus etwas hinzufügen können, doch er war zu perplex. Beobachtete sie, wie sie sich unter der Bettdecke verkroch, als wäre es ein schützender Kokon. Sich über das Gesicht fuhr und die Tränen wegwischte. Ehrlich gesagt, wusste Samuel nicht so recht, wie er jetzt weiter handeln sollte. So eine Situation hatte es in seinem Leben oft gegeben und wenn er einen Streit mit Chloé gehabt hatte, dann war er einfach gegangen. In den nächsten Pub, sich Abwechslung und Ablenkung gesucht durch Drogen. Sich irgendwo den Verstand rausgevögelt, wie es Isabelle einmal so treffend beschrieben hatte. Seine Verunsicherung spürte auch Isabelle. Bettete ihren Kopf auf das große Kissen. Er fuhr sich hektisch durch die Haare. Der Aufruhr stand in seinen hellen Augen, die überlagert waren von Zorn und Angst. Sie hätte es ihm leichter machen können. Auf ihn zugehen. Ihn beruhigen. Aber sie konnte nicht und wusste instinktiv auch, dass es nicht richtig wäre. Dass nicht sie diejenige sein musste, die den ersten Schritt tat. Beobachtete ihn einfach und hoffte, sie wäre genug für ihn, dass er gleich die richtige Entscheidung fällen würde.

»Du hast aber deinen Frieden noch nicht damit gemacht«, raunte er heißer und tat dann das, was Isabelle das Herz brechen ließ: Er eilte aus dem Zimmer und knallte die Tür lautstark hinter sich zu. Sie vergrub ihr Gesicht in dem weichen Kissen und der Heulkrampf schüttelte ihren Körper. Es fröstelte sie und gleichzeitig meinte sie, die Hitze in ihrem Inneren würde sie verbrennen.

Ob er in der Nacht zurückgekommen war, konnte Isabelle am nächsten Morgen nicht mit Bestimmtheit sagen. Höchstwahrscheinlich nicht, so wie die Betthälfte neben ihr dalag - unberührt und kalt. Sie gab sich selbst ein paar Minuten, bevor sie aufstand. Fühlte sich mental müde, als würde alles aus ihr herausgesaugt worden sein. In ihrem Kopf hämmerte es unangenehm und ihr Herz verkrampfte schmerzhaft, wenn sie die Möglichkeiten durchging, wo Samuel überall stecken könnte. Keine besser als die andere. Sie gab ihm alles – freiwillig, wie sie sich selbst eingestehen musste. Wegen ihm hatte sie alle Gefühle, dessen ein Mensch fähig war zu durchleben, ertragen müssen. Nicht nur blanke Emotionen wie Wut, Trauer und Angst, die unvermeidlich mit Tränen einhergingen. Nein, auch diese leisen Zwischentöne, feine jedoch nicht zu überhörende Tendenzen, wie Kribbeln am ganzen Körper, wenn sie ihn nur ansah oder Beklemmung, weil sie nie wirklich sicher sein konnte ob er nicht doch mit einer anderen schlief. Ihre Gefühle für ihn waren mittlerweile so übermächtig. Zu übermächtig. Und dafür grollte sie ihm, als sie jetzt die Treppe nach unten schritt. Das Haus lag noch im Halbdunkeln. Er hatte sie alleine in einer Achterbahn sitzen lassen und sie durchlebte diese Tortur immer wieder aufs Neue. Wo war er nur? Mit ein paar Handgriffen stand Kaffee vor ihr. Trat auf die Veranda. Übersah das weitläufige Areal und streckte ihre Nase der aufgehenden Sonne, die schon im Osten zwischen den Morgenwolken hervorlugte entgegen, während sie einen Schluck von dem stärkenden Gebräu nahm. Gedankenverloren ging sie vor dem großen gelben Rosenstock in die Hocke und schnupperte an dessen Köpfen. Hatte sie wirklich ihren Frieden, mit ihrem Schicksal, noch nicht gemacht, wie Samuel behauptet hatte? Aber sie war doch hier und sie war hier bei ihm. Sie trauerte nicht einer verlorenen Jugend hinterher und malte sich nicht ihr Leben in anderen bunten Farben aus. Wie es hätte sein können, wie es hätte laufen können, wenn sie nicht schwanger geworden wäre. Wenn ihr Vater nicht gestorben wäre. Wenn sie bei ihren Freunden in England geblieben wäre. Wenn es ihre Cousine nie gegeben hätte und sie Samuel für sich gehabt hätte. Wenn sie ...

»Pass auf, die haben viele Dornen.«

Erschrocken fuhr Isabelle auf und blickte sich zunächst orientierungslos um, bis ihr Blick auf Samuel hingen blieb, der lässig in der Hängematte lag. Er trug noch dieselbe Kleidung wie gestern und einen leichten Bartansatz. Auf dem Rasen, neben ihm, stand eine halbleere Whiskeyflasche.

»Warst du die ganze Nacht hier draußen?«, fragte sie fassungslos. Es war zwar Spätfrühling. Aber das hieß gerade in Großbritannien nicht immer in der Nacht warme Temperaturen. Er nickte nur und verkreuzte die Arme hinter dem Kopf. Ihr fielen Geröllhaufen vom Herzen und sie fühlte sich, als könnte sie gleich auf der Stelle von hier losfliegen. Er war hier geblieben. In ihrer Nähe.

»Schön, dann haben wir ja wenigstens schon mal einen Fortschritt gemacht«, kommentierte sie trocken und ging wieder in die Küche.

»Was meinst du damit?«, hörte sie Samuel verwirrt fragen. Er war ihr gefolgt und sah jetzt wie sie ihr Handy bediente. Während sie es an ihr Ohr legte sah sie ihn kühl an. Musterte seinen verknitterten Aufzug von oben bis unten. Mit dem Bartansatz sah er einfach verwegen gut aus. Aber jetzt hatte sie stark zu sein. Das musste sie jetzt wenigstens einmal durchziehen.

»Du hast dir nicht bei irgendeiner Nutte den Verstand leergevögelt, sondern dich nur zulaufen lassen. Hier im Garten«, gab sie ihm Antwort und Samuel fiel, beim besten Willen, nichts darauf ein.

»Hallo Christian«, sprach Isabelle heiter und Samuel wunderte sich nicht zum ersten Mal, wie sie im einen Moment so ernst und im nächsten so fröhlich sein konnte. »Ja, genau. Deswegen rufe ich an«, sprach sie freundlich weiter und Samuel konnte sich keinen Reim darauf machen, wer erstens Christian war und zweitens über was die beiden sprachen. »Denkst du?«, lachte sie amüsiert auf und Samuel versuchte ihren Blick einzufangen. Doch sie wich ihm geschickt aus und schritt wieder auf die Terrasse. »Danke gut und wie geht es Paula?«, fragte sie weiter und setzte sich auf einen Gartenstuhl. Ihr Morgenmantel klaffte auseinander, als sie ein Bein über das andere legte. Sie nahm Samuels Blick durchaus wahr und es machte gerade unheimlich viel Spaß mit ihm zu spielen. Dass er nicht gänzlich abgehauen war, hatte ihr Herz zwar ungemein erleichtert, aber es machte nicht alles wieder gut.

»Genau, finde ich auch. Bis um acht also?« Sie spielte mit ihrer Tasse in der Hand und für Samuels Geschmack war ihr Gesichtsausdruck viel zu verträumt. Sie verabschiedete sich lächelnd. Streckte ihren Kopf in die Sonne und rutschte etwas tiefer in den Stuhl.

»Geht es um den Christian, den ich meine?«, fragte Samuel leise forschend und lehnte sich gegen den Türrahmen.

»Mein bester Freund, aus dem College. Jetzt stell dich nicht so an. Du kennst ihn doch auch«, erwiderte sie gelassen, ohne zu ihm aufzusehen.

»Eben, ich kenne ihn. Und du triffst dich heute mit ihm?«

Nur ein simples »Ja« von ihrer Seite. Selbst ohne hinzusehen, konnte sie sich seinen Gesichtsausdruck und seine Körpersprache vorstellen. Es ließ sie etwas schmunzeln.

»Du machst dich über mich lustig«, knurrte er.

»Nein«, entgegnete sie sofort und sah ihn ernst an. »Ich mache mich lustig über dein kindisches Verhalten«, damit stand sie auf und stellte sich ihm gegenüber, »Ich habe meinen Frieden gemacht, Samuel. Sonst wäre ich jetzt nicht hier. Ich trauere nichts nach, was ich nicht kenne. Es ist eben so, wie es gelaufen ist. Und es ist wohl auch gut so.« Sein betretener und zugleich verwirrter Blick war Gold wert. »Du solltest duschen. Du riechst wie eine schottische Destillerie«, gab ihm aber trotzdem einen Kuss und lies einen verwirrten Samuel zurück, der ihr stirnrunzelnd nachsah, als sie die Küche verlies.

Bevor Isabelle ihren alten Bekannten traf, ließ sie sich von einem Taxi zu ihrem alten Elternhaus fahren. Sie musste wohl besser sagen zum neuen Haus, in alter Umgebung. Weiß strahlte ihr die neue Villa entgegen. Der äußerliche schöne Schein setzte sich im Inneren fort. Bauarbeiter sahen die junge Frau, adrett im Cocktailkleid gekleidet, erstaunt durch die Gänge stöckeln, doch der Architekt empfing Isabelle freudestrahlend. Er hatte so gut wie freie Hand gehabt, beim Entwurf und auch für den Innenausbau lief alles nach Plan. Isabelle konnte das Lächeln nur zurückgeben. Das Haus war wunderschön geworden und als sie sich, im ersten Stockwerk, an das Fenster stellte, sah sie wieder auf den Teich, der nicht mehr verwildert dalag, sondern in der Sonne glänzte. Hier hatte sie oft mit ihrem Vater gestanden und die Fische gefüttert. Ihre Mutter hätte diesen neuen Glanz geliebt, da war sich Isabelle sicher und ihr zu Ehren pflanzte sie die zuvor gekaufte sonnengelbe Kletterrose an das Spalier am Eingang. Langsam schlenderte Isabelle danach durch London. Setzte sich an den großen Brunnen am Trafalgar Square, beobachtete Liebespärchen, wie sie Hand in Hand an ihr vorbeispazierten. Wie Eltern ihre Kinder schimpften und zwei Hunde sich gegenseitig ankeiften. Vertraute Gerüche umgaben die junge Frau. Das Hupen eines roten Doppeldeckerbusses übertönte den Lärm der Menschen. Verträumt sah sie in den von Wolken verhangenen Himmel und schlenderte dann weiter, in Richtung Treffpunkt mit Christian.

In einem netten kleinen Restaurant erkundigte sie sich höflich nach ihm über Paula, seiner Lebensgefährtin.

»Wir wollen ein Kind adoptieren«, sprach Christian mit einem seligen Lächeln und blickte verträumt über die vorbeilaufenden Passanten. Bei seinem Gesichtsausdruck musste Isabelle schmunzeln. So hatte sie ihn noch nie gesehen. »Aber vorher müssen wir heiraten. Und weißt du, wer meine Trauzeugin wird?«, fragte er spitzbübisch und Isabelle hatte sofort Tränen in den Augen, während sie ungläubig auf sich selbst zeigte. Christian nickte freudig und bestellte Champagner. Heiraten? Das war ein großer Schritt. Manchmal ging man mit einer Person ein Stück des Lebensweges und manchmal ging man ohne sie auch weiter. Und plötzlich begriff sie auch, dass sie ohne Samuel nicht alleine weitergehen wollte.

»Das freut mich so, Christian«, antwortete sie fröhlich und umarmte ihn stürmisch.

»Paula meinte schon, sie würde in Erziehungsfragen zu dir kommen. Als Alleinerziehende so eine steile Karriere hinzulegen, das schafft nicht jede«, lächelte Christian. Isabelle nahm das Kompliment lächelnd an, verdrehte jedoch die Augen dabei, was ihren alten Freund auflachen ließ. »Ich war nicht allein«, korrigierte sie ihn und dachte kurz an Maxwell. Doch Christian riss sie aus ihren Gedanken.

»Wie geht es Jamie damit, dass sein biologischer Vater jetzt so präsent in seinem Leben ist?«, fragte er neugierig und nippte an seinem Gläschen, bevor die Vorspeise, Shrimps-Cocktail, auch schon serviert wurde.

»Gut, denke ich. Maxwell und er sehen sich ab und zu. Was ich von Max klasse finde. Jamie soll ihn nicht verlieren. Jamie spricht jedoch nicht viel darüber, aber er versteht sich mit Samuel ganz gut. Samuel und ich ...«, sie brach ab.

»Es wird schon gut werden«, besänftigte Christian sie und legte eine Hand auf ihre. Drückte kurz zu. Gab ihr Halt und Unterstützung zugleich. Dafür dankte sie ihm und hoffte, dass er es auch in ihrem Blick lesen konnte. Räuspernd setzte sie sich mehr auf und nahm einen Schluck von ihrem Champagner.

»Ihr habt so viele Stufen übersprungen, die normale Pärchen durchmachen müssen und rollt im Prinzip jetzt alles von hinten auf. Ihr müsst euch kennenlernen, das ist ganz normal. Ihr habt eine bewegte Vergangenheit, aber du warst schon immer eine Kämpfernatur«, plapperte Christian weiter.

»Kämpfen?«, fragte sich Isabelle stumm.

»Das ist es doch, was du eigentlich immer wolltest. Schon bevor du ihn das erste Mal geküsst hast«, lächelte Christian verschmitzt und nippte an seinem Champagner. »Warum bist du gerade so feige? Warum willst du gerade jetzt aufgeben? Jetzt nachdem ihr so weit gekommen seid.«

Fröstelnd zog sie ihre Stola enger um die Schultern und erschrak, als ihre kleine Handtasche zum Vibrieren anfing. Ihre Stirn krauste sich, als sie Samuels Nachricht las. Musste er diese Frage wirklich noch stellen? Doch eins begriff sie jetzt auch: Er war genauso verunsichert wie sie. Das alles musste ihm genauso Herzklopfen und Angst einflößen, wie ihr auch. Es stand so viel auf dem Spiel. Jamie war da. Ihre Gefühle waren da und Isabelle war sich sicher, dass auch Samuel gerade versuchte zu kämpfen. Nicht nur mit sich selbst.

Samuel wälzte sich von einer Seite auf die andere. Warum hielt sie zu ihm? Warum wollte sie gerade ihn? Sie hätte so viele Gründe das Ganze endlich zu beenden. Seine Eltern waren Teufel und Begleiter in persona gewesen. Er selbst hatte ihr gesagt, dass er von Familienleben nicht viel hielt. Er hatte ihr so viel Unnötiges gestern Abend an den Kopf geworfen. Damit hatte sie nicht gerechnet, das hatte er nur zu deutlich an ihrer Reaktion ablesen können. Doch er war zu sehr in Aufruhr gewesen, schnell wieder einen neuen Kurs in ihrem Disput einzuschlagen. Er hatte sie zutiefst gekränkt und doch war sie noch da gewesen, in der Früh und war geblieben. Hatte ihn sogar geküsst.

Ihre Seite des Bettes war leer und noch nie hatte er ein halbleeres Bett als so bedrückend empfunden. Es fehlte etwas, weil sie fehlte. Ihre Wärme an seinem Körper. Ihre leisen Atemzüge und manchmal ihre lustigen Schnarcher, die ihr ab und zu entkamen, im Schlaf. Ihr süßlicher weiblicher Geruch fehlte und nicht zum ersten Mal fragte er sich, wie schnell er sich doch nur an das alles hatte gewöhnen können, dass es ihm jetzt so arg abging. Die Leichtigkeit, wenn er in ihrer Nähe war, wenn er sie unter sich beim Sex erzittern fühlen konnte, lag jetzt wie ein tonnenschweres Bleigewicht auf seinem Herzen. Ein erwachsener Mann sollte sich mehr unter Kontrolle haben und doch wollte er sie so sehr. Auch wenn sie noch so viele Steine, in Zukunft, aus ihrem gemeinsamen Leben räumen müssten. Einen wegzurollen, damit hatte er vorhin begonnen. Seinem Vater klipp und klar am Telefon mitgeteilt, dass er seine eigene Firma gründen würde. Auch ohne die Hilfe seiner Familie würde er über die Runden kommen können. Er wollte Isabelle zu einer ehrbaren Frau machen, aber ihm war auch irgendwo klar, dass sie noch nicht so weit waren.

»Wenn ich mit dreißig noch nicht verheiratet bin und du schon wieder geschieden, dann heiraten wir. Als würden wir ein Mahnmal gegen Hass und Intoleranz darstellen«, scherzte sie.

»Du wirst einmal Christian heiraten«, sprach er belustigt.

»Nein, glaube ich nicht«, entgegnete sie sehr ernst und biss ihm ins Ohrläppchen.

Sie hatte sich ihm damals versprochen. Mittlerweile begriff er auch, wie ernst sie es damals wirklich gemeint hatte. Und er war sich auch sicher, dass der Tag irgendwann kommen würde, an dem er sie, mit Blumen im offenen Haar und wehendem Kleid, vor einem Altar in der freien Natur empfangen würde. Ein seliges Lächeln auf ihren Lippen zu sehen, wenn sie auf ihn zuschritt. Mit der Gewissheit im Herzen, dass nicht immer alles rosarot sein würde in Zukunft, aber sie beide nichts mehr auseinanderreißen könnte. Doch, so würde ihm das gefallen. Wirklich, als ehemalige Feinde ein Mahnmal darstellen. Samuel drehte sich auf den Rücken und verschränkte die Hände hinter dem Kopf. Sah im dunklen Schlafzimmer an die Himmelsdecke des Bettes und lauschte der ungewohnten Stimme der Eifersucht in seiner Brust. Selbst bei Chloé hatte er das nicht gespürt. Sich nie großartig gefragt, wo sie gerade war. Ihr immer geglaubt. Bei Isabelle dagegen hatte Samuel immer das Bedürfnis genau wissen zu wollen, wo sie war. Was sie gerade trieb. Er wollte sie kontrollieren, weil er

Angst hatte, sie könne das Gleiche mit ihm anstellen, wie er früher mit Chloé. Wenn Chloé nur halb so gefühlt hatte, wie er jetzt, dann würde er für immer stumm Abbitte bei seiner Ex-Frau leisten müssen. Er hatte sie geliebt, aber Liebe war manchmal eben nicht genug und auch in Isabelles Fall schien Liebe allein nicht zu reichen. Er hatte Chloé sein Vertrauen entzogen, die ihm immer wieder beteuert hatte nichts mit dem Tod von Rose Senior zu tun zu haben. Obwohl Samuel ihr das Zeug besorgt hatte und dadurch war sie ja erst vor Gericht gelandet. Er hatte Chloé das Vertrauen entzogen, um es Isabelle zu geben. Vertrauen war so eine Sache für sich. Nie hatte er groß jemanden vertraut und die Personen, denen er dieses Geschenk gemacht hatte, von denen wurde er regelrecht verraten. Wie von seinem Vater. Nein, verraten nicht. Er hatte gewusst, auf was er sich einließ und er hatte Isabelle damals in sein Leben gelassen um dieses Wissen zu überprüfen. Vielleicht erklärte das, warum er damals mit ihr geschlafen hatte. Verdammt. Hart schlug er auf das Kopfkissen neben sich. Sie war immer noch nicht da und ließ ihn alleine mit diesen unmöglichen Grübeleien. Genervt schnappte er sich sein Handy und tippte drauflos. Eine Antwort bekam er nicht und schlief irgendwann, mit dem Handy in der Hand, ein.

Wärme weckte ihn wieder und weiche Fingerspitzen die über seine Wange strichen. »Es scheint, du brauchst mehr Zuwendung als Jamie«, sah er Isabelle lächeln, als er die Augen öffnete und das diffuse Licht des Nachttischlämpchens sie beide einhüllte. »Wir sollten aber nicht immer versuchen alles nur über SMS zu klären«, sprach sie weiter. Samuel erwiderte nichts. Sah sie einfach nur an und ergab sich ihren zarten Liebkosungen. Erwiderte den Druck ihrer Lippen nur leicht. Ergab sich ihren Händen, ihrer Wärme und Weiblichkeit.

»Warum ich alles akzeptiere? Ist die Frage wirklich noch zu stellen?«, fragte sie sehr leise. Streichelte sanft über seine nackte Brust. Über seinen Arm und blieb warm auf seiner Armbeuge liegen. Zeigte ihm mal wieder, dass sie akzeptierte. Samuel war es jedoch, als würde sie ihm auch zeigen wollen, dass sie verzieh. Alles was zwischen ihnen stand. Es konnte nur nicht so leicht vergessen werden. Aber er war nicht mehr der kleine feige Junge von damals. Er würde dieses Mal für die richtige Seite kämpfen - für seine kleine Familie. Dieses Versprechen gab auch sie ihm, durch ihre nächste Tat. Hob seinen Arm und küsste sachte die weißen Ritze und vernarbten Einstichstellen. Sah ihn eindringlich an, als er begann mit ihren Locken zu spielen. Sie vereinzelt durch seine Finger gleiten ließ.

»Es ging nie ums Verzeihen, Isabelle. Ich brauchte dir nie zu verzeihen«, sprach er sanft.

Sie schluckte hart. »Ich habe so viele gehässige Worte benutzt und Schändliches getan. Das weiß ich. Aber ich habe dich nie dafür verachtet, wer du bist oder warst. Auch wenn ich manches nicht begreifen kann und doch versuche zu verstehen. Es steht mir nicht im Entferntesten zu, dich für irgendetwas zu richten«, sprach sie leise. Sie schmiegte sich eng an ihn. Er hatte damals für sich gekämpft, sie für ihre Ideale. Nur hoffte Isabelle verzweifelt, könnten sie anfangen miteinander und füreinander zu kämpfen.

»Genauso wenig, wie ich dich richten werde.«

Der Schatten würde wohl immer über ihnen beiden hängen. Aber vielleicht konnten sie ihn, wie jetzt gerade auch, in kleinen Momenten verdrängen - ihren kleinen Momenten. Es war ein Privileg bei ihr sein zu dürfen. Nach allem was er, was sie alle, durchgemacht hatten. Dass gerade Isabelle es war, war unbegreiflich, aber vielleicht auch nur die logische Konsequenz. Das Beisammensein war wie Balsam auf seiner offenen Seele. Und tief in sich, wusste Samuel, dass nur diese eine Frau, die ihn gerade so liebevoll ansah, diejenige sein konnte, die dazu im Stande war, seine Seele heil zu schließen. Verträumt besah er sich ihre Locken im Licht der Nachttischlampe, die in all ihren Farbtönen schimmerten: mal Gold, mal Bronze, mal blond, mal dunkel und ab und an leuchtete eine Strähne rötlich hervor.

Sanft strich sie ihm über die Wange. »Ich bin keine Träumerin. Aber solange ich mir deiner Unterstützung sicher sein kann, werde ich alles versuchen. Kannst du dir jetzt vorstellen, warum ich alles akzeptiere?«, hauchte sie leise und ließ ihre Lippen sachte über sein Kinn wandern.

»Weil du mich liebst?«, fragte er schüchtern, an ihrem weichen Haar, das so wunderbar süßlich nach Rosen duftete.

Sie schmunzelte vor sich hin und ergab sich der Wärme seines Körpers.

»Der Kandidat erhält hundert Punkte und ein Freispiel im Bett«, legte ihre Lippen auf seine und spürte Samuels Lächeln an ihrem Mund, der sich an die Worte seines thailändischen Lehrers erinnerte:

~*~*~*~*~ 🦋 ~*~*~*~*~

»Wenn Du jemanden wirklich und wahrhaftig liebst, dann liebst Du alles an ihm – die einzige Bedingung und Herausforderung!«

~*~*~*~*~ 🦋 ~*~*~*~*~